古典文獻研究輯刊

二七編

第 11 冊

《金瓶梅》在中日的傳播及閱讀

傅想容 著

國家圖書館出版品預行編目資料

《金瓶梅》在中日的傳播及閱讀／傅想容 著 -- 初版 -- 新北市：
花木蘭文化事業有限公司，2023〔民112〕
目 2+226 面；19×26 公分
（古典文學研究輯刊 二七編；第 11 冊）
ISBN 978-626-344-257-3（精裝）
1.CST：金瓶梅 2.CST：文學評論 3.CST：研究考訂
820.8   111021985

ISBN-978-626-344-257-3

9 786263 442573

古典文學研究輯刊
二七編 第十一冊   ISBN：978-626-344-257-3

《金瓶梅》在中日的傳播及閱讀

作　　者　傅想容
總 編 輯　杜潔祥
副總編輯　楊嘉樂
編輯主任　許郁翎
編　　輯　張雅淋、潘玟靜　美術編輯　陳逸婷
出　　版　花木蘭文化事業有限公司
發 行 人　高小娟
聯絡地址　235 新北市中和區中安街七二號十三樓
　　　　　電話：02-2923-1455／傳真：02-2923-1452
網　　址　http://www.huamulan.tw 信箱 service@huamulans.com
印　　刷　普羅文化出版廣告事業
初　　版　2023 年 3 月
定　　價　二七編 11 冊（精裝）新台幣 28,000 元　　版權所有‧請勿翻印

《金瓶梅》在中日的傳播及閱讀

傅想容　著

作者簡介

傅想容，國立成功大學中國文學博士，現任鹽城師範學院文學院副教授，曾任實踐大學應用中文系兼任助理教授、新生醫護管理專科學校通識教育中心專案講師，研究方向為中國古典小說。

提　　要

　　《金瓶梅》為明代四大奇書中最具爭議的書，奇淫之辨的討論至今未曾終止。作為文本生發地的中國，以及域外最早接受《金瓶梅》的日本，兩國學術界對《金瓶梅》的研究相對其他三部奇書均來得晚。本論文以「《金瓶梅》在中日的傳播及閱讀」為題，全文共分六章：

　　第一章為緒論，說明本論文的研究背景及目的，並回顧學界相關研究成果，進而提出研究方法、進行步驟與研究範圍。

　　第二章論述《金瓶梅》在明代的鈔本及刻本傳播，其中包含刻本傳播的商業化。同時考察文人序跋及崇禎本《金瓶梅》的圖文評點。

　　第三章以清代的流傳及社會的閱讀評價為論述重點。在禁毀政策下，《金瓶梅》在清代的傳播迥異於明代，不同的時空背景亦出現不同的流播方式。而隨著書籍及戲曲流通的普及，社會上也出現不同的閱讀反應。

　　第四章聚焦於二十世紀的版本論爭及世情閱讀。其中包含學界對刪節本的評論、對詞話本、崇禎本的優劣論爭，以及研究者、畫家如何詮釋《金瓶梅》的世情色彩。

　　第五章旨在論述日本江戶時代至二戰後的譯介。江戶時代、大正時期及二戰後的日本，分別處於不同的時空背景，對《金瓶梅》也有不同的解讀，因而交織出不同的傳播風貌。

　　第六章為結論，統整全文研究心得，並提出未能觸及的問題以作為日後研究的展望。

目

次

第一章　緒　論

第一節　研究背景及目的

　　《金瓶梅》將《水滸傳》第二十三至二十七回的武松、潘金蓮故事敷衍成百回巨作，其成書方式有別於《水滸傳》的世代累積型創作，而以「中國史上第一部文人創作的長篇小說」獲得學界認可。〔註1〕問世以來，明人雖然以「奇」譽之，但歷朝歷代諱於談論的人未曾少過。明末清初開始，《金瓶梅》與《三國演義》、《水滸傳》、《西遊記》被合稱「四大奇書」，已是眾所周知。然而時至今日，卻僅有《金瓶梅》仍是一部極具爭議的書，儘管社會觀念日漸開放，「淫書」的惡諡卻揮之不去。

　　不同於《三國演義》描寫馳騁沙場、揮舞金戈的英雄，《水滸傳》裡穿梭綠林、展現俠義氣概的豪傑，以及《西遊記》詭譎怪誕的猴行者、八戒和沙僧，《金瓶梅》刻畫明末社會腐敗的一面，寫盡世間飲食男女，對眾生百態有著極為細緻的披露。這些描寫可以讓我們瞭解明代的民生物價、飲食習慣、喪嫁習俗、醫療方式、文化娛樂、官場應酬等。其中「結交朋黨、鑽營勾串、流連會飲、淫靨通姦、貪婪索取、強橫欺凌、巧計誆騙、忿怒行兇、作樂無休、訛賴誣害、挑唆離間」〔註2〕之事，在任何時代均不斷上演著，而西門慶、潘金蓮、李瓶兒、應伯爵、龐春梅之流，也一直穿梭在世界各地。

〔註1〕明清兩代均主此說，20世紀更一度成為定論，魯迅以後的眾多文學史、小說史因此稱《金瓶梅》為中國第一部由文人獨立創作完成的長篇白話小說。見吳敢：《金瓶梅研究史》（鄭州：中州古籍出版社，2015年6月），頁107。

〔註2〕滿文本〈金瓶梅序〉，見黃霖：《金瓶梅資料彙編》（北京：中華書局，1987年3月），頁5。

　　自魯迅以「描摩世態，見其炎涼，故或亦謂之『世情書』」評論《金瓶梅》後，〔註3〕學界便漸漸將之歸為「世情小說」，相隔兩百年，另一本文學名著《紅樓夢》的寫作「深得《金瓶》壺奧」。〔註4〕《金瓶梅》在江戶時代東渡日本，並出現具學術性質的《金瓶梅》討論會，光明正大作為教科書提供江戶文人學習漢字和中國文化。〔註5〕現今若要以文學形成經典的條件來看，很長一段時間《金瓶梅》恐怕是無法被納入學校課程和課本，通過教學和知識傳授得到普及和延續。〔註6〕但是在學術界，《金瓶梅》早已被當作一部經典，持續被世界各地的學者研究著。

　　儘管學術界以「世情小說之祖」稱譽《金瓶梅》，但是離開學術界這個象牙塔，社會上卻是將這個書名等同於「情色」。其他三本奇書總是被改寫為兒童文學，培養孩童快意的想像，許多人都聽著這些故事長大。它們也經常以電視劇的形式粉墨登場，提供闔家觀賞，例如諸葛亮總是被眾人視為智慧的化身，梁山英雄則是大家崇拜的偶像，而孫悟空揮舞金箍棒的樣子更是得人喜歡。相比之下，《金瓶梅》總是以成人版的模式被劃入禁區，難以上得了檯面。

　　事實上，作為一百回遑遑巨作，《金瓶梅》中的性描寫不過佔全書百分之一、二，與明代那批「著意所寫，專在性交」〔註7〕的豔情小說相比，根本微不足道；且若以今日的眼光來看，內容也比不上網路到處充斥的情色小說和影片。但是只要涉及到《金瓶梅》，還是經常會以題材敏感這類的理由被忽略過，例如中國央視「百家講壇」邀請各方學者講述中國古典名著，深入淺出，大受好評，因而捧出不少學術明星，卻因遲遲未邀人講述《金瓶梅》，而遭受質疑：

〔註3〕魯迅：《魯迅小說史論文集——中國小說史略及其他》（台北：里仁書局，1992年9月），第十九篇〈明之人情小說（上）〉，頁161。

〔註4〕脂硯齋評《紅樓夢》，庚辰本第十三回眉批。見黃霖《金瓶梅資料彙編》，頁258。

〔註5〕〔日〕川島優子：〈江戶時代の《金瓶梅》〉，《日本庶民文芸と中國》第105号（2007年12月），頁19～29。

〔註6〕文學經典形成的條件要言之有三：一、得到持不同觀點和情感的批評家、學者和作家的廣泛參與和推動；二、經常出現在文化群體的話語中，成為該國家文化生活的一個組成部分，知名度高；三、長期被納入學校課程和課本，通過教學和知識傳授得到普及和延續。參考趙一凡等主編：《西方文論關鍵詞》（北京：外語教學與研究出版社，2006年1月），頁282。

〔註7〕魯迅：《魯迅小說史論文集——中國小說史略及其他》，第十九篇〈明之人情小說（上）〉，頁165。

「百家講壇為何不講《金瓶梅》？」〔註8〕

　　哈佛大學的田曉菲教授研讀《金瓶梅》後指出，有一個重要的因素注定了《金瓶梅》不能成為家喻戶曉、有口皆碑的「通俗小說」，因為大眾讀者喜歡的，並非是我們想像的那樣一定是「色情與暴力」。〔註9〕大概是將現實描寫得過於真實，世俗的醜陋反而令人覺得不堪言之。然而目前的最大困境在於並沒有多少人願意藉由親自閱讀《金瓶梅》來理解《金瓶梅》，大眾讀者幾乎都透過已被商品化的影視、漫畫來型塑對《金瓶梅》的印象——而這些《金瓶梅》的商品幾乎清一色走向色情，與原著的精神相差甚遠，有些甚至低俗至極，淪為業者牟利的工具。因而如同格非所言：「在《金瓶梅》的闡釋史上，雖說產生了一代又一代知音般的讀者和研究者，同時也積壓了越來越多的誤會和曲解」。〔註10〕

　　承上所述，可以確定帶著如此殊性的《金瓶梅》，其傳播史將迥異於其他古典小說名著。1980 年後《金瓶梅》的研究開始風起雲湧，由下節文獻回顧將可看到，版本研究及史料考證在未發現新材料的情況下，均很難再有所突破；作者及成書方式則眾說紛紜，僅能流於推測。早期何香久為《金瓶梅》撰寫傳播史話，以小單元的隨筆方式呈現，每一單元各擬一個小標題，缺乏系統性，也無法見出鮮明的問題意識。〔註11〕二十年過去了，許多新材料有待補充，卻僅有兩本碩論以傳播為題試圖繼踵之，但或聚焦於明清，或流於泛論式介紹，都無法取得重大突破。〔註12〕其他相關單篇論文亦皆僅守史料分析，沒有延伸到同時代的物質文化，或未由商品化的角度來加以考察，並且時代風氣、政策干預均影響著傳播方式，在有限的篇幅內難以清楚呈現。另外，從明清開始出現的評點，體現了評點者閱讀文本的聲音，所評點的文字內容也透過傳播創造出另一群讀者，評點甚至經常引領讀者詮釋文本。評點者及改編者的

〔註 8〕方謙光：〈百家講壇為何不講《金瓶梅》〉，《東海大學圖書館館訊》新 77 期（2008年 2 月），頁 68～73。

〔註 9〕田曉菲：《秋水堂論金瓶梅》（天津：天津人民出版社，2014 年 1 月），前言，頁 3。

〔註10〕格非：《雪隱鷺鷥——《金瓶梅》的聲色與虛無》（香港：牛津大學出版社，2014年 11 月），〈序言〉，xii。

〔註11〕何香久：《《金瓶梅》傳播史話——一部奇書在全世界的奇遇》（北京：中國文聯出版社，1997 年 12 月）。

〔註12〕劉玉林：《二十世紀《金瓶梅》傳播研究》（濟南：山東大學中國古代文學碩士論文，2006 年）。高莎莎：《《金瓶梅》在明清時期的傳播與禁毀研究》（青島：中國海洋大學中國古代文學碩士論文，2009 年）。

身份，以及他們所預設之讀者群，往往影響文本解讀的角度，進而影響讀者對原著的接受和詮釋。〔註13〕這方面學界雖然已有不少研究成果，卻無人就傳播的角度來討論這些評點對傳播的影響。〔註14〕

從下節的文獻回顧還可發現，《金瓶梅》的繪畫創作是當前研究較為薄弱的一環。所謂的版畫、連環畫對於無法駕馭小說文本的普通讀者而言，可能是一種最易接受的方式，這和評點所建構的讀者群有些不同。只是對於許多人來說，《金瓶梅》剔除了「性」，可能就不具有吸引力，因而一些畫家也開始思考著如何創造出俗而不淫的作品。除了被研究者注意到的吳以徐《金瓶梅百圖》、曹涵美《金瓶梅全圖》外，白鷺的成人版《金瓶梅》漫畫及聶秀公的《金瓶梅》連環畫也相繼於2005年至2008年、2009年出版。〔註15〕

而在文化上，自古以來以中國為中心，影響鄰近日本、韓國及越南，因而建構出同質文化的這一大區塊，向來被稱為「東亞漢文學圈」。但是《金瓶梅》在備受儒教浸潤的韓國及相對保守的越南，其傳播卻深受阻礙。惟有日本在十七世紀已開其端，留下許多傳播和閱讀的記錄，可資考證。早在日本江戶時代享保到寶曆年間（1716～1762），已經出現第一期《水滸》熱，主要在知識界流傳；第二期的《水滸》熱為文政末年（1818～1830）至天保（1830～1843）年間，流行擴大到一般大眾。〔註16〕也因此出現許多《水滸傳》的改編作品，好一點的是襲用《水滸傳》書名，借用部分情節，再改成日本故事，說到底還有些親戚關係；差一點的則是與原著毫不相干，甚至借用《水滸傳》書名，內容卻與《水滸傳》沾不上半點邊，《水滸傳》可說是淪為「被冒牌的文學經典」。〔註17〕在《水滸傳》的改編熱潮中，脫胎自《水滸傳》的《金瓶梅》，自然也

〔註13〕「評點本的讀者在處理敘事文本的同時，也被文評家的評語所指引，來決定文本的意義」。單德興：〈試論小說評點與美學反應理論〉，《中外文學》第12卷第3期（1991年8月），頁91。文化水準不高的讀者，因程度不高，需仰賴評點者領航。侯美珍：〈明清士人對「評點」的批評〉，《中國文哲研究通訊》第14卷第3期（2004年9月），頁244。

〔註14〕張明遠的研究集中在傳統文獻對人物形象的詮釋，對於古典文學現代化的部分較少涉及，域外部分更是全然未予關注。張明遠：《金瓶梅》詮釋史論》（濟南：山東大學中國古代文學博士論文，2010年）。

〔註15〕白鷺：《金瓶梅》（台灣：東立出版社，2005年3月），至2008年出齊四冊。聶秀公《金瓶梅》（北京：中國文化出版社，2009年3月），目前僅出版三冊。

〔註16〕李樹果：《日本讀本小說與明清小說》（天津：天津人民出版社，1998年6月），頁201～208。

〔註17〕王曉平：《日本中國學述聞》（北京：中華書局，2008年1月），頁195～196。

引起時人的注意。江戶末期的曲亭馬琴將《金瓶梅》翻案成一部帶有濃厚日本文化風味的讀本小說（名為《新編金瓶梅》），〔註18〕並且在當時受到好評，娛樂了市井町人。然而就像多數中國經典的命運一樣，《新編金瓶梅》悖離原著精神，摻雜許多日本元素，借用書名變成日本故事，流行於江戶時代末期，聲勢甚至壓過原著。《金瓶梅》以其複雜的方言、多樣的明代文化及頗受爭議的內容，流傳到背景、文化迥異的日本，這樣的改編又該以何種眼光來審視，也是一個值得討論的問題。

面對《金瓶梅》的複雜性，田曉菲說：「我們的很多觀點與結論都受制於我們時代的主導意識型態，而某一時代的主導意識型態，到了另一時代未必就行得通。我們只有心裡存了這個念頭，才不致完全受制於我們自己的時代侷限性。」〔註19〕站在不同的時空背景下，觀看不同時代、不同地域、不同身份的讀者如何閱讀《金瓶梅》，仔細聆聽他們的閱讀聲音，並且不以簡單的褒貶來評論，也是本文寫作的目的所在。

當前研究缺乏一部完整的以時代為經、地域為緯的《金瓶梅》傳播史，因此由如此氣象恢弘的選題著手，乃可成就研究上的系統性、延續性和創發性。就如同其他文學經典一樣，《金瓶梅》也展現它的生命力，流播於不同時空，而其獨特的性質使它走得較其他經典更為精彩。透過這樣的研究，或可成就這部奇書精彩的生命史。

第二節　文獻回顧與評述

《金瓶梅》的研究在學界蔚為風潮，被稱之為「金學」。成書、版本及文本研究已取得豐厚成果，古典文學現代化目前也逐漸受到重視。近來，吳敢《金瓶梅研究史》將海峽兩岸及各國知名金學家的研究成果整理成編，掇錄甚詳，方便研究者查考。不過，吳敢的著錄仍以中國大陸為主，對於台灣及其他各國的研究未詳而著錄，續書、改編戲曲亦闕而弗錄。因此談完研究動機後，仍必須就本主題爬梳研究成果：

〔註18〕所謂「翻案」，就是以中國文學作品為原本，吸取其主題、情節和人物關係，換上日本名稱，或改以日本歷史環境為背景，重新連綴成篇。見王曉平：《日本中國學述聞》，頁278。
〔註19〕田曉菲：《秋水堂論金瓶梅》，前言，頁3。

一、明清文本傳播研究

有關明清兩代《金瓶梅》的傳播史略，從成書問題及版本考證尤能知悉。

《金瓶梅》的成書過程，一直是個複雜且具爭議的問題。《三國演義》、《水滸傳》和《西遊記》的故事雛形均在民間醞釀多時，明代以前已有許多相關的傳說和平話長期流傳於社會，如《全相三國志平話》、《大宋宣和遺事》、《大唐三藏取經詩話》等都可視為這三部小說的前身，但是《金瓶梅》卻沒有相關的流傳紀錄。早在明代，文人筆記中就有許多繪聲繪影的傳說，如袁中道說：「舊時京師，有一西門千戶，延一紹興老儒於家。老儒無事，逐日記其家淫蕩風月之事」、〔註20〕沈德符云：「聞此為嘉靖間大名士手筆，指斥時事」，〔註21〕都蘊有個人獨創說的意味。清代追隨此說，另又衍生出王世貞報仇說。

1940 年開始，有學者突破這樣的傳統定論，趙景深、馮沅君開始透露《金瓶梅》非一人所為的想法。〔註22〕1958 年，潘開沛撰寫一篇文章，開宗明義表示：「《金瓶梅》是一群藝人集體創作，而後由一位文人潤色和加工」，他並尋求文本證據以支持這樣的推論。〔註23〕1960 年左右，日本兩位學者澤田瑞穗、鳥居久靖也分別在著作中表明集體創作說的可能性。〔註24〕1980 年，金學家徐朔方延續此一觀點，積極提出許多論證，不過他的論證招致批評，黃霖就曾撰文批駁。〔註25〕目前學界更多人主張《金瓶梅》為個人獨創作品，且站在這樣的立場肯定這部小說在中國文學史上的地位。〔註26〕「個人創作說」雖

〔註20〕〔明〕袁中道：《遊居柿錄》（台北：新興書局，1985 年 3 月），第 979 條，頁 947。

〔註21〕〔明〕沈德符：《萬曆野獲編》（台北：新興書局，1985 年 3 月），卷 25，頁 652。

〔註22〕吳敢：《金瓶梅研究史》，頁 108。

〔註23〕相關論述詳見潘開沛：〈金瓶梅的產生和作者〉，收入胡文彬、張慶善選編：《論金瓶梅》（北京：文化藝術出版社，1984 年 12 月），頁 76～82。

〔註24〕〔日〕川島優子：〈『金瓶梅』研究史──成立問題を中心として〉，《中國学研究論集》第 6 号（2000 年 10 月），頁 110～111。

〔註25〕徐朔方：〈《金瓶梅》的寫定者是李開先〉，《杭州大學學報》第 1 期（1980 年 3 月），頁 78～85。徐朔方：〈《金瓶梅》成書新探〉，收入徐朔方：《論金瓶梅的成書及其他》（濟南：齊魯書社，1988 年 1 月），頁 53～107。但認定的理由，黃霖認為尚不構成有力證據，如徐朔方提出《金瓶梅》（一）是一部「詞話」；（二）行文有粗疏、重複及顛倒錯亂；（三）抄引前人作品極多。但這些條件在許多文人作品中亦具備。相關批駁詳見黃霖：〈《金瓶梅》成書三考〉，收入黃霖：《金瓶梅考論》（瀋陽：遼寧人民出版社，1989 年 10 月），頁 180～183。

〔註26〕不僅明清兩代主此說，二十世紀後更成定論，魯迅以後的眾多文學史、小說

已漸漸取得共識，不過徐朔方的野心還是帶領一批中外學者在文本中尋找許多可能的問題，〔註27〕這些研究未必只能劃入「成書問題」，嚴格來說他們對於《金瓶梅》的研究其實提供更多不同的角度和視野，證明了金學研究其實是一個既豐富又吸引人的領域。

　　另一方面，在版本研究上亦是百家爭鳴。《金瓶梅》的版本可以分為鈔本和刻本，鈔本不存，僅能由明代史料中尋找蛛絲馬跡。早期研究明代史料的學者中，台灣以魏子雲成果最為豐碩，他對於史料的寫作年代、史料作者及所載人物的生平事蹟皆考之甚詳。〔註28〕魏子雲畢生精研明代史料，並以明代史料的研究為根基，做為探索《金瓶梅》作者及成書的重要依據，也造就了豐厚的著作成果，如《金瓶梅探原》、《金瓶梅的幽隱探照》、《金瓶梅散論》、《小說金瓶梅》、《金瓶梅的問世與演變》等，〔註29〕對《金瓶梅》的鈔本、作者及成書等問題皆發前人所未發。魏子雲從事研究，非常強調用證據說話，〔註30〕他的《金瓶梅》論著隨著時間的推移，有若干觀點也出現程度不一的修正，而他堅持不變且在金學界自成一家的論點，在於提出現存《金瓶梅》為一改寫本，並主張袁宏道等人所見的《金瓶梅》是一本具政治諷喻的小說。中國大陸方面，劉輝也曾就一些明代史料做過考證，並對成書過程及版本問題做過深入討論，〔註31〕後世學者於此亦有諸多闡發。〔註32〕

　　而在初刻本及初刻時間上，學界也一直存在爭議。現存最早刻本為東吳弄珠客序於萬曆丁巳年的《金瓶梅詞話》，吳曉玲、長澤規矩也、馬泰來、黃霖

　　　　史，及許多金學家如朱星、杜維沫、黃霖、周鈞韜、李時人、魯歌、浦安迪、日下翠等均支持「個人創作說」。吳敢：《金瓶梅研究史》，頁107。

〔註27〕相關回顧可參考吳敢：《金瓶梅研究史》，頁108。

〔註28〕魏子雲：〈論明代的《金瓶梅》研究史料〉，收入魏子雲：《金瓶梅探原》（台北：巨流圖書公司，1979年4月），頁111～141。

〔註29〕魏子雲：《金瓶梅的問世與演變》（台北：時報文化出版社，1981年8月）；魏子雲：《小說金瓶梅》（台北：台灣學生書局，1988年2月）；魏子雲：《金瓶梅的幽隱探照》（台北：台灣學生書局，1988年10月）；魏子雲：《金瓶梅散論》（台灣：台灣商務印書館，1990年7月）。

〔註30〕魏子雲：《小說金瓶梅》，頁280。

〔註31〕如〈屠本畯的《山林經濟籍》與《金瓶梅》〉、〈《萬曆野獲編》與《金瓶梅》〉，均收入劉輝：《金瓶梅論集》（台北：貫雅文化，1992年3月），頁61～98。

〔註32〕如許建平對《金瓶梅》的成書和版本亦有討論，許建平：《金學考論》（石家莊：河北教育出版社，1999年12月），頁30～83。王平：〈《金瓶梅》的早期傳播及成書時間與作者問題〉，《東岳論叢》第25卷第3期（2004年5月），頁78～83。

及雷威安等人均持此說,但鄭振鐸、鳥居久晴、韓南則持庚戌說(萬曆三十八年),吳晗另認為丁巳本前已有幾個蘇州或杭州刻本行世。〔註33〕崇禎本的刊刻年代亦有爭論,鄭振鐸、鳥居久晴、韓南、王汝梅、魯歌均持「崇禎說」,也有學者認為當在更早一些的天啟年間,以長澤規矩也為代表,〔註34〕劉輝則認為刊刻上限在清初順治年間,下限不能晚於康熙三十四年。〔註35〕

各版本的版式及存世情況,鳥居久晴撰有〈《金瓶梅》版本考〉、〈《金瓶梅》版本考訂補〉、〈《金瓶梅》版本考再補〉、〈《金瓶梅》版本考補說〉等文,〔註36〕韓南、〔註37〕胡文彬、〔註38〕劉輝、〔註39〕王汝梅、〔註40〕李金泉〔註41〕也有相關著作,成果豐碩。這些珍貴的版本典藏在各國圖書館及國家機構,一般研究者難以窺見,後世金學研究對版本的認識多依從舊說,此方面短時間內難有突破。

除了文本的流通範圍,文本的流通方式也是傳播中的重要一環。潘建國將讀者分為直接讀者與間接讀者,前者以文本的接受為主,後者則依靠說唱方式來接受小說。〔註42〕另外,書價問題又深深影響小說傳播的讀者階層,宋莉華的研究即指出書價高低往往決定小說的流通是被限制或推廣,〔註43〕明清的書價問題也有許多學者關注。〔註44〕王三慶又特別留意明代小說商

〔註33〕 吳敢:《金瓶梅研究史》,頁 126。

〔註34〕 吳敢:《金瓶梅研究史》,頁 126。

〔註35〕 劉輝:《金瓶梅論集》,頁 111。

〔註36〕 黃霖編:《日本研究《金瓶梅》論文集》(濟南:齊魯書社,1989 年 10 月),頁 15~57、頁 68~82。

〔註37〕 〔美〕韓南著、丁貞婉譯:〈《金瓶梅》的版本及其他〉,《國立編譯館館刊》第 4 卷第 2 期(1975 年 12 月),頁 193~228。

〔註38〕 胡文彬:《金瓶梅書錄》(瀋陽:遼寧人民出版社,1986 年 10 月),頁 8~89。

〔註39〕 〈《金瓶梅》版本考〉及〈《金瓶梅》主要版本所見錄〉二文,收入劉輝:《金瓶梅論集》,頁 138~199。

〔註40〕 王汝梅:《金瓶梅探索》(長春:吉林大學出版社,1990 年 9 月),頁 43~67。另有〈《金瓶梅》三種版本系統〉一文,收入王汝梅:《王汝梅解讀《金瓶梅》》(長春:時代文藝出版社,2015 年 1 月),頁 143~152。

〔註41〕 李金泉:〈苹華堂刊《皋鶴堂批評第一奇書金瓶梅》版本考〉,《書目季刊》第 45 卷第 4 期(2012 年 3 月),頁 125~136。

〔註42〕 潘建國:〈明清時期通俗小說的讀者與傳播方式〉,《復旦學報》(2001 年第 1 期),頁 118~130。

〔註43〕 宋莉華:〈明清時期說部書價述略〉,《復旦學報》(2002 年第 3 期),頁 131~140。

〔註44〕 磯部彰及沈津主張明代書價昂貴,井上進、大木康、周紹明、周啟榮則認為明

品化的問題，也認為消費性書籍動輒一至兩銀錢，可供五口之家飯食月餘。
〔註 45〕

　　入清之後，《金瓶梅》正式列為官方禁書，被統治者視為「淫詞小說」。
不過，清代被禁毀的書籍種類繁多，官方為了箝制思想，許多思想家、文學
家的作品，凡有違礙文字，一律視為禁書。早期研究清代禁書，戲曲小說普
遍不受關注，吳哲夫首開其端，他在著作中專立一節探討小說戲曲的禁毀，
極具拋磚引玉之功。〔註 46〕而後王利器輯錄《元明清三代禁毀小說戲曲史
料》，方便研究者按時代查索，是目前研究小說禁毀最完善的工具書，然而百
密必有一疏，趙興勤、趙韞繼之增補缺漏。〔註 47〕關於清代禁書研究，無論
專書或單篇論文，都有許多精彩的發揮，有助於研究者了解清朝禁書的歷史、
源由、法令及影響。〔註 48〕對於小說的禁毀，石昌渝、歐陽健的研究尤其引
人注目，前者將論述集中於清代，後者則以中國悠久的歷史為背景，以此勾
勒出中國古代小說禁毀歷史。〔註 49〕金學研究者也注意到這一議題，何香久
在討論清代傳播史時，著重史料的記錄，可惜限於早期研究，有若干資料闕
而弗錄。〔註 50〕李梁淑在研究《金瓶梅》評詮史時，則關注到《金瓶梅》在
清代的特殊政治背景下，被視為有害風俗的「淫書」，卻仍傳頌不衰。〔註 51〕

代書價並不昂貴。涂豐恩：〈明清書籍史的研究回顧〉，《新史學》（2009 年 3 月），頁 191～193。

〔註45〕 王三慶：〈從市場經濟看明代小說的幾個問題〉，《古典文學》第 15 集（2000 年 9 月），頁 277～303。王三慶：〈明代書肆在小說市場上的經營手法和行銷策略〉，收入〔日〕磯部彰編：《東アジア出版文化研究——にわたずみ》（東京：二玄社，2004 年 3 月），頁 31～55。

〔註46〕 吳哲夫：《清代禁燬書目研究》（台北：嘉新水泥公司文化基金會，1969 年 8 月），頁 64～83。

〔註47〕 王利器輯錄：《元明清三代禁毀小說戲曲史料》（台灣：河洛圖書出版社，1980 年 1 月）。後有趙興勤、趙韞：〈王利器《元明清三代禁毀小說戲曲史料》輯補〉，《晉陽學刊》（2010 年第 1 期），頁 123～125。

〔註48〕 王彬主編：《清代禁書總述》（北京：中國書店，1999 年 1 月）。丁原基：《清代康雍乾三朝禁書原因之研究》（台北：華正書局，1983 年 2 月）。陳益源：〈丁日昌的刻書與禁書〉，《明清小說研究》（1997 年第 2 期），頁 204～217。

〔註49〕 石昌渝：〈清代小說禁毀述略〉，《上海師範大學學報》第 39 卷第 1 期（2010 年 1 月），頁 65～75。歐陽健：《古代小說禁書漫話》（瀋陽：遼寧教育出版社，1992 年 10 月）。

〔註50〕 何香久：《《金瓶梅》傳播史話——一部奇書在全世界的奇遇》，頁 132～153。

〔註51〕 李梁淑：《金瓶梅詮評史研究》（台北：學生書局，2014 年 9 月），頁 21～25。

清代的圖書流通形式和明代並不全然相同。明宣宗時，手抄本仍然佔有主要市場，〔註52〕明中葉後，雖然刻本的比重漸增，但是鈔本有時候能夠提供低廉的價格，〔註53〕還是許多清貧讀者閱讀的首選。清代則開始流行租書，李家瑞指出清代饅頭舖經常兼做租書業，各種唱本、小說都可以透過租賃取得。〔註54〕而孫文杰追步此議題，擴大研究並進一步指出，通俗小說的租賃價格是普通百姓能夠負擔的。〔註55〕

許多研究《金瓶梅》的學者，已將《金瓶梅》傳播梳理出一條脈絡，但是這些研究不太關注《金瓶梅》作為一個商品被包裝、傳播的過程。舉例來說，《金瓶梅》在明清兩代是否為一暢銷書籍？其書價比之當代物價是高抑或低？從保存至今的《金瓶梅》各式版本中，《金瓶梅》在出版市場被做過哪些包裝？有關古典小說傳播及商業化的議題，在李家瑞、孫文杰等人的研究中可以窺見梗概，但是他們研究的主要對象是廣大的小說戲曲，並非針對《金瓶梅》的專門研究。因此藉由前輩金學家的梳理，本文除了重新整理明清文本傳播的這條主脈絡，也將透過社會背景及物質文化的研究，試圖解決這些為人忽視的議題。

二、明清的評點研究

評點最早用於經書，後來漸漸擴大到明清小說。評點展現了評點家閱讀文本的聲音。明清兩代有三位評點家評點過《金瓶梅》，這些評點代表文人閱讀後的感悟和評論，也引領許多讀者解讀《金瓶梅》。

有關明代崇禎本評點的相關研究，資料頗豐，無法一一道及。然主要的研究發展脈絡大抵如下：黃霖為較早的研究，指出崇禎本評點揭示了《金瓶梅》的寫實意義，不以《金瓶梅》為淫書，又就小說中的白描藝術、細節描

〔註52〕《明史》記載當時「秘閣貯書約二萬餘部，近百萬卷，刻本十三，鈔本十七。」〔清〕張廷玉：《明史》，收入《文津閣四庫全書・史部》（北京：商務印書館，2005 年），卷 96，頁 453。

〔註53〕大木康的研究指出鈔本對社會的貢獻在於成為廉價書物。中國有重刊本甚於鈔本的傾向，刊本一出，鈔本咸廢，此與日本重鈔本甚於刊本的情況不同。在中國，鈔本有時較刊本便宜。〔日〕大木康：〈鈔本在明清兩代〉，收入東華大學中文系主編：《文學研究的新進路》（台北：洪葉文化公司，2004 年 7 月），頁 467～480。

〔註54〕李家瑞：〈清代北京饅頭舖租賃唱本的概況〉，收入張靜廬輯註：《中國近現代出版史料》（上海：上海書店，2003 年 12 月），第六冊，頁 134～138。

〔註55〕孫文杰：〈清代圖書流通傳播渠道論略〉，《圖書與情報》（2012 年第 6 期），頁 130～136。

寫、人物刻畫及創作之「法」多所發揮，且將《金瓶梅》與《史記》並論。〔註56〕而後，浦安迪進一步指出崇禎本在小說的寫作技巧、評價人物及處理性描寫等評論上，在在顯示驚人的洞察力，特別是評點者已關注到「冷熱」運用，因而崇禎本評點的重要性是值得肯定的。〔註57〕另一位金學大家王汝梅在會校崇禎本時，則概括指出四大面向：（一）崇禎本肯定《金瓶梅》是一部世情書，而非淫書；（二）分析眾多人物的複雜性格，突破古典小說「敘好人完全是好，壞人完全是壞」的傳統格局；（三）評析作者刻畫人物的技巧，特別讚賞對潘金蓮的刻畫；（四）突破傳統「重教化而不重審美，重史實而不重真趣」的評論，肯定作品的寫實特點、白描手法及藝術真趣，反映萬曆中後期的美學追求。〔註58〕後期關於崇禎本評點的研究汗牛充棟，然大抵跳脫不出這四個論述範圍，均由這四大面向加以擴充，以更豐富的篇幅深入呈現評點細節。〔註59〕但是楊玉成〈閱讀世情：崇禎本《金瓶梅》評點〉一文，卻是眾多研究中較為特出的一篇，具有鮮明的問題意識，論點也多發前人所未發。〔註60〕

值得注意的是崇禎本還附精美繡像兩百幅，以往插圖被視為配角，功用止於陪襯文字。胡萬川以一個中文系學者的身份，率先重視傳統小說中的版畫插

〔註56〕 黃霖：〈《新刻繡像批評金瓶梅》評點初探〉，《成都大學學報》（1983 年第 1 期），頁 67～72。

〔註57〕 浦安迪：〈瑕中之瑜——論崇禎本《金瓶梅》的評注〉，收入徐朔方編選：《金瓶梅西方論文集》（上海：上海古籍出版社，1987 年 7 月），頁 297～315。

〔註58〕 王汝梅：〈新刻繡像批評金瓶梅・前言〉，〔明〕蘭陵笑笑生著，無名氏評點，齊煙、汝梅校點：《新刻繡像批評金瓶梅》（台北：曉園出版社，1990 年 9 月），頁 12～15。

〔註59〕 如侯忠義著重於「世情」的考察，見侯忠義：〈《金瓶梅》崇禎本評語中的「世情畫卷」——「評語」研究之二〉，《河南理工大學學報》第 14 卷第 3 期（2013 年 7 月），頁 341～345。李梁淑從「主題論」、「人物論」、「情節結構論」、「語言論」等方面論述，肯定崇禎本評點對於「世情」觀念的提出，以及在人物品鑑、細節藝術、語言與世俗等各方面的審美態度，見李梁淑：《金瓶梅詮評史研究》，頁 61～130。另外兩岸諸多學位論文亦在此列，限於篇幅，不一一列舉。

〔註60〕 楊玉成指出評點在閱讀情色時，反映出晚明文人「情慾與禁忌」的心理競爭；在細節與寫實描寫上，展現了袁無涯刊本《水滸傳》後小說評點重視細節的潮流；至於人物與對白方面，評點者顯然站在一個文人階級的位置，給予俚俗的語言更多的包容。另外對於小說的「冷熱」運用，小說「多音性」的敘述聲音等亦多有闡發。楊玉成：〈閱讀世情：崇禎本《金瓶梅》評點〉，《國文學誌》第 5 期（2001 年 12 月），頁 115～157。

圖。〔註61〕另一位研究中國古典小說的俄羅斯學者李福清，也驚異於崇禎本繡像的藝術之美，並於著作中指出圖畫中的人物服飾及生活描寫，宛若明代市井畫卷。〔註62〕而後陳平原研究小說插圖時，指出崇禎本若干幅繡像可作為文明史圖鑑來閱讀，並且在品鑑時著重畫面構思，以及圖像對小說情節及主旨的理解。〔註63〕近來古典小說中的版畫插圖不再被單純視為陪襯品，往往被視為晚明出版文化的一種重要現象來解讀。〔註64〕崇禎本繡像也出現第一本研究論著，研究者結合小說情節，將之當成另類評點來詮釋。〔註65〕

　　大多數的學者均是由小說美學和評點價值的角度來研究崇禎本評點。特別在浦安迪肯定崇禎本是一部文人改訂本之後，許多研究者追步在後，論述難有突破。本文試圖思考的地方在於崇禎本評點者的觀看視角，崇禎本評點者是否有預設讀者的評點身份？若是，這樣一部具有商業目的的評點本究竟以何種取向走進市場？崇禎本評點者的理論是否憑空而出？其實早在《金瓶梅》問世之初，就有若干文人留下隻言片語，只是這些多半被用來考證《金瓶梅》的成書過程，或者談論其中的愛賞之情與藝術價值。〔註66〕本文試圖從這些早期的隻言片語中理出一條明代文人對《金瓶梅》定位的共識，以及崇禎本評點者如何呼應這條共識。

　　至於清代張竹坡評點《金瓶梅》的成就，被譽為足可與金聖歎評點《水滸傳》、脂硯齋評點《紅樓夢》相提並論。這方面的研究成果向來不虞匱乏，因此以下僅擇要介紹。

　　早期葉朗在《中國美學史》中，以小說美學的視角研究張竹坡的評點，這樣的研究給予後學很大的影響。〔註67〕檢視兩岸的專著、學位論文及單篇論

〔註61〕胡萬川：〈傳統小說的版畫插圖〉，《中外文學》第 16 卷第 12 期（1988 年 5月），頁 28～50。

〔註62〕李福清：《李福清論中國古典小說》（台北：洪葉文化公司，1997 年 6 月），頁163～172。

〔註63〕陳平原：《看圖說書：小說繡像閱讀札記》（北京：生活・讀書・新知三聯書店，2003 年 12 月）。

〔註64〕馬孟晶：〈《隋煬帝豔史》的圖飾評點與晚明出版文化〉，《漢學研究》第 28 卷第 2 期（2010 年 6 月），頁 7～56。

〔註65〕曾鈺婷：《說圖──崇禎本《金瓶梅》繡像研究》（台北：學生書局，2014 年9 月）。

〔註66〕如魏子雲的多部著作將之用於考證成書。而李梁淑則著重分析文人對《金瓶梅》的藝術價值及道德教化的揭示。參見李梁淑：《金瓶梅詮評史研究》，頁 7～17。

〔註67〕葉朗由張竹坡的「洩憤說」著筆，分析評點所展現的人生批判，再就小說的文

文，研究面向大抵可區分為小說理論、人物研究及藝術結構。〔註68〕這些研究者面對評點中陳腐的說教時，多能夠站在時代背景的角度去理解，因而對於評點都是肯定的。在吳敢發現張氏族譜後，張竹坡的生平更為人所知悉，這些研究均告訴我們，張竹坡為炎涼所迫，因而《金瓶梅》中的世態炎涼更能激起他的共鳴，家世和遭遇因此成就了他的評點內涵。近來田中智行則提出一個別出心裁的觀點，他認為張竹坡是以作為失敗小說家的身份去評點《金瓶梅》，欲從實踐家的角度去體察創作，且強調被作者「瞞過」的平庸讀者和自己的差異。〔註69〕這個研究視角相當特別，新人耳目。

　　相較張竹坡評點研究的眾聲喧嘩，另一位清代評點家文龍的研究則顯得冷清。劉輝整理文龍的評本，並論述其理論和價值，有拋磚引玉之功。〔註70〕陳翠英著重在文龍對讀者意識的重視及與張竹坡的激辯，〔註71〕李梁淑就評點內容做文本性的分析，以求關照文龍的閱讀理念。〔註72〕相關研究屈指可數，因為文龍的評點本沒有刊行，不少見解係針對針竹坡而發，因此比較兩位評點家的差異，是目前兩岸研究普遍的走向。

　　大部分研究張竹坡評點的論文，都聚焦於討論評點本身的美學藝術和道德教化。本文特別關注到崇禎本取代了詞話本，竹坡本又取代崇禎本這一事實，其原因一般研究者總是歸之於張竹坡評點的高度成就。如果我們試圖從外

字來看，指出張竹坡肯定「市井文字」乃是另類美學風貌。另外對於人物個性及寫作手法等方面，葉朗也具體提出張竹坡在評點中所蘊攝的理論。葉朗：《中國小說美學》（台北：里仁書局，1987 年 6 月），頁 193～249。後來張曼娟的博士論文論及張竹坡評點，論點與葉朗十分相近，見張曼娟：《明清小說評點之研究》（台北：私立東吳大學中國文學研究所博士論文，1990 年），頁228～281。

〔註68〕略舉台灣幾本研究以供參考，林炫玕：《張竹坡評點《金瓶梅》之小說理論》（台北：國立政治大學中國文學研究所碩士論文，1994 年）；楊淑惠：《張竹坡評論《金瓶梅》人物研究》（高雄：國立高雄師範大學國文研究所碩士論文，1995 年）；李梁淑：《金瓶梅詮評史研究》，頁 131～217。中國大陸方面礙於篇幅，不一一列舉，相關回顧可參考吳敢：《金瓶梅研究史》，頁 143～156。

〔註69〕〔日〕田中智行：〈張竹坡評點《金瓶梅》的態度：對金聖歎的繼承與演變〉，《文學新鑰》第 19 期（2014 年 6 月），頁 33～60。

〔註70〕劉輝：〈談文龍對《金瓶梅》的批評〉，《文獻》（1985 年第 4 期），頁 54～66。

〔註71〕陳翠英：〈閱讀與批評：文龍評《金瓶梅》〉，《台大中文學報》第 15 期（2001 年 12 月），頁 283～320。

〔註72〕李梁淑：《金瓶梅詮評史研究》，頁 219～265。

緣切入，先由張竹坡自道評點的心路歷程來推估他評點的野心，以及他如何建構一套與崇禎本不同的思路，以取代崇禎本在市場的地位，當是一個有趣的問題。

三、近代文本傳播研究

《金瓶梅》在近代的文本傳播也值得關注，相較於明清文本傳播，這方面的論述相對缺少，雖囿於早期研究，但也勾勒出基本面貌。

二、三〇年代左右，市面上流通著所謂的「刪節本」、「淨本」，稱之為「古本」、「真本」。鄭振鐸在〈談《金瓶梅詞話》〉中，率先指出這是依據竹坡版刪改的「冒牌貨」。〔註73〕姚靈犀在1940年於天津法租界天津書局出版的《瓶外卮言》中則進一步指出，「古本」和「真本」刪掉詩詞和淫穢描寫，二、三、四回憑空加入，為了「淨化」也修改了小說中的若干笑話，但修改完後索然無味。〔註74〕劉輝考證這些「古本」和「真本」的源頭，認為可追溯至乾隆年間的「新刻奇書」，並且嚴厲抨擊這種作偽之風。〔註75〕黃霖研究了這些偽本所附的蔣敦民〈序〉和王仲瞿〈古本金瓶梅考證〉一文，推測《真本金瓶梅》即是首先於雜誌上披露出版消息的王文濡輩所偽造。〔註76〕這些版本在當時曾風雲一時，業已為上述研究者指出。然而餘波並未就此結束，這樣的作偽之風到六、七〇年代也還存在，本文將討論刪節本延宕至後的影響。

四、古典文學現代化

有別於傳統文學如傳奇、京劇、版畫等表現形式，隨著影視的興起，古典文學透過高科技呈現另一種風貌，改編成電視劇、電影及電玩；又或者用易為現代讀者理解的方式，以兒童或青少年為讀者群改編成童書、連環畫及漫畫等，是為古典文學的現代化。古典文學現代化是比較新興的研究領域，特別是在中文學界，鮮少有人關注。

〔註73〕鄭振鐸：〈談《金瓶梅詞話》〉，收入胡文彬、張慶善選編：《論金瓶梅》（北京：文化藝術出版社，1984年12月），頁59～60。

〔註74〕姚靈犀：〈《金瓶梅》版本之異同〉，收入姚靈犀著，蔡登山編：《瓶外卮言——《金瓶梅》研究》（台北：時報文化出版社，2013年9月），頁96～98。

〔註75〕劉輝：〈《金瓶梅》版本考〉，收入劉輝：《金瓶梅論集》，頁164～166。

〔註76〕黃霖：〈《金瓶梅》流變零拾〉，收入黃霖：《金瓶梅考論》，頁335～341。

　　2006 年開始，台灣出現一系列古典小說改寫為兒童文學的研究，〔註77〕堪稱一股新興熱潮。不過《金瓶梅》囿於內容，無法成為兒童讀物。另一個值得一提的情況是，許多古典小說名著被改編為影視及電子遊戲，提供普羅大眾另一種接受經典的方式，這種商品化也是古典文學現代化中值得研究的一環，學界也開始有人將目光投注於此。〔註78〕但是《金瓶梅》的商品化多半走向色情，被改編為情色電影或漫畫，原著本以反映社會現實為主，許多改編作品卻只渲染情色部分，作為賣點以吸引觀眾。在學術界，這些改編電影普遍被認為缺少學術價值，長期以來顯少有學者投入研究，近期出現一本以影片《新金瓶梅》為研究對象的碩論，可謂初試啼聲。〔註79〕

　　相較於以情色作為賣點的改編電影，曹涵美的插圖則避免以太過開放的尺度作為噱頭。曹涵美是民國初期的漫畫家，他的生平向來鮮為人知，許志浩首撰詳細的介紹文，〔註80〕這位漫畫家的藝術生涯才得以展露在眾人面前。陳詔在《金瓶梅畫集》的〈出版說明〉中指出曹涵美的畫作手法比較陳舊，布景過於繁雜，人物不夠突出。〔註81〕而金學大家王汝梅對曹涵美的《金瓶梅全圖》則評價很高，並肯定它在傳播上曾起過積極的作用。〔註82〕2015 年徐州「金瓶梅國際學術研討會」的會議論文中，亦見對曹涵美畫作的研究。〔註83〕

　　而在眾多十八禁改編漫畫中，白鷺的《金瓶梅》漫畫較為忠實原著，2005年已由台灣東立公司出版，據聞還計畫出版英、日、法、德及西班牙等諸種文字。〔註84〕2009 年，聶秀公的《金瓶梅》連環畫三冊面世，俗而不淫。這些

〔註77〕 2006 至 2013 年，台灣出現六本研究古典小說改寫為兒童文學的碩士論文，包含《西遊記》、《鏡花緣》、《水滸傳》、《封神演義》、《聊齋誌異》，堪稱一股新興熱潮。茲舉第一本為例，陳玉君：《《西遊記》兒童文學改寫本研究》（台北：國立台北教育大學語文教育學系碩士論文，2006 年）。

〔註78〕 郭建謙：《品讀、視聽與玩藏：水滸故事的商品化與現代化》（台南：國立成功大學中國文學系博士論文，2012 年）。

〔註79〕 林慶塋：《古典小說《金瓶梅》改編至電影研究：以《新金瓶梅》影片為例》（台北：國立政治大學中國文學研究所碩士論文，2012 年）。

〔註80〕 許志浩：〈漫畫家曹涵美及其《金瓶梅》插圖〉，《世紀》（2003 年第 3 期），頁 46～47。

〔註81〕 曹涵美：《金瓶梅畫集》（上海：上海書店出版社，2003 年 1 月）。

〔註82〕 王汝梅：《王汝梅解讀《金瓶梅》》（長春：時代文藝出版社，2015 年 1 月），頁 337～344。

〔註83〕 浦海涅：〈文固奇書，畫也佳作——曹涵美《金瓶梅全圖》淺說〉，第十一屆國際《金瓶梅》學術研討會論文集，頁 897～901。

〔註84〕 王汝梅：《王汝梅解讀《金瓶梅》》，頁 348。

藝術家將傳統文字轉換為圖像閱讀，成了二十一世紀《金瓶梅》傳播的新形式，其中的意義也值得探究。

五、日本的改編及譯介研究

　　《金瓶梅》在東亞的域外傳播，以日本最早最盛，韓國次之，越南最後。韓國的版本研究有金泰範、宋真榮發表相關論述，宋真榮集中考察梨花女子大學第一奇書本和大連圖書館藏本的關係。〔註85〕而崔溶澈〈中國禁毀小說在韓國〉、金宰民〈《金瓶梅》在韓國的流播、研究及影響〉則為研究者初步提供了《金瓶梅》在韓的接受簡史。〔註86〕在韓文譯本方面，崔溶澈也已指出在語言文化差異下各種《金瓶梅》譯本的侷限。〔註87〕至於越南的《金瓶梅》研究，早期有陳益源撰文介紹，〔註88〕而後阮南的研究緊扣越南文化背景，從流傳、外譯及接受各方面著手，〔註89〕2016 年廣州《金瓶梅》研討會上，阮蘇蘭介紹 1996～2016 這二十年間越南的《金瓶梅》研究和翻譯。可以看出，韓國和越南這兩方面的研究目前暫時難以取得明顯的突破。

　　而在日本漫長的接受史中，中文學界的研究相對來得少。馬興國及何香久最早關注《金瓶梅》在日本的傳播，〔註90〕可惜沒有引起太多迴響。若干年後，王麗娜、王平也曾就此議題發揮，但都流於泛論式介紹，沒有取得進一步的成就。〔註91〕

〔註85〕金泰範：〈韓國各圖書館所藏中國四大奇書古本書目〉，《書目季刊》第 22 期第 1 卷（1988 年 6 月），頁 92～100。宋真榮：〈論韓國梨花女子大學所藏的《臬鶴堂第一奇書金瓶梅》〉，《徐州工程學院學報》第 25 卷第 5 期（2010 年 9 月），頁 45～52。

〔註86〕〔韓〕崔溶澈：〈中國禁毀小說在韓國〉，《東方叢刊》第 25 輯（1998 年 10 月），頁 44～60。金宰民：〈《金瓶梅》在韓國的流播、研究及影響〉，《明清小說研究》第 66 期（2002 年第 4 期），頁 130～134。

〔註87〕崔溶澈：〈《金瓶梅》韓文本的翻譯底本及翻譯現狀〉，收入陳益源主編：《2012 台灣金瓶梅國際學術研討會論文集》，頁 669～686。

〔註88〕陳益源：〈《金瓶梅》在越南〉，收入中國金瓶梅學會編：《金瓶梅研究（第四輯）》（南京：江蘇古籍出版社，1993 年 7 月），頁 254～259。

〔註89〕〔越〕阮南：〈魚龍混雜——文化翻譯學與越南流傳的《金瓶梅》〉，收入陳益源主編：《2012 台灣金瓶梅國際學術研討會論文集》，頁 555～591。

〔註90〕馬興國：《中國古典小說與日本文學》（瀋陽：遼寧教育出版社，1993 年 11 月），頁 234～252。何香久：《《金瓶梅》傳播史話———部奇書在全世界的奇遇》，頁 357～367，頁 407～412。

〔註91〕王麗娜：〈《金瓶梅》在國外〉，《古典文學知識》（2002 年第 5 期），頁 90～95。

　　日本學界的研究成果較豐富。王麗娜〈《金瓶梅》國外研究論著輯錄〉一文方便研究者「按圖索驥」，省略不少收集資料的功夫。該文臚列許多日本研究《金瓶梅》的書目及期刊，〔註92〕不過缺點有二，一為僅止於書目堆砌，無法瞭解學者的問題意識；二為百密必有一疏，缺漏難以避免，且囿於早期研究，近三十年的研究成果未收入在內。以下將加入新的研究資料，並由《金瓶梅》在日本的傳播談起。

　　明末清初《三國演義》、《水滸傳》、《西遊記》和《金瓶梅》合稱「四大奇書」，江戶中期後此一泛稱亦在日本逐漸被使用。〔註93〕其中，《三國演義》、《水滸傳》和《西遊記》的譯本在江戶時期均已出現，唯獨《金瓶梅》遲至明治十五年，春風居士《原本譯解金瓶梅》才開始對原文進行翻譯。針對上述問題，早期的日本學者將原因歸咎於《金瓶梅》是本「桌下的讀物」，上不了檯面的淫穢之書。〔註94〕近來，致力研究《金瓶梅》的廣島大學川島優子教授開始提出不同看法，她認為《金瓶梅》在江戶時代未被註譯，並非如早期學者所認為的「《金瓶梅》是本淫穢之書」，主因其實是因為《金瓶梅》中豐富的俗語、俚語、歇後語對江戶文人來說過於困難，無法予以正確讀解，透過研究，她同時主張《金瓶梅》在江戶時期被當成一本「高級教科書讀本」，提供讀者學習中國文學和文化。〔註95〕這個新觀點能否能引領並改變日本學界對《金瓶梅》

　　　　王平主編：《明清小說傳播研究》（濟南：山東大學出版社，2006 年 7 月），頁638～640。

〔註92〕　王麗娜：〈《金瓶梅》國外研究論著輯錄〉，《河北大學學報》（1986 年第 3 期），頁 84～89。

〔註93〕　〔日〕長澤規矩也：〈日本文學に影響を及ぼした支那小說〉，收入《長澤規矩也著作集（第五卷シナ戲曲小說の研究）》（東京：汲古書院，1985 年 2 月），頁 291。

〔註94〕　〔日〕澤田瑞穗：《宋明清小說叢考》（東京：研文出版，1982 年 2 月），頁197。井上泰山也認為因為「淫書」的惡名，使江戶末期幾乎未留下有關《金瓶梅》的讀書記錄。〔日〕井上泰山：〈高階正巽訳『金瓶梅』覚書〉，《中国俗文学研究》第 11 号（1993 年 12 月），頁 80。

〔註95〕　川島優子多篇論文皆以此觀點為核心進行論述，如〔日〕川島優子：〈江戶時代の《金瓶梅》〉，頁 19～29；〈江戶時代における白話小說の読まれ方―鹿児島大学付属図書館玉里文庫蔵『金瓶梅』を中心として―〉，《中国中世文学研究》第 56 卷（2009 年 9 月），頁 59～79；〈江戶時代における『金瓶梅』の受容（1）―辞書、随筆、洒落本を中心として―〉，《龍谷紀要》第 32 卷（2010 年第 1 号），頁 1～20；〈江戶時代における『金瓶梅』の受容（2）―曲亭馬琴の記述を中心として―〉，《龍谷紀要》第 32 卷（2011 年第 2 号），

的認識，還有待時間驗證。

　　有關江戶時代《金瓶梅》輸入日本的資料，大庭修《江戶時代における唐船持渡書の研究》一書，記載了輸入時間、輸入版本及冊數，以及當時《金瓶梅》的拍賣價格。〔註96〕江戶時代出現《金瓶梅》的訓譯本和改編讀本，訓譯以鹿兒島大學藏本——高階正巽《金瓶梅》寫本取得較高成就，這是一群具豐厚漢學底蘊的江戶文人共同訓譯之成果，德田武、井上泰山、川島優子等學者皆曾投入研究。〔註97〕約同時期曲亭馬琴的草雙紙《新編金瓶梅》讀本則是以婦孺為讀者群，對《金瓶梅》進行翻案，在日本《金瓶梅》傳播史上極具影響力。日本學界對《新編金瓶梅》的研究，早期有桑山龍平撰文關切，〔註98〕不過沒有得到太多迴響。近來學者特別關注到《新編金瓶梅》對中國小說的受容，神田正行的表現尤其亮眼。〔註99〕馬琴是一個多產作家，他的小說論構成江戶末期讀本文學「勸善懲惡論」的基礎，《椿說弓張月》、《南總里見八犬傳》、《三七全傳南柯夢》等作品膾炙人口，但是考察學界對江戶文學讀本的研究，《新

頁 1～20；〈江戶時代《金瓶梅》傳播考略〉，《文學新鑰》第 18 期（2013 年12 月），頁 1～20。

〔註96〕〔日〕大庭脩：《江戶時代における唐船持渡書の研究》（吹田：關西大學東西學術研究所，1967 年）。

〔註97〕〔日〕德田武：《日本近世小説と中国小説》（東京：青裳堂書店，1987 年 5月），頁 785～803。〔日〕井上泰山：〈高階正巽訳『金瓶梅』覚書〉，《中国俗文学研究》第 11 号（1993 年 12 月），頁 72～81。〔日〕井上泰山：〈江戶期における中國白話小説の解讀—高階正巽『金瓶梅』をめぐって〉，《関西大学東西学術研究所所報》第 58 号（1994 年 6 月），頁 7。〔日〕川島優子：〈江戶時代における白話小説の読まれ方—鹿児島大学付属図書館玉里文庫蔵『金瓶梅』を中心として—〉，《中国中世文学研究》第 56 卷（2009 年 9 月），頁 59～79。

〔註98〕〔日〕桑山竜平：〈馬琴の金瓶梅のことなど〉，《中文研究》第 7 卷（1967 年1 月），頁 18～24。

〔註99〕神田正行研究《新編金瓶梅》對中國小說的受容，僅單篇論文就有四篇，成績亮眼。〔日〕神田正行：〈『新編金瓶梅』発端部分の構想と中国小説〉，收入読本研究會編：《読本研究新集（第四集）》（東京：翰林書房，2003 年 6 月），頁 98～123。〈『新編金瓶梅』と『隔簾花影』〉，《近世文藝》第 82 号（2005 年7 月），頁 17～31。〈『新編金瓶梅』の翻案手法——吳服母子の受難と中国小説〉，《江戶文学》第 35 号（2006 年 11 月），頁 99～112。〈毒婦阿蓮の造形——『新編金瓶梅』の勧善懲悪〉，《芸文研究》第 91 号（2006 年 12 月），頁200～221。另有熊慧蘇：〈『新編金瓶梅』の武松物語——中国文学の継承と変容〉，《二松：大學院紀要》第 21 期（2007 年），頁 63～88。

編金瓶梅》幾乎不被提及，〔註100〕在馬琴的眾多作品中，《新編金瓶梅》的成就可能不是非常耀眼，但就《金瓶梅》在日本的受容史來說，卻是至關重要，此部分極待填補。

　　至於翻譯方面，明治至大正年間，《金瓶梅》有三部節譯本。二戰後的翻譯概況，我們由馬興國《中國古典小說與日本》、何香久：《《金瓶梅》傳播史話──一部奇書在全世界的奇遇》、小野忍〈《金瓶梅》之日譯與歐譯〉、王平：《明清小說傳播研究》、張義宏：〈日本《金瓶梅》譯介述評〉可管窺一二，〔註101〕不過這些研究的篇幅短小，旨在介紹，均止於條列式陳述，只能夠提供研究者知道有哪些譯本，卻無法得知這些譯本的實際翻譯情形以及在當代的影響力。尤有甚者，二戰前的三部節譯本均付之闕如，就《金瓶梅》在日本的傳播史來說，可說是一大空白。

　　明治時期，尚有一位知名的文豪──森鷗外留下對《金瓶梅》的閱讀記錄。森鷗外（1862～1922）在1911至1913年間於文藝上連載小說《雁》，並於小說中多次提及《金瓶梅》，因而吸引研究者注意。三好行雄率先指出《雁》裡的岡田、阿玉和末造的關係，即如《金瓶梅》中的西門慶、潘金蓮和武大。林淑丹認為三好行雄所提之對應人物，形象上差異頗大，因而認為森鷗外創作時，已經融合了《金瓶梅》和《虞初新志》中的〈小青傳〉。〔註102〕《雁》中提到主人公購買《金瓶梅》，阮毅就其中的書寫推論《金瓶梅》在明治時期已在文人間被廣為閱讀，且書價也高，同時也關注兩部作品在細節描寫上的承衍。〔註103〕顧春芳則認為《雁》的細節描寫受《金瓶梅》影響很大，並肯定森鷗外沒有將潘金蓮視為淫婦，故對筆下的女主角阿玉寄予同情。〔註104〕上

〔註100〕如葉渭渠：《日本文學思潮史》（台北：五南圖書出版公司，2003年3月）。崔香蘭：《馬琴読本と中国古代小説》（廣島：溪水社，2005年1月）。

〔註101〕馬興國：《中國古典小說與日本文學》，頁242～246；何香久：《《金瓶梅》傳播史話──一部奇書在全世界的奇遇》，頁362～367。〔日〕小野忍撰、黃得時譯：〈《金瓶梅》之日譯與歐譯〉，《中外文學》第4卷第8期（1976年1月），頁94～97。王平主編：《明清小說傳播研究》，頁639～640。張義宏：〈日本《金瓶梅》譯介述評〉，《文學與文化研究》（2012年第4期），頁117～121。

〔註102〕林淑丹：〈森鷗外『雁』と『金瓶梅』──物語の交錯──〉，《鷗外》第69號（2001年7月），頁118～129。

〔註103〕阮毅：〈森鷗外と『金瓶梅』〉，《日本語日本文學》第24期（2014年3月），頁29～43。

〔註104〕顧春芳：〈森鷗外是如何接受《金瓶梅》的──以《雁》為考察中心〉，收入

述的研究都立基於一主觀認定,即「《雁》是深受《金瓶梅》影響的小說」,因此在兩書中尋找細節的相似和承衍,就成了研究者致力的目標。

第三節　研究方法與進行步驟

本文的研究動機及文獻回顧如前所述,為有效推展論述,將以具體的方式說明研究方法:

(一)立基前人研究成果,創新發明

本文討論傳播和閱讀,須由文本生發的明代開始、歷經清代至現代,以展現一條脈絡清晰的傳播史。明清版本及文本的相關研究歷來不虞匱乏,立基於前人研究的高度上,有助於開創新議題。例如明清《金瓶梅》史料研究繁多,但多集中在文字上的解讀,對於袁宏道「雲霞滿紙,勝於枚乘〈七發〉」〔註105〕之言,僅以「讚譽文采之美」目之,往往失之淺薄。為了深入追究,本文由探討〈七發〉文本出發,先明白其寫作之旨,再結合袁宏道〈龔惟長先生〉與之相似的寫作手法,考察出陸雲龍在翠娛閣選本中曾評袁宏道此文為:「窮極歡樂,可比〈七發〉」。〔註106〕是以知袁宏道將《金瓶梅》比之〈七發〉,稱其「雲霞滿紙」,除了文采斐然,當蘊有鋪陳歡樂、滿足讀者閱讀慾望之意。

以這樣創新的解讀重新審視明代文人序跋,因而有了異於前人的解讀視角,並進一步發現欣欣子、東吳弄珠客之言與袁宏道的觀點可互為表裡。細加推衍並結合時代背景,一方面瞭解部分文人的隱憂,一方面釐清崇禎本與詞話本兩條迥異的閱讀路線,以此解決學界久懸未解的歷史公案——明代論爭已久的淫書之辯。

(二)博觀而約取,重人之所輕

考察《金瓶梅》傳播研究,對於書價問題總是略而不論。書價在本質上是一個相當複雜的問題,同一個時代可能存在著極昂貴或極低廉的紀錄,我們不

中國金瓶梅研究會編:《金瓶梅研究(第十二輯)》(鄭州:中洲古籍出版社,2016年1月),頁75～79。

〔註105〕〔明〕袁宏道:〈董思白〉,收入《袁中郎全集》(台北:偉文圖書出版社,1976年9月),卷21,頁1000。

〔註106〕〔明〕何偉然選:《十六名家小品》(合肥:黃山書社,2009年,據明崇禎六年陸雲龍刻本影印),〈袁中郎先生小品〉卷2,〈龔惟長先生〉條。

應認為某個時代的書價是整齊劃一的。〔註107〕由於書價屬於物質文化研究，往往牽涉到當代的經濟問題，因此研究者多避而不談。〔註108〕其實有關各朝各代物價的考察，已有專書和單篇論文行世，如何博觀約取並將之運用到《金瓶梅》的書價考證上，乃本文試圖處理的目標之一。

　　清末文龍曾於評點中，留下關於《金瓶梅》書價的紀錄：「在安慶書肆中，偶遇一部，索價五元，以其昂貴，置之。」可惜文龍未記錄於何年造訪安慶書肆。因此以這條線索出發，先考察文龍的生平，瞭解文龍於同治九年來到安徽，進一步推測他便是在此時遊歷時來到安慶書肆。再由《欽定大清會典事例》等史料所記錄的民生物價，便可知道《金瓶梅》的書價在同治年間究竟高出民生物資多少。

（三）關注日本的傳播史，拓展研究格局

　　在中國古典文學的傳播史上，無可避免須關注到域外的問題，如果只將目光侷限於兩岸三地，則不啻劃地自限。以中國為中心，旁及日韓越的大東亞漢文化圈一直是當前中國文學研究極待開拓的議題。《金瓶梅》因其特殊的題材，在東亞傳播上的深度和廣度，無法企及其他中國經典文學。但是《金瓶梅》早在十七世紀即已傳入日本，迄今為止，在日本也已出現豐富的受容史，因而這方面的研究不容忽視。

　　以江戶時代而言，漢學底蘊豐厚的文人對於《金瓶梅》的閱讀採取學術性的眼光，以研究小說中的方言俗語為主要目的。而沒有良好漢學底子，無法親自閱讀《金瓶梅》的讀者，他們對於《金瓶梅》的接受可能是來自於曲亭馬琴改編的翻案讀本《新編金瓶梅》。《新編金瓶梅》的改寫已經悖離了原著精神，是一本內容與原著大相逕庭的改編讀本。上述這兩種不同的接受管道，已經形塑出兩種不同路線的讀者。

　　為使論述不致漫無邊際，研究範圍暫且不將續書、改編戲曲、改編影視納入討論範圍。乃因上述這些作品進行大刀闊斧的改編，可說已變成另一本獨立的文學創作，有些已經與原著的內容相差甚遠，因而可獨立成其他主題來加以研究。研究範圍劃定後，主要的研究步驟如下：

〔註107〕涂豐恩：〈明清書籍史的研究回顧〉，《新史學》（2009 年 3 月），頁 192。
〔註108〕研究《金瓶梅》的傳播論著，均未見書價的討論。

（一）蒐羅資料，彌補域外資料之缺

二十世紀以來，金學研究蔚然成風，成果如百花綻放，令人目不暇給。吳敢的《金瓶梅研究史》以中國大陸為中心，累積數量可觀的資料，但是在台灣和日本的部分則仍有不少遺珠之憾。王麗娜〈《金瓶梅》國外研究論著輯錄〉雖掇錄不少日文研究資料，但限於年代久遠，近三十年來的研究成果闕而弗錄。本文將賡續兩位學者的成就，鉤沉建構出另一份研究資料。因此特別著重台灣及日本相關研究論著，雖限於學力，難免有所疏漏，但誠可提供後續研究者參考，並有待「前修未密，後出轉精」。

（二）回歸文本，尋求史料以資佐證

前賢之研究，本文受惠良多。在分析上仍以回歸文本優先，並尋求當代史料以資佐證。由於傳播及閱讀因時代不同而有差異，因此緊扣時代背景來研讀與分析是必要的功夫。例如明代文人及清代文人對《金瓶梅》的評價可能呈現不同的觀點。在明代，許多文人讚賞《金瓶梅》反映世情的深度和廣度，袁宏道認為可比枚乘〈七發〉，並將之與六經並列；〔註109〕《幽怪詩譚小引》說《金瓶梅》是一部《世說》；〔註110〕崇禎本評點者則認為《金瓶梅》「直從太史公筆法化來」、「純是史遷之妙」。〔註111〕明代雖亦有否定《金瓶梅》的聲音，但是通常立基於和《水滸傳》做比較，如李日華批評《金瓶梅》：「大抵市諢之極穢者，而鋒錟遠遜《水滸傳》。」〔註112〕〈天許齋批點北宋三遂平妖傳序〉也認為《金瓶梅》「效《水滸》而窮者也」〔註113〕而清代文人在禁令的桎梏下，基本上是徹底否定小說，因而出現了極端偏頗的評論，這樣的差異需結合時代背景來分析，方不致於給予過多的苛責。

（三）填補日本傳播史的空白

《金瓶梅》在鄰近的日本已經建構出非常豐富的傳播史和接受史，可惜自

〔註109〕 〔明〕袁宏道：〈董思白〉、〈觴政〉，分別收入《袁中郎全集》，卷 21，頁 1000、卷 14，頁 710。

〔註110〕 〔明〕碧山臥樵：《幽怪詩譚》（台北：天一出版社，1990 年 6 月），小引。

〔註111〕 崇禎本第十四回、第二十一回批語。

〔註112〕 〔明〕李日華：《味水軒日記》，收入《歷代日記叢鈔》（北京：學苑出版社，2006 年 4 月，據民國 12 年〔1923〕吳興劉氏嘉業堂刻本影印），卷 7，頁 540。

〔註113〕 孫楷第：《中國通俗小說書目（外二種）》（北京：中華書局，2012 年 2 月），頁 88。

馬興國、何香久後，二十多年來中文學界無人致力碰觸此塊。本文呈現江戶時代至現代之受容史，並填補上述兩位學者未論及的部分。江戶時代《金瓶梅》的拍賣價格為何？高階正巽如何訓譯《金瓶梅》？曲亭馬琴《新編金瓶梅》的改編動機及翻案方式為何？明治以降，《金瓶梅》的翻譯遭遇何種困難？當代文豪對《金瓶梅》的評價如何？以上這些問題，中文學界並未回答，因此藉此探討日本如何延續中華文化，是刻不容緩的事。期許所披露之文獻能為金學研究帶來嶄新面貌，並以如此宏觀的格局開闢選題，蘊含後續研究能量，以待來日繼續鑽研。

第二章　《金瓶梅》的問世及文人的
閱讀反應

　　論及明代長篇小說的出版，司禮監、武定侯郭勛曾刊印《三國演義》，都
察院也刊印過《三國演義》和《水滸傳》，〔註1〕封建統治集團的人率先刊行，
為小說的行世開了綠燈，而後書坊紛起翻刻，也帶動歷史小說及演義小說的興
起。〔註2〕在講史演義的眾聲喧嘩中，《西遊記》於萬曆二十年被刊刻，隨後也
帶出一波神魔小說潮，約成書於此時的《金瓶梅》，以鈔本流傳於文人間，傳
抄長達約二十年，〔註3〕始被刊刻行世。

　　本章旨在介紹明代《金瓶梅》的鈔本及刻本傳播，鈔本傳播在時間、空間
上皆有侷限性，且於文人序跋中對這本書的認識已經眾說紛紜，其中的現象值
得挖掘。至於刻本則不免俗地帶有商業利益的取向，從書名、繡像、序跋等方
面，可以推估刻本的傳播情形。在《金瓶梅》的閱讀方面，文人序跋、崇禎本
評點及繡像體現明代讀者對《金瓶梅》的接受觀點，以下逐一論述之。

第一節　明代的鈔本傳播及刻本傳播

　　考察《金瓶梅》的傳播，在傳抄的二十年間，僅有零星的史料著錄，而且

<hr />

〔註1〕明代周弘祖的《古今書刻》紀錄都察院刊本《三國演義》及《水滸傳》。〔明〕
　　　　周弘祖：《古今書刻》，收入嚴靈峯：《書目類編》（台北：成文書局，1978 年 7
　　　　月，據光緒三十二年長沙葉氏觀古堂刊本影印），冊 88，頁 39364。
〔註2〕陳大康：《通俗小說的歷史軌跡》（長沙：湖南出版社，1993 年 1 月），頁 69～
　　　　70。
〔註3〕目前最早著錄《金瓶梅》的史料為萬曆二十四年袁宏道〈董思白〉，現今存世
　　　　最早的刻本為萬曆四十五年《金瓶梅詞話》。

第一筆史料至第二筆史料間相隔十年，十年間未見有任何人討論這本書，可謂
迷霧重重。《金瓶梅》的刻本現存兩種——萬曆本和崇禎本，在明代市場上，
刻本的傳播是否興盛，書價為何，帶動哪些周邊商品的出現，是一值得探論的
議題。

一、鈔本傳播：名人效應下的獵「奇」

明代許多小說都經歷從鈔本傳抄到刻本刊印的過程，〔註4〕雖然出版業的
勃興始於嘉靖年間，至萬曆已相當成熟，但迫於政治、社會和文化等諸多因素，
書籍問世後未必能立即進入出版市場，可能須經歷一段傳抄過程。《金瓶梅》
的鈔本在萬曆年間出現，是時出版技術又較以往更加成熟。而《金瓶梅》以不
全鈔本問世，內容之「奇」催化名人的熱切訪求，袁宏道寫給董其昌的信中就
首度透露這種獵奇之心：

> 《金瓶梅》從何得來？伏枕略觀，雲霞滿紙，勝於枚生〈七發〉多
> 矣。後段在何處，抄竟當於何處倒換？幸一的示。〔註5〕

上述這段引文，出自文壇名人袁宏道於萬曆二十四年寫給董其昌的書信。袁宏
道於信中透露對《金瓶梅》的愛賞，認為可比〈七發〉，同時也惋惜手中擁有
的鈔本缺少後半段，而且鈔本來源亦不明不白。此則記錄之後，有關《金瓶梅》
鈔本的資料中斷十年，一直到萬曆三十四年，袁宏道作〈觴政〉時甫再度提到
《金瓶梅》。袁宏道於〈觴政〉中說道：「傳奇則《水滸傳》、《金瓶梅》等為逸
典。不熟此典者，保面甕腸，非飲徒也。」〔註6〕十年前熱切訪求《金瓶梅》
原稿，且手中尚未擁有全稿的袁宏道，十年後卻將《水滸傳》、《金瓶梅》並列，
作為酒令。而這十年間，卻未見任何明代文人紀錄過《金瓶梅》，箇中緣由值
得探究。

《金瓶梅》記有不少「淫蕩風月之事」，〔註7〕但是明末社會風氣「人情

〔註4〕如《西漢通俗演義》、《隋唐兩朝志傳》在明代皆從鈔本爭相騰錄開始，而後由
書坊刊刻成書，廣為流布。

〔註5〕〔明〕袁宏道：〈董思白〉，收入《袁中郎全集》（台北：偉文圖書出版社，1976
年9月），卷21，頁1000。

〔註6〕〔明〕袁宏道：〈觴政〉，收入《袁中郎全集》，卷14，頁710。黃霖推定此文
成於萬曆三十四年丙午（1606）前，見黃霖：《金瓶梅資料彙編》（北京：中華
書局，1987年3月），頁228。魏子雲則推測〈觴政〉約成於萬曆三十五年間，
見魏子雲：《金瓶梅探原》（台北：巨流圖書公司，1979年4月），頁118。

〔註7〕〔明〕袁中道：《遊居柿錄》（台北：新興書局，1985年3月），第979條，頁
947。

以放蕩為快,世風以侈靡相高」,〔註8〕且不斷產出《如意君傳》、《繡榻野史》等「穢書」,而且「世間乃漸不以縱談閨幃方藥之事為恥」,〔註9〕神魔小說中雜以床笫之事也很常見,明代文人卻於這十年間忌口不談《金瓶梅》,有學者因此懷疑「傳世之《金瓶梅》非原作」,並推測《金瓶梅詞話》以前的《金瓶梅》,可能是一部有關政治諷喻的謗書。〔註10〕

《金瓶梅》的風月筆墨佔原書篇幅百分之二左右,大部分是以西門慶為中心的性描寫,多處涉及性虐待以及各式各樣的性癖好——如書中惡名昭彰的「醉鬧葡萄架」、好幹後庭花、在女性身上燒香等。以第八回為例,作者透過和尚竊聽淫聲,「播出一段有聲有色情景」,〔註11〕彷彿指引讀者親臨現場,而後作者尺度漸開,脫離了文言小說描寫性交的「意淫」手法,〔註12〕甚至成功型塑美人嬌態,能使男性讀者「玩之不能釋手,掩卷不能去心」。〔註13〕整體來說,《金瓶梅》的性描寫可謂成功。然而作者筆力之高妙,並非僅侷限於此,如袁中道就如此說:「瑣碎中有無限烟波,亦非慧人不能。」〔註14〕除了擅於描寫細節,「讀之似有一人親曾執筆,在清河縣前西門家裡,大大小小、前前

〔註8〕〔明〕張瀚:《松窗夢語》(合肥:黃山書社,2009年,據清鈔本影印),卷7〈風俗紀〉。

〔註9〕魯迅:《魯迅小說史論文集——中國小說史略及其他》(台北:里仁書局,1992年9月),頁165。

〔註10〕參考魏子雲:《金瓶梅餘穗》(台北:里仁書局,2007年1月),頁130。又魏子雲:「傳抄時代的《金瓶梅》,如果不是蘊藏了濃厚的斯一政治諷喻,其中雖有如是多的淫穢描寫,定如沈德符所說:『此種書必遂有人板行』,而且是『一刻則家傳戶到』。可是,《金瓶梅》居然傳抄了二十餘年沒有人『板行』,直到萬曆末年方行付梓。」詳見魏子雲:《小說金瓶梅》(台北:台灣學生書局,1988年2月),頁51~52。另魏子雲還提到詞話本《金瓶梅》第一回那頂頭上的王冠——劉邦寵愛戚夫人而欲廢嫡立庶的故事,實暗指明神宗寵愛鄭貴妃,而不冊立常洛為太子,見魏子雲:《金瓶梅的問世與演變》(台北:時報文化出版社,1981年8月),頁81~91。

〔註11〕刮號引文出自崇禎本第八回眉批。本文所引之崇禎本評語,皆參考〔明〕蘭陵笑笑生著,無名氏評點,齊煙、汝梅校點:《新刻繡像批評金瓶梅》(台北:曉園出版社,1990年9月)。

〔註12〕《遊仙窟》、《金主亮荒淫》、《如意君傳》等文言小說雖有性交描寫,但篇幅不很長,露骨程度也不及《金瓶梅》,更多時候反倒像是文人意淫之作。胡衍南:《飲食情色金瓶梅》(台北:里仁書局,2004年4月),頁99。

〔註13〕刮號引文出自崇禎本第二十七回眉批。崇禎本以男性文人的角度,對《金瓶梅》展開批評,此於後文將詳述之。

〔註14〕〔明〕袁中道:《遊居柿錄》,第979條,頁947。

後後、碟兒碗兒，一一記之」，〔註15〕《金瓶梅》的情節也往往前後照應，可見作者為文用心，決非以寫淫為目的。

這樣一部別有用心之作，在明代卻無人能知其纂作動機。袁中道云：

舊時京師，有一西門千戶，延一紹興老儒於家。老儒無事，逐日記其家淫蕩風月之事，以門慶影其主人，以餘影其諸姬。〔註16〕

指出《金瓶梅》是一部家庭小說，謝肇淛也偏向此類看法：「相傳永陵中有金吾戚里，憑怙奢汰，淫縱無度，而其門客病之，採摭日逐行事，匯以成編，而托之西門慶也」。〔註17〕然而沈德符卻說：

聞此為嘉靖大名士手筆，指斥時事，如蔡京父子則指分宜，林靈素則指陶仲文，朱勔則指陸炳，其他各有所屬云。〔註18〕

明確表明了《金瓶梅》是具政治諷喻之作。又屠本畯云：「相傳嘉靖時，有人為陸都督炳誣奏，朝廷籍其家。其人沉冤，托之《金瓶梅》」，則似也有政治諷喻之意。但現今傳世之《金瓶梅》，無法看到以蔡京父子指分宜、以林靈素指陶仲文、以朱勔指陸炳的情節。《金瓶梅》確實有指斥時事之處，但皆是透過西門慶以官商勾結來擴張私領域所顯現，最後一回雖有以金兵南下來暗喻明朝覆亡，卻並非該回的主要情節，詞話本及崇禎本最末回回目分別是：「韓愛姐湖州尋父，普靜師薦拔群冤」、「韓愛姐路遇二搗鬼，普靜師幻度孝哥兒」，俱說明家亡伴隨國亡，可見一家興亡才是《金瓶梅》的描寫重心所在。

由以上例子可見，關於《金瓶梅》的纂作動機，皆是透過「相傳」、「聞此」等口耳傳播的方式，以致眾說紛紜。考之明代史料，則知這樣的現象不難理解。《金瓶梅》鈔本傳播的二十年中，明代留下史料記錄的文人，幾乎無人擁有全稿，袁宏道於萬曆二十四年即已在訪求《金瓶梅》後半部，至萬曆二十五、二十六年左右，其弟袁中道還是只能「見此書之半」，〔註19〕約此

〔註15〕語出張竹坡〈批評第一奇書金瓶梅讀法〉。〔清〕張竹坡評點，劉輝、吳敢輯校：《會評會校金瓶梅》（香港：天地圖書有限公司，2010年5月），頁2127。

〔註16〕〔明〕袁中道：《遊居柿錄》，第979條，頁947。

〔註17〕〔明〕謝肇淛：《小草齋文集》，收入《四庫全書存目叢書·集部》（台南：莊嚴文化公司，1979年6月，據福建師範大學圖書館藏明刻本配鈔本影印），卷24，頁278。

〔註18〕〔明〕沈德符：《萬曆野獲編》（台北：新興書局，1985年3月），卷25，頁652。

〔註19〕袁中道云：「後從中郎真州，見此書之半」，時為萬曆二十五、二十六年間。詳見黃霖：《金瓶梅資料彙編》，頁229。

時，屠本畯提到王宇泰曾以重價購鈔本二秩，[註20] 須知「凡書市之中，無刻本則抄本價十倍。刻本一出，則抄本咸廢不售矣」，[註21] 僅二秩的鈔本就價高如此，正反映出《金瓶梅》的鈔本極為珍貴，且訪求不易，而屠本畯還說：「復從王徵君百穀家又見抄本二秩，恨不得睹其全」，可見王徵君家的二秩鈔本與王宇泰所購的二秩顯然不同。類似這樣的紀錄，還可於其他明人筆記中見到，如謝肇淛亦云：

> 此書向無鏤版，鈔寫流傳，參差散失。為弇州家藏者最為完好。余
> 於袁中郎得其十三，於丘諸城得其十五，稍微釐正，而闕所未備，
> 以俟他日。[註22]

鈔本以零散的方式流入市面，在小說傳播上實屬罕見，故文人能一睹全書之貌者少之又少，共通記載都指向王世貞家藏有全本。[註23] 在漫長的傳抄時間內，拜抄手水平不一所致，鈔本的品質也參差不齊，購書者可能須對鈔本加以釐正和補闕。《金瓶梅》究竟於完書後以全稿拋入市面，或以半成品的形式先行流通而後作者再補寫後半章回，因史料缺乏已無從考證。袁宏道只讀數卷，就已覺「甚奇快」，[註24] 《金瓶梅》在文人中掀起一陣波瀾，實與名人效應下的獵「奇」心理有關。袁宏道前後兩次評價《金瓶梅》，第一次稱許《金瓶梅》勝於枚乘〈七發〉，第二次則於〈觴政〉中將《金瓶梅》與《論語》、《孟子》、柳永及辛棄疾等文人作品並列，作為酒令，展現極高的評價。袁宏道是文壇名人，有幸先睹為快，並在鈔本流通尚不全的階段為《金瓶梅》記下兩筆資料，時人對《金瓶梅》因此往往未睹書貌卻已先耳聞，如屠本畯在《山林經濟籍》中曾如此說道：

[註20] 屠本畯：「予過金壇，王太史宇泰出此，云以重賫購抄本二帙。」詳見〔明〕屠本畯：《山林經濟籍》，由於此書稀見，故本段引文轉引自黃霖：《金瓶梅資料彙編》，頁231。又劉輝於〈屠本畯的《山林經濟籍》與《金瓶梅》〉一文中，考證「予過金壇」約在萬曆二十年至二十五年間。詳見劉輝：《金瓶梅論集》（台北：貫雅文化，1992年3月），頁72～73。

[註21] 〔明〕胡應麟：《少室山房筆叢》，收入《文津閣四庫全書・子部》（北京：商務印書館，2005年），卷4，頁525。

[註22] 〔明〕謝肇淛：《小草齋文集》，收入《四庫全書存目叢書・集部》卷24，頁279。

[註23] 屠本畯《山林經濟籍》也提到：「王大司寇鳳洲先生家藏全書，今已失散。」黃霖：《金瓶梅資料彙編》，頁231。

[註24] 沈德符《萬曆野獲編》：「丙午遇中郎京邸，問曾有全帙否？曰第觀數卷，甚奇快。」〔明〕沈德符：《萬曆野獲編》，卷25，頁652。

不審古今名飲者，曾見石公所稱逸典否？……如石公而存是書，不
為託之空言也。否則，石公未免保面甕腸。

袁宏道的〈觴政〉作於萬曆三十四年的，未幾時屠本畯就提出這樣的質疑，
〔註25〕顯見《金瓶梅》在文人圈中幾乎是難睹全本。這時《金瓶梅》距離袁宏
道首度訪求已差距十年，也許袁宏道手中已有全本，故敢將《金瓶梅》配為酒
令，但屠本畯卻直言「《金瓶梅》流傳海內甚少」，並有質疑袁宏道託之空言之
意，也從側面反映出許多明代文人根本難以見到此書，而是透過袁宏道接收此
書訊息，另一位知名文人沈德符就因未睹此書而深感到遺憾，直言：「袁中郎
〈觴政〉以《金瓶梅》配《水滸傳》為外典，予恨未得見。」更有文人遲至萬
曆四十三年左右，始見此書：

五日，伯遠攜其伯景倩所藏《金瓶梅》小說來，大抵市諢之極穢者，

而鋒燄遠遜《水滸傳》。袁中郎極口贊之，亦好奇之過。〔註26〕

這是李日華的記載，他得以觀覽此書，還是透過友人攜帶過來，否則對《金瓶
梅》的認識可能只能繼續停留在袁宏道的「極口贊之」。袁宏道的推崇對《金
瓶梅》的傳播多少起到推波助瀾之效，許多文人藉由名人的推崇而產生好奇心
理，復因《金瓶梅》流通不廣，使文人更想爭睹風采。再者，《金瓶梅》內容
之「奇」，也使明人趨之若鶩。明代雖產出不少「穢書」，但像《金主亮荒淫》、
《如意君傳》、《繡榻野史》等小說，寫作之初已預設將內容作為一部宣淫之作
來寫，小說未著墨於世情書寫，亦不似《金瓶梅》為百回巨作。《金瓶梅》偌
大的篇幅承載更多內容，雖然小說中的風月筆墨不遜於這些穢書，但僅佔全書
百分之一、二的篇幅，〔註27〕作者若意在宣淫，不須特撰百回巨作，令讀者覽
不盡興。明代文人或注意其世情書寫，或關注其中的政治諷喻，都表明了撇開
情色筆墨，《金瓶梅》仍有許多特出之處，此為《金瓶梅》較前述「穢書」為
奇的原因之一。原因之二在於《金瓶梅》的風月描寫功力遠高於前述明代穢書，

〔註25〕袁中郎的〈觴政〉寫於萬曆三十四年，萬曆三十六年又補作〈酒評〉，附於〈觴
政〉後面，而屠本畯的《山林經濟籍》未收〈酒評〉，故可推知此跋語應作於
萬曆三十六年前，保守估計在萬曆三十四、三十五年間。見劉輝：《金瓶梅論
集》，頁71～72。

〔註26〕〔明〕李日華：《味水軒日記》，收入《歷代日記叢鈔》（北京：學苑出版社，
2006年4月，據民國12年〔1923〕吳興劉氏嘉業堂刻本影印），卷7，頁
540。

〔註27〕統計數字來自劉輝：《金瓶梅論集》，頁309。

畢竟在《金瓶梅》誕生之前，中國罕有如此赤裸描繪性交活動的文學作品，在這之後的色情小說，藝術價值卻和《金瓶梅》相差好幾個等級。〔註28〕這般赤裸的性交描寫——尤其牽涉到不少性虐待場景，要說它是「市諢之極穢」亦不為過。然而作者筆力之高，使明人稱奇之處，乃在於小說同時提供了文心細膩的市井風貌、若干政治諷喻（在傳抄時代，也許有更高的比例），以及一場又一場驚心動魄的性愛饗宴。

此外，在明代長篇通俗小說的發展史上，嘉靖到萬曆前七十年間，小說皆據正史或已有的話本改編，可以說這七十年間清一色的講史演義始終在正史的籠罩下徘徊。〔註29〕《西遊記》率先掙脫「按鑒演義」的束縛，帶領神魔小說的興起，《金瓶梅》則作為人情小說的開山祖，兩者皆打破講史演義乏味的說教和寫作模式，融入更多的虛構，但是《金瓶梅》比起《西遊記》又更貼近市民生活，是中國首部以市井小民為中心的長篇通俗小說，生動刻畫了明代社會的眾生相，自然令人耳目一新。

《金瓶梅》由袁宏道披露於世以來，只在狹小的文人圈中傳抄，而且是透過「公諸同好」的方式。明代知名畫家董其昌，將《金瓶梅》分享給袁宏道，又對袁中道說：「近有一小說，名《金瓶梅》，極佳」。袁中道因此私下留意。〔註30〕沈德符待袁中道上公車，始能「借抄挈歸」。〔註31〕李日華又待李伯遠攜沈德符所藏的《金瓶梅》來訪，才得以觀覽此奇書。薛岡則言：「往在都門，友人關文西吉士，以抄本不全金瓶梅見示」。〔註32〕更有久借而不還者，須寫信加以催討：「《金瓶梅》料已成誦，何久不見還也？」〔註33〕又崇禎二年（1629）《幽怪詩譚・小引》有云：「不觀李溫陵賞《水滸》、《西遊》，湯臨川賞《金瓶梅詞話》乎？」〔註34〕湯顯祖卒於萬曆四十四年，湯顯祖的表兄弟為劉守有，

〔註28〕 參考胡衍南：《飲食情色金瓶梅》，頁83。

〔註29〕 陳大康：《通俗小說的歷史軌跡》，頁158。

〔註30〕 袁中道《遊居柿錄》：「往晤董太史思白，共說諸小說之佳者，思白曰：『近有一小說，名《金瓶梅》，極佳。』予私識之。」〔明〕袁中道：《遊居柿錄》，第979條，頁947。

〔註31〕 沈德符《萬曆野獲編》：「又三年，小修上公車，已攜有其書，因與借抄挈歸。」〔明〕沈德符：《萬曆野獲編》，卷25，頁652。

〔註32〕 〔明〕薛岡：《天爵堂筆餘》（明崇禎間刊本，國立北平圖書館善本書目），因版本稀見，本處引文轉引自黃霖：《金瓶梅資料彙編》，頁235。

〔註33〕 袁宏道〈與謝在杭〉，〔明〕袁宏道：《袁中郎全集》，卷24，頁1115。

〔註34〕 〔明〕碧山臥樵：《幽怪詩譚》（台北：天一出版社，1990年6月），小引。

劉守有之子劉承禧是《金瓶梅》鈔本的收藏者，〔註35〕由這層關係可知，湯顯祖也讀過《金瓶梅》了。

觀察《金瓶梅》的鈔本傳播歷程，讀者的侷限和時間的費時是兩大特色。從萬曆二十四年鈔本問世以來，僅在狹小的文人圈中兜轉，文人彼此交好，但因《金瓶梅》卷帙浩瀚，因此鈔本的借閱和流通耗時相當久。在傳抄的二十年中，訊息透過書信和口耳相傳的方式逐漸流播到文人間。尤其在袁宏道公開將《金瓶梅》與其他名著相提並論後，《金瓶梅》成了文人爭想訪求的「奇書」。晚明馮夢龍將《三國演義》、《水滸傳》、《西遊記》、《金瓶梅》合稱「四大奇書」，但《金瓶梅》在作者及成書過程等各方面的爭議卻遠高於其他三部奇書，更因語涉淫穢，在傳抄過程就開始出現爭議。明人獵奇的同時，也展現出道德矛盾，例如董思白認為此書「極佳」，卻又說「決當焚之」，袁中道也說：「此書誨淫，有名教之思者，何必務為新奇，以驚愚而蠱俗乎？」〔註36〕謝肇淛愛賞《金瓶梅》，卻深有顧慮：「有嗤余誨淫者，余不敢知」，並拉名人的保證來為自己背書：「然溱洧之音，聖人不刪，則亦中郎帳中必不可無之物也。」〔註37〕看來《金瓶梅》傳播之「奇」也展現在令文人又愛又懼上，並考驗著文人獵奇之餘，是以何種態度來評價小說中的風月筆墨。

二、刻本傳播：《金瓶梅》的商業化

論及明代小說的刊刻發展是有軌跡可循的。明初傳奇小說從《剪燈新話》、《剪燈餘話》面世後，帶動短篇傳奇的寫作風潮，成化二十二年《鍾情麗集》刊刻後，又推動了明代中篇傳奇小說的創作，《懷春雅集》、《尋芳雅集》、《天緣奇遇》等紛紛問世。〔註38〕傳奇小說盛行以嘉靖前後最勝，到萬曆流風也還未泯滅。〔註39〕而《三國演義》、《水滸傳》在正德、嘉靖年間陸續刊行後，又

〔註35〕 沈德符《萬曆野獲編》：「今惟麻城劉延白承禧家有全本，蓋從其妻家徐文貞錄得者。」〔明〕沈德符：《萬曆野獲編》，卷25，頁652。

〔註36〕 二例引文俱出袁中道《遊居柿錄》。〔明〕袁中道：《遊居柿錄》，第979條，頁947、948。

〔註37〕 〔明〕謝肇淛：《小草齋文集》，收入《四庫全書存目叢書‧集部》，卷24，頁279。

〔註38〕 陳益源：《元明中篇傳奇小說研究》（香港：學峰文化公司，1997年12月），頁77。

〔註39〕 葉德均認為明代傳奇以單篇一類計算，至少有四十種以上。葉德均：《戲曲小說叢考》（台北：文史哲出版社，1989年3月），頁535。

帶動歷史小說的刊刻，從嘉靖至萬曆十九年，出現了《大宋中興通俗演義》、《列國志傳》、《全漢志傳》、《唐書志傳通俗演義》、《英烈傳》等多部作品。萬曆二十年《西遊記》刊行後，甫又盛行神魔小說的刊刻，包括《三寶太監西洋記通俗演義》、《五顯靈官大帝華光天王傳》、《北方真武祖師玄天上帝出身志傳》、《八仙出處東遊記》等。萬曆二十二年公案小說《包龍圖判百家公案》刊行後，《皇明諸司公案傳》、《明鏡公案》、《古今律條公案》、《海剛峰先生居官公案傳》也搭上這波刊刻風潮。〔註40〕以此看來，小說的刊刻和流行與當時的出版商機有關，而出版商機又牽制於讀者的品味。

　　《金瓶梅》的鈔本傳播之際，即有文人注意到翻刻此書當有利可圖：

> 吳友馮猶龍見之驚喜，慫恿書坊以重價購刻。馬仲良時榷吳關，亦勸予應梓人之求，可以療飢。予曰：「此等書必遂有人板行，但一刻則家傳戶到，壞人心術，他日閻羅究詰始禍，何辭置對？吾豈以刀錐博泥犁哉！」仲良大以為然，遂固篋之。未幾時而吳中懸之國門矣。〔註41〕

出版書籍往往考量到市場需求。由上述引文可知，先是馮夢龍想慫恿書坊以重價購刻，而後馬仲良也認為出版《金瓶梅》有利可圖，兩人皆看準《金瓶梅》的出版商機。考察明代的時風，「成化時，方士李孜、僧繼曉已以獻房中術驟貴，至嘉靖間而陶仲文以進紅鉛得倖於世宗，官至特進光祿大夫柱國少師少傅少保禮部尚書恭誠伯。于是頹風漸及士流……世間乃漸不以縱談閨幃方藥之事為恥。風氣既變，並及文林，故自方士進用以來，方藥盛，妖心興，而小說多神魔之談，且每敘床笫之事也。」〔註42〕為詞話本作序的欣欣子也云：「譬如房中之事，人皆好之，人非堯舜，鮮不為所眈」，〔註43〕因知時風並不避談房事。而《金瓶梅》語涉淫穢，在「人情以放蕩為快、世風以奢靡相高」的明中葉，確能投俗所好，故沈德符肯定此書必有人出版，且自信出版後能「家傳戶到」。

〔註40〕由《中國通俗小說書目（外二種）》、《中國通俗小說總目提要》所著錄之資料歸納得知。孫楷第：《中國通俗小說書目（外二種）》（北京：中華書局，2012年2月）。江蘇省社會科學院編：《中國通俗小說總目提要》（北京：中國文聯出版社，1990年2月）。

〔註41〕〔明〕沈德符：《萬曆野獲編》，卷25，頁652。

〔註42〕魯迅：《中國小說史略》，收入《魯迅小說史論文集——中國小說史略及其他》，第十九篇〈明之人情小說（上）〉，頁165。

〔註43〕〔明〕蘭陵笑笑生著，梅節校注：《金瓶梅詞話》（台北：里仁書局，2007年11月），欣欣子〈金瓶梅詞話序〉，頁2。

　　不過，沈德符因擔憂出版此書會「壞人心術」，因此婉拒了朋友的出版建議，未料過不了多久，《金瓶梅》就在吳中被刊刻出版。現在無法看到吳中刻本，僅存的明刻本只有《金瓶梅詞話》及《新刻繡像批評金瓶梅》。

　　《金瓶梅詞話》現存版本極少，一般研究書籍著錄以下五種：

　　（一）《新刻金瓶梅詞話》，一百回，台灣故宮藏本。〔註44〕

　　（二）《新刻金瓶梅詞話》，一百回，日本日光輪王寺慈眼堂藏本。

　　（三）《新刻金瓶梅詞話》，一百回，日本德山毛利氏棲息堂藏本。

　　（四）《金瓶梅詞話》，殘本，日本京都大學附屬圖書館藏本。

　　（五）《繡像八才子詞話》，殘本，北京傅惜華藏本，清順治八年印本。〔註45〕

鳥居久靖指出，京都殘本可能是故宮藏本的複印本，而慈眼堂藏本是故宮藏本的異版。長澤規矩也據字樣推定慈眼堂藏本為崇禎年間刊刻，復又經過比對，認為慈眼堂藏本和棲息堂藏本為印刷先後的兄弟關係（慈眼堂藏本或早於棲息堂藏本，兩者在第五回的末頁異版）。〔註46〕基本上後世學者也多主張中、日這幾個版本是源於同一版式，〔註47〕但也有認為故宮藏本和慈眼堂藏本非同一版式。〔註48〕

　　就書名《新刻金瓶梅詞話》來說，明代印刷業發達，市場競爭激烈，萬曆年間小說、戲曲又特別發達，書商為了招徠讀者，在書名上加上「新刻」字樣是爭奪市場的手段之一。「新刻」有兩義，一是代表此本為新編的刻本，或是

〔註44〕此版本於1932年在山西省發現，初藏北京圖書館，抗日戰爭時寄存於美國國會圖書館，1975年歸還台灣。詳見胡文彬：《金瓶梅書錄》（瀋陽：遼寧人民出版社，1986年10月），頁9。〔日〕鳥居久靖撰〈《金瓶梅》版本考〉（1955年）時，尚為「北京圖書館藏本」，本文於此異為「台灣故宮藏本」。

〔註45〕現為中國藝術研究院藏，參見胡文彬：《金瓶梅書錄》，頁17。長澤規矩也推測這是詞話本的後印本。

〔註46〕〔日〕長澤規矩也：〈《金瓶梅》詞話影印的經過〉，收入黃霖編：《日本研究《金瓶梅》論文集》（濟南：齊魯書社，1989年10月），頁86～87。

〔註47〕魏子雲：「這部萬曆丁巳敘的《金瓶梅詞話》，在明朝只刻過一次。如果說刻過兩次，只是補刻了那第五回的末葉半版」，魏子雲：《金瓶梅的問世與演變》，頁57。魯哥、馬征對照了中日版本後說：「日本慈眼堂、棲息堂藏本和北京圖書館藏本是同一刻本；僅棲息堂藏本第五回末頁是另刻的」，魯歌、馬征：〈中日所藏《金瓶梅詞話》應是同一刻本〉，《明清小說研究》第3期（1988年），頁114。

〔註48〕劉輝：《金瓶梅論集》，頁149。

將舊本重新修訂後刊刻而成。〔註49〕但也有既非新編,也非重編者,純為招來買氣而冠以「新刻」的情形存在,因此「新刻」未必代表是再刻本。萬曆丁巳本大約在萬曆末年至天啟年間付刻,要刊刻這部百回巨著所耗費的人力和經費應是相當可觀。明末清初《金瓶梅》在市面上的流傳以崇禎本為主,詞話本是否可能在明代刊刻兩次以上?就現存版本來看,第一次印刷後售罄,原版可再利用,因此第五回末頁已失,再據以補入即可,尤其在崇禎初年崇禎本已接著面世,就出版經營市場的觀點來看,是不需再重新刊刻一次,因此書名上的「新刻」可能只是出版商慣用的手段。另由故宮藏本、慈眼堂本、棲息堂藏本三本是同一刻,只是印刷先後之別來看,可知萬曆四十五年的詞話本再刊刻後,於明代又複印多次,顯見《金瓶梅》有足夠的市場。

而崇禎本《金瓶梅》版本著錄不一,包括清初翻刻本,約有十幾部,許多學者對崇禎本的版本做過詳細研究,並撰文發表,在此不贅述。〔註50〕崇禎本《金瓶梅》相較於詞話本《金瓶梅》,在版本上的一大特點是多了繡像和評點。「繡」意即精工雕琢,「像」指故事情節圖,故「繡像」即為精美插圖。評點則是在書中加入評語,有指引閱讀的功能。明代萬曆年間,版畫的發展達到鼎盛,尤其在戲曲、小說、醫書、啟蒙書等,多附有插圖,是當時的特色之一。〔註51〕書坊為了推銷圖書,結合書中內容刻附精美的插圖,書名冠以「繡像」、「全相」、「繪像」、「圖像」,再加上「批評」、「評點」等字樣,代表經某學者點評,如此一來能提高書本的價值,有利出售。因此崇禎本比起詞話本,就商業角度來看是更容易取得讀者歡迎。

至於《金瓶梅》在明代的書價為何?由於這兩種刻本均未標價,故無法給出一個肯定答案,因而難以考證出明確的數據,只能藉由史料流存下來的外緣資料來推估,才能大致明白書價和民生物價的差距。根據葉夢珠《閱世編》所載,明代物價在崇禎五年時,「每斗白米價一百二十文,值銀一錢」、至崇禎十

〔註49〕葉樹聲、余敏輝:《明清江南私人刻書史略》(合肥:安徽大學出版社,2000年5月),頁139。

〔註50〕相關資料可參考〔日〕鳥居久靖:〈《金瓶梅》版本考〉,頁22~31。胡文彬:《金瓶梅書錄》,頁30~35。王汝梅:〈新刻繡像批評金瓶梅前言〉,頁2~6。黃霖:〈關於《金瓶梅》崇禎本的若干問題〉,收入《金瓶梅研究第一輯》(南京:江蘇古籍出版社,1990年9月),頁60~68。

〔註51〕沈津:〈明代坊刻圖書之流通與價格〉,《國家圖書館館刊》第1期(1996年6月),頁108。

一、二年間，「錢價日減；米價頓長，斗米三百文，計銀錢八九分」。紙價則「予幼時七十五張一刀，價銀不過二分，後漸增長。至崇禎之季順治之初，每刀止七十張，價銀一錢五分」。〔註52〕〔註53〕而依據吳振漢所引之萬曆三十三年《武進縣志》，可知豬肉、羊肉百斤均只要二兩、兔百隻五兩、鹿每隻六兩，婢女、奴婢的價格也只落在五、六兩左右。〔註54〕至於明代書本多未標價，書價的第一手資料亦難取得，張秀民《中國印刷史》提供了萬曆金閶書坊舒冲甫刊《封神演義》「每部定價紋銀貳兩」、萬曆三十九年安正堂梓《新編事文類聚翰墨大全》一百二十五卷「每部價銀壹兩正」、李衙刊發的《月露音》「每部紋銀八錢」。〔註55〕而據《明史・食貨志》所載，嘉靖末年的官奉，以正七品的翰林院編修為例，年祿相當米九十石，約折合銀兩五十八兩五錢，換算下來每月四兩九錢。〔註56〕

時　代	民生物價		書　價		官　奉
嘉靖末年					正七品每月四兩九錢
萬曆33年（武進）	豬肉、羊肉百斤	二兩			
	兔百隻	五兩			
	鹿一隻	六兩			
萬曆39年			《新編事文類聚翰墨大全》（125卷）	一兩	
			《月露音》	八錢	
崇禎5年	白米一斗	一錢			
崇禎11年	白米一斗	八、九分			

　　早有學者指出，萬曆、崇禎的米價都極為昂貴，要購買一部官印的《宣和集古印史》一部要價銀一兩五錢，可購米五石之多。明代書價受到印刷精粗、時價因素等許多複雜層面的影響，紙張的價格加上刻工、印製及油墨的

〔註52〕〔清〕葉夢珠撰，來新夏點校：《閱世編》（台北：木鐸出版社，1982年4月），頁152、160。
〔註53〕沈津：〈明代坊刻圖書之流通與價格〉，頁115。
〔註54〕吳振漢：〈明代奴僕之生活概況──幾個重要問題的探討〉，《史原》第12期（1982年11月），頁34～36。
〔註55〕張秀民：《中國印刷史》（杭州：浙江古籍出版社，2006年10月），頁372。
〔註56〕〔清〕張廷玉：《明史・食貨志・奉餉》，《文津閣四庫全書・史部》（北京：商務印書館，2005年），卷82，頁384。

成本，例如《封神演義》這類的通俗讀物需紋銀貳兩，而同樣大部頭的《春秋列國志傳》卻只要銀一兩，而這兩部書，「都是每半頁 10 行，每行 20 字，即每半頁有 200 字，這是一般古籍的標準刻印格式，直到明亡，新出的通俗小說大多也這樣刻印」。〔註 57〕如果同樣的格式，相差不多的篇幅，書價差距卻不小的話，則原因可能在於紙價及油墨等刻印工具的成本優劣上。基本上這是一個非常複雜的問題，但透過物價和民生物價的比較，還是可以看出書價在明代似乎不如想像中的便宜，甚至可以說是偏高的。〔註 58〕《金瓶梅》卷秩浩瀚，一部百回本的《金瓶梅》在明代應是要價不斐，若非經濟有餘裕的人家，恐怕難以負擔。

而據研究指出，嘉靖、萬曆年間書坊服務的對象主要是既有錢，文化程度又不高的人——亦即當時的商人。〔註 59〕因經商而有一定的經濟能力，進而對娛樂產生需求，故商業發達也刺激小說、戲曲等通俗文學的出版。相反地，對於經濟不富裕的老百姓而言，要消費一至兩銀錢購買一部小說來閱讀，卻是相當吃力的事。這時候，書坊可能為了增廣小說的銷路，設法使用各種方法壓低小說書價，一個顯著的例子在於粗劣紙張的使用。日本內閣文庫藏本的《新刻繡像批評原本金瓶梅》，二十冊線裝的表紙係由印刷物的背面張貼而成，從其文字判斷為《八品函》和《十三經類語》的印刷殘餘劣紙，研判部分表紙是採用「八品函」，這三本書應本於杭州的同一書肆，其發行年代應是崇禎十三年或稍晚。〔註 60〕可看出當時的書肆為了降低成本，以獲得更高的利潤，不講究印刷品質，用便宜的劣紙粗糙濫製。於利之所趨之下，為了在競爭激烈的市場上取得經營優勢，這些犧牲品質的書籍，印刷成本也較一般書籍少，因而能夠用更低廉的價格出售。

由此可知，繡像、評點的加入，及使用劣質紙張的刻本，都反映出《金瓶梅》商業取向的出版現象。另外，小說的序跋也具有推銷書本的功能，詞話本〈欣欣子序〉就是一種另類的廣告：

〔註 57〕 陳大康：《通俗小說的歷史軌跡》，頁 180。

〔註 58〕 王三慶也認為消費性書刊動輒一至兩銀錢，已足夠供五口之家飯食泡菜約把月了。王三慶：〈明代書肆在小說市場上的經營手法和行銷策略〉，收入〔日〕磯部彰編：《東アジア出版文化研究——にわたずみ》（東京：二玄社，2004年 3 月），頁 41。

〔註 59〕 陳大康：《通俗小說的歷史軌跡》，頁 54。

〔註 60〕 〔日〕荒木猛著，任世雍譯：〈新刻繡像批評金瓶梅（內閣文庫藏本）出版書肆之研探〉，《中外文學》第 13 卷第 2 期（1974 年 7 月），頁 108～113。

> 吾嘗觀前代騷人,如盧景暉之《剪燈新話》、元微之之《鶯鶯傳》、
> 趙君弼之《效顰集》、羅貫中之《水滸傳》、邱瓊山之《鍾情麗集》、
> 盧梅湖之《懷春雅集》、周靜軒之《秉燭清談》,其後《如意傳》、《于
> 湖記》,其間語句文確,讀者往往不能暢懷,不至終篇而掩棄之矣。
> 此一傳者,雖市井之常談,閨房之碎語,使三尺童子聞之,如飲天
> 漿而拔鯨牙,洞洞然易曉。〔註61〕

序跋在明代小說中具有廣告作用,藉由序跋介紹小說的內容和價值,可以抬高
小說的身價。由上述引文可看出,欣欣子為了突出《金瓶梅》的獨到之處,特
別將它抬高於眾多名著之上。序中指出許多前代騷人的作品已經不能滿足讀
者,這些作品以文言書寫為主,如《鍾情麗集》、《懷春雅集》等文言傳奇小說
是以才子佳人為書寫對象,《如意君傳》則以女皇帝武則天的情愛為主,雖文
采精琢,還是令讀者不能暢懷。欣欣子由讀者品味角度的改變切入,指出這些
著作皆已無法滿足讀者,語句不無誇張之意,但確實就《金瓶梅》的世情書寫
給予肯定。此序跋指出《金瓶梅》不同於其他市面上流傳的書籍,對於求新求
奇的讀者來說,不啻是篇能夠刺激讀者購買慾望的廣告。

　　《金瓶梅》商業化的成功還可以由明末市面上流傳的書籍來窺其梗概。
《金瓶梅》以書中三大主要女性人物的名字——潘金蓮、李瓶兒、龐春梅——
各取一字,成其書名。而明末清初許多小說紛紛仿效這種命名方式,如崇禎
年間的《繡像玉閨紅全傳》,就是出自小說中的三位女性:「金玉文」、「李閨
貞」、「紅玉」。這種命名方式追根究底,應該上溯至比《金瓶梅》更早的中篇
傳奇小說《嬌紅記》(主人公「嬌娘」、「飛紅」)。《嬌紅記》相傳為元人宋梅
洞所撰,李昌祺於永樂十年的《賈雲華還魂記》最早記載此書。明初至明中
葉,已有許多傳奇小說受《嬌紅記》影響而產生,〔註62〕但兩百年間卻沒有
作品襲用這種命名方式。直到《金瓶梅》仿效後,似乎就此聲名大噪,《金瓶
梅》之後許多才子佳人小說鍾情這種命名方式,可以知道這種影響力是《金瓶
梅》所帶來的。

〔註61〕〔明〕蘭陵笑笑生著,梅節校注:《金瓶梅詞話》,欣欣子〈金瓶梅詞話序〉,
　　　　頁1～2。
〔註62〕如《賈雲華還魂記》和《鍾情麗集》即是。相關論述可參考伊藤漱平和陳益源
　　　　的研究。〔日〕伊藤漱平著,謝碧霞譯:〈《嬌紅記》成書經緯:其變遷及流傳
　　　　過程〉,《中外文學》第13卷第20期(1985年5月),頁90～111。陳益源:
　　　　《元明中篇傳奇小說》,頁19～44。

而小說作者、序者的化名，也仿「蘭陵笑笑生」，出現了如《繡榻野史》萬曆刊本題「醉閣憨憨子校閱」、《昭陽趣史》題「古杭豔豔生編」等，都明顯受到《金瓶梅》的影響。《金瓶梅》多少帶動了同時期或更晚的小說創作，側面上反映了《金瓶梅》在明代書肆具一定指標性，晚明風起雲湧的世情小說和情色小說受其沾溉，不無追隨潮流、提高銷路之意。

而做為一個商品，《金瓶梅》從包裝後至被讀者廣為接受，也反過來促進《金瓶梅》的流通。《金瓶梅》在明代出現了續書，沈德符於《萬曆野獲編》中提到這本書叫做《玉嬌李》，藉由這段最早的紀錄或可窺其詳：

> 中郎又云，尚有名《玉嬌李》者，亦出此名士手，與前書各設報應因果。武大後世化為淫夫，上蒸下報。潘金蓮亦作河間婦，終以極刑；西門慶則一駿憨男子，坐視妻妾外遇，以見輪迴不爽。中郎亦耳剽，未之見也。去年抵輦下，從邱工部六區志充得寓目焉。僅首卷耳，而穢黷百端，背倫滅理，幾不忍讀。……因棄置不復再展，然筆鋒恣橫酣暢，似尤勝《金瓶梅》。〔註63〕

續書一般承前書餘緒，多有不滿前書結局而續之，《玉嬌李》顯然屬此。《金瓶梅》第一百回，西門慶托生富戶沈通為次子，武大托生至徐州落鄉民范家，不太符合人心所嚮往的善惡果報。而《玉嬌李》中的武大化為淫夫，西門慶則成為坐視妻妾外遇的呆憨男子，則更符合大快人心的安排，具有迎合讀者心理的創作取向。而一般來說，原書暢銷後有利可圖，才有好事者願續其書，但沈德符卻記載此書同出一人之手，不太符合續作者的心理，且《玉嬌李》的流傳似乎不如預期，按沈德符的說法是「中郎亦耳剽，未之見也」，而後沈德符親見此書，特指出其「穢黷百端，背倫滅理」，雖然有承《金瓶梅》的政治諷喻，且筆鋒亦佳，但還是令他棄置不復再展閱，兩書的高下之別可見一斑。

《玉嬌李》於孫楷第的《中國通俗小說書目》中亦有著錄，其云：

> 《野獲編》卷二十五引，云與《金瓶梅》同出一手。張無咎《新平妖傳初刻序》云：「《玉嬌麗》（不作「李」字）《金瓶梅》如慧婢作夫人，只會日用帳簿，全不曾學得處分家政：效《水滸》而窮者也。」及重刻改定序則云：「《玉嬌麗》、《金瓶梅》另闢幽蹊，曲中奏雅，

〔註63〕〔明〕沈德符：《萬曆野獲編》，卷25，頁652。

《水滸》之亞。」以《金瓶梅》《玉嬌麗》並稱，似所指即此書。則
其書明季猶存也。〔註64〕

根據現存明刻本四十回本《平妖傳》（今藏日本內閣文庫），初刻序有「泰昌元年長至前一日隴西張譽無咎父題」，〔註65〕《金瓶梅》面世後立即有續書跟著問世，應當是好事者欲搭上這股流行風潮，書名有《玉嬌李》、《玉嬌麗》等異名，當指同書，是否曾刊刻行世，以現行資料無從得知，但在明季流傳不廣，逐漸煙沒不聞則是一事實。後人論及此書，多藉由沈德符《萬曆野獲編》窺覽，如清末俞樾引沈氏之言後，有按語曰：「今《金瓶梅》尚有流傳本，而《玉嬌李》則不聞有此書矣。」〔註66〕和俞樾生卒時代接近的平步青亦有云：「其續書名《玉嬌李》者，今已不傳。」〔註67〕民國初年的蔣瑞藻則說：「《玉嬌李》書，僕外舅何乃普先生家有之。曲園謂世不復有，殊非然。僕亦嘗披覽一過，用意用筆，都不甚佳。事實亦與沈氏所紀不類，豈好事者偽撰，襲其名以行耶？」〔註68〕此《玉嬌李》是否為彼《玉嬌李》？有沒有可能是好事者仿作？蔣瑞藻沒有留下太多訊息。而魯迅論及沈德符這篇有關《玉嬌李》的記載時，則有此按語：「今其書已佚，雖或偶有見者，而文章事迹，皆與袁、沈之言不類，蓋後人影撰，非當時所見本也。」〔註69〕隱射了後人對失傳的《玉嬌李》有著濃厚興趣，即使此書不存，但依然有不少好事者加以偽造。《玉嬌李》身為《金瓶梅》的第一部續書，引發後人許多揣想，明季提到這本書者僅三篇資料，其中《平妖傳》初刻及再刻序都僅將之與《金瓶梅》並列，並未對這部書做其他說明，因此真正算的上史料的僅沈德符《萬曆野獲編》對《玉嬌李》的介紹了。一筆資料引發後世對這部書的許多討論，雖然幾乎沒人親賭過它的真面目，但提到《金瓶梅》的續書，《玉嬌李》也總是會被寫上一筆，足見《金瓶梅》熱潮餘波盪漾。

〔註64〕孫楷第：《中國通俗小說書目》，頁88。

〔註65〕孫楷第：《中國通俗小說書目》，頁283。

〔註66〕〔清〕俞曲園：《茶香室叢鈔》（台北：新興書局，1985年3月），卷17〈玉嬌李〉，頁3140。

〔註67〕〔清〕平步青：《霞外攟屑》（台北：新興書局，1985年3月），卷9〈小棲霞說稗・續奇書〉，頁663。

〔註68〕蔣瑞藻：《小說考證》，收入張高評主編：《民國時期文學研究叢書》（台北：文听閣圖書公司，2011年12月），頁96。

〔註69〕魯迅：《中國小說史略》，第十九篇〈明之人情小說（上）〉，頁166。

明季除了出現《金瓶梅》的續書外，也有了說唱藝術。晚明張岱在《陶庵夢憶》中如此記載：

> 甲戌十月，攜楚生住不繫園看紅葉，至定香橋，客不期而至者八人：
> 南京曾波臣，東陽趙純卿，金壇彭天錫，杭州楊與民，陸九、羅三，
> 女伶陳素芝。余留飲。……與民復出寸許界尺，據小梧，用北調說
> 《金瓶梅》一劇，使人絕倒。〔註70〕

所記的甲戌是為崇禎七年，遊客均為江南人。朱楚生、彭天錫皆是當時擅長戲曲的藝人，張岱於是書卷五〈朱楚生〉、卷六〈彭天錫串戲〉皆記其交遊。現在雖然無法考出當時《金瓶梅》是否已有演出關目，是否已公開在舞台上演出，但張岱還是為後人提供了一些訊息，所謂「用北調說《金瓶梅》」，也許只是同好之間自行編演、茶餘飯後的助興節目，但這也代表《金瓶梅》已經漸漸風行於晚明的江南了。

第二節　文人序跋的品讀觀點

現存明代文人序跋對《金瓶梅》的評論並不多，且多為零星的品評，尚不構成有系統的批評。但在序跋中，已可窺見明人對於《金瓶梅》有著褒貶兩極的反應，透過這些序跋的考察，或可明白部分文人的隱憂，其中揭示出「善讀」此一問題，即本節所欲討論的重點。

一、褒貶兩極的閱讀反應

明代對《金瓶梅》的評論，褒貶經常並置，如東吳弄珠客如此說道：「《金瓶梅》，穢書也。……然作者亦自有意，蓋為世戒，非為世勸也。」〔註71〕謝肇淛也提出相似看法：

> 其不及《水滸傳》者，以其猥瑣淫媟，無關名理。而或以為過之者，
> 比猶機軸相放，而此之面目各別，聚有自來，散有自去，讀者意想不
> 到，唯恐易盡。此豈可與褒儒俗士見哉。……有嗤余誨淫者，余不敢
> 知。然溱洧之音，聖人不刪，則亦中郎帳中必不可無之物也。〔註72〕

〔註70〕　〔明〕張岱著，馬興榮點校：《陶庵夢憶》（台北：漢京文化公司，1984 年 3
　　　　　月），頁 30。

〔註71〕　〔明〕蘭陵笑笑生著，梅節校注：《金瓶梅詞話》，東吳弄珠客〈金瓶梅序〉，
　　　　　頁 4。本文凡東吳弄珠客〈金瓶梅序〉之引文俱出於此，以下不再詳註。

〔註72〕　〔明〕謝肇淛：《小草齋文集》，收入《四庫全書存目叢書·集部》，卷 24，頁 279。

由上述兩例不難看出，擁護《金瓶梅》的文人似乎憂於被貼上「誨淫」的標籤，在這種顧慮如影隨形地糾纏下，總是先指出《金瓶梅》的淫處，再從淫處為其開脫。東吳弄珠客先開宗明義直指《金瓶梅》為穢書，為讀者打上預防針後，再從正面著筆，彷彿如此就可以避免被冠上「導欲宣淫」的罪名。謝肇淛也先以「猥瑣淫媒」、「無關名理」等負面詞語否定《金瓶梅》，再以「溱洧之音，聖人不刪」正面肯定之，最後甚至發出「豈可與褻儒俗士見哉」的感嘆，隱隱暗示非具慧眼者無法識得此書。謝肇淛與袁宏道同年，兩人相識，袁宏道曾將《金瓶梅》借與他抄閱，〔註73〕謝氏此言，不無同道中人之意。

　　僅看上述例子，或以為是明代風氣使然，故使當代文人無法暢所欲言。然而事實與之俱反，明末社會風氣「人情以放蕩為快，世風以侈靡相高」，〔註74〕在這個不斷產生「穢書」的時代，「世間乃漸不以縱談閨幃方藥之事為恥」，〔註75〕因此神魔小說中雜以床笫之事已很常見。在《金瓶梅》之前的《如意君傳》，高達三分之二的篇幅專寫淫逸，和《金瓶梅》僅佔百分之一、二的篇幅相比，像《如意君傳》這樣的小說，與《金瓶梅》同時或稍晚的作品並不少，而且這些淫書作者並不認為《金瓶梅》能稱的上是淫書。〔註76〕與此相較，一些明代文人對《金瓶梅》的驚懼眼光，則顯得耐人尋味。例如認為《金瓶梅》「決當焚之」的董思白，在現實中卻是「老而漁色，招致方士，專講房術，嘗纂奪諸生陸紹芳佃戶女綠英為妾」，〔註77〕這種士子人格的兩面性，被學者批為「封建倫理的虛偽」。〔註78〕可見一些明代文人未必真的視《金瓶梅》為淫書，也許只是站在衛道立場所進行的虛偽性指責。

〔註73〕 袁宏道〈與謝在杭〉：「《金瓶梅》料已成誦，何久不見還也？」〔明〕袁宏道：《袁中郎全集》，卷24，頁1115。

〔註74〕 〔明〕張瀚：《松窗夢語》（合肥：黃山書社，2009年，據清鈔本影印），卷7〈風俗紀〉。

〔註75〕 魯迅：《魯迅小說史論文集——中國小說史略及其他》，第十九篇〈明之人情小說（上）〉，頁165。

〔註76〕 劉輝：〈《金瓶梅》的歷史命運與現實評價——之一：非淫書辨〉，收入劉輝《金瓶梅論集》，頁299～316。陳益源：〈淫書中的淫書——談《金瓶梅》與豔情小說的關係〉，收入陳益源：《古典小說與情色文學》（台北：里仁書局，2001年9月），頁55～85。

〔註77〕 鄧之誠：《骨董瑣記・續記・三記》（台北：大立出版社，1985年5月），卷4〈董思白為人〉，頁139。

〔註78〕 趙興勤：《理學思潮與世情小說》（北京：文物出版社，2010年6月），頁319。

　　針對上述問題追根究底，須從文人對小說所肩負的社會責任及通俗小說的發展談起。通俗小說在文學史上的地位向來難以與詩、文相抗衡，注重通俗文學的馮夢龍認為「史統散而小說興」，〔註79〕因此「小說者，正史之餘也」〔註80〕成為傳統文人對小說的一種普遍看法，小說的功能也因之被視為「佐經書史傳之窮」。〔註81〕如〈醒世恆言序〉就如此比附「三言」：「以《明言》、《通言》、《恆言》為六經國史之輔不亦可乎？」〔註82〕將小說視為經史的羽翼，在一定程度上確實夠提高小說的歷史地位。

　　而此種批評觀點的形成，牽涉到小說的發展背景。以明代長篇通俗小說的發展史而言，嘉靖到萬曆前七十年間，小說皆據正史或已有的話本改編，講史演義小說成為此一時期的大宗。早期小說的批評理論，也由歷史小說的特點與意義著手，如庸愚子（原名蔣大器）在《三國志通俗演義》的序言中，〔註83〕指出史書的缺失在於「此則史家秉筆之法，其於眾人觀之，亦嘗病焉。故往往舍而不之顧者，由其不通乎眾人。而歷代之事，愈久愈失其傳。」〔註84〕而《三國志通俗演義》「文不甚深，言不甚俗，事紀其實，亦庶幾乎史。蓋欲讀誦者人人得而知之，若詩所謂里巷歌謠之義也。」〔註85〕另外，蔣大器標舉出歷史小說不同史書的地方，在於歷史小說雅俗共賞，相較於史書的「不通乎眾人」，歷史小說更能流傳久遠，如里巷歌謠深入民間，人人得而誦之。

　　較晚的修髯子（原名張尚德），則是針對歷史小說雅俗共賞的特點，點出其教化作用，其〈三國志通俗演義引〉有云：

　　　　史氏所志，事詳而文古，義微而旨深，非通儒夙學，展卷間，鮮不便思困睡。故好事者，以俗近語。檃栝成編，欲天下之人，入耳而

〔註79〕〔明〕綠天館主人：〈古今小說序〉，〔明〕馮夢龍編刊、魏同賢校點：《古今小說》（上海：江蘇古籍出版社，1991年9月），頁646。

〔註80〕〔明〕笑花主人：〈今古奇觀序〉，〔明〕抱甕老人輯：《今古奇觀》，收入《古本小說集成》（上海：上海古籍出版社，1993年，據上海圖書館藏本影印），頁1。

〔註81〕〔明〕無礙居士：〈警世通言序〉，〔明〕馮夢龍編刊、魏同賢校點：《警世通言》（上海：江蘇古籍出版社，1991年9月），頁663。

〔註82〕〔明〕可一居士：〈醒世恆言序〉，〔明〕馮夢龍編刊、魏同賢校點：《醒世恆言》（上海：江蘇古籍出版社，1991年9月），頁900～901。

〔註83〕明嘉靖刻本《三國志通俗演義》，有庸愚子序於弘治甲寅（1494）。

〔註84〕〔明〕庸愚子：〈三國志通俗演義序〉，〔明〕羅貫中：《三國志通俗演義》，收入《古本小說集成》（上海：上海古籍出版社，1994年11月，據嘉靖本影印），頁4。

〔註85〕〔明〕庸愚子：〈三國志通俗演義序〉，頁5。

通其事，因事而悟其義，因義而興乎感，不待研精覃思，知正統必
當扶，竊位必當誅，忠孝節義必當師，奸貪諛佞必當去，是是非非，
了然於心目之下，裨益風教廣且大焉，何病其贅耶！〔註86〕

因知小說之所以能輔佐經史，在於小說能深入教育程度不高的讀者群，其通俗
的敘述方式更能使大眾理解和接受，「裨益風教廣且大」就成了歷史小說在補
史上的優勢。〈古今小說序〉有言：「雖日頌《孝經》、《論語》，其感人未必如
是之捷且深也」，〔註87〕應當也是這個道理。

由於歷史小說敷衍史事，「佐經史」之說在明代小說序跋中經常被標舉。
為了提高小說的地位，歷史小說肩負了教育社會大眾的責任，因其通俗易解，
對社會的影響力可提高至與史書並列，甚至超越史書。但是較晚出的《水滸傳》
由於背負「誨盜」的爭議，因此萬曆中期〔註88〕天都外臣為《水滸傳》作序時
似已有所顧慮，序中如此說道：

或曰：「子敘此書，近於誨盜矣。」余曰：「息庵居士敘《豔異編》，
豈為誨淫乎？《莊子・盜跖》，憤俗之情；仲尼刪詩，偏存鄭衛。有
世思者，固以正訓，亦以權教。」〔註89〕

天都外臣標舉的三部作品，除了《豔異編》為天啟年間刊刻的文言小說外，
〔註90〕《莊子》及《詩經》皆在文學史上具有相當高的地位。天都外臣巧妙藉
由二事：莊子寫〈盜跖〉乃為抒發憤俗之情、孔子刪詩則存鄭衛之音，來襯托
《水滸傳》的寫作亦有其重要性，並非「誨盜」可一言以蔽之。他更提到雅士
視《水滸傳》「甚以為太史公演義」，〔註91〕將小說與史書並列，同樣展現極高
評價。〔註92〕

〔註86〕〔明〕修髯子：〈三國志通俗演義引〉，頁1～2。

〔註87〕〔明〕綠天館主人：〈古今小說序〉，頁647。

〔註88〕天都外臣序的纂作時間，馬幼垣認為當為萬曆中期或以後，而非坊間研究書
籍所採信的萬曆十七年。馬幼垣：〈問題重重的所謂天都外臣序本《水滸傳》〉，
收入馬幼垣：《水滸二論》（台北：聯經出版社，2005年11月），頁115。

〔註89〕〔明〕天都外臣：《水滸傳序》，收入丁錫根：《中國歷代小說序跋集》（北京：
人民文學出版社，1996年7月），頁1464。

〔註90〕《中國文言小說書目》題《豔異編三十五卷》，王世貞撰，約明天啟間刊。袁
行霈、侯忠義編：《中國文言小說書目》（北京：北京大學出版社，1981年11
月），頁268。

〔註91〕〔明〕天都外臣：〈水滸傳序〉，收入丁錫根：《中國歷代小說序跋集》，頁1463。

〔註92〕汪道昆將《水滸傳》與《史記》並論，最早或可上溯至李開先《詞謔・時調》，
其中記載：「崔後渠、熊南沙、唐荊川、王遵巖、陳後岡謂：『《水滸傳》委曲

　　《水滸傳》背負「誨盜」之名，而被冠上「誨淫」的《金瓶梅》，在明代則掀起更多的波瀾。明人在序跋中已意識到《金瓶梅》不同於同時代出現的淫詞小說，他們普遍認為無論在內容和文采上，《金瓶梅》俱有可觀之處。以下先以謝肇淛〈金瓶梅跋〉概括言之：

　　　　其中朝野之政務，官私之晉接，閨闥之媟語，市里之猥談，與夫勢
　　　　交利合之態，心輸背笑之局，桑中濮上之期，尊罍枕席之語，騶騎
　　　　之機械意智，粉黛之自媚爭妍，狎客之從臾逢迎，奴僮之稽唇淬語，
　　　　窮極境象，駴意快心。譬之范公摶泥，妍媸老少，人鬼萬殊，不徒
　　　　肖其貌，且並其神傳之。信稗官之上乘，鑪錘之妙手也。〔註93〕

此處謝肇淛從小說記人、寫事、敘情的高妙手法給予肯定。在藝術技巧上，推許《金瓶梅》的作者「譬之范公摶泥」，善於肖貌傳神。重要的是提到了《金瓶梅》所寫的人物不出政商、奴僕、狎客、妓女之流，著墨的內容則為因爭權奪利而引起的勾心鬥角及奉承巴結，以此點出《金瓶梅》以描寫世情見長。

　　明代善讀《金瓶梅》的文人，普遍認知到這部小說不以「寫淫」為目的，袁中道也肯定這本書「以西門慶影其主人，以餘影其諸姬。瑣碎中有無限煙波，亦非慧人不能」，〔註94〕但他同時也說：

　　　　追憶思白言及此書曰：「決當焚之。」以今思之，不必焚，不必崇，
　　　　聽之而已。焚之亦自有存之者，非人之力所能消除。但《水滸》崇
　　　　之則誨盜，此書誨淫，有名教之思者，何必務為新奇，以驚愚而蠹
　　　　俗乎？〔註95〕

由傳統道學眼光來看，《金瓶梅》是一種名教的禁忌。細觀袁中道之言，似乎擔憂推崇《金瓶梅》會「驚愚蠹俗」，也就是對社會風氣造成不良影響，這和沈德符擔憂這本書刊刻後家傳戶到，「壞人心術」〔註96〕的心情不無二致。兩人顯然都隱含著一種小說須有教化作用，不能淪為導欲宣淫、鼓吹為盜的觀念。特別是在小說家傳戶到後，青年學子、凡夫俗子皆有可能受其影響，這些

　　　　　詳盡，血脈貫通，《史記》而下，便是此書。』〔明〕李開先：《詞謔》，收入
　　　　　俞為民、孫蓉蓉編：《歷代曲話彙編》（合肥：黃山書社，2009 年 3 月），頁
　　　　　297。
〔註93〕〔明〕謝肇淛：《小草齋文集》，收入《四庫全書存目叢書·集部》，卷 24，頁
　　　　　279。
〔註94〕〔明〕袁中道：《遊居柿錄》，第 979 條，頁 947。
〔註95〕〔明〕袁中道：《遊居柿錄》，第 979 條，頁 948。
〔註96〕〔明〕沈德符：《萬曆野獲編》，卷 25，頁 652。

人不一定是善讀者，因此流傳的必要性就不被衛道人士所認可。故而一些明代文人對《金瓶梅》展現出既欣賞、又排斥的矛盾反應。對於《金瓶梅》的評價，「勸懲」和「誨淫」經常只是一線之隔，該如何建立正確的閱讀認知，這個問題由袁宏道開始、至欣欣子、東吳弄珠客，將持續被討論和深化。

二、「窮極歡樂」的諷喻理解

《金瓶梅》問世之初，袁宏道首先讚其「雲霞滿紙，勝於枚乘〈七發〉」。〔註97〕〈七發〉為西漢辭賦名篇，內容主要針對楚太子進行諷諫。《文心雕龍‧雜文》論〈七發〉為：「腴辭雲構，夸麗風駭。發乎嗜欲，始邪末正，所以戒膏梁之子也。」〔註98〕是以知〈七發〉鋪陳聲、香、色、味，乃為引出後文的勸誡。劉勰也指出〈七發〉以下的辭賦之作，雖也仿效〈七發〉「始之以淫侈，而終之以居正」，但卻「諷一勸百，勢不自反」。〔註99〕魏子雲認為袁宏道這句比喻，蓋指《金瓶梅》能祛病疾，一如枚乘〈七發〉之祛楚子病也，而這種對《金瓶梅》的讚譽，卻與袁小修〈遊居柿錄〉所提及的「此書誨淫」之貶意相差甚大，因而進一步懷疑袁宏道所見之《金瓶梅》非今之穢本。〔註100〕以下我們將比較〈七發〉和《金瓶梅》的寫作手法，以求明白袁宏道對《金瓶梅》作書之旨的評價。

〈七發〉從音樂、美食、乘車、美色、田獵等方面，步步誘導楚太子改善生活方式，勿再縱耳目之欲，〔註101〕而《金瓶梅》卷首有〈四貪詞〉，亦和酒、色、財等耳目之欲相關。〈四貪詞〉意在勸人斷酒戒色，〔註102〕小說中的角色與之呼應，多因縱情聲色而下場悽慘。袁宏道在〈龔惟長先生〉中，曾一口氣列出五件快活之事，分別為聲色之樂、宴席之樂、論學之樂、泛舟之樂，而最後因享此四樂散盡家財，一身狼狽卻恬不知恥，此第五樂也。〔註103〕陸雲龍

〔註97〕〔明〕袁宏道：〈董思白〉，收入《袁中郎全集》，卷21，頁1000。
〔註98〕〔梁〕劉勰著，王更生注譯：《文心雕龍讀本》（台北：文史哲出版社，1991年9月），頁239。
〔註99〕〔梁〕劉勰著，王更生注譯：《文心雕龍讀本》，頁240。
〔註100〕魏子雲：《金瓶梅探原》，頁75～76。
〔註101〕〈七發〉一文，見〔漢〕枚乘撰、〔清〕丁晏輯：《枚叔集》，收入《續修四庫全書‧集部》（上海：上海古籍出版，2002年3月，據清宣統三年丁氏鉛印漢魏六朝名家集本影印），頁3～5。
〔註102〕〔明〕蘭陵笑笑生著，梅節校注：《金瓶梅詞話》，頁2。
〔註103〕〔明〕袁宏道：〈龔惟長先生〉，卷20，頁921～924。

在翠娛閣選本中評袁宏道此文為：「窮極歡樂，可比〈七發〉」。〔註104〕可知這種誇張式的縱欲生活，是〈七發〉的寫作特色。而袁宏道將《金瓶梅》比之〈七發〉，稱其「雲霞滿紙」，除了文采斐然，當蘊有鋪陳歡樂、滿足讀者閱讀慾望之意。如此看來，袁宏道所見的《金瓶梅》已經是一部大量描寫放縱聲色的作品了，並非在傳抄時代有所謂的「淨本」、「穢本」之別。〈七發〉以鋪陳聲、色之欲為始，再於結尾以警示收煞，袁宏道將《金瓶梅》與〈七發〉相提並論，顯示在他的心中，這兩種不同的文學作品實有相同的創作手法。

但是袁宏道對《金瓶梅》的稱道著墨不多，僅一句「雲霞滿紙，勝於枚乘〈七發〉」，並無法使每一個讀者將眼光由小說中的情色筆墨移開，轉而對小說的勸懲意旨給予更多的關注。枚乘〈七發〉之後，仿其體制而繼起的作品皆極盡聲色淫侈，流於「諷一勸百」。〔註105〕面對《金瓶梅》這樣的作品，勸懲與誨淫的解讀經常只是一線之隔。同時代的文人，不認同袁宏道者亦有之，如李日華就如此批評道：「大抵市諢之極穢者，而鋒鋩遠遜《水滸傳》。袁中郎極口贊之，亦好奇之過。」〔註106〕

一直到了詞話本面世後，所收錄的欣欣子〈金瓶梅詞話序〉〔註107〕對於《金瓶梅》才有較為詳細的評論。欣欣子提出「寄意時俗」說，並就《金瓶梅》的創作動機有如下說明：

> 人有七情，憂鬱為甚。上智之士，與化俱生，霧散而冰裂，是故不必言矣。次焉者，亦知以理自排，不使為累。惟下焉者，既不能了於心胸，又無詩書道腴可以撥遣，然則不致于坐病者幾希！吾友笑笑生為此，爰罄平日所蘊者，著斯傳，凡一百回。（欣欣子〈金瓶梅詞話序〉）

人須排遣憂鬱之情，若將世間分為三等人，最高境界為「聖人」的層次，所謂「聖人忘情」，〔註108〕因能與化俱生，故有情而不為情所累；次為「賢人」的

〔註104〕 〔明〕何偉然選：《十六名家小品》（合肥：黃山書社，2009年，據明崇禎六年陸雲龍刻本影印），〈袁中郎先生小品〉卷2，〈龔惟長先生〉條。

〔註105〕 劉勰指出：「自〈七發〉以下，作者繼踵……雖始之以淫侈，而終之以居正。然諷一勸百，勢不自反。子雲所謂：『猶騁鄭衛之聲，曲終而奏雅』者也。」〔梁〕劉勰著，王更生注譯：《文心雕龍讀本》，頁240。

〔註106〕 〔明〕李日華：《味水軒日記》，卷7，頁540。

〔註107〕 〔明〕蘭陵笑笑生著，梅節校注：《金瓶梅詞話》，欣欣子〈金瓶梅詞話序〉，頁1～2。引下方塊引文之欣欣子〈金瓶梅詞話序〉俱出此。

〔註108〕 〔劉宋〕劉義慶編，余嘉錫箋疏：《世說新語箋疏》（台北：華正書局，1991年10月），〈傷逝〉第十七，頁638。

層次，這類人尚能以理化情，因而也不至於為情所困；最等而下之者為「最下不及情」〔註109〕的凡夫俗子了，既不能以理自排，又無詩書可以排遣，故往往為情所累。欣欣子在序中指出笑笑生為了排遣自身的憂鬱之情，遂作一部《金瓶梅》，目的是為了使那些無法藉由詩書排遣憂鬱之情的「下焉者」，也能「明人倫、戒淫奔、分淑慝、化善惡，知盛衰消長之機，取報應輪迴之事」，並進一步達到「一哂而忘憂」的境界。這種針對「下焉者」來創作的說法，也與蔣大器、張尚德認為小說能「通乎眾人」、深入「非通儒夙學之人」等主張相似。

接下來，對於《金瓶梅》背負的「誨淫」之名，欣欣子也提出和天都外臣「仲尼刪詩，偏存鄭衛」相同的觀點，認為《金瓶梅》是「《關雎》之作，樂而不淫，哀而不傷」。另外對於小說中「窮極歡樂」的寫作手法，欣欣子則有以下的議論：

> 觀其高堂大廈，雲窗霧閣，何其深沉也；金屏繡褥，何美麗也；鬢雲斜嚲，春酥滿胸，何嬋娟也；雄鳳雌鳳迭舞，何殷勤也；錦衣玉食，何侈費也……既其樂矣，然樂極必悲生。……禍因惡積，福緣善慶，種種皆不出循環之機。（欣欣子〈金瓶梅詞話序〉）

欣欣子雖於序言即開宗明義指出《金瓶梅》的創作動機是為了幫助「下焉者」排遣憂鬱之情，但面對「不能了於心胸，又無詩書道腴可以撥遣」的讀者，「窮極歡樂」的寫作手法是否適當？這恐怕是個極待解決的問題。因此欣欣子從天道循環的觀點提出解釋，認為樂極生悲是一種循環之理，因此鋪陳縱欲是為了由「樂」引出「悲」，〔註110〕此正好呼應了袁宏道的觀點，證實《金瓶梅》與〈七發〉的寫作手法相同。由之而生發的處世哲學，才是作者作書之苦心，故欣欣子曰作者「寄意於時俗，蓋有謂也」。

一如《水滸傳》背負了「誨盜」之名，天都外臣以「仲尼刪詩，偏存鄭衛」為其開脫，《金瓶梅》的擁護者為了駁斥「誨淫」之名，也同樣以此觀點來凸顯小說的勸世之旨。欣欣子以外，〈廿公跋〉在稱許《金瓶梅》是一部「有所刺」之作的同時，也力求為它開脫：「然曲盡人間醜態，其亦先師不刪鄭、衛

〔註109〕 〔劉宋〕劉義慶編，余嘉錫箋疏：《世說新語箋疏》，〈傷逝〉第十七，頁638。
〔註110〕 《金瓶梅》第七十八回，作者插入一段干預式評論：「看官聽說：次第明月圓，容易彩雲散，樂極悲生，否極泰來，自然之理。西門慶但知爭名奪利，縱意奢淫，殊不知天道惡盈，鬼錄來追，死限臨頭。」即提點出樂極生悲是自然循環之理。〔明〕蘭陵笑笑生著，梅節校注：《金瓶梅詞話》，頁1367。

之旨乎？……不知者竟目為淫書，不惟不知作者之旨，并亦冤却流行者之心矣！」〔註111〕除了護衛《金瓶梅》，更直接點出時人視《金瓶梅》為淫書，乃因不能體察作者作書之苦心。

　　同樣為《金瓶梅》作序的東吳弄珠客，則指出小說的命名有如下之意：「如諸婦多矣，而獨以潘金蓮、李瓶兒、春梅命名者，亦楚《檮杌》之意也」。〔註112〕「檮杌」是傳說中的凶獸名，也是楚國史書之名。《金瓶梅》以書中三大淫婦作為書名，但如弄珠客所言：「金蓮以奸死，瓶兒以孽死，春梅以淫死」，既要為世戒，何以諸婦中獨挑三大淫婦作為書名？弄珠客解釋這是仿楚國史書《檮杌》之意，藉由記載惡人事蹟以為世人警惕。因是可知小說要達佐翼經史的目的，就不能僅侷限於提供正面的人物形象和事蹟，這如同日誦《孝經》、《論語》，未必能感人之深一樣。《金瓶梅》用寫惡來凸顯善，即弄珠客所謂：「借西門慶以描畫世之大淨，應伯爵以描畫世之小丑，諸淫婦以描畫世之丑婆、淨婆」，善惡是透過比較而得來，《金瓶梅》顛覆了傳統小說中全善、全惡的扁平人物，總是以赤裸筆調描繪世間的醜陋。

　　除了解釋小說命名之意，弄珠客還另外提出四種讀者的閱讀反應：

> 讀《金瓶梅》而生憐憫心者，菩薩也；生畏懼心者，君子也；生歡喜心者，小人也；生效法心者，乃禽獸耳。（東吳弄珠客〈金瓶梅序〉）

由此看來，菩薩型與君子型的讀者顯然屬於欣欣子所言的「上智之士」及「次焉者」，前者能與化俱生，後者自知以理自排。或為嚴防產生小人型及禽獸型的讀者，弄珠客接著如此說：

> 余友人褚孝秀，偕一少年同赴歌舞之筵，衍至霸王夜宴，少年垂涎曰：男兒何可不如此！孝秀曰：也只為這烏江設此一著耳。同座聞之，嘆為有道之言。若有人識得此意，方許他讀《金瓶梅》也。不然，石公幾為導淫宣欲之尤矣！（東吳弄珠客〈金瓶梅序〉）

前文藉由袁宏道和欣欣子的觀點，已經指出《金瓶梅》與〈七發〉為了引出後文的勸誡，均先行鋪陳聲色之樂。在這裡又看到弄珠客將歌舞之筵解釋為烏江自刎的鋪陳，指出讀者應先瞭解《金瓶梅》的寫作手法，才能明白「蓋為世戒」的作書之旨，方不致於淪為「生歡喜心」、「生效法心」的讀者。弄珠客雖然批

〔註111〕　〔明〕蘭陵笑笑生著，梅節校注：《金瓶梅詞話》，廿公〈金瓶梅跋〉，頁3。
〔註112〕　〔明〕蘭陵笑笑生著，梅節校注：《金瓶梅詞話》，東吳弄珠客〈金瓶梅序〉，頁4。

評袁宏道稱道《金瓶梅》是為「自寄其牢騷」，但此番議論顯然已經關注到袁宏道「雲霞滿紙，勝於枚乘〈七發〉」之言。更恐怕讀者將袁宏道的推崇誤為導淫宣欲，弄珠客進一步以淺顯的比喻，揭示了《金瓶梅》的寫作手法，提供讀者正確的閱讀態度。

將《金瓶梅》依附經典，一方面是受到傳統小說批評理論的影響，期待小說能裨補史書、雅俗共賞，如袁宏道讚其勝於枚乘〈七發〉，弄珠客說它具有楚史《檮杌》的命名意旨，在提點《金瓶梅》的價值之餘，也有為「誨淫」罪名開脫之意。《水滸傳》在明代雖有「誨盜」的爭議，但它寫盡英雄豪傑的慷慨悲歌，提供讀者快意的想像，並吐牢騷不平之意，故可以為了避開政治干擾，冠以「忠義」之名。〔註113〕相較之下，《金瓶梅》找不到堂而皇之的形容詞，其背負的「誨淫」罪名顯得更沈重難堪，故以「奇」視之，可說是「尚奇」的明人所能給予的最高評價。

明清兩代對《金瓶梅》的「奇/淫之辯」〔註114〕未曾終止過。明代大力推崇《金瓶梅》的袁宏道、欣欣子、弄珠客，共通點都是拈出勸懲之旨，而這個主旨的拈出，需建立在正確的閱讀認知上。如〈欣欣子序〉所言，這本書是為了「下焉者」排遣憂鬱之情而作，但《金瓶梅》的寫作手法卻是以鋪陳聲色之慾始，小說中罪大惡極的西門慶，作惡到第七十九回才付出生命的代價；毒殺親夫的潘金蓮，也快活到第八十七回才由武松了結生命。看來《金瓶梅》採取〈七發〉「始之以淫侈，而終之以居正」的寫作手法，反而不適合「下焉者」來閱讀。《金瓶梅》初期僅在文人間流傳，真正能夠賞識《金瓶梅》的讀者普遍屬於「上智之士」，他們能悟出樂極生悲、循環之機的要旨，因而不把這部小說和「淫書」劃上等號。但愚者及俗人能否識得，則成了部分文人的隱憂。

不過，也正是因為《金瓶梅》的獨特性，才促使明代文人審慎思考所謂「淫書」與「世情書」的差別。固然將《金瓶梅》與「世情」一詞連結是到了崇禎本評點才具體提出，〔註115〕但明代許多文人確實開始意識到《金瓶梅》

〔註113〕 袁無涯刻本名為《忠義水滸全傳》、《忠義水滸全書》。

〔註114〕 胡衍南指出，《金瓶梅》問世即被有心人視為淫書，明中葉後以「奇」為白話小說最高的評價標準，《金瓶梅》和《三國演義》、《水滸傳》、《西遊記》作為「四大奇書」的講法也成為共識。胡衍南：《金瓶梅到紅樓夢——明清長篇世情小說研究》（台北：里仁書局，2009年2月），頁48～52。

〔註115〕 第二十回眉批：「此書妙在處處破敗，寫出世情之假。」第五十二回眉批：「此書只一味要打破世情，故不論事之大小冷熱，但世情所有，便一筆刺入。」

與坊間淫書的不同。特別明末一些淫詞小說喜在書末以因果報應作結，企圖將淫書創作合理化為道德勸善，但全書專寫性交，僅於文末來個勸善懲惡，則不啻是「諷一勸百」。而對於《金瓶梅》，明人不全然把它視為一本淫書看待，例如提到《金瓶梅》的續書《玉嬌李》，謝肇淛認為它「乖彝敗度，君子無取」、〔註116〕沈德符則說它「穢黷百端，背滅倫理，幾不忍讀」，〔註117〕但這兩位文人卻同時認為《金瓶梅》具描寫世情、指斥時事的一面。比起一味寫淫的小說，《金瓶梅》在這些文人的心中顯然高出一等，只是市井小民是否能夠識得箇中差異？這可能就是《金瓶梅》被視為淫書的主因。

　　哈佛大學的田曉菲教授在閱讀《金瓶梅》後，提出一個有趣的觀點。她認為《紅樓夢》才是真正意義上的「通俗小說」，《金瓶梅》反而是屬於文人的，因為一個讀者必須有健壯的脾胃，健全的精神及成熟的頭腦，才能夠真正欣賞與理解《金瓶梅》，才能夠直面其中因極端寫實而格外驚心動魄的暴力。〔註118〕我們知道「上智之士」在世間總是少數，因此《金瓶梅》甫一面世便蒙上「淫書」之名，並不足怪。而傳抄、賞識《金瓶梅》的這批明代文人，在書信和序跋中寫下他們對《金瓶梅》的欣賞與理解，這種肩負對於一些無法拋棄禮教束縛的文人來說，或許沈重一些。由此反思明代文人留下來的吉光片羽，明白如何帶著成熟的理解去關注《金瓶梅》裡的暴力和色情，以憐憫、慈悲的心關照萬物，並化為處世哲學，才是善讀《金瓶梅》的明代知識份子所欲揭櫫給世人的品讀意涵。

第三節　崇禎本《金瓶梅》的圖文評點

　　刻本中的評點及插圖，於晚明出版文化中多半帶有商業取向。崇禎本評點者預設的讀者階層為何，則左右了評點內容。而畫工在創作插圖時，是否受限於利益的考量，而使插圖流於譁眾取寵的商品？本節藉由評語及繡像的考察，以求認識評點者及畫工對《金瓶梅》的接受。

〔註116〕〔明〕謝肇淛：《小草齋文集》，收入《四庫全書存目叢書·集部》，卷24，頁279。

〔註117〕〔明〕沈德符：《萬曆野獲編》，卷25，頁652。

〔註118〕田曉菲：《秋水堂論金瓶梅》（天津：天津人民出版社，2014年1月），前言，頁6。

一、評點者的文人視角

崇禎本《金瓶梅》的評點分為眉批和夾批,評點者以一個晚明男性文人的身份,〔註119〕對《金瓶梅》展開文本的細讀,體現讀者閱讀文本的聲音。一般來說,評點者以「評論家」的身份自居,所評點的文字也創造出一群讀者,有時評點甚至引領讀者詮釋文本。〔註120〕評點者的身份,以及評點所預設的讀者群,會影響文本解讀的角度。

在崇禎本評點出現前,明人對於《金瓶梅》已有「淫書」、「非淫書」之辯,這個問題也是崇禎本評點者極欲解決的問題。以一個身兼改寫者的評點家而言,〔註121〕崇禎本評點者對於《金瓶梅》的改寫,伴隨著評點展現強烈的個人閱讀立場。評點者首先標舉了《新刻繡像批評金瓶梅》和《金瓶梅詞話》在第一回的差異,小說以一首詩揭開全書序幕,詩云:

> 豪華去後行人絕,簫箏不響歌喉咽。雄劍無威光彩沉,寶琴零落金
> 星滅。玉階寂寞墜秋露,月照當時歌舞處。當時歌舞人不回,化為
> 今日西陵灰。(眉批:一部炎涼景況,盡此數語中)〔註122〕

崇禎本第一回回目以冷熱作對比:「西門慶熱結十兄弟,武二郎冷遇親哥嫂」,而對於這首詩,評點者說「一部炎涼景況」,暗示了小說即是一本寫盡炎涼的世情書。反觀詞話本《金瓶梅》第一回脫胎自《水滸傳》第二十三回至二十七回,以武松打虎揭開全書序幕,回首詞〈眼兒媚〉原為宋元話本〈吻頸鴛鴦會〉

〔註119〕 批語帶著品賞女人的眼光,以及某種男性的傲慢。楊玉成:〈閱讀世情:崇禎本《金瓶梅》評點〉,《國文學誌》第5期(2001年12月),頁119。

〔註120〕 如單德興說:「評點本的讀者在處理敘事文本的同時,也被文評家的評語所指引,來決定文本的意義」。見單德興:〈試論小說評點與美學反應理論〉,《中外文學》第12卷第3期(1991年8月),頁91。而侯美珍也指出文化水準不高的讀者,因程度不高,需仰賴評點者領航。侯美珍:〈明清士人對「評點」的批評〉,《中國文哲研究通訊》第14卷第3期(2004年9月),頁244。

〔註121〕 古代通俗小說的評點有融「批」、「改」為一體的現象,明代「四大奇書」都得到評點者的廣泛修訂。譚帆:《古代小說評點簡論》(太原:山西人民出版社,2005年6月),頁2、頁37。浦安迪認為崇禎本的評注應是寫於該版本首次印刷,評注一開始就伴隨這種修訂本,似也有此意。見浦安迪:〈瑕中之瑜——論崇禎本《金瓶梅》的評注〉,收入徐朔方編選:《金瓶梅西方論文集》(上海:上海古籍出版社,1987年7月),頁300~301。李梁淑也說:「改寫者、評點者很可能就是同一人。」李梁淑:《金瓶梅詮評史研究》(台北:學生書局,2014年9月),頁66。

〔註122〕 本節所引之崇禎本評點,出自〔明〕蘭陵笑笑生著,無名氏評點,齊煙、汝梅校點:《新刻繡像批評金瓶梅》,引文僅註明回數,不一一另註頁碼。

的入話，〔註123〕寫出「情」與「色」，引出「色戒」主題。可見評點者對小說的修訂，是一方面試圖淡化《水滸傳》武松打虎的英雄色彩，使小說直接導入世情；一方面也努力將小說的主旨由「情色」推廣至人世一切炎涼景況（是故崇禎本第一回即以朋友、兄弟並置），評點者的苦心可見一斑。

很明顯地，崇禎本評點者極欲打破《水滸傳》的英雄傳奇色彩。一樣的小說原文出現於《水滸傳》和《金瓶梅》中，不同評點者給予的評價卻有如雲泥之別。以下試著舉例，先以崇禎本《金瓶梅》第二回的這段評點開始：

> 婦人起身去盪酒。武松自在房內却拿火筋簇火。（夾批：道學先生此時何不去了？）婦人良久煖了一注子酒來，到房裡，一隻手拿著注子，一隻手便去武松肩上只一捏，說道：「叔叔，只穿這些衣服，不寒冷麼？」武松已有五七分不自在，也不理他。（夾批：倒好做作）……武松匹手奪過來，潑在地下說道：「嫂嫂不要恁的不識羞恥！」（夾批：掃興）把手只一推，爭些兒把婦人推了一交。（夾批：極粗）武松睜起眼來，說道：「武二是個頂天立地的噙齒戴髮的男子漢，不是那等敗壞風俗傷人倫的豬狗！嫂嫂休要這般不識羞恥，為此等的勾當，倘有風吹草動，我武二眼裡認的是嫂嫂，拳頭却不認的是嫂嫂！」
>
> （眉批：如此人，世上却無。吾正怪其不近人情。）

崇禎本評點者認為武松是個道學先生，面對一個妖嬈的婦人，他大可直接離開，但卻選擇繼續留在屋內。這些跡象顯示武松並非全然無意，而這種似有意似無意的曖昧態度，就成了評點者眼中的做作行為。在小說這段原文中，武松自稱是頂天立地的男子漢，同樣的地方在《水滸傳》，李卓吾評點時卻以夾批肯定武松：「武二真是個頂天立地漢子，不可及，不可及。」〔註124〕我們知道《水滸傳》裡的男性多是不近女色的，因此李卓吾的稱讚也不無道理。相比之

〔註123〕詞曰：「丈夫隻手把吳鉤，欲斬萬人頭。如何鐵石，打成心性，却為花柔。請看項籍并劉季，一怒使人愁。只因撞著，虞姬戚氏，豪傑都休。」這闋詞原作者是宋代卓田，被引入〈吻頸鴛鴦會〉中，並緊接一段評論。而這闋詞和這段論論又再度被引入《金瓶梅》。〈吻頸鴛鴦會〉敘述一個淫蕩女人的通姦故事，《金瓶梅》的作者置於卷首引用，若干程度說明一種構思的相承關係。相關論述可參考〔美〕韓南：《〈金瓶梅〉探源》，收入徐朔方編選：《金瓶梅西方論文集》，頁11～12。

〔註124〕陳曦鐘等輯校：《水滸傳會評本》（北京：北京大學出版社，1987年9月），頁441。

下，崇禎本評點者看到武松「不近人情」的地方，此舉無非打破了《水滸傳》的英雄神話傳說，反映了更真實的人性。

崇評和李評觀看角度的差異，還可從以下例子見出，崇禎本《金瓶梅》第二回載：

> 那婦人聽了這幾句話，一點紅從耳畔起，須臾紫漲了面皮，指著武大罵道：「你這箇混沌東西！有甚言語在別人處說，來欺負老娘！我是箇不戴頭巾的男子漢，叮叮噹噹响的婆娘！拳頭上也立得人，胳膊上走得馬，不是那腿膿血搠不出來鱉。老婆自從嫁了武大，真箇螻蟻不敢入屋裡來，甚麼籬笆不牢犬兒鑽得入來！你休胡言亂語！一句句都要下落。丟下塊磚兒，一箇箇也要著地！」（眉批：有此利嘴，應是打虎對手）

反觀這段原文在《水滸傳》中，被李卓吾評為：「傳神傳神，當作淫婦譜看。」〔註125〕更可知崇禎本評點已經跳脫了將武松歸為英雄、潘金蓮歸為淫婦的框架。細思崇禎本如此打破《水滸傳》的英雄神話，又改寫詞話本《金瓶梅》，其改評動機頗耐人尋味。韓南曾如此質疑崇禎本：「顯然後人刪節原作之目的在打經濟算盤，小說越短，出版所需費用越少。但《金瓶梅》除掉此一原因之外，很可能另有原因：乃是消除部分原作，以使其更易為當時之讀者所接受」。〔註126〕我們考察明代這兩個版本的《金瓶梅》，可以發現崇禎本較詞話本在情節安排、詩詞挑選及人物塑造上，均更為細緻。還有論者發現，詞話本內文喜以「看官聽說」為開頭來進行道德宣教，崇禎本則只憑微言大義的春秋筆法，讓讀者自行回味。〔註127〕按詞話本收錄的〈欣欣子序〉所言，《金瓶梅》是為了「下焉者」排遣憂鬱之情而作，詞話本中也確實充斥勸世筆墨，似乎有恐於讀者無法理解此書。另外詞話本回首詩多半為說教詩，到了崇禎本皆以具有意境的詩詞取而代之，可見教化已非崇禎本的本意。如此看來，崇禎本不會是簡單的商業刪節本。那麼，如果崇禎本是為了使當時讀者更易接受而出現的改訂本，此讀者群的預設又為何？

明代萬曆二十年左右開始的小說評點，兩位評點家——書坊主余象斗及文人李卓吾，分別代表了以書坊主為主的小說評點商業性和以文人為主的小

〔註125〕陳曦鐘等輯校：《水滸傳會評本》，頁446。
〔註126〕〔美〕韓南著，王秋桂等譯：《韓南中國小說論集》（北京：北京大學出版社，2008年3月），頁175。
〔註127〕田曉菲：《秋水堂論金瓶梅》，頁25。

說評點自賞性。〔註128〕而崇禎本《金瓶梅》評點者繼李卓吾後，又以一個文人的身份和中上階級的讀者展開對話。〔註129〕如果進一步考察崇禎本評點，評點預設的讀者似乎不僅限於階級的差異，而是提升至更高的精神層面，即悟性之高低。這從以下若干評語或可明白：「寫得羶豔，貪人自讀不得。」（第三十回）、「月娘得子，寫得此藥毫不相干。春秋妙筆。」（第五十三回），顯然評點者預設的讀者群是具有慧根之人，即〈欣欣子序〉所提到的「上智之士」與「次焉者」。是故崇禎本不收〈欣欣子序〉，正是因為不認同欣欣子「為了下焉者排遣憂鬱之情而作」的說法。如果詞話本《金瓶梅》所走的教化路線是為了「下焉者」，崇禎本《金瓶梅》就是反其道而行，大筆抹去詞話本源自《水滸傳》的「大眾神話」色彩，此由《水滸傳》第二十三回「王婆貪賄說風情，鄆哥不忿鬧茶肆」又得一證，觀《水滸傳》容與堂本和袁無涯刻本的評語如下：

> （容評）李生曰：說淫婦便像個淫婦，說烈漢便像個烈漢，說呆子便像個呆子，說馬泊六便像個馬泊六，說小猴子便像個小猴子，但覺讀一過，分明淫婦、烈漢、呆子、馬泊六、小猴子光景在眼，淫婦、烈漢、呆子、馬泊六、小猴子聲音在耳，不知有所謂語言文字也。
>
> （袁評）然淫穢之事，可為世俗垂戒者，幸有武都頭之利刃在。
>
> 〔註130〕

《水滸傳》還停留在描寫全善、全惡的扁平人物，小說中的潘金蓮、王婆等一干人是全惡之人，武松則是全善者，他手上的刀劍代表道德正義，以「菩薩聖賢」之姿，〔註131〕了結這干全惡人物，此即是大眾的神話。對比容本與袁本評點武松殺嫂的情節，總是以「佛」、「痛快」等字眼批之，崇禎本評點者則改以慈悲的心來關照：「讀至此不敢生悲，不忍稱快，然而心實惻惻難言哉。」（第八十七回）充分展現對生命的憐憫與寬容。對於潘金蓮，崇禎本評點者也有更多的欣賞與理解，並且多次為她開脫，認為她並非是泯滅良心之人：「陰

〔註128〕譚帆：《古代小說評點簡論》，頁28～29。

〔註129〕崇禎本評點預設的讀者是中上階層，包含文人、官員、富人等，反而和民間下層（小人）有明顯區隔。楊玉成：〈閱讀世情：崇禎本《金瓶梅》評點〉，頁134～136。

〔註130〕陳曦鐘等輯校：《水滸傳會評本》，頁470。

〔註131〕將武松神格化、聖人化，在容與堂本中多處可見。如《水滸傳》第二十五回：「只見武松揭起衣裳，颼地掣出把尖刀來，插在桌子上。」容評：「菩薩聖賢」；「武松按住，只一刀，割下西門慶的頭來。」容評：「佛」。見陳曦鐘等輯校：《水滸傳會評本》，頁495、507。

毒人必不以口嘴傷人，金蓮一味口嘴傷人，畢竟還淺，吾故辯其蓄猫陰害官哥為未必然也。」（第三十九回）、「尚有良心」（第七十九回），似乎時時在提醒讀者，應該站在更高的層次去理解小說中的人物，而不要停留在「好人完全是好，壞人完全是壞」的簡單思維中。

脫離了詞話本源自《水滸傳》的英雄神話色彩，崇禎本評點者極度關注世情，這在第一回的眉批中已多處可見：「情景逼真，酸徠讀此，能不雪涕」、「說得世情冰冷，須從蒲團面壁十年才辨」，又有夾批曰：「酒因財缺」、「氣以財弱」，對於小說的關照角度，遂經常從細節描寫處加以體會。評點者還說：「此書妙在處處破敗，寫出世情之假。」（第二十回）「此書只一味要打破世情，故不論事之大小冷熱，但世情所有，便一筆刺入。」（第五十二回）「知此則知《金瓶梅》非淫書也。」（第九十七回）可以看出評點者對於《金瓶梅》非淫書的立論，是立基於世情書寫上，並由此肯定小說以熱襯冷、以興導衰的寫作手法。冷熱、興衰是一種對比，無熱則無以映冷，無興亦無以襯衰，這樣的立論在評點中多處可見，諸如：「此處，人只知其善生情設色，作一回戲笑，不知已冷伏雪獅子之脈矣。」（第五十一回）「鋪敘處，蓋欲極其盛而言之。」（第六十五回）「熱鬧時忽下莊語，如火坑中一盆冰雪水。」（第七十八回）此類評語，皆肯定小說「窮極歡樂」的寫作手法，並和弄珠客「為烏江設此宴」的思考立場一致。崇禎本評點者預設讀者都能識得此意，也企盼讀者都是「善讀者」，故於評語中處處點醒讀者：「摹寫輾轉處，正是人情之所必至，此作者之精神所在也。若詆其繁而欲損一字者，不善讀書者也。」（第二回）是以知評點者著眼於小說的細讀，「散言碎語都有根據，始知從前一字不可減。」（第十三回）既然《金瓶梅》的世情描寫在字裡行間，就須細細體會才可。在這一方面，評點者相當懾服作者的描寫功力。〔註132〕

正因為肯定《金瓶梅》的隻言片語都有根據，因此對於其中的情色筆墨自無否定之理。評點者對情色筆墨的處理方法，已非停留在「以淫止淫」的品評，〔註133〕而是以欣賞的眼光看待，如：「燒夫靈可數語而了，卻播出一段有聲有色情景，可見筆墨之妙無窮，但患人思路窄耳。」（第八回）「分明穢語，閱來但見其風騷，不見其穢，可謂化腐朽為神奇矣。」（第二十八回）「箇中光

〔註132〕評點者在第四十九回有此評語：「誠潛心細讀數遍，方知其非贅也。」
〔註133〕萬曆年間《繡榻野史》、《痴婆子傳》、《濃情快史》等淫穢小說的評點者面對淫事，「以淫止淫」是評點常法。

景，妙在顯隱之間」（第三十四回）更甚者，評點者甚至不否認自己的情欲，他毫不掩飾地說道：「金蓮撒嬌弄痴，事事俱堪入畫。每閱一過，輒令人銷魂半晌。」（第十一回）「雖明知其為送死之具，使我當之，亦不得不愛。」（第七十九回）皆可看出評點者入戲之深。

在閱讀過程中總是不掩飾自己的欣羨之情，正是充分肯定人欲的表現。這在第九十八回的評語中亦可細查出來：

> 愛姐道：「奴與你是宿世姻緣，今朝相遇，願偕枕蓆之懽，共效于飛之樂。」敬濟道：「難得姐姐見憐，只怕此間有人知覺。」韓愛姐做出許多妖嬈來，摟敬濟在懷，將尖尖玉手扯下他褲子來。（眉批：要死，要死。物自來而取之，何害，何害。）

小說中的韓愛姐與父母逃難至臨清，為失婚身份，和潘金蓮、李瓶兒以有夫之婦的身份與西門慶通姦並不相同。因此評點者對此是包容的，認為這是「物自來而取之」。由此看來，評點者並非站在道德聖賢的角度評點《金瓶梅》。肯定人欲、注重真性情，明顯受李贄「童心」說、袁宏道「性靈」、「真趣」、「自然」等說的影響。

但是崇禎本評點者還是具有相當強烈的道德感，評語經常透露勸世意圖，又基於悲憫否認《金瓶梅》是淫書，而東吳弄珠客的四種讀者反應，都可在崇禎本裡找到，可見評點展現了閱讀的衝突和倫理的掙扎。[註134] 這樣的評點，可以說是一種比較高層次的評點。評點者預設的讀者群，和自己一樣是能同時欣賞風月筆墨，又能在閱讀過程中獲得憐憫和自省的「菩薩」、「君子」型讀者，因此評點者不需擔憂這樣的評點會淪為「導欲宣淫」。正如田曉菲說：「《金瓶梅》是成年的書，因為它寫現實，沒有一點夢幻和自欺，非常清醒，非常尖銳」，[註135] 如果不是大徹大悟之人，將難以更好地理解《金瓶梅》。由此看來，崇禎本評點者是屬於頂端的讀者，他的改評使崇禎本走出一條與詞話本不同的閱讀路線。

總之，崇禎本評點者站在背反大眾神話文學的位置，評點《金瓶梅》時較少受到倫理道德的束縛，對小說的欣賞與關照能從多元的角度切入。評點對於人物刻畫、寫作筆法的欣賞，前賢論之已詳，[註136] 此不贅述。而由晚明小說的評點本來看，在出版市場多半帶有商業價值，以能促進小說廣泛流通、謀

〔註134〕楊玉成：〈閱讀世情：崇禎本《金瓶梅》評點〉，頁118～126。
〔註135〕田曉菲：《秋水堂論金瓶梅》，頁273。
〔註136〕李梁淑：《金瓶梅詮評史研究》，頁75～125。

得最大利益為目的。晚明雖然是通俗小說蓬勃發展的時代,但是能夠購買得起小說來閱讀,還是以具一定經濟能力的文人、商人為主要對象。將評點視為一種閱讀的觀點,評點者預設的讀者決定了評本的閱讀導向。

崇禎本評點者重視藝術賞鑑力,評語偶有道德勸說,有時提點讀者須「當下猛醒」,評本的閱讀導向已脫離歷史小說標舉教化的補史功能,深入教育不高的讀者群並非崇禎本《金瓶梅》的改評目的。提供具有較高文化素養,能深度閱讀《金瓶梅》的士商階層,使他們經由評點的引領,關注小說世情描寫的同時,又能賞趣小說中的諸多風月筆墨,正是崇禎本評點者建構的閱讀導向。

在崇禎本評點本完成前,坊間已有詞話本行世,崇禎本還殘存了修改詞話本的痕跡,〔註137〕可知此位無名氏改評《金瓶梅》,是有意識地選擇走出一條與詞話本不同的路線。明代出現兩種版本的《金瓶梅》,崇禎本代表的是《金瓶梅》由俗而雅的經典化,也反過來呼應了由袁宏道開始,明人序跋中對《金瓶梅》最佳讀者群誠屬「上智之士」的理解。

二、畫工筆下的世情之醜

崇禎本《金瓶梅》擁有精美繡像,依從上下回目,每回二幅,共計二百幅。鄭振鐸指出這些繡像都是出於當時新安名手,因圖中署名的有劉應祖、劉啟先（疑為一人）、洪國良、黃子立、黃汝耀等五人,〔註138〕屬於著名的徽派版畫。

徽派版畫纖細精美,版面簡潔雅淨,講究設境立意和裝飾效果,以生動明快的格調及濃厚的鄉土味著稱,「既有文人的書卷氣,亦有民間的稚拙味」。〔註139〕崇禎本繡像往往有大片的留白,以精細的筆觸繪出亭台樓閣,人物往往隱於畫面一隅,比起許多小說插圖將畫面填滿,更多了一份意境。

崇禎本的改評代表詞話本《金瓶梅》去俗而雅的經典化,插圖復因徽派的典雅細緻而與文本相得益彰。《金瓶梅》的畫工忠於小說回目,插圖皆緊扣小說情節,由畫面構思、人物視角及關鍵場面的選擇,融入自己的理解及批判。一來畫工照應到了崇禎本的評點,如第五回「飲鴆藥武大遭殃」和第七十九回

〔註137〕黃霖:〈關於《金瓶梅》崇禎本的若干問題〉,收入中國金瓶梅學會編:《金瓶梅研究第一輯》(南京:江蘇古籍出版社,1990年9月),頁78～79。

〔註138〕鄭振鐸:〈談《金瓶梅詞話》〉,收入胡文彬、張慶善選編:《論金瓶梅》(北京:文化藝術出版社,1984年12月),頁61。

〔註139〕張國標編:《徽派版畫藝術》(合肥:安徽美術出版社,1996年),頁1。

「西門慶貪欲喪命」，以相似的構圖呼應崇禎本眉批：「此藥較武大藥所差幾何？此吃法與武大吃法所差幾何？因果循環，讀者猛醒。」〔註140〕二來畫工有時比評點者更為敏銳，如第二十五回的「吳月娘春畫鞦韆」，以自得其樂為美人送鞦韆的陳敬濟居畫面中央，諷刺「堪笑家麋養家禍，閨門自此壞綱常」。〔註141〕可見畫工對於插圖的創作不止於視覺娛樂，而是以視覺插畫作為另類的評點。

而就商業角度來看，附加插圖的同時也增加了印刷成本，因此插圖的配置往往具有商業考量，以能夠增加書籍銷售量為目的。小說插圖雖能加入畫工對文本的深刻理解，但仍須具備娛樂效果。以《金瓶梅》繡像而言，在選取畫風走向精緻文人畫的同時，又要能兼顧「民間的稚拙味」，在經典化與商業化間取得平衡，則考驗著畫工的智慧。

以崇禎本繡像來看，署名的五位刻工共計二十六幅畫，還餘下一百七十多幅未書名姓的作品，而這些只標刻工姓名，未標畫家的插圖，「恐怕都是出於徽派木刻畫家的意匠經營」。〔註142〕崇禎本繡像雖見細膩的構思，但也偶有無法照應之處，陳平原即指出一例，第四十六回的「元夜遊行遇雨雪」，在場景及人物上均背離小說描寫。〔註143〕有幾位畫工作畫時也許出於自己的考量，也許對於文本的理解不夠，而無法完全照應小說的描寫，第二十一回「吳月娘掃雪烹茶」的構圖則明顯與小說原文出現差異，小說情節如是描寫：

> 話說西門慶從院中歸家，已一更天氣，到家門首，小廝叫開門，下了馬，踏著那亂瓊碎玉，到于後邊儀門首。只見儀門半掩半開，院內悄無人聲。西門慶心內暗道：「此必有蹺蹊。」于是潛身立於儀門內粉壁前，悄悄聽覷。……西門慶見月娘臉兒不瞧，就折疊腿裝矮子，跪在地下，殺雞扯脖，口裡姐姐長，姐姐短。月娘看不上，說道：「你真個恁涎臉涎皮的！我叫丫頭進來。」一面叫小玉。那西門慶見那小玉進來，連忙立起來，無計支他出去，說道：「外邊

〔註140〕 曾鈺婷：《說圖——崇禎本《金瓶梅》繡像研究》（台北：學生書局，2014年9月），頁150。

〔註141〕 陳平原：《看圖說書：小說繡像閱讀札記》（北京：生活・讀書・新知三聯書店，2003年12月），頁72。

〔註142〕 鄭振鐸：〈中國古代版畫史略〉，收入鄭爾康編：《鄭振鐸藝術考古文集》（北京：文物出版社，1988年9月），頁379。

〔註143〕 陳平原：《看圖說書：小說繡像閱讀札記》，頁72。

下雪了，一張香桌兒還不收進來？」小玉道：「香桌兒頭裡已收進來了。」月娘忍不住笑道：「沒羞的貨！丫頭根前也調個謊兒。」小玉出去，那西門慶又跪下央及。月娘道：「不看世人面上，一百年不理纔好！」說畢，方纔和他坐在一處，教玉簫捧茶與他吃。（崇禎本第二十一回）

這裡描寫一個「竊聽」的情節，「竊聽」在《金瓶梅》裡多次出現，如第八回「燒夫靈和尚聽淫聲」、第二十三回「覷藏春潘氏潛踪」、第二十七回「李瓶兒私語翡翠軒」，繡像皆繪出一對雲雨的男女以及一個竊聽者，竊聽者均置於畫面較為中心的部分，雲雨的男女則隱於邊緣或角落，以凸顯「竊聽」這一行為。「竊聽」和「偷窺」在《金瓶梅》中頻繁出現，讓讀者有一種越界私領域的感受，也蘊含著市井小民的樂趣。「吳月娘掃雪烹茶」的場景由冷至熱，從西門慶踏雪歸來偷聽吳月娘的禱告，而後感動向月娘求情卻反遭冷淡對待，至夫妻從修舊好，三個橋段都能構成一副生動的圖景。但此處畫工未選擇充滿神秘感的竊聽場景，也未選擇西門慶熱臉相貼、月娘冷語以待的逗趣場面，而是以夫妻團圓笑開懷來作為此回代表，可說蘊含畫工個人的喜好及對文本的理解。然而此回出場的丫環只有小玉和玉簫，繡像卻可見眾多丫環環繞其中，有掃雪者有烹茶者，試圖營造團圓喜樂的氣氛，實已跳脫原文的描寫。

由這些不同的構圖取向看來，崇禎本繡像有可能為集體創作，不同畫工對於小說有不同的理解，因而展現出高下之分。所幸大部分的作品都能體現小說精神，展現畫工的文化素養。〔註144〕整體看來，畫工並不是以暴力和情色場景做為商業角度的考量，畫工驅使畫風走向文人化，而非商業走向的譁眾取寵，尤其表現於情色構圖上。崇禎本繡像的情色構圖皆依從回目，未做過多渲染，這是最安全的一種畫法，可避免《金瓶梅》的繡像走向過於辛辣的風格。尤其《金瓶梅》中蘊含情色的回目，以繪畫來表現經常是呈現性交場景及裸露生殖器官的「明春宮」，因此畫工縮小畫中人物且將之隱於畫面邊邊角角，就多了含蓄的韻味，此與傳統春宮畫大而鮮明的人物有很大不同。

不過，《金瓶梅》是一部徹底描寫世情之醜的寫實小說，如果構圖過於美化，反而無法凸顯小說批判現實的力道。過於描繪世情之醜，尤其在情色與

〔註144〕陳平原：《看圖說書：小說繡像閱讀札記》及曾鈺婷：《說圖——崇禎本《金瓶梅》繡像研究》的研究，均肯定崇禎本繡像的構圖能力。

暴力上若太過真實地呈現，則又容易淪為譁眾取寵的商品。在畫風趨於典雅的同時，惟有構圖的選擇能夠體現畫工在典雅化與商業化之間的取捨與考量，以下先以情色構圖為例，如第四回「赴巫山潘氏幽歡」，小說內文描述如下：

> 西門慶聽說，走過金蓮這邊來道：「原來在此。」蹲下身去，且不拾箸，便去他繡花鞋頭上只一捏。那婦人笑將起來，說道：「怎這的囉唆！我要叫起來哩！」西門慶便雙膝跪下說道：「娘子可憐小人則箇！」一面說著，一面便摸他褲子。婦人又開手道：「你這歪厮纏人，我却要大耳刮子打的呢！」西門慶笑道：「娘子打死了小人，也得箇好處。」于是不繇分說，抱到王婆床坑上，脫衣解帶，共枕同歡。（崇禎本第四回）

畫工若選擇畫出「抱到王婆床坑上，脫衣解帶，共枕同歡」，料是一腥羶場面，也更能呼應回目。但此處若如此構圖，則與其他情色回目不無二致。選擇調情的畫面作為構圖，一來兼顧到含蓄，二來亦是此處調情的描寫筆力高妙，古代

女子的小腳是非常私密的部位，潘金蓮擁有三吋金蓮，西門慶往她繡花鞋一捏，已有十足的性暗示。〔註145〕這樣調情的場面，比起裸身男女性交或許更具吸引力。畫工避開赤裸的情色場面，改以含蓄的畫面表現，卻也不減風味。

　　同屬情色場景，亦有無法規避的時候，如第二十七回「李瓶兒私語翡翠軒」，西門慶與李瓶兒於翡翠軒內交構，潘金蓮駐足軒外竊聽，小說內文如此描述：

> 見左右無人，且不梳頭，把李瓶兒按在一張涼椅上，揭起湘裙，紅褌初褪，倒掬著隔山取火幹了半晌，精還不洩。兩人曲盡「于飛」之樂。不想金蓮不曾往後邊叫玉樓去，走到花園角門首，想了想，把花兒遞與春梅送去，回來悄悄躡足，走在翡翠軒檻子外潛聽。（崇禎本第二十七回）

畫工將兩人的恩愛場面隱於右上角，塑造隱密的效果，也有淡化情色的意味。這幅繡像的主角落到了中央偏上那一手撐腮，別具媚態的潘金蓮上。崇禎本評點對小說中潘金蓮的此一描寫，評道：「寫出美人俏心。」潘金蓮工於心計，對於西門慶身邊的女子，從宋蕙蓮、李瓶兒到如意兒，總因妒而多所用心，「眼裡是放不下砂子的人」。〔註146〕手段雖激情，但因情而苦，總讓人給予些許同情。潘金蓮的妒，在男性眼中看來，也具有一種美人媚態，因此西門慶要往外尋花問柳，眾妻妾中也僅向潘金蓮報備，崇禎本評點者也說她的妒「妙不失美人心性」。〔註147〕畫工筆下的潘金蓮並非全然是心性醜惡的善妒者，此處勾勒出一個若有所思的有情女形象，促使讀者不再將眼光停留於情色場景，這幅繡像下方大片的留白，也為內容增添了意境。

然而，緊接著「李瓶兒私語翡翠軒」後，即為經典的「潘金蓮醉鬧葡萄架」，其中長達一兩千字的描寫，畫工卻選取最為暴力不堪的性虐待場景，在此並非僅是為了以腥羶作為手段來吸引讀者目光。此處與六十一回的「西門慶乘醉燒陰戶」可聊相對照，兩幅畫構圖相似，因為內容分別是描寫潘金蓮、王六兒雙足被吊起，承受性虐待的場景。潘六兒與王六兒，是小說作者用來做為比較的兩個人物。田曉菲認為，這兩位可說是彼此的鏡像，一個戀著小叔，一個和小叔有私情；王六兒對西門慶無情愫可言，只是一心圖謀西門慶的錢財，相比之下潘金蓮則是個被激情所俘虜的人，對西門慶有著不摻雜任何勢利要求的激情。〔註148〕這兩幅繡像反映兩位女性的處境，共通點在於性虐待的場景相似，兩位女性忍受著痛楚，潘金蓮說：「我曉的你惱我，為李瓶兒故意使這促恰來奈何我，今日經著你手段，再不敢惹你了。」這是潘金蓮為了爭情奪愛而受的苦。此與王六兒的為財所苦大不同：

> 良久，只聽老婆說：「我的親達！你要燒淫婦，隨你心裡揀著那塊只顧燒，淫婦不敢攔你。左右淫婦的身子屬了你，顧的那些兒了！」
> 西門慶道：「只怕你家裡的嗔是的。」老婆道：「那忘八七箇頭八箇膽，他敢嗔！他靠著那裡過日子哩？」（崇禎本第六十一回）

〔註146〕 第十三回，潘金蓮自道：「我老娘眼裡是放不下砂子的人」。
〔註147〕 第十三回潘金蓮同意西門慶與李瓶兒通姦，同時開了三個條件，評點者說：「三件事俱帶孩子氣，妙不失美人心性」。
〔註148〕 田曉菲：《秋水堂論金瓶梅》，頁258。

崇禎本評語說:「王六兒牢籠牽挽技倆在金蓮之上。蓋金蓮地親故用強,六兒
地遠故用柔,兩人心事異出而同揆也。」這兩幅繡像繪出了兩位六兒——潘六
兒和王六兒,前者為情所計,後者為財所計,同樣忍受性暴力,不過下場卻大
為不同,王六兒一直以來都知道如何討好西門慶,潘金蓮則差點喪命。第七十
九回西門慶縱欲而死,先是與王六兒,後再補上潘金蓮。畫工也注意到這兩位
六兒在小說中的重要性,故這兩幅繡像一前一後成了對比。在情色場景的構圖
上,如果一味遮掩醜陋,亦無法全然表達小說的主旨,因此以畫醜來深化文本
內涵,亦不失為一種好方式。

　　而在暴力之醜上,最殘忍的場面莫過於第八十七回的「武都頭殺嫂祭
兄」,原文描寫如下:

　　　　那婦人見頭勢不好,纔待大叫,被武松向爐內攦了一把香灰,塞在
　　　　他口,就叫不出來了。然後劈腦揪番在地,那婦人掙扎,把鬏髻簪
　　　　環都滾落了。武松恐怕他掙扎,先用油靴只顧踢他肋肢,後用兩隻
　　　　腳踏他兩隻胳膊,便道:「淫婦,自說你伶俐,不知你心怎麼生着?
　　　　我試看一看。」一面用手去攤開他胸脯,說時遲,那時快,把刀子
　　　　去婦人白馥馥心窩內只一剜,剜了個血窟礲,那鮮血就冒出來。那
　　　　婦人就星眸半閃,兩隻腳只顧登踏。武松口噙著刀子,雙手去幹開

他胸脯，撲扢的一聲，把心肝五臟生扯下來，血瀝瀝供養在靈前，
後方一刀割下頭來，血流滿地。迎兒小女在旁看見，諕的只掩了臉。
（崇禎本第八十七回）

繡像的構圖是武松持刀，將下而未下。畫工也許不忍畫出這殘忍的一幕，就如
同崇禎本評點者讀至此不忍稱快，筆下都蘊含對潘金蓮的同情，但沒有繪出刀
子刺下、挖出五臟的那刻，又無法寫出武松的殘忍。其實武松之心狠手辣，在
武松面對迎兒的那一幕即可顯現。繡像圖可見，迎兒抱扶在右邊牆上，武松當
著迎兒的面了結潘金蓮和王婆的性命，並倒扣迎兒在屋裡，迎兒道：「叔叔，
我害怕。」武松則說：「孩兒，我顧不得你了」，最後跳到王婆家拿走銀兩首飾，
未留與迎兒半毛，旋投往梁山為盜。對比第十回的「義士充配孟州道」，武松
臨走前仍不忘迎兒：

當日武松與兩箇公人出離東平府，來到本縣家中，將家活多變賣了，
打發那兩箇公人路上盤費，央托左隣姚二郎看管迎兒：「儻遇朝廷恩
典，赦放還家，恩有重報，不敢有忘。」街坊隣舍，上戶人家，見

武二是箇有義的漢子，不幸遭此，都資助他銀兩，也有送酒食錢米的。（崇禎本第十回）

《金瓶梅》裡的武松雖然已脫離《水滸傳》裡的英雄形象，變成一個有勇無謀的莽夫，但仍不失為一個有義氣的漢子，無論是為兄報仇或是心繫迎兒，都能看出武松仍是具有情義的人。第十回的武松臨走前，仍不忘囑託鄰人照管迎兒，第八十七回的武松卻已顧不得無助又害怕的姪女，撇下迎兒逃往梁山。小說作者走筆至此，留與讀者無限感慨，罪有應得的王婆和潘金蓮下場悽慘，而被復仇蒙蔽的武松，已不顧親情，也無敢作敢當的勇氣，而是如後有追兵般地慌忙逃逸。英雄形象的武松到了《金瓶梅》的世界，已成為最平凡的凡夫俗子，《金瓶梅》告訴讀者真實的世界即是如此，《水滸傳》的英雄只是活在大眾想像裡的人物。畫工要呈現《金瓶梅》所刻畫的醜陋世界，並不須要以極端恐怖和暴力的場面來恫嚇讀者，僅是在構圖上多加留意，即可留給讀者許多省思。

畫工不畫醜一樣可以凸顯世情冷暖，小說中另一位與潘金蓮極有關的人物──宋蕙蓮（本名金蓮，因與潘金蓮同名，不好稱呼，故月娘將之改名為蕙

蓮），纏著一雙比潘金蓮還小的腳，因與西門慶通姦而惹出不少風波。宋蕙蓮
的死，除了自身性格，潘金蓮從旁作梗也是原因之一。來旺遞解徐州、宋蕙蓮
自殺及宋仁被屈打致死，寫出世情之複雜。而蕙蓮之死，小說僅以幾行交代過
去：

> 落後，月娘送李媽媽、桂姐出來，打蕙蓮門首過，房門關著，不見
> 動靜，心中甚是疑影。打發李媽媽娘兒上轎去了，回來叫他門不開，
> 都慌了手腳。還使小厮打窗戶內跳進去，割斷腳帶，解卸下來，撅
> 救了半日，不知多咱時分，嗚呼哀哉死了。（崇禎本第二十六回）

繡像看不到蕙蓮上吊的場景，卻仍有十足的震撼力。畫中除了內文提到的月娘
和小厮，左邊又多了三個觀看的女子，以冷眼旁觀之姿看著這一切。來旺被屈
陷為賊，上下都被西門慶買通，及至遞解前回來求見蕙蓮，也被一陣棍棒打出。
蕙蓮的死雖是諸多因素造成，旁人的冷眼旁觀也是幫兇之一。宋蕙蓮象徵貪
婪、虛榮、尚氣的市井小民之悲劇，即便事出有因，這樣的悲劇還是令人惻然，
而繡像畫出那三個冷眼旁觀的女子，則令人為世情之複雜感到驚懼。

藉由以上的考察，不難發現《金瓶梅》的繡像並非全然屬於商業文化的副產品。《金瓶梅》描寫市井之極穢，就小說內容來說，文字的修飾能力或許能淡化些許醜陋，但是圖片是赤裸裸地呈現，過度避醜又無法凸顯小說的精髓。畫工有技巧地在情色、暴力、血腥等場景下了功夫，不必以最煽情的一面呈現，亦能達到揭露及批判的作用，但這顯然需對《金瓶梅》有十足的認識，才能體會構圖背後的深意。也就是說，對於欣賞繡像所預設的讀者，仍然是偏於具有一定文化素養的人，才能較為深刻地理解這些含蓄構圖背後所隱藏的批判。普遍而言，畫工確是以一種較為慈悲的胸懷，委婉地揭露人世之醜惡。

第四節　小結

《金瓶梅》在傳抄階段，擁有此書鈔本或閱讀過此書者，應比現存史料可考者還多，但一如今之學者所言，著錄於明代文人筆下的《金瓶梅》之論，「不過三、五人，文字亦不過數篇」，〔註149〕寥寥可數的資料顯見多數文人不願為《金瓶梅》記下一筆，以致後世研究者無法還原更多《金瓶梅》早期傳抄的真相。本章考察明代《金瓶梅》史料，意在突出《金瓶梅》於明代士人中早以「奇」為人所關注。此「奇」首先由名人效應所帶來，多數人未賭書貌即已先耳聞，這要歸功於袁宏道兩次將《金瓶梅》與各大名著並列，名人對《金瓶梅》的極高讚譽使這部書在艱困的傳播過程中，仍於文人圈中享有不墜的聲望。其次，「奇」表現在小說的內容上，此是相較於同時代的小說而言。《金瓶梅》打破歷史小說「按鑑演義」的束縛，較之神魔小說則更貼近市井生活，而與同時代的淫詞小說相比，《金瓶梅》將性描寫融於細膩的市井風貌中，使讀者閱讀嶄新題材的同時，又能觀覽一場又一場的性愛饗宴。

《金瓶梅》的刊刻代表著小說商品化，書名冠以「新刻」、「繡像」、「評點」等字樣，再加上小說序跋的推銷，可招來買氣。於萬曆末到崇禎初，短短十多年間《金瓶梅》即出現兩種刻本，以詞話本於明代曾再複印看來，《金瓶梅》的出版商機相當不錯。但是，在明代能購得起《金瓶梅》的消費族群，仍屬於具有一定經濟能力的士商階層，為了推廣《金瓶梅》的銷路，以廉價劣紙印製的情況亦有之。刻本面世後，史料中續書及說唱的出現，或可讓我們推想《金瓶梅》於明末已逐漸風行。

〔註149〕魏子雲：《金瓶梅探原》，頁111。

　　考察明人對《金瓶梅》的接受，在文人序跋中，褒貶兩極的閱讀反應和《金瓶梅》「窮極歡樂」的寫作手法息息相關。「窮極歡樂」的寫作手法和枚乘〈七發〉一樣，以極端的放縱聲色引出文末的警示，反而不利愚者閱讀，因此揭示善讀的方法，在文人序跋中多處可見，可知真正理解《金瓶梅》的文人，已將《金瓶梅》視為一本適合聖人、賢人閱讀的小說。

　　而崇禎本評點者呼應了文人序跋中認為《金瓶梅》的最佳讀者群為「上智之士」的理解，此表現在三方面，其一為改評詞話本，並打破屬於大眾的「水滸式英雄傳奇色彩」；其二為認同小說「窮極歡樂」的寫作手法，於評點中引導讀者善讀；其三為面對情色筆墨，跳脫「以淫止淫」的評點方式，正面肯定人的情慾，不再淪為教化大眾的道德式評點。與崇禎本評點相輔相成的繡像，以文人畫的風格為取向，雖然有少部分的構圖無法適當詮釋文本，但決多數都能展現畫工的文化素養。比起評點，繡像更無法規避情色和暴力的描寫，因此在構圖上以含蓄筆墨帶過，不失為一種好方式。而對於值得批判的場景，以其他構圖相互比較，都可見出畫工別有用心，在繡像裡實蘊含對小說人物的理解及同情。

　　浦安迪考察小說文本的藝術價值時，讚揚「四大奇書」都展示了不少在文人畫中可見的高雅機智和深刻性，這四本傑作均可視為「文人小說」，屬於少數人手中的賞玩之物。〔註150〕本文就外緣部分加以考察，發現明代的士人、評點家及畫工，不但認可《金瓶梅》為文人小說，更進一步指出需具備良好文化素養的人才能善讀此書，而崇禎本的出現則是標誌著此一觀點形成的高峰。

〔註150〕〔美〕浦安迪著，沈亨壽譯：《明代小說四大奇書》，頁16、頁31。

第三章　禁書的流傳及社會的閱讀反應

　　《金瓶梅》在清代的流播有別於明代，最顯著之處在於時代背景的不同，因之出現不同的傳播現象和解讀方式。明末有著極為特殊的時代風氣，《金瓶梅》誕生於淫風之下，被文人視為「奇書」，產生不少積極評價。時間降至清代，不同時代的思潮、法令均影響新一代讀者對這部奇書的解讀。

　　本章旨在介紹清代與明代在迥異的時空背景下有了何種流播風貌。不同於明末淫風當道的社會，清代因政策影響，戲曲小說成了官方禁毀打壓的對象。在這種背景下，世人對《金瓶梅》的看法也逐漸改變，由序跋和評點的考察，或可一窺究竟。

第一節　清代禁令桎梏下的《金瓶梅》傳播

　　《金瓶梅》在清代的傳播滲入了政治干預，成了無法在台面上公開流行的禁書。其傳播面貌自然迥異於明代。透過史料的耙梳，一方面呈現《金瓶梅》的傳播風貌，一方面藉此了解文人社會和民間社會對小說的評價。

一、官方禁毀始末及影響

　　明末清初各種淫詞小說相繼出現，如《弁而釵》、《宜春香質》、《浪史》、《肉蒲團》等。這些小說中的性描寫相當露骨，有些甚至達到不堪入目的地步。而清初當權者忙於穩定政局，無暇顧及這些小說，一直到了順治九年，清聖祖才正式下命禁止刊刻「瑣語淫詞」，違者一律「從重究治」，〔註1〕不過這時候

〔註 1〕王利器輯錄：《元明清三代禁毀小說戲曲史料》（台灣：河洛圖書出版社，1980 年 1 月），頁 19～20。

還沒有提出具體的懲罰措施。而《三國演義》滿文本於順治七年譯成頒行，對比順治九年開始查禁「瑣語淫詞」，則不啻為「只許州官放火，不許百姓點燈」。

其實在太宗崇德初年的時候，清廷還下詔翻譯中國小說，王昭槤《嘯亭續錄》中如此記載：

> 崇德初，文皇帝患國人不識漢字，罔知治體，乃命達文成公海，翻譯國語《四書》及《三國志》各一部，頒賜耆舊，以為臨政規範。及鼎定後，設翻書房於太和門西廊下，揀擇旗員中諳習清文者充之。……有戶曹郎中和素者翻譯絕精，其翻《西廂記》《金瓶梅》諸書，疏櫛字句，咸中綮肯，人皆爭誦焉。〔註2〕

翻譯的主要目的是為了便於滿人認識禮教、軍事等各種知識，而後小說、戲曲也成了翻譯的對象。比起經書和史書，通俗小說更容易理解，也有娛樂效果，《金瓶梅》的滿文譯本「人皆爭誦」，顯然極受歡迎。清末進士冒廣生曾說：「往年於廠肆見有《金瓶梅》，全用滿文，惟人名則旁注漢字，後為日本人以四十金購去，賈人謂是內府刻本。……此或當時遊戲出之，未必奉勅也。」〔註3〕而曾經翻譯滿文《金瓶梅》的可能不只和素一人。〔註4〕無論遊戲而作或奉勅而作，都可看出滿人對《金瓶梅》有一定的興趣和接受程度。

降至康熙，清廷對於小說開始積極打壓，多次頒令禁毀，理由不外乎是這些小說「敗壞風俗」、「易壞人心」、「煽惑愚民」。反觀序於康熙四十七年的滿文本〈金瓶梅序〉，說《金瓶梅》的內容是：「其于修身齊家、裨益于國之事一無所有」，但翻譯此書是為「將陋習編為萬世之戒」，如果讀者「知反諸己而恐有如是者」，則「斯可謂不負是書之意也」，〔註5〕滿清正是以如此堂而皇之的理由，默許《金瓶梅》滿文譯本的通行。

〔註2〕〔清〕昭槤《嘯亭續錄》，收入《筆記小說大觀》（台北：新興書局，1985年3月），卷1〈翻書房〉，頁4745。

〔註3〕〔清〕鈍宧：《小三吾亭隨筆》，收入黃節等編：《景印國粹學報舊刊全集》（台北：台灣商務印書館，1980年9月），宣統三年正月第七十五號，〈滿文金瓶梅〉，頁10360。

〔註4〕〔清〕袁枚著，冒廣生批：《批本隨園詩話》，批語云：「繙譯《金瓶梅》，即出徐蝶園手。其滿漢文為本朝第一。蝶園姓舒穆魯，滿州正白旗人。」〔清〕袁枚著，冒廣生批：《批本隨園詩話》（上海：中國圖書公司和記，1916年4月），卷5，頁9。徐蝶園是否參與滿文本《金瓶梅》翻譯，黃霖提出疑義，同時也認為《金瓶梅》翻譯者應不只和素一人，如《三國演義》的翻譯者就達十六人。詳見黃霖：《金瓶梅考論》（瀋陽：遼寧人民出版社，1989年10月），頁330～335。

〔註5〕轉引自黃霖：《金瓶梅資料彙編》（北京：中華書局，1987年3月），頁5～6。

　　康熙年間雖屢次查禁小說，不過成效不佳，坊間私自印行、販賣者多有之。故當局於康熙五十三年，再下重令：「近見坊間多賣小說淫詞，荒唐俚鄙，殊非正理；不但誘惑愚民，即縉紳士子，未免遊目而蠱心焉。所關於風俗者非細。應即通行嚴禁。」並且無論印、買、賣、看，都處以重刑：「嗣後如有違禁，仍有私行造賣刷印者，係官革職軍民杖一百流三千里，賣者杖一百徒三年，買者杖一百，看者杖一百」。〔註6〕清廷甚至把出版淫詞小說與「造妖書妖言」掛上邊，污名化這些小說。〔註7〕

　　康熙以來的厲禁，對於小說的流傳多少起了威嚇作用，許多小說因此不傳於世。〔註8〕清朝禁毀書籍從順治開始，歷經康熙、雍正、乾隆，到乾隆達到登峰造極的地步，高宗乾隆特別留意戲曲、小說中的違礙文字，其查繳之深刻與廣泛，足以說明高宗深深忌諱明末清初的稗官野史。〔註9〕乾隆十八年，竟也開始禁止滿人子弟閱讀小說：「近有不肖之徒，並不翻譯正傳，反將《水滸》、《西廂記》等小說翻譯……於滿州舊習，所關甚重，不可不嚴刑禁止」。〔註10〕但是查禁最嚴厲的乾隆皇帝，在宮中卻收藏成套的《金瓶梅畫》，而且書上俱蓋乾隆御覽之印，這些書流傳至今，不曾被銷毀，〔註11〕再次說明了統治者剝奪人民閱讀小說戲曲的陰險手段。《儒林外史》書於乾隆元年的〈閑齋老人序〉即指出：「《水滸》《金瓶梅》，誨盜誨淫，久干例禁。」〔註12〕可以看出《金瓶

〔註6〕康熙五十三年的禁令，可見〔清〕孫丹書：〈定例成案合鈔續增禮部儀制〉，轉引自王利器輯錄：《元明清三代禁毀小說戲曲史料》，頁25。

〔註7〕《大清律例》刑律賊盜上「造妖書妖言」即列出淫詞小說。〔清〕劉統勳等纂：《大清律例》（海口：海南出版社，2000年6月），卷23，「造妖書妖言」條，頁314。

〔註8〕鄧之誠《骨董瑣記》即云：「知明季以來小說，多不傳於世，實緣康熙有此厲禁。」鄧之誠：《骨董瑣記》（台北：大立出版社，1985年5月），卷6〈小說禁例〉，頁209。

〔註9〕關於清高宗禁毀書籍的詳細研究，可參考劉家駒：〈清高宗纂輯四庫全書與禁燬（上）〉，《大陸雜誌》第75卷第2期（1987年8月），頁5～21。劉家駒：〈清高宗纂輯四庫全書與禁燬（下）〉，《大陸雜誌》第75卷第3期（1987年9月），頁6～18。

〔註10〕《大清高宗純皇帝實錄》卷443，乾隆十八年七月壬午。轉引自王利器輯錄：《元明清三代禁毀小說戲曲史料》，頁40。

〔註11〕相關資料可參考阿英：《小說二談》，收入《阿英全集》（合肥：安徽教育出版社，2003年7月），〈關於清代的查禁小說〉，頁345。

〔註12〕〔清〕閑齋老人：〈儒林外史序〉，〔清〕吳敬梓：《儒林外史》，收入《續修四庫全書》（上海：上海古籍出版社，2002年3月，據清嘉慶八年臥閑草堂刻本影印），頁2。

梅》長期被查禁，已達惡名昭彰的地步。

　　道光十八年江蘇設局收毀淫書，道光二十四年浙江設局查禁淫詞小說，《金瓶梅》均榜上有名，包括《金瓶梅》、《唱金瓶梅》、《續金瓶梅》、《隔簾花影》。〔註13〕《續金瓶梅》為明末清初丁耀亢所作，遭逢亡國之痛後，以金兵南下隱射清兵，並於書中處處揭露清兵惡行，自難逃查禁命運，後又易名為《隔簾花影》。同治七年，江蘇巡撫丁日昌大規模查禁淫詞小說，《金瓶梅》、《唱金瓶梅》、《續金瓶梅》、《隔簾花影》一樣名列書單，且告示如此說明：

> 淫詞小說，向干例禁；乃近來書賈射利，往往鏤板流傳，揚波扇
> 燄……大率少年浮薄，以綺膩為風流，鄉曲武豪，藉放縱為任俠，
> 而愚民蚩識，遂以犯上作亂之事，視為尋常。地方官漠不經心，方
> 以為盜案奸情，紛歧疊出。殊不知忠孝廉節之事，千百人教之而未
> 見為功，奸盜詐偽之書，一二人導之而立萌其禍，風俗與人心，相
> 為表裏。〔註14〕

當局查繳嚴厲，卻仍阻擋不了坊間的刊印，側面反映出想要徹底剷除這些小說並不是那麼容易，因此清王朝只能以封建統治的思想箝制人民，《金瓶梅》在一連串的查禁政策中屢屢被點名，理由多為有違風俗。滿文本〈金瓶梅序〉對小說「可為世戒」的說法已被「奸盜詐偽」等負面詞語取而代之，更被冠上社會敗亂之源。而江蘇自明末以來即是小說刊行的重鎮，因此查禁也最為用力，史料即云：「江蘇紳士，遂有禁燬淫書之舉，計費萬餘金，各書坊均取具永禁切結……除《水滸》、《金瓶梅》百數十種業已全數禁燬外，其餘苟非通部應禁，間有可取者，儘可用刪改之法，擬就其中之不可為訓者，悉為改定，引歸於正，抽換板片，仍可通行，所有添改之處，則必多引造作淫詞及喜看淫書一切果報，使天下後世撰述小說者，皆之殷鑑，不致放言無忌。」〔註15〕一般小說若非太過誇張，只要將可議的內容刪除或抽換文字後即可繼續流通，而《金瓶梅》則被列為全數禁毀。除了不印、不賣、不買、不看外，即連演唱也是不行的：

> 一應崑徽戲班，祇許演唱忠孝節義故事，如有將《水滸》《金瓶梅》

〔註13〕〔清〕余蓮村輯：《得一錄》（台北：文海出版社，2003年6月），卷11〈收燬淫書〉，頁11～13。

〔註14〕轉引自王利器輯錄：《元明清三代禁毀小說戲曲史料》，頁121。

〔註15〕〔清〕余蓮村輯：《得一錄》，卷11〈收燬淫書〉，頁16。

《來福山歌》等項姦盜之齣，在園演唱者，地方官立將班頭並開戲

園之人，嚴拏治罪，仍追行頭變價充公。〔註16〕

《金瓶梅》在清代的劇目如〈葡萄架〉、〈挑簾裁衣〉等被目為「風流淫戲」，

冠以引誘少年子弟及貞女節婦的罪名，「一概永禁，不准點演」，〔註17〕衛道人

士的吁請不曾間斷，影響日後丁日昌對小說戲曲的查禁甚劇。〔註18〕然而統治

者的嚴加查禁，並無法完全摧毀小說和戲曲，這是一種撲不滅的火焰。《金瓶

梅》在流傳的過程中有各種書名，如《繡像八才子詞話》、《四大奇書第四種》、

《新鐫繪圖第一奇書鍾情傳》、《多妻鑑》、《校正加批多妻鑑全集》等，有些僅

看書名也無法得知是《金瓶梅》。而《續金瓶梅》被查禁後，也易為《隔簾花

影》、《金屋夢》，繼續流通市面。

　　歸納統治者禁毀小說的手段，除了嚴懲重治外，也從思想上施以愚民政

策，以因果報應企圖恫嚇人民，因此出現許多怪力亂神、似是而非的傳說，如

清梁恭辰《勸戒錄四編》記載有人專事出版及販賣《金瓶梅》，終日被病魔所

纏，且無子嗣，後幡然覺悟，焚毀《金瓶梅》書版後，病即痊癒，且舉家得子，

從此家業興隆。〔註19〕又據云甲午年間，一廟前的戲台在演唱完《金瓶梅》〈挑

簾裁衣〉等戲曲後，隔天突然無故失火，整座戲台焚燬殆盡，好事者傳為「神

怒」。〔註20〕像這樣的傳說顯係無稽之談，但卻成了統治者用來洗腦人民不要

閱讀小說的手段。

　　流風所及，影響甚劇。乾隆任內多次查辦禁書，又發生多起文字獄，至乾

隆末期已不見如李漁、徐震等一流小說家參與創作，僅剩書坊為了射利而刊刻

〔註16〕〔清〕余蓮村輯：《得一錄》，卷15〈訓俗條約〉，頁30。

〔註17〕〔清〕余蓮村輯：《得一錄》，卷11〈永禁淫戲目單〉，頁27。

〔註18〕陳益源：〈丁日昌的刻書與禁書〉，《明清小說研究》（1997 年第 2 期），頁
211。

〔註19〕〔清〕梁恭辰：《勸戒錄四編》記載：「蘇揚兩郡城書店中，皆有《金瓶梅》版，
蘇城版藏楊氏，楊故長者，以鬻書為業，家藏《金瓶梅》版，雖銷售甚多，而
為病魔所困，日夕不離湯藥，娶妻多年，尚未育子，其友人戒之曰：『君早經
完娶，而子嗣甚艱，且每歲所入，徒供病藥之費，意者以君《金瓶梅》版印售
各坊，人受其害，而君享其利，天故陰禍之歟？為今之計，宜速毀其版，或猶
可晚蓋也。』楊為驚悟，立取《金瓶梅》版劈而焚之，自此家無病累，妻即生
男，數年間開設文遠堂書坊，家業驟起，人皆頌之。」〔清〕梁恭辰：《勸戒錄
四編》卷4，《勸戒錄類編》第十七章〈善書與淫書之勸戒〉，轉引自王利器輯
錄：《元明清三代禁毀小說戲曲史料》，頁322。

〔註20〕〔清〕余蓮村輯：《得一錄》，卷11〈京江誠意堂戒演淫戲說〉，頁30。

的粗俗小說，多為抄襲和拼湊之作。〔註21〕降至嘉慶乾嘉學派興起，崇尚考據，也開始鄙棄小說的「無根之談」，小說地位至此更為低下了。乾嘉學派代表人錢大昕（1728～1804）注意到通俗小說的影響力不可小覷，在〈錢竹汀先生禁燬淫書小說議〉云：「小說演義之書，未嘗自以為教也，而士大夫、農、工、商、賈無不習聞之，以至兒童婦女不識字者，亦皆聞而如見之。是其教較之儒釋道而更廣也」，〔註22〕對教育程度不高的人而言，小說的影響力高於四書五經，而教育程度較高的讀書人也未必不讀小說，因此小說流通的廣度實非經書可比，當然成為統治者箝制人民思想的大忌。同文中錢大昕如此評價小說：「釋道猶勸人以善，小說導人以惡。姦邪淫盜之事，儒釋道書所不忍斥言者，彼必盡相窮形，津津樂道，以殺人為好漢，以漁色為風流，喪心病狂，無所忌憚」，〔註23〕可看出錢氏對小說是深惡痛絕的。其實在清代並非只有考據學者如此看待小說，禁書風暴中許多文人對小說的評價與錢氏無異，即使是肯定小說的人也逐漸噤聲了。

故清人對《金瓶梅》的評價與明末迥異。在明代，許多文人讚賞《金瓶梅》反映世情的深度和廣度，袁宏道認為可比枚乘〈七發〉，並將之與六經並列；〔註24〕《幽怪詩譚小引》說《金瓶梅》是一部《世說》；〔註25〕崇禎本評點者則認為《金瓶梅》「直從太史公筆法化來」、「純是史遷之妙」。〔註26〕明代雖有否定《金瓶梅》者，但是他們通常把它拿來和《水滸傳》做比較，如李日華批評《金瓶梅》：「大抵市諢之極穢者，而鋒鋩遠遜《水滸傳》。」〔註27〕〈天許齋批點北宋三遂平妖傳序〉也認為《金瓶梅》「效《水滸》而窮者也」〔註28〕反映大部分的文人對於小說的娛情價值和教化作用仍具有一定的認識和肯定，這些衛道人士因忌諱其中的淫穢描寫，而給予《金瓶梅》較低的評價，只

〔註21〕 石昌渝：〈清代小說禁毀述略〉，《上海師範大學學報》第 39 卷第 1 期（2010年 1 月），頁 69。
〔註22〕 〔清〕余蓮村輯：《得一錄》，卷 11〈收燬淫書〉，頁 1。
〔註23〕 〔清〕余蓮村輯：《得一錄》，卷 11〈收燬淫書〉，頁 1。
〔註24〕 〔明〕袁宏道：〈董思白〉、〈觴政〉，分別收入《袁中郎全集》（台北：偉文圖書出版社，1976 年 9 月），卷 21，頁 1000、卷 14，頁 710。
〔註25〕 〔明〕碧山臥樵：《幽怪詩譚》（台北：天一出版社，1990 年 6 月），小引。
〔註26〕 崇禎本第十四回、第二十一回批語。
〔註27〕 〔明〕李日華：《味水軒日記》，收入《歷代日記叢鈔》（北京：學苑出版社，2006 年 4 月，據民國 12 年〔1923〕吳興劉氏嘉業堂刻本影印），卷 7，頁 540。
〔註28〕 孫楷第：《中國通俗小說書目（外二種）》（北京：中華書局，2012 年 2 月），頁 88。

是說明小說在他們心中的高下之分自有衡量標準。但是到了清代，在禁毀小說
的風聲鶴唳中，徹底否定小說的聲音更多了，如申涵光（1620～1677）就如此
論《金瓶梅》：

> 每怪友輩極贊此書，謂其摹畫人情，有似《史記》，果爾，何不直讀
> 《史記》，反悅其似耶？〔註29〕

申涵光的言論和明代文人是背道而馳的，按他所言，如果《史記》能取代所有
的小說，那麼小說根本無存在必要，而申涵光這段話還引起他人共鳴，也紛紛
起而撻伐《金瓶梅》，如鴉片戰爭的愛國詩人林昌彝引述申涵光這段話，並說
《金瓶梅》讓人「身心瓦裂」，應立即焚燬。〔註30〕昭槤的《嘯亭續錄》更直
言「小說初無一佳者」，他把《水滸傳》的載事拿來與《史記》比，認為《水
滸傳》的作者不明地理，刻畫人物的技巧更不如太史公，然後說《金瓶梅》「淫
褻不待言」，最後得出這樣的結論：

> 是人尚未見商輅《宋元通鑑》者，無論宋、金正史。……世人於古
> 今經史，略不過目，而津津於淫邪庸鄙之書，稱贊不已，甚無謂也。
> 〔註31〕

小說不同史書之處，其一在於容許「虛構」，明人也充分肯定這一點，因而普
遍肯定小說作為「野史」的存在價值，並標舉小說的「補史」功能，如明中
葉蔣大器即認為史書「不通乎眾人」，小說的教化作用備受重視，〔註32〕在
清代雖然許多小說序跋仍繼續體現這種聲音，但與小說擁護者背道而馳的一
方，卻以史書的正統性貶低小說，對小說的詆毀和污名化可謂來勢洶洶，尤
其在許多勸善書中可窺其詳，前引之《得一錄》、《勸戒錄》均為此代表。另
外，有些文人雖然肯定小說，但受制於社會風氣，言論多所保留。如劉廷璣
讚賞《金瓶梅》「欲要止淫，以淫說法；欲要破迷，引迷入悟」、「文心細如牛
毛繭絲，凡寫一人，始終口吻酷肖到底」，但隨後便指出讀者恐不善讀，而「天
下不善讀書者，百倍于善讀書者。讀而不善，不如不讀。欲人不讀，不如不

〔註29〕〔清〕申涵光：《荊園小語》，收入上海古籍出版社編：《清代詩文集彙編》（上
海：上海古籍出版社，2011年2月，據清康熙刻本影印），頁154。

〔註30〕黃霖：《金瓶梅資料彙編》，頁288。又梁恭辰：《勸善類書》記載姜西溟疾呼
要「力闢此書，盡投水火而後已」。

〔註31〕〔清〕昭槤：《嘯亭續錄》，收入《筆記小說大觀》，卷2〈小說〉，頁4777。

〔註32〕〔明〕庸愚子：〈三國志通俗演義序〉，〔明〕羅貫中：《三國志通俗演義》，收
入《古本小說集成》（上海：上海古籍出版社，1994年11月，據嘉靖本影印），
頁4。

存」，最後竟引康熙皇帝禁毀小說的諭令，稱讚這是「大哉王言」，身為臣下的他一定實力奉行。〔註33〕劉廷璣曾任江西按察史，受制於身份而在言論上多所保留，由此可知禁毀政策影響小說在清代的評價，實可見一斑。

在禁毀的風暴中，小說地位儘管逐日低下，其出版狀況仍是「野火燒不盡」。道光二十五年刊刻的《一般錄雜述》，提到書坊記錄是年所銷之書，《金瓶梅》、《水滸傳》等均在列；〔註34〕鄧之誠也提到道光申禁後兩年，《品花寶鑑》己酉刻本（1849）便問世；〔註35〕光緒十三年夢癡學人說《水滸傳》、《金瓶梅》「久經焚毀，禁止刊刻，至今毒種尚在」。〔註36〕而清代流存下來的史料，也記錄《金瓶梅》的各種戲曲在民間被展演，且獲得熱烈回應。凡此皆可見出小說在統治者的打壓下，仍然在民間欣欣向榮地傳播著，以《金瓶梅》為例，時至今日仍有許多清代刻本可考。

二、文本傳播的商業化

《金瓶梅》在清代的文本傳播，康熙三十四年以前仍有詞話本傳世。順治十七年，丁耀亢旅居西湖時完成《續金瓶梅》，其凡例云：「小說類有詩詞，前集名為《詞話》，多用舊曲」，〔註37〕此處的《詞話》即指詞話本。從明末以來，崇禎本的流傳漸漸凌駕詞話本之上，入清之後亦是如此，康熙三十四年張竹坡評點《金瓶梅》，選擇以崇禎本作為評點的底本，間接說明此一狀況。張竹坡評本，全名《皋鶴堂批評第一奇書金瓶梅》，又稱第一奇書本，刊刻後成為清代最流行的版本，就連康熙四十七年的滿文譯本《金瓶梅》也以竹坡本為底本，詞話本和崇禎本在清代因此逐漸不傳於世。據統計，康熙三十四年到乾隆十二年，短短五十餘年內，第一奇書各種不同版本相繼問世，總數近二十種，包括「乙亥本」、「本衙藏本」、「在茲堂本」、「六堂藏本」、「影松軒刻本」、「崇經堂刻本」等。〔註38〕而流存下來的乙亥本、在茲堂本

〔註33〕〔清〕劉廷璣：《在園雜誌》，收入《續修四庫全書・子部》（上海：上海古籍出版社，2002 年 3 月，據清康熙五十四年刻本影印），卷 2，頁 50～51。

〔註34〕青玉山房刊本《一般錄雜述》卷 4〈銷書可嘅〉，轉引自黃霖：《金瓶梅資料彙編》，頁 277。

〔註35〕鄧之誠：《骨董瑣記》，卷 6〈小說禁例〉，頁 209。

〔註36〕光緒十三年管可壽齋刊本〈夢癡說夢〉，轉引自黃霖：《金瓶梅資料彙編》，頁 281。

〔註37〕〔清〕丁耀亢著，陸合、星月校點：《金瓶梅續書三種》（濟南：齊魯書社，1988 年 8 月），頁 5。

〔註38〕劉輝：《金瓶梅論集》（台北：貫雅文化，1992 年 3 月），頁 161～162。

及皋鶴草堂本漫漶都相當嚴重，不知經過多少次的印刷，眉批因此逐漸遞減。
〔註39〕

　　依據胡文彬《金瓶梅書錄》所著錄，可知《金瓶梅》在清代的書名種類繁
多，除上述最常見的《皋鶴堂批評第一奇書金瓶梅》，又有《彭城張竹坡批評
金瓶梅》（日本早稻田大學館藏）、《四大奇書第四種》（乾隆丁卯刻本）、《新刻
金瓶梅奇書》、《新刻金瓶梅奇書前後部》（嘉慶二十一年刻本）、《第一奇書金
瓶梅》、《繡像第一奇書金瓶梅》、《新鐫繪圖第一奇書鍾情傳》（光緒二十五年
石印本）等。〔註40〕其中，《新刻金瓶梅奇書前後部》將八十萬言的《金瓶梅》
刪除到不剩十萬字，誠可謂書坊作偽之陋習，而作偽通常都是基於商業考量，
藉由壓低成本以求暢銷，或以標高版本價值招徠買氣，如乾隆年間刊刻的《四
大奇書第四種》，扉頁題「金聖嘆批點」，又署「彭城張竹坡原本」，可看出書
商以求售為考量，不惜作偽、傷害版本真貌的粗劣手段。另外，為了逃避官方
查禁，也有冠以「京本」兩字，代表是官方認可的版本。

　　《金瓶梅》在清代的商業傳播又不全然與明代相同，也有若干資料留下
書價記錄，其商機還可由以下情形見出。張竹坡評點完《金瓶梅》時，其弟
張道淵曾建議他將書稿賣給書坊，「可獲重價」，後來張竹坡選擇自己出資刻
印，〔註41〕張竹坡自云：「小子窮愁著書，亦書生常事，又非借此沽名，本因
家無寸土，欲覓蠅頭以養生耳」，〔註42〕從側面說明了著書刻印多少能賺點生
活費，而張竹坡選擇《金瓶梅》，除了對此書的喜好，也代表他深知《金瓶梅》
有一定的讀者群。後來張竹坡過世，他的家人還將《第一奇書金瓶梅》的舊版
賣給一個歙縣人汪蒼孚償債。〔註43〕

　　做為一本禁書，同時也可能是一部暢銷書，《金瓶梅》這樣一本大部頭的
小說在清代並非人人購買得起。乾隆四十年，朝鮮李湛來華購買《金瓶梅》凡

〔註39〕李金泉：〈苹華堂刊《皋鶴堂批評第一奇書金瓶梅》版本考〉，《書目季刊》第
　　　　45卷第4期（2012年3月），頁129。
〔註40〕胡文彬：《金瓶梅書錄》（瀋陽：遼寧人民出版社，1986年10月），頁75～80。
〔註41〕張道淵，〈仲兄竹坡傳〉，見吳敢：《張竹坡與《金瓶梅》研究》（北京：文物出
　　　　版社，2009年2月），頁247。
〔註42〕張竹坡：〈第一奇書非淫書論〉，參見劉輝、吳敢輯校：《會評會校金瓶梅》（香
　　　　港：天地圖書有限公司，2010年5月），頁2109。以下有關張竹坡的評點，
　　　　均引用自《會評會校金瓶梅》，為了行文流暢，不另註頁碼，僅於引文後刮號
　　　　標明章回或篇名。
〔註43〕劉廷璣云：「惜其年不永，歿後將刊本抵償夙逋於汪蒼孚。」〔清〕劉廷璣：《在
　　　　園雜誌》，卷2，頁50。

二十冊，一冊值銀一兩，共要價二十兩，版刻精巧。〔註44〕清代山西、江蘇、安徽、廣東一帶向為小說戲曲的出版地，以乾隆三十七年蘇北的大米為例，每石1600文（銀二兩），而四十四年山東、河南二省糧價每石約640紋（銀八錢）。〔註45〕因知刻工精美的小說價位極高。光緒五年，文龍在所評的在茲堂本《皋鶴堂批評第一奇書金瓶梅》中，也於附記中留下有關《金瓶梅》的書價記錄：

> 幼年既聞有此書，然未嘗一寓目也，直至咸豐六年，在昌邑縣公幹勾留，住李會堂廣文學署，縱覽一遍，過此則如浮雲旋散，逝水東流。嗣聞原板劈燒，已成廣陵散矣。在安慶書肆中，偶遇一部，索價五元，以其昂貴，置之。……（光緒五年五月十日於南陵縣署以約小屋中）

咸豐六年，文龍在山東昌邑有幸親睹此書，雖然沒有紀錄何年造訪安慶書肆，但據劉輝考證，文龍曾於北京生活，也曾到過山東數省，約在同治九年來到安徽，而文龍於光緒五年到光緒十年間，曾任安徽南陵、蕪湖知縣。〔註46〕因此文龍可能是在同治九年到光緒五年間，於安徽遊歷時來到安慶。在安慶的書店中，「在茲堂本」《金瓶梅》索價五元。〔註47〕考索清代民生物價，道光十一年在廣東一頭水牛需20元（合紋銀13.3兩），道光十六年福建省一頭豬需銀10元（合紋銀6.6兩多），道光十七年江蘇一頭牛需銀19元（合紋銀12兩多），又道光十七年廣東種地長工一年工價僅有銀15元。〔註48〕而同治七年，鄰近安慶的江西糧價每石約合紋銀1.9兩至2.2兩，〔註49〕因知一部《金瓶梅》在同治、光緒初年價格其實不低。

〔註44〕〔韓〕李圭景：《五洲衍文長箋散稿》（首爾：明文堂，1982年6月），卷7〈小說辨證說〉，頁230。

〔註45〕〔清〕崑岡等修、劉啟端等纂：《欽定大清會典事例》，收入《續修四庫全書·史部》（上海：上海古籍出版社，2002年3月，據清光緒石印本影印），卷201〈漕運〉，頁305、卷196〈漕運〉，頁250～251。

〔註46〕劉輝：《金瓶梅論集》，頁262～263。

〔註47〕清代貨幣以銀、錢為主，單位為分別為「兩」和「文」。外國銀元從明末開始流入中國，而清代開始使用外國銀元則始於嘉慶末年的沿海都市，所謂洋式貨幣以「元」為單位，嘉慶、道光以降廣泛流行，道光年間流通範圍已經擴大到內地，和銀兩並行。參考〔日〕市古尚三：《清代貨幣史考》（東京：鳳書房，2004年3月），頁250～267。故本文推測文龍此處所記載的五元極可能是以洋元為單位。

〔註48〕黃冕堂：《中國歷代物價問題考述》（濟南：齊魯書社，2008年1月），頁222～223、頁227、頁181。

〔註49〕〔清〕崑岡等修、劉啟端等纂：《欽定大清會典事例》，卷201〈漕運〉，頁312。

　　針對閱讀者購不起小說，書坊為了提高銷售量，紛紛祭出以假亂真的惡劣手段。晚清，像《新刻金瓶梅奇書前後部》這樣對原著大砍特砍，標榜著「真本」、「古本」的《金瓶梅》流竄市面，就是為了騙取不知情的消費者。一則廣告可以反映當時有這樣的風氣，光緒二十年七月十六日的《申報》，刊載一篇〈愛觀奇書人告白〉，文曰：

> 閱報見《大明奇俠傳》一書，理文軒八角、文宜一角，愚向文宜局買來一部，攜歸閱之，殊覺可惡，內中抽去大半，想閱書之人最恨不全，貴賤莫論。故特至理文軒又買一部……文宜局之書只有二十五回，八萬餘字；理文軒有五十四回，二十餘萬字。〔註50〕

這是理文軒和文宜書局惡性競爭互相攻擊的廣告，但由此可知刪減原小說內容，以較為低廉的價格出售，吸引貪圖便宜的消費者購買是許多書商的慣用伎倆。晚清《申報》經常刊載書商促銷小說的各種手段，一方面反映出版市場競爭激烈、削價競爭的狀況，一方面也可看出消費者購書時多有預算限制，背後隱含著小說書價並不是那麼便宜。〔註51〕

　　不過，清人想閱讀《金瓶梅》，在經濟能力不許可購買的情況下，已經不需要像明人那樣辛苦地抄書了。在清代想閱讀白話小說，可透過租賃的方式，租書在清代很流行，康熙二十六年刑科給事中劉楷上疏請除淫書云：「臣見一二書肆刊單出賃小說，上列一百五十餘種，多不經之語，誨淫之書」，〔註52〕乾隆三年王丕烈奏禁淫詞小說時也說：「但地方官奉行不力，致向存舊刻銷燬不盡，甚至收買各種，疊架盈箱，列諸市肆，租賃與人觀看。」〔註53〕可見租書業在清初已經很興盛。嘉慶二十三年，諸明齋《生涯百咏》寫道：

> 藏書何必多，《西遊》、《水滸》架上鋪。借非一瓻，還則需青蚨。喜人家記性無，昨日看完，明日又租。〔註54〕

〔註50〕《申報》，光緒二十年七月十六日（1894 年 8 月 17 日），第六版。

〔註51〕陳大康的研究即指出，吳趼人在上海當職員時月收入八元，黃警頑在進館做學徒時零用金一個月兩元，當時許多上海的上班族可能是買不起小說的。陳大康：〈論晚清小說的書價〉，《華東師範大學學報》第 37 卷第 4 期（2005 年 7 月），頁 34。

〔註52〕〔清〕仁和琴川居士編：《皇清奏議》（台北：文海出版社，1967 年 10 月），卷 22，頁 2042。

〔註53〕〔清〕素爾訥：《學政全書》（北京：北京燕山出版社，2006 年 8 月，據清乾隆三十九年武英殿本影印），卷七〈書坊禁例〉，頁 617。

〔註54〕朱一玄等編：《西遊記資料彙編》（天津：南開大學出版社，2002 年 12 月），頁 387。

說明了想要翻看通俗小說，並不一定要有購買能力，租書就是一個很好的選擇。在同治、光緒年間，北京大部分的饅頭舖兼作租書業，可考的就有十三家，出租許多通俗小說和唱本鼓詞，價格也非常經濟實惠，光緒元年一本三美齋《天賜福》是九文錢，〔註55〕但是唱本一般只有二、三十頁，通俗小說的價格一定比唱本鼓詞再高，但也是普通百姓能夠負擔的價格。〔註56〕通俗小說透過租賃大量流通，也成為統治者的大忌，站在統治者的立場，坊間租書的盛行不啻是執行禁毀小說的一大障礙，許多閱讀者未必購買得起這些書，但確實透過租賃方式能夠方便取得。〔註57〕因此官方眼中所謂的淫詞小說，遠比明代更容易流通。但是所謂的閱讀階層，也仍然須要具備一定的文化素養，以及一定的識字水平。對於沒有受過太多教育，文化水平不高的市井之徒，租借《金瓶梅》來閱讀也不是他們選擇的方式，清代《金瓶梅》說唱藝術的興起因此滿足這些人的需求。《金瓶梅》有傳奇、雜劇、子弟書等傳世，在一些清代勸善書中，也屢屢可見作者呼籲民眾勿表演、勿觀看《金瓶梅》相關戲曲，這些說唱藝術是《金瓶梅》在民間傳播的最好方式。

第二節　張竹坡的評點模式

　　繼毛宗崗評點《三國演義》，金聖嘆評點《水滸傳》後，張竹坡對《金瓶梅》的評點又標誌了古典小說批評上的一大成就，特別是在小說美學及藝術上的創發，〔註58〕影響《紅樓夢》的創作及評點。張竹坡評本的流通，在《金瓶梅》傳播史上的重要性不言而喻。因此從傳播角度考察張竹坡的評點，特別是評點所預設的讀者，有助於瞭解評本對傳播的影響。

〔註55〕 李家瑞：〈清代北京饅頭舖租賃唱本的概況〉，收入張靜廬輯註：《中國近現代出版史料》（上海：上海書店，2003年12月），第六冊，頁134～138。

〔註56〕 孫文杰的研究引晚清傅崇矩《成都通覽》為例，指出成都的新舊小說約以五角為幅度進行上下調整，而成都的平均工價約為99.5文錢。孫文杰：〈清代圖書流通傳播渠道論略〉，《圖書與情報》（2012年第6期），頁132。

〔註57〕 嘉慶十八年內閣陳預奏：「此等小說，未必家有其書，多由坊肆租賃，應行實力禁止。」〔清〕嘉慶諭旨：《仁宗睿皇帝聖訓》，收入《大清十朝聖訓》（台北：文海出版社，1965年4月），卷12〈癸丑〉，頁238。

〔註58〕 歷來研究張竹坡評點《金瓶梅》，對於結構論、藝術論和人物論的討論甚多。如葉朗：《中國小說美學》（台北：里仁書局，1987年6月），頁193～249；張曼娟：《明清小說評之研究》（台北：東吳大學中國文學研究所博士論文，1990年），頁228～281。李梁淑：《金瓶梅詮評史研究》（台北：學生書局，2014年9月），頁131～217。

一、評點動機及預設讀者

　　康熙年間彭城人張竹坡以崇禎本為底本進行評點，是為《皋鶴堂批評第一奇書金瓶梅》，刊刻後成為清代最流行的版本。張竹坡評點《金瓶梅》約十多萬字，除了回前總批、眉批、夾批外，另有〈批評第一奇書金瓶梅凡例〉、〈竹坡閒話〉、〈金瓶梅寓意說〉、〈苦孝說〉、〈第一奇書非淫書論〉、〈冷熱金針〉、〈批評第一奇書金瓶梅讀法〉、〈雜錄小引〉等數十篇批評文字（唯各版本收錄的狀況及順序不同）。

　　張竹坡（1670～1698），名道深，徐州銅山人，天資聰穎，六歲就能賦詩，且有驚人的記憶力，「始為開卷，一寓目，即朗朗背出」。張道淵〈仲兄竹坡傳〉中記載張竹坡評點《金瓶梅》，有段話能說明其評點動機：

> 曾向余曰：《金瓶》針線縝密，聖歎既歿，世鮮知者，吾將抉而出之。
> 遂鍵戶旬有餘日而批成。或曰：「此稿貨之坊間，可獲重價。」兄曰：
> 「吾豈謀利而為之耶？吾將梓以問世，使天下人共賞文字之美，不
> 亦可乎。」（張道淵〈仲兄竹坡傳〉）〔註59〕

由上述引文可以知道，張竹坡已見到金聖歎評點《水滸傳》所取得的成就，此時《金瓶梅》尚可發揮，因而他有了繼武金聖歎之心。由張道淵的話也不難推測，評點《金瓶梅》在當時應可獲利，張竹坡究竟是為了謀利而評點，或志在以「奇文共賞」為理想而評點《金瓶梅》，在〈竹坡閒話〉中還可見到他的一番自白：「邇來為窮愁所逼，炎涼所激，於難消遣時，恨不自撰一部世情書，以排遣悶懷。」由此可知張竹坡原先想創作一部能夠反映人情冷暖的世情書，將自己的滿腔憤滿傾注於創作上，以排遣他的憂鬱之情，但接下來他卻道出創作的失敗：

> 幾欲下筆，而前後結構，甚費經營，乃擱筆曰：「我且將他人炎涼之
> 書，其所以前後經營者，細細算出，一者可以消我悶懷，二者算出
> 古人之書，亦可算我今又經營一書，我雖未有所作，而我所以持往
> 作書之法，不盡備於是乎！然則我自做我之《金瓶梅》，我何暇與人
> 批《金瓶梅》也哉！」（〈竹坡閒話〉）

〔註59〕 有關張竹坡生平資料，皆參考張道淵〈仲兄竹坡傳〉，張竹坡的生平待金學家
　　　　 吳敢發現《張氏族譜》並公諸於世後，始得一窺梗概。本文論述張竹坡生平，
　　　　 所參考之〈仲兄竹坡傳〉及《張氏族譜》等相關資料，皆引自吳敢：《張竹坡
　　　　 與《金瓶梅》研究》（北京：文物出版社，2009年2月），〈附錄〉。

張竹坡以作為失敗小說家的身份去評點《金瓶梅》，並以實踐家的角度去體察創作困難這一事實。他以評點《金瓶梅》來代替自己的小說創作，在評點中展現自己如何熟悉其中的「結構」和「經營」，可以證明自己掌握了小說寫作技法，「我自做我之《金瓶梅》」也包含了這層意思。〔註60〕以此觀之，張竹坡的野心並非只是評點《金瓶梅》，而是將《金瓶梅》當成另類創作的書，評點就是他的創作，必然要發前人之所未發。

　　張竹坡選擇《金瓶梅》作為評點對象，除了明白評點《水滸傳》已無法超越金聖歎外，另一原因可能在於《金瓶梅》的世情書寫，能夠承載他的滿腔憤滿。在〈竹坡閒話〉中，張竹坡評論《金瓶梅》這本書為「仁人志士、孝子悌弟，不得於時，上不能問諸天，下不能告諸人，悲憤嗚唈，而作穢言以泄其憤也」，至於寫出這本書的作者，〈批評第一奇書金瓶梅讀法〉中則說是「必曾於患難窮愁，人情世故，一一經歷過」。這樣的經歷，與張竹坡「為窮愁所逼」，深刻體察過人情世故的遭遇相似。張竹坡自幼即喜歡說部，〈仲兄竹坡傳〉記載張道淵見他翻閱稗史：「如《水滸》《金瓶》等傳，快若敗葉翻風，暑影方移，而覽輒無遺矣」。不過張竹坡為了克盡孝道，符合父親期望，選擇走上了科舉功名一途，可惜未能成功，而淪落致貧病交加。於是在〈第一奇書非淫書論〉中，張竹坡透露出評點的另一動機是為了現實因素：

> 小子窮愁著書，亦書生常事，又非借此沽名，本因家無寸土，欲覓蠅頭以養生耳。……況小子年始二十有六，素與人全無恩怨，本非借不律以洩憤滿，又非囊有餘錢，借梨棗以博虛名，不過為糊口計。
>
> （〈第一奇書非淫書論〉）

嘗盡人情冷暖的張竹坡選擇評點《金瓶梅》，一方面用以洩恨，一方面又得以糊口，《金瓶梅》刊刻後，「遠近購求，才名益振，四方名士之來白下者，日訪兄以數十計」（〈仲兄竹坡傳〉）。顯然評點除了獲得名聲，也間接為他帶來一筆收入。

　　然而，自幼拜求塾師、誦讀四書五經的張竹坡，不可能不清楚評點《金瓶梅》會為他帶來不小的社會包袱。張竹坡的後世族人對於他評點《金瓶梅》諱莫如深，乾隆四十二年的〈仲兄竹坡傳〉披露張竹坡評點《金瓶梅》，道光五年的族譜卻將此傳有關《金瓶梅》的記載刪除殆盡。又〈張竹坡小傳〉記載：

〔註60〕〔日〕田中智行：〈張竹坡評點《金瓶梅》的態度：對金聖歎的繼承與演變〉，《文學新鑰》第19期（2014年6月），頁50～55。

「曾批《金瓶梅》,隱寓譏刺,直犯家諱,非第誤用其才也,早逝而後嗣不昌,豈無故歟!」復被後人張省齋朱筆改為:「批《金瓶梅》小說,憤世嫉俗,直犯家諱,則德有不足稱者,抑失裕後之道矣!」〔註61〕張竹坡二十六歲評點《金瓶梅》,二十九歲過世,此與他身體本羸弱,卻效力永定河工程,過於勞累有關,〔註62〕但卻被族人附會成是評點《金瓶梅》而遭受天譴,甚至被斥為失德。即使評點本在清代極為流行,其立言成就卻不見容於家族。

其實張竹坡在評點《金瓶梅》時,已很清楚這種立言可能不被世人理解。他在〈第一奇書非淫書論〉中,就透露了這種害怕被誤解的心情:

> 所以云:「詩三百,一言以蔽之曰思無邪。」注云:「詩有善有惡,善者起發人之善心,惡者懲創人之逆志。」聖賢著書立言之意,固昭然於千古也。今夫《金瓶》一書,作者亦是將〈褰裳〉、〈風雨〉、〈籜兮〉、〈子衿〉諸詩細為摹仿耳,夫微言之,而文人之微;顯言之,而流俗皆知。不意世之看者,不以為勸懲之韋弦,反以為行樂之符節,所以目為淫書,不知淫者自見其為淫耳。(〈第一奇書非淫書論〉)

此段文字意為《金瓶梅》和《詩經》的意旨並沒有不同,《金瓶梅》只是講得更白一些,不若《詩經》含蓄,故本應該更能達到「流俗皆知」,沒料到世上看此書的人卻反而視之為淫書。評點一部這麼易為世人所誤解的書,其所背負的沉重壓力可想而知。明代崇禎本評點者沒有留下姓名,張竹坡成為第一位可考姓名的《金瓶梅》評點家,而由史料確可證實,評點這部書使他遭受家族非議,那麼其他世人的眼光為何也就不難知道了。

張竹坡說他憐憫作者苦心,因此批書的目的,將力求「照出作者學問經綸,使人一覽無複有前此之《金瓶》矣」(〈第一奇書非淫書論〉)。很顯然地張竹坡認為他的評點是重新創造一部《金瓶梅》,且他這部《金瓶梅》將取代原書,他甚且直言道:「我的《金瓶梅》上洗淫亂而存孝弟,變帳簿以作文章,直始《金瓶》一書冰消瓦解,則算小子劈《金瓶梅》原板亦何不可」(〈第一奇書非淫書論〉)。上述張竹坡這番言論,將從他的〈批評第一奇書金瓶梅讀法〉中揭示得更為明白。

〔註61〕 吳敢:《張竹坡與《金瓶梅》研究》,頁 232~233。

〔註62〕 〈仲兄竹坡傳〉云張竹坡遭父喪後,「兄體臞弱,青氣恒形於面,病後愈甚」,修永定河工程時,「兄雖立有羸形,而精神獨異乎眾,能數十晝夜目不交睫,不以為疲。然而銷爍元氣,致命之由,實基於此矣。」吳敢:《張竹坡與《金瓶梅》研究》,頁 247。

在〈批評第一奇書金瓶梅讀法〉中，張竹坡點出自己與其他讀者的不同：「凡人謂《金瓶》是淫書者，想必伊止知看其淫處也，若我看此書，純是一部史公文字」、「《金瓶》必不可使不會做文的人讀。……會做文字的人讀《金瓶》，純是讀《史記》」。言下之意，張竹坡以「會做文字的人」自詡，因此他能夠讀出《金瓶梅》作者在小說中真正所欲表達的深意，不會被作者「瞞過」。〔註63〕而最適合閱讀《金瓶梅》，且能看出這部書之佳妙者，以張竹坡的話來說便是所謂的「錦繡才子」：

> 使前人嘔心嘔血，做這妙文，雖本自娛，實亦娛千百世之錦繡才子者，乃為俗人所掩，盡付流水。……常見一人批《金瓶梅》曰：此西門之大帳簿。其兩眼無珠，可發一笑。……故讀《金瓶》者多，不善讀《金瓶》者亦多。（〈批評第一奇書金瓶梅讀法〉）

正因多數平庸讀者都誤將《金瓶梅》當成西門慶的大帳簿來閱讀，因此張竹坡欲肩負起導正之要務，將所謂的帳簿變作文章，消除原書所帶來的誤解，讓自己的《金瓶梅》能夠上洗淫亂而存孝悌，並因此取代原書。張竹坡認為善讀《金瓶梅》的讀者群，與明代文人的理解存有些許差異。明代文人認為必須能夠識得「窮極歡樂」的寫作手法，瞭解鋪陳縱欲是為了由「樂」引出「悲」，才不致將此書誤為「導欲宣淫」，這樣悟性較高的「上智之士」誠屬最佳讀者。〔註64〕張竹坡雖然也有這樣的體悟，〔註65〕不過他反而特別強調必須是會做文章的「錦繡才子」，才能讀出作者的「藏針伏線」（〈竹坡閒話〉），關於這個論點，他有一段淺顯的譬喻：

> 作者每於伏一線時，每恐為人看出，必用一筆遮蓋之。一部《金瓶》皆是如此。……故做文如蓋造房屋，要使樑柱笋眼都合得無一縫可見。而讀人的文字，卻要如拆房屋，使某樑某柱的笋皆一一散開在我眼中也。（第二回回評）

張竹坡多次強調被作者「瞞過」的平庸讀者和自己的差異，只有他能站在「經

〔註63〕田中智行指出，張竹坡在評點中，多次提醒讀者不要被作者瞞過，這意味著張竹坡認為有些讀者僅用只看故事表層的方式來閱讀。〔日〕田中智行：〈張竹坡評點《金瓶梅》的態度：對金聖歎的繼承與演變〉，頁44～47。

〔註64〕傅想容：〈明人品讀《金瓶梅》的文人視角——以序跋及崇禎本評點為考察對象〉，《漢學研究集刊》第22期（2016年6月），頁57～63。

〔註65〕張竹坡於第三十回回評中說：「一部炎涼書，不寫其熱極，如何令其冷極。今看其生子加官，一齊寫出，可謂熱極矣。」

營」中的作者立場上看破《金瓶梅》的精密結構，這一方面是評點家的標榜，一方面則可能是作為「小說家」的自尊心的表現。〔註66〕不過，張竹坡和明代文人相同之處，都在於懼怕《金瓶梅》被誤讀，東吳弄珠客說「霸王夜宴」是為了引出「烏江自刎」，「若有人識得此意，方許他讀《金瓶梅》」。〔註67〕張竹坡也有類似的言論：「文字經營慘澹，誰識其苦心？……是故《金瓶》一書，不可輕與人讀」（第二十一回回評）。

　　但若按張竹坡的標準，所謂的「錦繡才子」能夠讀懂《金瓶梅》的話，則他們其實不太須要仰賴他的評點。因此張竹坡的評點實已將對象擴大到平庸讀者——即所謂會「誤讀」的讀者群，這點和崇禎本評點者並不相同。崇禎本評點者預設的讀者群是所謂的「聖人」、「賢人」的層次，以欣欣子的話來說，這兩類人面對憂鬱之情，前者能「與化俱生」，後者能「以理自排」，因此都能不為情所累，是故崇禎本所建構的評點並沒有太多的道德勸說，以潘金蓮為例，評點者欣賞她的媚態，並以慈悲的心來關照她的結局，在在顯示這是一種較高層次的評點。〔註68〕相反地，張竹坡的評點則緊扣道德外衣，他自創所謂的「苦孝說」，認為「第一回兄弟哥嫂，以弟字起；一百回幻化孝哥，以孝字結」（第一百回回評），孝悌成了貫穿全書評點的主幹，這樣的評點有時流於穿鑿附會，不免招致批評。〔註69〕

　　在考察張竹坡的評點後，可以發現他以重新創作一部《金瓶梅》的野心來進行評點，他多次提醒讀者，所謂的第一奇書《金瓶梅》已不是原本的《金瓶梅》：

　　　　一篇淫欲之書，不知卻句句是性理之談，真正道書也。世人自見為
　　　　淫欲耳，今經予批後再看，便不是真正道學不喜看之也。（第一百回
　　　　回評）

依據張竹坡的說法，當時的人讀《金瓶梅》，「無論其父母師傅，禁止之。即其自己，亦不敢對人讀」（〈批評第一奇書金瓶梅讀法〉），所以張竹坡必須強調經

〔註66〕田中智行：〈張竹坡評點《金瓶梅》的態度：對金聖歎的繼承與演變〉，頁54。
〔註67〕〔明〕蘭陵笑笑生著，梅節校注：《金瓶梅詞話》（台北：里仁書局，2007年11月），〈東吳弄珠客序〉，頁4。
〔註68〕傅想容：〈明人品讀《金瓶梅》的文人視角——以序跋及崇禎本評點為考察對象〉，頁58～59、63～70。
〔註69〕例如徐朔方就說：「《苦孝說》沒有任何書內或書外的事實作為論據，卻把外來的封建倫常觀念強加在作品身上，這是傳統文學批評中最壞的一種手法。」劉輝、吳敢輯校：《會評會校金瓶梅》，頁12。

過他批點過的《金瓶梅》，是一本能夠一眼就能看出來的「道學書」，想翻閱的人便是真正的道學之人。究其因，在於張竹坡認為《金瓶梅》的作者是大徹悟的人，專教人空，所為是一種「菩薩學問」，而非「聖賢學問」（〈批評第一奇書金瓶梅讀法〉）。但是「菩薩學問」使多數讀者難以得其門而入，「中人以下」恐怕難獲理解，因而易被誤解為淫書，需經過張竹坡評點後，才能夠成為適合廣大群眾閱讀的「道學書」，成為教人「聖賢學問」的書。如此定位自己的評點，使披上道德外衣的第一奇書《金瓶梅》在傳播上有了更堂而皇之的理由。特別是青年學子普遍被認為身心發展還不夠健全，必須背著父母、師長偷偷閱讀，這類讀者群很可能也是張竹坡注意到的目標之一，如果他的評點本能使《金瓶梅》成為一本大家認可的道學書，那麼許多讀者就不必再遮遮掩掩地閱讀。

原書被視為「淫書」，是因為平庸讀者誤讀的結果，因此在張竹坡看來，原書只適合「錦繡才子」來閱讀。但是世間的錦繡才子並不多，張竹坡想廣而推之的原因之一也在於他所自道的經濟問題，想盡辦法推廣《金瓶梅》的銷路，當然成了他評點時列入考慮的目標之一。如果張竹坡的評點本無法取代崇禎本，那麼對於想餬口計的他來說，並無法獲得太多經濟效益。但是如果只以平庸讀者為他評點的預設讀者群，又有違他自詡作為一個具創作才能的評點家之自傲。由是可以看出，張竹坡除了喜將小說中的若干情節以「苦孝說」來解釋外，在字詞的追究上更力求看出背後的深意。他自認為很少有人可以看出作者的「千秋苦心」，即便是「錦繡才子」也未必如他聰慧敏銳，〔註70〕只有他能夠「抉其隱而發之」。〔註71〕他在評點中說：「世之看《金瓶梅》者，為月娘為作者所許之人，吾不敢知也。」（第十八回回評），可能就是針對崇禎本評點者而發。崇禎本評點者在評語中多次給予月娘正面的評價，〔註72〕張竹坡則深惡月娘，反以月娘為奸險小人，這點也是他自認為能讀出別人讀不出之處。

〔註70〕張竹坡於第二十五回回評說道：「此系作者千秋苦心，今日始為道出，以告天下後世錦繡才子也」。

〔註71〕張竹坡於第五十九回回評說道：「而自有《金瓶》以來，能看而悟其意者誰乎？今日被我抉其隱而發之也」。

〔註72〕崇禎本評點者多有稱許月娘之處，如第一回眉批：「如此賢婦世上有幾？」、第十八回眉批：「月娘賢婦」、第三十回眉批：「月娘好心」、第四十三回眉批：「月娘菩薩也」、第四十八回眉批：「處處寫出月娘根心生色，一片菩提熱念」、第八十一回眉批：「月娘雖呆，終不失為好人」。

張竹坡以如獲知音的心情評點《金瓶梅》，同時也以一種再創作的態度詮釋《金瓶梅》，融評點家和創作家於一爐。因此他的評點不單只是要與同一階層的讀者對話，還有企圖使自己的創作能夠均沾下層讀者之意，這樣的野心可以說是相當大。不過他也確實取得了成功，康熙三十四年之後，張評本取代崇禎本，成為《金瓶梅》最流行的版本，鄰近的日本、韓國亦是如此。清代小說〈兒女英雄傳序〉云：「且如《西遊記》、《水滸傳》、《金瓶梅》亦幸遇悟一子、聖歎、竹坡諸人讀而批之，中人以下乃獲領解耳」，〔註73〕便提點出張竹坡評點對推廣文本流通的重要性。

二、化「菩薩學問」為「聖賢學問」

張竹坡的讀者設定群，包含了不懂作文章的人、青年學子，以及雖識字但領悟力不高的人，這幾類讀者可能容易誤讀，或者讀不出《金瓶梅》的佳妙，因而須要透過他的評點領航。不過張竹坡囿於傳統偏見，已將婦女排除在他的讀者群外，他說：

> 《金瓶梅》切不可令婦女看見。世有銷金帳底，淺斟低唱之下，念
> 一回於妻妾聽者，多多矣。不知男子中尚少知勸誡觀感之人，彼女
> 子中能觀感者幾人哉！少有效法，奈何奈何！至於其文法筆法，又
> 非女子中所能學，亦不必學。（〈批評第一奇書金瓶梅讀法〉）

張竹坡帶有強烈的傳統父權意識，不僅質疑女子在自身道德上的約束，更有「女子不必有才」的觀念，他認為《金瓶梅》文法、筆法的精湛技巧，對於女子來說都是無必要之學，更有輕視女子沒有學習能力之意。也許基於這樣的偏見，張竹坡說：「《金瓶》雖有許多好人，卻都是男人，並無一個好女人」（〈批評第一奇書金瓶梅讀法〉），他對於書中女性的評論也較為嚴苛，經常以傳統婦道的標準在檢視她們：

> 屈指不二色的，要算月娘一個，然卻不知婦道，以禮持家，往往惹
> 出事端。至於愛姐，晚節固可佳，乃又守得不正經的節，且早年亦
> 難清白。……甚矣，婦人陰性，雖豈無貞烈者，然而失守者易。且

〔註73〕出自光緒四年聚珍堂刊本《兒女英雄傳》，此篇序稀見，轉引自黃霖：《金瓶梅資料彙編》，頁 292。另需補充的是，光緒四年聚珍堂刊本《兒女英雄傳》收錄的觀鑒我齋〈兒女英雄傳序〉，胡適指出非序於雍正朝，見〔清〕文康：《兒女英雄傳》（台北：桂冠圖書公司，1988 年 7 月），胡適〈兒女英雄傳序〉，頁861。

又在各人家教，關於此可以稟型於之懼矣。齊家者，可不慎哉。(〈批評第一奇書金瓶梅讀法〉)

這段話顯係針對男性讀者的呼籲。張竹坡認為婦人性不定、且易變，例如第二回的回批，張竹坡認為該回回目題為「簾下勾情」，且小說作者於內文大書特書，正是為了寫出潘金蓮之惡，「凡壞事者大抵皆由婦人心邪」，以此認定是潘金蓮勾引西門慶，才成此不倫之戀。不過，這樣的解釋並非張竹坡一己的偏見或過度的詮解，小說作者在創作時便有這樣的意思存在，如崇禎本第一回開頭的引詩及議論，便透露著「女色禍人」的意味。〔註74〕無論是《金瓶梅》的作者或身為讀者的張竹坡，都無法擺脫封建傳統父系價值觀的影響，這是環境給予的侷限。但是小說作者並非沒有其他異音，在小說的許多地方，作者仍有不自愛的男性乃咎由自取的聲音出現，並有把女性的不幸遭遇歸於文化禁錮的體察，因而對於筆下的女性有著不同的關懷。〔註75〕在這一方面，身為讀者的張竹坡並沒有明顯接受這樣的觀點，他在評點中雖然認為西門慶沒有做到修身齊家，但對於書中女性卻也沒有多餘的關懷和同情。張竹坡預設的讀者群基本上已經將婦女摒除在外，因而他的評點經常從提醒男子如何維持家道出發，這種道德式的切入能夠時時提醒他的讀者忽略小說中的情色描寫，轉而尋思背後所寓之深意。整部小說就張竹坡看來，就是一部寓言，在〈金瓶梅寓意說〉中，張竹坡以「托名擿事」的方式，將小說中的人物名字均冠以諧音式的聯想，如他說應伯爵是「白嚼」、謝希大是「攜帶」、常峙節是「時借」等，將人名和人物特性牽連在一起，有些解釋難免牽強，但對不善讀小說的人而言卻不失為一種簡單且易於把握重點的閱讀方式。接下來，張竹坡再冠以「苦孝說」，指出作者含酸抱阮，是所謂孝子孝悌。在讀法處以「寓意」和「苦孝」建構好他的倫理框架後，便於他導入正文評點。

〔註74〕崇禎本第一回回首詩云：「二八佳人體似酥，腰間仗劍斬愚夫；雖然不見人頭落，暗裡教君骨髓枯」，便有女色禍人的觀念，這首詩出在《水滸傳》中已作為引詩。這樣的引詩透露一種觀念的傳承，例如《金瓶梅》在這方面便明顯承襲了《水滸傳》的「色戒」思想。見張進德：〈《金瓶梅》何以借徑《水滸傳》〉，收入王平、程冠軍主編：《金瓶梅文化研究（第五輯）》（北京：群言出版社，2007年5月），頁63。傅想容：《《金瓶梅詞話》之詩詞研究》（台北：學生書局，2014年9月），頁37。

〔註75〕陳翠英：《世情小說之價值觀探論——以婚姻為定位的考察》（台北：國立台灣大學出版委員會，1996年6月），頁96～111。

不過，也並非所有人都能列入他的讀者群內。張竹坡在〈批評第一奇書金瓶梅讀法〉中說：「才不高，由於心粗。心粗由於氣浮。心粗則氣浮，氣愈浮，豈但做不出好文，並亦看不出好文，遇此等人，切不可將《金瓶梅》與他讀」，這一類讀者是無論如何都讀不懂《金瓶梅》的好，即使透過評點的領航，也可能無法真正領會，因此也初步被張竹坡排除了。就像是為自己的評點本打上預防針一樣，如果有人讀了卻因此染上不好的習氣，也應歸於他的本性心粗氣浮，絕不會是作者和評點者所應擔當的責任。

按張竹坡的解釋，《金瓶梅》這部書可以作為一部「理書」來看，他說：

> 第一回兄弟哥嫂，以弟字起；一百回幻化孝哥，以孝字結。始悟此
> 書一部奸淫情事，俱是孝子悌弟，窮途之淚。夫以孝弟起結此書，
> 謂之曰「淫書」，此人真是不孝弟。（第一百回回評）

而他將《金瓶梅》視為理書的方式，便是著眼於小說中的一家興亡，由「修身」、「齊家」之道談起。按張竹坡的人倫觀點來看，小說中的主人公西門慶及他的正室吳月娘，便肩負這樣的責任。張竹坡對吳月娘的批評流於嚴苛，在張竹坡的眼中，吳月娘是「奸險好人」，亦即表面功夫做足，實則行為並不合乎婦道的人。例如在多數讀者看來，百依百順的吳月娘很容易被誤為是賢德之人，[註76] 但是張竹坡卻於評點中深罪月娘，他說：「作者寫月娘之處，純以隱筆」，認為月娘百依百順，縱夫為惡的舉動，其實「大半不離繼室常套」，「故百依百順，在結髮則可，在繼室又當別論，不是說依順便是賢也」（第一回回評），這便是以「齊家」的觀點來審視月娘。月娘之罪在張竹破看來，已是罄竹難書，西門慶和李瓶兒倫期，張竹坡認為月娘是主謀和幫兇，她沒有作為一個有德的婦女來規勸丈夫，可謂為虎作倀。而身為一個正室，月娘也沒有以禮持家，因而引敬濟入室、放來旺入門、縱妖尼晝夜宣卷、認妓女為乾女兒，至於妻妾不合、婢女小廝均不曉禮，這些在張竹坡看來亦都是月娘的罪狀。張竹坡甚至認為月娘之罪甚於金蓮：

> 乃金蓮不過自棄其身以及其婢耳，未有如月娘之上使其祖宗絕祀，
> 下及其子使之列於異端，入於空門，兼及其身，幾乎不保，以遺其
> 夫羞；且誨盜誨淫於諸妾，而雪洞一言，以其千百年之宗祀為一夕

〔註76〕小說第一回云：「卻說這月娘，秉性賢能，夫主面上百依百隨」，張竹坡夾批曰：「二語全為西門罪，不是讚月娘也，已於卷首講明」。此處評點即有深怕讀者誤讀之意。

之喜捨布施，尤為百割不足以贖其罪也。（第八十四回回評）

這完全是從「齊家」與否來要求月娘，一家之主雖是西門慶，但因月娘身為正室，所背負的責難似乎更多，關於這樣嚴厲的審視和評論，晚清的另一位評點家文龍便有話說：

批者總以月娘陰險。試問：遇此頂踵無雅骨，臟腑有別腸，為之妻者，將如此良人何也？（第十二回回批）

批者與月娘想是前生冤孽，何至百割方快。（第五十九回夾批）

針對張竹坡處處攻訐月娘，文龍則於他的評點中處處為月娘辯護。其實，張竹坡批評月娘雖有過之，但總地來說是為了凸顯「齊家」的重要性，並將「齊家」的最要人物歸之於一家之主——西門慶。對於張竹坡而言，大部分的讀者（幾乎是侷限於男性讀者）均將《金瓶梅》當成西門慶的大帳簿來閱讀，很容易迷失在財色的慾望中，也可能對西門慶產生一種不當的欣羨之情。張竹坡如此批評月娘，並非是認為所有的罪責均應由月娘來承擔，反而是在提醒男性讀者應肩負「以身作則」的責任，他在〈批評第一奇書金瓶梅讀法〉中說得再明白不過：

使西門慶守禮，便能以禮刑其妻。今止為西門不讀書，所以月娘雖有為善之資，而易流於不知大禮。……蓋寫月娘，為一知學好而不知禮之婦人也。夫知學好矣，而不知禮，猶足遺害無窮。使敬濟之惡，歸罪於己況不學好者乎。然則敬濟之罪，月娘成之。月娘之罪，西門刑於之過也。（〈批評第一奇書金瓶梅讀法〉）

張竹坡將西門慶不曉禮的根由歸之於他不讀書，其根據在於小說第一回如此介紹西門慶：「所以這人不甚讀書，終日閑遊浪蕩」。崇禎本眉批指出「不甚讀書」四字是「一生病痛」，張竹坡又大加發揮，直指這是作者「大書特書，一部作孽的病根」。在第八十四回的回評中，張竹坡又再度闡明：「然而其惡處，總是一個不知禮。……然則不知禮，豈婦人之罪也哉？西門慶不能齊家之罪也。總之，寫金蓮之惡，蓋彰西門之惡；寫月娘之無禮，蓋罪西門之不讀書也」。因而細數月娘之罪，是張竹坡欲提醒讀者肩負「齊家」的重責，而「齊家」必由「修身」而來，以此提醒讀者若不修其身，則無法齊其家。張竹坡認為女子中少有勸誡觀感者，固然隱含對女性的歧視，但聯繫至他的評點，便可瞭解他何以大力批判月娘這一角色。正因女性沒有觀感之質，則更需由男性化之，評點中多有批判西門慶道德不足之處，也是為了提醒他的讀者修養自身。但是張

竹坡為了建構他的評點取向，忽略了吳月娘也是身為父權制度、禮教文化下的犧牲者，因而他的批評總流於嚴苛。並且，吳月娘也並非完全沒有規勸西門慶，在第五十七回，吳月娘要西門慶「貪財好色的事少幹幾樁兒」，償下一些陰德給孩子，卻被西門慶認為這是醋話，起不了什麼作用。

而張竹坡眼中修身的典範，則投射在西門慶的第三個妾——孟玉樓身上。
〔註77〕孟玉樓與西門慶的締結是媒妁說合，而後亦以同樣的方式再嫁李衙內。在西門慶的眾多妻妾中，孟玉樓並未特別受寵，但她「寬心忍耐，安於數命」、「俏心腸高諸婦一着」。（〈批評第一奇書金瓶梅讀法〉）因而小說作者讓玉樓有個好結局，呼應了小說內文第一回中的一段韻文：

> 善有善報，惡有惡報。天網恢恢，疏而不漏。（張夾批：以上一部大
> 書總綱，此四句又總綱之總綱。信乎《金瓶》之純體天道以立言也。）

這段韻文，張竹坡的眉批指出是「總綱之總綱」，但是仔細閱讀過小說的讀者都應該明白，《金瓶梅》的人物安排並未完全符合善惡果報。張竹坡為了表現這是一部勸人為善的道德書，對於小說中不符讀者期待的地方，往往必須提出合理的解釋。例如西門慶過世後，家裡較有結果的二位婦人——孟玉樓和龐春梅，前者嫁給李衙內，後者成為周守備夫人。關於此，張竹坡認為這二人均是不受炎涼所拘之人，但是其差別如下：

> 不知玉樓之身分，又高春梅一層，不在金、瓶、梅三人內算賬，是
> 作者自以安命待時、守禮遠害一等局面自喻，蓋熱也不能動他，冷
> 也不能逼他也。……是又作者示人：見得人故不可炎涼我，我亦不
> 可十分於得意時太揚眉吐氣也。（第八十五回回批）

在張竹坡的評語中，春梅是「心高志大，氣象不同」。但可惜「春梅小妮子，與金蓮聯成一氣」，〔註78〕西門慶過世後，她和潘金蓮夜夜與陳敬濟偷情達旦，其所作所為確有可議之處，但她在後二十回中卻是眾多妻妾中命運最好的一個。不僅由奴婢晉身為周守備的愛妾，更為守備生下一子，未幾被冊正，做了夫人，住著五間正戶，兩個養娘抱哥兒，兩個丫環、兩個彈唱的姐兒在春梅房中服侍，〔註79〕守備也處處依順著她，如眾星拱月般，可謂享盡榮華富貴。由

〔註77〕張竹坡於第七十二回回批云：「信乎玉樓為作者寓意之人，蓋高距百尺樓頭以駡世人」。

〔註78〕刮號引文為文龍第八十五回回批之語。

〔註79〕此為小說第九十四回的描寫。

小說描寫看來，春梅並不若玉樓處事圓融、安分守己，卻一路「扶搖而上」，張竹坡解釋這樣的安排一來是為了「刺月娘」，〔註80〕二來是為了與玉樓作對比，因為玉樓潔身自愛，故為最有結果之人，以此警醒世人不可於得意時過於揚眉吐氣。張竹坡曾於第一百回的眉批中說春梅的死是為了與西門慶貪欲作一遙對，這樣的解釋仍是由道德勸善的角度來立說。許多學者都認為春梅的逐步墮落是環境造成的，〔註81〕她曾說：「人生在世，且風流了一日是一日」，看到兩犬交戀，還發出欣羨之情：「畜生尚有如此之樂，何況人兒反不如此乎？」（第八十五回）這種及時行樂的人生哲學，當然造就了她以淫而死的結局。同為評點家，崇禎本評點者卻說春梅的死法是「極樂世界」、「所謂牡丹花下死，做鬼也風流。死得快活，死得快活」（第一百回夾批、眉批）。春梅既然在陳敬濟橫死後沒有得到教訓，終日無所事事，貪淫度日，逐日消滅精神也不思悔悟，說明這或許正是她的人生選擇。比起崇禎本評點者跳脫道德勸說的框架來欣賞不同性格人物的命運，張竹坡則走上與之相反的道路。

　　崇禎本對於筆下的女性多少寓有同情，可以說是一種「菩薩型」的讀者，〔註82〕對於潘金蓮慘死武松刀下，評點者「不忍稱快」，展現對生命的憐憫和寬容。〔註83〕這樣的觀念，作者在創作小說時也隱隱露出，如第十二回因西門慶流連妓院，連月不回家，真情一再被輕棄的潘金蓮與琴童私通，卻受辱於西門慶，此時作者引詩說：「為人莫作婦人身，百年苦樂由他人」，對於筆下的女性寄予些許同情。張竹坡也在小說中看出那個時代的女性沒有自由意志的艱困處境，〔註84〕但是對於女性卻是甚少同情，在評論上時有態度輕賤之處。然而為了建構以男性讀者為中心的評點，並塑造一套成聖成賢的道德理論，張竹坡將孟玉樓描述成近乎「完人」，與他在〈批評第一奇書金瓶梅讀法〉中「《金

〔註80〕〈批評第一奇書金瓶梅讀法〉論及春梅時，也云：「見得一部炎涼書中翻案故也。……不特他人轉眼奉承，即月娘且轉而以上賓待之，末路倚之」。

〔註81〕孔繁華：《金瓶梅的女性世界》（鄭州：中州古籍出版社，1991年3月），頁56～60。陳翠英：《世情小說之價值觀探論——以婚姻為定位的考察》，頁110。

〔註82〕所謂「菩薩型」的讀者，乃出自東吳弄珠客所言：「讀《金瓶梅》而生憐憫心者，菩薩也」。〔明〕蘭陵笑笑生著，梅節校注：《金瓶梅詞話》，頁4。

〔註83〕傅想容：〈明人品讀《金瓶梅》的文人視角——以序跋及崇禎本評點為考察對象〉，頁67。

〔註84〕如小說第八十六回，陳敬濟為了迎娶潘金蓮，決定上東京籌錢，臨行前潘金蓮叮嚀道：「只恐來遲了，別人娶了奴去，就不是你的人了。」張竹坡夾批曰：「淫婦囑人如此，自身不能主也」。

瓶梅》並無一個好女人」的論點相違。他對於小說中的底層人物缺少同情，總是站在聖賢道德的角度進行口誅筆伐，也許得歸因於他急於打破「淫書」的惡謚，志在讓《金瓶梅》成為一部「聖賢學問」的道德書。

三、點「群芳譜」為「寓言」

張竹坡擔憂他的男性讀者一開卷便「止知看西門慶如何如何，全不知作者行文的一片苦心」（〈批評第一奇書金瓶梅讀法〉），他列出〈西門慶淫過婦女〉共十九位，在許多讀者眼中，這部小說堪稱西門慶的「群芳譜」。對《金瓶梅》書名的釋義，自明代以來咸認為由小說三大女主角「潘金蓮」、「李瓶兒」、「龐春梅」的名字各取一字，成其書名，《金瓶梅》後的諸多才子佳人小說也襲用了這樣的命名方式。〔註85〕張竹坡則在這個既定的傳統說法外，另提出新解：

> 此書內雖包藏許多春色，卻一朵一朵、一瓣一瓣，費盡春工，當注
> 之金瓶，流香芝室，為千古錦繡才子，作案頭佳玩，斷不可使村夫
> 俗子，作枕頭物也。（〈批評第一奇書金瓶梅讀法〉）

這段話有「金瓶中的梅花」之意，梅花暗指春色，聯繫至〈西門慶淫過婦女〉，確實林太太、王六兒之流，其淫不亞於潘金蓮等人。將書名如此釋義，乃能含括小說中捲入西門慶桃色風暴的所有女子。芮效衛的《金瓶梅》英譯本，就將書名譯為"The Plum in the Golden Vase"（金瓶中的梅花），德文譯本大部分也採取這樣的譯法，〔註86〕而井上紅梅的《金瓶梅》日譯本，封面則為王一亭先生手繪之「梅插金瓶」畫，也蘊有此意。這個解釋也得到學者支持，如格非便認為「金瓶」暗指財富，「梅」代指女人和慾望，很能夠詮釋小說「金錢與慾望」這一大主題。〔註87〕

〔註85〕如《玉閨紅》分別為小說三大主角「金玉文」、「李閨貞」、「紅玉」，《平山冷燕》為書中四大主角「平如衡」、「山黛」、「冷絳雪」、「燕白頷」，均為各取一字，成其書名的命名方式。

〔註86〕但一些德文譯本把梅花誤為"Schlehenbluete"（黑刺李子花）或"Pflaumenbluete"（李子花），因而變成「金瓶中的李花」。見李士勛：〈關於《金瓶梅》德文譯本和「梅」的翻譯問題〉，收入中國金瓶梅研究會編：《金瓶梅研究（第九輯）》（濟南：齊魯書社，2009年3月），頁216～221。研究者已指出不同文化差異上對「梅」的誤譯問題，但仍不妨礙我們在此處理解德文譯本對書名翻譯所採用之譯法。

〔註87〕格非：《雪隱鷺鷥——《金瓶梅》的聲色與虛無》（香港：牛津大學出版社，2014年11月），頁28～29。

　　張竹坡時時透露著深怕讀者誤讀的憂慮，他幾乎認為普天之下，只有他能夠讀出作者之意。在第七十回的回評，他牽強地運用名字的關連，把夏龍溪和潘金蓮的始終掛勾在一起（夏有水可栽蓮），並聯想到賁四嫂姓葉，而有此番議論：

> 且東京一回之後，惟踏雪訪月而葉落空林，景物蕭條，是又有賁四嫂、林太太等事也。此處於瓶兒新死，即寫夏大人之去，言金蓮之不久也。用筆如此，早瞞過千古看官。我今日觀之，乃知是一部羣芳譜之寓言耳。（第七十回回評）

運用名字的意象來聯想固然牽強，但也透露出張竹坡對於《金瓶梅》總被誤認為是西門慶的「大帳簿」、「群芳譜」而感到憂慮。張竹坡欲以「苦孝說」為框架來評點《金瓶梅》，卻無法規避每隔幾回便出現的西門慶與新對象偷情之情節。以往崇禎本評點者在閱讀時，毫不掩飾對情色場面的興趣，時而透露男性的歡愉和欣羨，[註88] 充分享受閱讀的快樂，並感受小說帶來的娛樂性。在這方面，張竹坡顯然不打算讓他的讀者體會這種滋味，他在〈批評第一奇書金瓶梅讀法〉中，提出一些閱讀前的注意事項：「《金瓶梅》不可零星看。如零星，便止看其淫處也。故必盡數日之間，一氣看完，方知作者起伏層次，貫通氣脈，為一線穿下來也」，又說：「讀《金瓶》，必須靜坐三月方可。否則，眼光模糊，不能激射得到」，皆有一種深怕讀者在閱讀中迷失的意味。

　　舉例來說，小說中的潘金蓮對男子而言是個「美麗妖嬈的婦人」，她的行為舉止「做張做致，喬模喬樣」，第一回中張大戶收用潘金蓮後，便添了五件病症，而後患了陰寒病，嗚呼死了，張竹坡夾批道：「金蓮起手，試手段處，已斬了一個愚夫」，這顯然是呼應小說回首的色箴詩：

> 二八佳人體似酥，腰間仗劍斬愚夫；雖然不見人頭落，暗裡教君骨髓枯。

美麗的女子被形容成具有殺傷力的武器，其魅力不可小覷，往往對男性形成危害。崇禎本評點者就站在男性角度，對於小說中唯一能抗拒潘金蓮誘惑的武松，責怪其不近人情，張竹坡也說武松是「聖人」，兩位評點家均充分明白基本人欲和道德規範產生衝突時，多數人的反應是選擇順從本能的慾望。因而張

〔註88〕楊玉成：〈閱讀世情：崇禎本《金瓶梅》評點〉，《國文學誌》第 5 期（2001 年 12 月），頁 118～119。

竹坡非常忌諱男性讀者將《金瓶梅》當作西門慶的後宮群芳譜來看，如何把群芳譜化做寓言，也就成為張竹坡評點時積極處理的目標。

　　張竹坡洋洋灑灑地列出西門慶淫過婦女十九位，卻也不厭其煩地在各回中解釋這些人物如何在小說中串起財色主題。例如張竹坡說作者寫孟玉樓這一美人並不是要凸顯西門慶貪色，而是貪財：「故雖有美如此而亦淡然置之，見得財的利害比色更厲害些，是此書本意」（第七回回評）。何以說財比色更利害？西門慶的錢財來源有三，一為他經商的獲利，二為與官場勾結的不當所得，三為孟玉樓、李瓶兒過門所帶來的財富。然後西門慶便利用這些錢財取得社會地位並縱情於聲色享樂，格非就把西門慶的這一形象歸於「經濟型」人格，代表十六世紀中後期臨清的典型商人身上複雜的人格，並與明末腐敗的政治和社會脫不了關係。〔註89〕不過粗心人往往只以為西門慶「又添一妾之冤」，〔註90〕張竹坡如此反覆申說便見得他深懼讀者看不出行文苦心。

　　說到西門慶所淫之婦女，除了少數幾位手上本就握有財富外，其餘大多數為低下階層的女性，她們總是帶著濃厚的市井氣，雖有姿色但舉止行為總帶俗氣，開口閉口往往少不了嘲弄人的粗俗話。西門慶偷情的對象經常是夥計的媳婦子，他對宋蕙蓮說：「你若依了我，頭面衣服隨你揀著用」，張竹坡說這純是「以財動之」（第二十二回）。又如西門慶包佔王六兒，不僅為她家添了丫環，也整治了一間新屋。他也曾對如意兒說：「你只用心服侍我，愁養活不過你來！」（第六十五回），又比如說，西門慶與賁四嫂偷情後，立刻掏出一包碎銀，兩對金頭簪兒給她（第七十七回）。就是孟玉樓、李瓶兒、林太太，也都多少看上他的經濟能力或社會地位。張竹坡在各回的回評裡，對作者安排這些角色的目的有若干說明。例如宋蕙蓮和王六兒的淫態令讀者印象深刻，按張竹坡的解釋，作者大書特書此兩人，正是為了襯托潘金蓮。寫宋蕙蓮的死是為了彰顯潘金蓮的妒和惡，而寫王六兒的品簫勝過潘金蓮的品玉，是為了讓後來居上的王六兒來奪潘金蓮之寵（第七回回評）。至於惡名昭彰的翡翠軒淫事，張竹坡的解釋為：「至於瓶兒、金蓮，固為同類，又分深淺，故翡翠軒尚有溫柔濃豔之雅，而葡萄架則極妖淫污辱之態。……然則此日翡翠軒、葡萄架，惟李、潘二人各立門戶，將來不復合矣」（第二十七回回評）。

〔註89〕格非：《雪隱鷺鷥──《金瓶梅》的聲色與虛無》，頁42。
〔註90〕括號引文出自張竹坡第七回回批：「誰謂有粗心之人，止看得西門慶又添一妾之冤於千古哉？」

第二十九回極具淫態的「蘭湯午戰」，張竹坡認為是為了寫出潘金蓮毫無悔過之心，並且西門慶剛聽完吳神仙的勸告，卻敢於白日行淫，也見出其惡即便是神仙也無力化之。第三十八回、第五十二回回評俱指出作者極力描寫王六兒的淫態，是為了與潘六兒（金蓮）互為彰顯，以見兩位六兒共同死西門也。細觀張竹坡之言，作者每安排西門慶邂逅一個偷情對象，其背後都是別有深意的，而西門慶與眾女性的交歡，也許暗示西門家的妻妾鬥爭造成家庭不睦，也許為西門慶的步步毀滅預作鋪墊，總地來說絕非隨意寫來。無論小說作者或張竹坡這種「女禍」觀念，均非一己偏見。中國自先秦以來便開始有模糊的「女禍」史觀，漢代以後這種觀念趨向平民化，美婦經常被指為禍人家國的尤物。〔註91〕潘金蓮特別被張竹坡理解成這樣的角色，不僅瓶兒和官哥的死與她相關，也是造成西門慶精盡人亡的最後一根稻草。《金瓶梅》誕生於晚明縱情聲色的時代潮流中，小說所要表現的當然不會只有「女禍」這麼單一的主題，張竹坡身處世風趨向保守的清朝，以他所處之盛世冷眼旁觀亡國之明末，自有他的感慨與理解。

張竹坡以這樣的方式，在回評中告誡他的讀者，女色的出現並非是為了建構西門慶的群芳譜，而是壞了妻妾和諧，對男性生命造成危害的毒藥，這樣的論說仍是緊扣於修身齊家，針對身負此重責的男性讀者而言，無非是一大警惕。而對於小說中的性交描寫，張竹坡並不排斥，相反地他以一個創作家的身份，驚異並懾服於作者的寫作技巧。〔註92〕第四回潘金蓮與西門慶共枕同歡，有一首曲文描寫兩人交歡的場景，也正是這部小說的第一場性愛展演，張竹坡逐步批點，摘錄如下：

> 交頸鴛鴦戲水，並頭鸞鳳穿花。喜孜孜連理枝生，美甘甘同心帶結。
> （張評：看官心事。）一個將朱唇緊貼，一個將粉臉斜偎。羅襪高
> 挑，肩膊上露兩彎新月；金釵斜墜，枕頭邊堆一朵烏雲。（張評：
> 一番做作也。）誓海盟山，搏弄得千般綺妮；羞雲怯雨，揉搓的萬

〔註91〕劉詠聰：《女性與歷史——中國傳統觀念新探》（台北：台灣商務印書館，1995年1月），頁3～8。

〔註92〕徐朔方以為，張竹坡在評點時沒有想到《金瓶梅》對任何前人作品的引錄和襲用。見劉輝、吳敢輯校：《會評會校金瓶梅》，頁7。《金瓶梅》中的許多詞曲多摘錄前人或同時代作品，並非作者原創，確實在這方面未見張竹坡提出討論，張竹坡的評論總是稱許作者巧奪天工的寫作手法。本文在此並不處理這個問題，而是將張竹坡討論創作技巧的部分，直接視為他對這部小說及作者的創作評價。

種妖嬈。恰恰鶯聲，不離耳畔。津津甜唾，笑吐舌尖。（張評：正寫二人淫事。）楊柳腰脈脈春濃，櫻桃口微微氣喘。（張評：將完事也。）星眼朦朧，細細汗流香百顆；酥胸蕩漾，涓涓露滴牡丹心。直饒匹配眷姻諧，真個偷情滋味美。（張評：即此小小一賦，亦不苟。起四句，是作者、看官心頭事。下六句乃入手做作推就處。下八句正寫，止用「搏弄」、「揉搓」，已極狂淫世界。下四句將完事也。下四句已完事也。末二句又入看官眼內，粗心人自不知。）（第四回夾批）

這段評論可說非常細緻。張竹坡將此段曲文拆成六個部分，第一部份直指男女結合為讀者所好之事；第二部份的六句是前奏；第三部分的八句才是真正的性愛過程，用語雖含蓄，但點出「搏弄」、「揉搓」兩字下得好，已將兩人的狂態展露無遺；第四部分的兩句是性交即將結束；第五部分的四句為已完事；第六部分的「偷情滋味美」則正是千百年來的讀者心之所嚮。一段小曲文將性愛的四個過程精彩呈現，崇禎本評點者也說這是一幅「絕妙春圖」。張竹坡逐段拆解批點，呼應了他讀文如拆屋，使某梁某柱都散在讀者眼中的理論。一段文經他拆解後，確實展現作者的匠心，並可發現作者於首尾部分巧妙抓住讀者心思。作者筆力高妙固然令人懾服，但也因此而容易將讀者燻的頭昏眼花，「粗心人自不知」，也許已經迷失在這些精湛的文字描寫中，而失去了判斷力，而這便是張竹坡所擔憂之事。

　　以往崇禎本評點者在評點時，很能夠體驗小說中的性描寫所帶來的閱讀刺激和愉悅感受，他常常一邊閱讀一邊說：「令人銷魂也」。張竹坡則避開這種符合人性自然慾望的反應，改採用如上述例子那般分析寫作技巧的方式，以一個創作家的身份拆解這些文字，用意在於教導錦繡才子欣賞作文之法。〔註93〕至於作文之法外，他個人的評論則往往流於對女性的批判，在《金瓶梅》的兩性行為上，張竹坡幾乎無一例外地認為小說中的女性個個淫蕩：

婦人用唾津塗抹牝戶兩邊，已而稍寬滑落，頗作往來，一舉一坐，漸沒至根。（張評：是婦人用力。）（第五十一回）

西門慶見左右無人，漸漸促席而坐，言頗涉邪，把手捏腕之際，挨肩擦膀之間，初時戲搜粉項，婦人則笑而不言，次後欵啟朱唇，（張

〔註93〕如第七十八回西門慶與林太太的一番情事，張竹坡對小說的敘事技巧及文字的使用亦有一番品鑑。

評：反是婦人啟唇。）西門慶則舌吐其口……婦人摸見他陽物甚大，
（張評：反是婦人先摸。）西門慶亦摸其牝戶……（第六十九回）

婦人趴在身上，（張評：婦人在上。）……於是兩手按著他肩膊，一
舉一坐，抽徹至首，復送至根，（張評：婦人送也。）……一面把奶
頭叫西門慶咂，（張評：淫極矣。）（第七十三回）

張竹坡在閱讀這些文字時，似乎是極其敏銳地注意到女性主動的一面，隱含著
他認為男女性事上，女性過於主動便是與「淫」脫不了鉤的觀點。前面提到，
張竹坡認為若不是潘金蓮主動勾引西門慶，便無法成此奸情。須知西門慶的偷
情紀錄，經常是由他主動尋求牽線人。如果是躲在「深閨」裡，平常接觸不太
到的女子，西門慶總是找上媒婆牽線，例如他為了向潘金蓮求愛，多次走訪王
婆茶坊，買通王婆使了定挨光計；又如為了調戲林太太，而使玳安密訪文嫂，
以成其美事。如果是要刮拉自家夥計的媳婦子，如宋蕙蓮、賁四嫂，西門慶便
找玉簫、玳安幫忙傳話。張竹坡在評點中也不是完全沒有責怪西門慶，但對這
些女性的批評則較為嚴苛，總帶有女人是禍水，會使男人骨髓枯盡的意味存
在。

　　小說中總是將西門慶的好色與女人的貪財並置在一起，崇禎本評點者也
注意到這些性描寫背後所蘊藏的「風月債交易」，第七十四回寫到潘金蓮品玉，
她一邊進行一邊向西門慶討皮襖，崇禎本評點者感慨道：「以金蓮之取索一物，
但乘歡樂之際開口，可悲可嘆」，無形中流露出對女性淪為以性易物的處境感
到憐憫。張竹坡幾乎沒有這種憐憫心態，反而相當厭惡女性為了索物而有失婦
德。小說中值得一提的角色宋蕙蓮，一日無意間和西門慶「撞個滿懷」，〔註94〕
西門慶對她說，若依順他，便頭面衣服便隨她用，宋蕙蓮聽了一聲也沒言語，
推開西門慶的手便走了。那時的宋蕙蓮還有點志氣，但是西門慶並不死心，使
玉簫帶了一匹布前往遊說，小說如是寫道：

玉簫道：「爹到明日還對娘說，你放心。爹說來，你若依了這件事，
隨你要甚麼，爹與你買。今日趕娘不在家，要和你會會兒，你心下
如何？」那婦人聽了，微笑不言。（張評：又另寫一淫婦樣。）（第
二十二回）

〔註94〕　「撞個滿懷」是《金瓶梅》描寫西門慶和偷情對象相遇時慣用的詞語。崇禎本
　　　　第十三回，西門慶和李瓶兒「兩下撞了箇滿懷」，第二十二回西門慶和宋蕙蓮
　　　　在儀門首「兩個撞個滿懷」。

整段文字不見張竹坡對西門慶的批評，顯然他認為女性若斷然拒絕，就算男人如何財大業大，也做不了這些見不得人的事。與崇禎本評點者相較，張竹坡對於那個時代的女性處境缺少同情，他的評點宣告了對男性人身及財產安危的警惕，把《金瓶梅》導向一本針對男性而發的群芳譜寓言。有若干回的評點，都能見出他這種評點傾向：

> 婦人在上，將身左右捱擦，（張評：又為後來喪命一回作照。）……婦人向西門慶說：「你每常使的顫聲嬌在裡頭，只是一味熱癢不可當，怎如和尚這藥使盡去，從子宮冷森森直擎到心上，這一回把渾身上下都酥麻了。我曉的今日死在你手裡了，（張評：不知反死在卿手內。反照後文。）好難捱忍也。」……西門慶覺牝中一股熱氣直透丹田，（張評：為西門流血作照。）心中翕翕然美快不可言也。（第五十一回）

此處本是一幅行房極樂圖，被張竹坡批點後，卻覺得是一種生命威脅的恫嚇，張竹坡很明顯地把它與第七十九回「西門慶貪欲喪命」作一遙照，提供讀者站在一種「非觀淫癖」的角度，感受到這是一種沒有快樂的性行為。〔註95〕張竹坡在其他性描寫的部分，也偶有類似的用語和提示。〔註96〕反觀此處崇禎本評點者的評點：「他人只蠢蠢然知快活而已，到金蓮便有許多賞鑒評品。妙人！妙人！」，明顯帶著一股閱讀的樂趣。小說後半回，西門慶更加縱欲無度，偷情的頻率也越來越高，前面的熱極正是為了寫出後面的冷極，在這一方面，張竹坡為小說做了相當清楚的詮釋。

　　《金瓶梅》與明末那批「著意所寫，專在性交」〔註97〕的豔情小說並不同，但也異於那些描寫情愛美感的傳統文學。小說中另一位堪比潘金蓮的王六兒，曾對丈夫如此說：「你倒會吃自在飯兒，你還不知老娘怎樣受苦哩！」

〔註95〕康正果指出《金瓶梅》往往把男人的好色與女人的貪財並置在一起，這種對比沖淡了性描寫的刺激效果，且在一定程度上給讀者提供了一個非觀淫癖的角度，使讀者看到「浮世風月」只是一種沒有快樂的享樂。本文此處借用了康氏這樣的說法。康正果：《重審風月鑑——性與中國古典文學》（台北：麥田出版社，1996 年 1 月），頁 266。

〔註96〕如第七十三回潘金蓮挑弄蛙口處，張竹坡評：「為後文喪命，漸漸一引」；第七十五回西門慶與如意兒交媾時論及彼此年紀的一場對話，張竹坡有評語曰：「西門將死，恐一路自冰鑒後，未曾寫其年紀，下文記其壽算。看官眼迷，此處閒中一醒」。

〔註97〕魯迅：《魯迅小說史論文集——中國小說史略及其他》（台北：里仁書局，1992年 9 月），第十九篇〈明之人情小說（上）〉，頁 165。

（第三十八回）張竹坡點出這全是為了利益而從事的性交易，這種性愛關係在《金瓶梅》中並不少。在每一段粗心讀者以為的性愛饗宴中，背後都是一場赤裸的金錢交易，以及男子逐步毀滅的過程，因而這些性愛描寫並非是為了提供讀者閱讀的樂趣，反倒像是一種警示，而這大抵是張竹坡所欲建構的「群芳譜寓言」。

但並非說張竹坡對《金瓶梅》的這種詮釋凸顯他也是這種下根之人。《金瓶梅》的作者和張竹坡對於破除功名利祿、酒色財氣的展現，有類王陽明門下兩位弟子——王龍溪與錢德洪的「天泉證道」，王陽明說：「利根之人直從本源上悟入」，而「其次不免有習心在，本體受蔽，故且教在意念上實落為善去惡」，因而陽明如此評價兩弟子：「汝中（龍溪）之見，是我這裏接利根人的；德洪之見，是我這裏為其次立法的。二君相取為用，則中人上下皆可引入於道」。〔註98〕《金瓶梅》的作者「以佛反佛」、〔註99〕「以色破色」等作法看似矛盾，實乃提供上根人安頓生命；張竹坡則反其道而行，選擇為下根人立法。在明代，讀書人透過禪宗修行，但禪宗義理幽玄高妙，因而中下層民眾紛紛轉向簡易便行的淨土宗，這樣的思想也表現在《金瓶梅》中，作者立足於禪宗義理「空」的超越立場，對世俗慾望進行尖銳批判和否定。〔註100〕張竹坡說「我自做我之《金瓶梅》」，並表示他的評點本將取代《金瓶梅》原書，聯繫前文所述，他所謂的「自做」就是一種詮釋上的創作，不是更動小說原文，〔註101〕而是藉著在文本中蒐羅證據，建構一套有利「下根人」的理論。因而張竹坡評點本一出，更有利「中人上下皆入於道」，遂成為有清以後《金瓶梅》流傳的定本，反而偏向儒家「文以載道」的詞話本〔註102〕咸廢而不出。

〔註98〕〔明〕王守仁撰，吳光等編著校：《王陽明全集》（上海：上海古籍出版社，1992年12月），〈傳習錄〉下卷，頁117。

〔註99〕《金瓶梅》經常引入佛教義理，卻又於小說中大力批判佛教，看似矛盾，實則是一種「以佛反佛」的手法，歷來多為《金瓶梅》研究者所注意。詳細論述可參考格非：《雪隱鷺鷥——《金瓶梅》的聲色與虛無》，〈參禪與念佛〉，頁123～132。

〔註100〕相關論述詳見格非：《雪隱鷺鷥——《金瓶梅》的聲色與虛無》，〈禪、淨之辨〉，頁133～137。

〔註101〕田中智行發現，同樣是評點，金聖歎往往修改小說原文，把不利己見的宋江的描寫都竄改掉，張竹坡則是透過「翻卷靡日」式的精搜文本來支持他的論點。參見田中智行：〈張竹坡評點《金瓶梅》的態度：對金聖歎的繼承與演變〉，頁50。

〔註102〕田曉菲的研究指出，詞話本偏向儒家「文以載道」的思想，被當成一個典型的道德寓言，警告世人貪淫與貪財的惡果，繡像本則強調塵世萬物之痛苦與

四、文龍對張竹坡的回應

　　晚清文龍於「在茲堂」刊本《第一奇書》上，洋洋灑灑書寫了六萬餘言的批語，以回前總批為主，少部分為眉批、旁批。這些評語直接寫在張竹坡評本上，並未刊行，直至劉輝於北京圖書館查閱《金瓶梅》相關資料時，始發現並將之披露於世。〔註103〕在《金瓶梅》的評點上，文龍是繼張竹坡後的第三位評點家，但由於評點本並未刊行，於清代傳播史上並無影響力。

　　有關文龍的生平所載不多，《南陵小志》云：「文龍，字禹門，本趙姓，漢軍正藍旗。附貢生，知南陵縣事」。文龍於光緒五年三月任南陵知縣，光緒八年改任蕪湖知縣，光緒十年五月又回任南陵知縣，並至光緒十二年卸任，他在任內「興學校，除苛政，惠心仁術，恆與民親」。〔註104〕文龍評點《金瓶梅》約始於光緒五年，前後歷時三年，某些評語因此經過反覆修改、增補。早有研究者指出，文龍不像其他評點家一樣積極推薦《金瓶梅》，這是因為文龍的評點沒有以公開出版為目的，不像其他評點文字肩負了提高作品文本價值、以利小說傳播的責任。〔註105〕就這方面來看，文龍的評點比較像是讀書札記，並沒有明確引領讀者閱讀文本的目的存在，因而評語可說是真情流露，體現文龍對《金瓶梅》的接受。但值得注意的是，文龍的許多見解並非獨立而發。他依據的版本是友人邵少泉相贈的《皋鶴堂批評第一奇書金瓶梅》，評語直接寫在張竹坡評本上，許多見解是在張竹坡評語的影響下，所形成的一種回應與對話。

　　文龍自云他的評點「不作人云亦云」（第六十七回），相較於金聖歎和張竹坡，他的評語風格確實自成一家。其評點鮮少涉及小說結構、藝術等創作技巧，不同於張竹坡以小說家的身份拆文解字，津津樂道於作者如何埋針伏線，文龍則以「筆墨亦覺生動」（第七十七回）這樣的評語輕輕帶過。因而對於小說的虛構性、娛樂性並不重視，反以教化作用作為審視小說可讀與否的指標。張竹

空虛，意在喚起讀者對生命的同情與慈悲。田曉菲：《秋水堂論金瓶梅》（天津：天津人民出版社，2014年1月），〈前言〉，頁6。格非也提到，詞話本字裡行間充滿鄉村學究式的儒家道德說教，見格非：《雪隱鷺鷥──《金瓶梅》的聲色與虛無》，頁132。

〔註103〕劉輝於1985年於《光明日報‧文學遺產》及《文獻》上，先後披露文龍評點。見劉輝：《金瓶梅論集》，頁255～275。

〔註104〕〔清〕宗能徵等纂修：《南陵小志》（台北：成文出版社，1985年3月，據清光緒二十五年刊本影印），卷2〈職官志〉，頁65、79。

〔註105〕李梁淑：《金瓶梅詮評史研究》，頁222。

坡惋惜《金瓶梅》被視作淫書，為俗人所掩，盡付流水，文龍則認為《金瓶梅》有「淫書」及「戒淫書」的雙重特質，只有「以武松為法，以西門慶為戒」的人才適合閱讀，而其他為稟氣所拘、無法成為堯舜的讀者，《金瓶梅》對他們而言就是淫書無誤，「究竟不宜看」（第一回）。

　　他的評點明顯帶著讀者主觀的好惡，對於無法觸及內心感受的章回，每以「此回無甚深意」（第三十回）、「此回令人不願看，不忍看，且不好看，真可不必看。此作者之過也」（第六十九回）等負面評價一筆帶過，且第十五回、第十六回、第三十八回、第八十一回全無評語，可能是這些章回沒能引起他的共鳴。並且對於小說中涉及淫事的章回，他更是直言不諱：「余頗不喜看此一回，以其味同嚼蠟也。喜看此回者，必是淫心蕩漾，意欲仿而行之者也」（第三回），由此看來，文龍並沒有把閱讀小說視為一種樂趣，而是純粹以道學眼光來審視《金瓶梅》，因此無助於教化作用的部分，在他看來咸可不看。比起張竹坡把《金瓶梅》的前後結構視為互相呼應、埋針伏線，以曾是「小說創作家」的身份為《金瓶梅》背書，文龍則明顯將小說中的許多部分視為贅筆，強烈展現個人閱讀上的主觀好惡。他對於閱讀小說這種閒書，看法是：「誰謂閒書不可看乎？修身齊家之道，教人處世之方，咸在於此矣」，他看重小說價值的標準即在小說所肩負的載道作用。而文龍強烈的道德感，經常使他對於小說中的人物疾惡如仇，往往出現許多激憤之語。〔註106〕他主張看《金瓶梅》前，可以先看《水滸傳》，因「《金瓶梅》之死西門慶，不如《水滸傳》之死西門慶，死得爽快也。故看至西門慶之死，總覺不快」（第七十九回），可見他閱讀小說時，強烈將書中人物放置於心中的道德準則下檢視，因而在閱讀上往往無法有所共鳴。

　　文龍對於張竹坡的評點蘊含相當程度的不滿，蓋源於他認為張竹坡的評語帶有明顯的偏見。文龍說：「夫批書當置身事外而設想局中」、「不可過刻，亦不可過寬；不可違情，亦不可悖理」（第十八回），「此間議論，亦如吳神仙之相，龜婆之卜，因明明指示於人，閱者又何必自作聰明，妄出見解，而有所偏好偏惡於其間也」、「奈何愛而加諸膝，惡而墜諸淵，逞一己之私心，自詡讀

〔註106〕如「讀至此未有不怒髮衝冠，切齒拍案，必須將此三人殺之而後快」（第六回）、「一群豬狗交歡，何預人事，而乃馳神於其胯下，注意於其腰間也」（第十四回）、「世間有此等賤貨笨貨，而且頗多」（第二十四回）等，可見出其憤慨之情。

書得簡，此不但非作者之知己，實為作者之罪人也」（第六十四回），這些議論
均針對張竹坡而發。究竟為何如此？可能得追溯至文龍與張竹坡對於女性美
德的認定。

　　張竹坡由齊家的觀點，將西門一家之罪亂，歸於西門慶和吳月娘。而吳月
娘未踐勸夫之職，導致西門慶在外為虎作倀，在內淫亂下女，便成了張竹坡極
力攻訐的目標。與此同時，做人兩面圓滑的孟玉樓及心高氣傲、忠於主子且其
後氣象不凡的龐春梅，則反而成了張竹坡稱許的對象，並經常以此二人來對比
吳月娘之不堪。一般來說，多數讀者對於小說人物善惡品評之標準，往往依據
小說直露之線索予以評斷，因而犯下殺夫、通姦等罪刑的潘金蓮最是罪不容
涉，吳月娘的言行舉止雖無面面俱到，但總的來說多屬道德上的問題，並沒有
涉及犯罪問題。因而自古以來，談到《金瓶梅》中的女性，多以潘金蓮為第一
惡人，鮮少有如張竹坡大力渲染吳月娘之惡者。吳月娘恪守婦道，但過於虛偽，
與坦率的潘金蓮是截然不同的形象，張竹坡也許是站在「嫉偽」〔註107〕的立
場而深惡月娘。張竹坡的評點是否能夠說服讀者？至少在文龍的評點中，可以
看到他對竹坡評點的強烈反彈：

　　婦人見錢見利不知有義，當不止月娘一人，而況圖財害命，賴財絕
　　交，騙財私逃，匿財發誓，滔滔皆是也，何獨罪一婦人如此之甚也。
　　（第十九回夾批）

　　此回官哥之死，李氏哭破其故，月娘心中明白，玉樓諸人亦無不明
　　白，不但如意、迎春等也。玉樓此刻不說大姐姐不管矣。其胸中早
　　有定見，其餘逢場作戲。官哥死未嘗不哭，亦未嘗不快。惟月娘始
　　終保護，尚不愧為嫡母，何閱者責之之甚也。（第五十九回）

文龍以比較的方式來評定善與惡，肯定沒有完人的存在，他曾說月娘糊塗可恨
之處在於留姑子晝夜宣卷，但這是「愚」，而不是「陰險」（第八十三回）。《金
瓶梅》裡找不到一個全善的人物，但透過比較可知月娘是屬於良善的一類，特
別是文龍認為「婦人之所最重要者，節」（第十八回），就這方面來說，月娘為
西門慶守寡，是其他妻妾所不及處，故認為張竹坡責之太甚。文龍也指出月娘

〔註107〕明代中後期，「嫉偽」是思想家和文學家共同關心的主題，《金瓶梅》裡也充
　　　　斥著欺詐、偽善乃至背叛等各種「偽飾之風」。《金瓶梅》的作者有強烈的嫉
　　　　偽之心，對「人情之假」多加揭露，同時對西門慶和潘金蓮的惡行進行了相
　　　　當程度的辯護，這二人通常公開作惡，不加掩飾，較少偽裝。詳見格非：《雪
　　　　隱鷺鷥——《金瓶梅》的聲色與虛無》，頁 167～176。

許多值得稱許之處，如上述引文所提到的守護西門子嗣，他因此用比較包容的眼光設身處地為月娘著想。文龍主張賞析文本的方式應忠於作者所述，月娘為官哥所表現出的護衛之情，相較於沒有任何流露的諸人，文龍寧可相信這是作者為了刻畫月娘善良的一面，所謂「因明明指示於人，閱者又何必自作聰明，妄出見解」。張竹坡的評點總是強調不被作者瞞過，能夠讀出別人讀不出的弦外之音，「醜月娘」也是他獨特的評點視角，在此以前的崇禎本評點者也曾讚許月娘的美善。這一方面文龍並未接受張竹坡的觀點，反而在評點中處處與張竹坡交鋒，對於被張竹坡「偏護玉樓而高抬春梅」，文龍更有一番屬於他的見解：

> 若謂來旺之配，蕙蓮之死，玉樓不與謀，不加功，不知情，吾不信也。……金蓮之妒，明而淺，玉樓之妒，隱而深。（第二十九回）

> 雪娥為春梅所買，即欲逐而賣之，甚易易也。必須裝此醜態，出此醜言，始能出春梅而入經濟乎？此一層未免多費筆墨矣。噫嘻！又安知非作者有意描寫春梅醜態，以醒閱者眼目？（第九十四回）

除了於評點中處處維護月娘，文龍也經常站在對立面上與張竹坡針鋒相對，批評張竹坡屢屢稱許的玉樓和春梅。由上述引文不難看出，在文龍眼中孟玉樓屬於「奸險小人」（「奸險小人」是張竹坡用來批月娘的話），暗地以言語助長潘金蓮，這在西門慶與宋蕙蓮通姦的情節中最能見出，玉樓的不沾鍋性格在作者的輕描淡寫中表露無遺：

> 玉樓向金蓮道：「這樁事咱對他爹說好，不說好？大姐姐又不管。（張評：寫盡月娘之惡）（文評：我不知月娘為何惡哉？）儻忽那廝真個安心，咱每不言語，他爹又不知道，一時遭了他手怎了？六姐你還該說說。」（張評：寫玉樓真正好人）（文評：寫玉樓真正老奸之辣貨也）（第二十五回）

玉樓表面看來不插手管事，內心又並非全然不在意。西門慶安撫蕙蓮，蕙蓮聽了心中歡喜，面對眾丫環媳婦，言語未免輕漏。小說寫道：「孟玉樓早已知道」，她跑去告訴潘金蓮，一五一十，說了一遍，潘金蓮氣得臉紅了，撂下狠話：「我若教賊奴才淫婦與西門慶放了第七箇老婆，我不喇嘴說，就把潘字倒過來！」潘金蓮的性格，玉樓應不至於不清楚，但她還是撇下一句：「我是小膽兒，不敢惹他，看你有本事，和他纏」（第二十六回）。蕙蓮的死固然也與她的性格有關，但整起事件的悲劇卻少不了潘金蓮的作梗，而玉樓在此處也成了幕後推手，文龍說：「顯係金蓮主謀，玉樓參贊」、「要放來旺，金蓮尚不知，玉樓去

報信，並激之曰：『看你本事』」、「然人皆之死於雪娥之打，而不知實死於金蓮，更不知實死於玉樓」、「若玉樓者，吾甚畏之」（第二十六回批語）。在《金瓶梅》的評點家中，文龍是第一位注意到玉樓在宋蕙蓮事件中所扮演的角色，並以此點出這個俏心美人心狠手辣的一面。《金瓶梅》裡沒有所謂的全善人物，就是做人圓滑的玉樓，也有善妒之心，在自身處境危急時，她仍然會出於自保而展露陰險的一面。玉樓和李衙內設計陷害陳經濟，雖然陳經濟的個人道德有極大問題，但玉樓的構陷卻幾乎是不留活路。小說鮮少描寫玉樓的喜怒哀樂，她待人處事面面俱到，因而受到張竹坡的讚賞。惟玉樓和金蓮相處時，多次露出內心最深沉的一面，例如她勸和吳月娘和西門慶，但當兩人和好時，卻又轉而對潘金蓮抨擊吳月娘，「從中不難看出所謂的人心和人情，在境遇改換之下的瞬息變化」。〔註108〕張竹坡在理解孟玉樓這個角色時，近乎美化式地讚揚，並且一概忽略小說對玉樓險惡之面的描寫。張評本在清代流傳甚廣，也代表其評語具有一定的權威性，文龍卻能不隨波逐流，在人物的品評上自有他的一套標準。有清一代，讀者對於竹坡評點的接受及反應向無資料可考，文龍的評點可說是一種讀者反應。

第三節　小結

明初瞿佑的《剪燈新話》曾被認為是邪說異端而遭統治者禁毀，一直到了明代中葉，李贄、袁宏道等文人開始肯定小說，作為通俗文學的小說才開始有了較高的地位。明人對《金瓶梅》稱奇之餘，雖也有顧慮的反對聲浪，但整體而言肯定《金瓶梅》的內容和藝術成就，並將之與史書匹敵的聲浪也一直存在。降至有清，在統治者的威嚴恫嚇下，士人對小說的正面評價也逐漸噤聲了。即使如此，《金瓶梅》在清代仍於民間欣欣向榮地傳播著，戲曲的演唱、文本的租借成了很重要的流通方式。閱讀群眾也開始由明代的士商階層流向一般大眾，張竹坡的評點本便帶有擴大閱讀群眾的企圖。

許多文人抱持著受「儒家的史學話語」所影響的小說觀，〔註109〕雖然存在許多偏見，但極有可能代表著明清代部分士大夫的觀點。張竹坡將《金瓶梅》

〔註108〕括號引文出自格非：《雪隱鷺鷥——《金瓶梅》的聲色與虛無》，頁 266。

〔註109〕「儒家的史學話語」影響下的小說話語，強調小說的價值在於補史乘之不足，可以觀民情風俗厚薄，小補於君子的治道。詳見林崗：《明清小說評點》（北京：北京大學出版社，2012 年 9 月），頁 69。

第四章　二十世紀的版本論爭及世情閱讀

　　《金瓶梅》從清代成為禁書開始，各種打壓和污名化不曾間斷。民國以後出現了「潔本」，潔本的源頭可上溯至清代，但真正大行其道則是在二、三〇年代左右。三〇年代初期，詞話本的出現又使版本的流傳出現新的變化，這些現象將在本章中逐一探討。

　　潔本和詞話本的出現，使社會對《金瓶梅》的認識出現各種聲音。特別是環繞在「豔情」與「世情」的解讀上，一直是讀者對這部小說展現的兩種極端評價，這樣的論爭亦為本章勾勒之重點。

第一節　《金瓶梅》版本的流通

　　版本流通歷經明末的崇禎本、清初的竹坡本，到了民初卻以潔本大行其道，這樣的現象由現今研究者看來是不可思議的事。潔本的流通及伴隨潔本而對小說原本所作的攻擊，都在在妨害世人對這部書的理解與認識。詞話本三〇年代左右面世後，究竟能為《金瓶梅》在二十世紀的傳播帶來何種新面貌，需透過以下的耙梳才能明白。

一、刪改本的竄起

　　由清朝結束至1932年詞話本現世以來，坊間除了崇禎本和竹坡本，尚流傳一種所謂的「潔本」。

　　一般來說，大部頭的長篇小說在流傳的過程中，難免有好事的書商為了節省成本而任意刪減小說原文。約於乾隆年間開始，坊間陸陸續續出現各種名目的刪節本，嚴重破壞小說原貌。這股不良風氣的始作俑者，劉輝認為可以追溯到乾隆十二年刊刻的《奇書第四種》，「對竹坡評語，略有刪削，但正文基本無傷」；到嘉慶二十一年刊刻的《新刻金瓶梅奇書前後部》，「一部八十萬言的《金瓶梅》，改成不足十萬字」。對於這個現象，劉輝的評論是：「由於它們都失去了《金瓶梅》的真諦，已經不屬於《金瓶梅》版本探索之列，只好略而不論」。〔註1〕

　　劉輝對於這些刪節本的評論言之有理，也確實代表多數金學者的心聲。這些刪節本源於書商作偽之惡習，對於小說原貌的保存是一大破壞，必然要給予嚴厲的譴責。但是不可否認，這些刪節本曾於很長一段時期大量流通於市面，許多讀者透過這些刪節本來認識《金瓶梅》。因此在討論《金瓶梅》的流播時，也必須將這樣的現象納入討論。

　　1916年存寶齋印行《繪圖真本金瓶梅》，以《第一奇書》為底本加以刪改，卷首有同治三年的蔣敦艮序和乾隆五十九年王曇的〈金瓶梅考證〉，這兩篇序學者早斷定為偽作，〔註2〕殆無疑義。本來這本書印刷不多，對《金瓶梅》的流傳沒有起到太大的影響。但後來上海卿雲圖書公司刪除了《真本金瓶梅》的詩詞、評語和插圖後，再以《古本金瓶梅》的名目出版，標明「明王元美著」。先後在報章雜誌大肆刊登宣傳廣告，〔註3〕標榜是所謂的「潔本」、「古本」、「真本」，並且說得煞有其事。〔註4〕但是《真本金瓶梅》並不只是簡單的刪節本，它除了刪除小說中的淫穢之詞外，還改寫跟憑空杜撰了一些東西，我們依據黃霖的比對，可略知一二：

　　　　其書第一回回目「西門慶熱結十兄弟，武二郎冷遇親哥嫂」與張評
　　　　本相同。二、三、四回為憑空結撰，重起爐灶，寫西門慶得一奇夢，

〔註1〕劉輝：《金瓶梅論集》（台北：貫雅文化，1992年3月），頁165～166。

〔註2〕鄭振鐸說王曇的考證也應該是出自蔣敦艮之手。見鄭振鐸：〈談《金瓶梅》詞話〉，收入胡文彬、張慶善選編：《論金瓶梅》（北京：文化藝術出版社，1984年12月），頁60。

〔註3〕詳見黃霖：《金瓶梅考論》（瀋陽：遼寧人民出版社，1989年10月），頁335～336。

〔註4〕〈原序〉開頭即云：「曩游禾郡，見書肆架中，有古本《金瓶梅》抄本一書。取而讀之，乃與俗本迥異，蓋翠微山房所珍藏，後為大興書鐵雲所得，因以贈其妻甥王仲瞿者」。見〔明〕王元美著，浪漫主人標點：《古本金瓶梅》（上海：卿雲圖書公司，1926年5月），〈原序〉。

醒後訪高僧，去拆字，尋金蓮，以及卓二姐游地府，有唱道情者為
西門慶、花子虛現身說法等事，至第五回才寫裁衣、賣梨等與張評
本第五回接上……其中回目改動處甚多，有的即使回目相同而內容
大異。〔註5〕

無怪乎學者譏之為「一部佛頭著糞的東西」了。〔註6〕但這樣一部嚴重破壞原
著的書，在 1935 年詞話本被影印出版前，卻暢銷一時。詞話本出版後，真本
（古本）亦與詞話本、竹坡本形成三國鼎立的局面，〔註7〕足見其影響力。治
《金瓶梅》的專家朱星誤以為《古本金瓶梅》據崇禎本刪改而成，這樣的謬誤
業已為研究者指出。〔註8〕而徐朔方在《明代文學史》中則說：「清代以來就有
刪去色情內容的『潔本』面世。最早的潔本，是清同治三年（1864）蔣劍人的
《古本金瓶梅》」，〔註9〕也是錯誤的認識。

　　後來，兩岸三地許多書局都不辨真偽，相繼出版《真本金瓶梅》或《古本
金瓶梅》，例如台灣的智揚出版社「古典文學名著」系列、大眾書局「中國古
典文學名著」系列及文化圖書公司等。這些早期出版的《真本金瓶梅》還保存
在一些圖書館中，繼續提供讀者使用，網路上也仍有以高價拍賣者。而大眾書
局的《真本金瓶梅》在六〇年代出版後，幾乎每隔幾年就再版一次（民國 62
年、民國 62 年、民國 64 年均有再版），一直到 1993 年仍在出版。不僅大量流
通於市面，更有碩博論將之列為參考書目，〔註10〕可見非專業研究人員實無法
辨其真偽。另外，也有掛名《金瓶梅詞話》，但內容卻混入《真本金瓶梅》，乃
所謂掛羊頭賣狗肉。〔註11〕

〔註5〕黃霖：《金瓶梅考論》，頁 340。

〔註6〕見鄭振鐸：〈談《金瓶梅》詞話〉，收入胡文彬、張慶善選編：《論金瓶梅》，頁
　　　　60。

〔註7〕姚靈犀在 1940 年於天津法租界天津書局出版的《瓶外卮言》說：「今日最流傳
　　　　者，即此三種」。見姚靈犀著，蔡登山編：《瓶外卮言——《金瓶梅》研究》（台
　　　　北：時報文化出版社，2013 年 9 月），頁 95。

〔註8〕黃霖：《金瓶梅考論》，頁 341。

〔註9〕徐朔方、孫秋克：《明代文學史》（杭州：浙江大學出版社，2006 年 6 月），頁
　　　　135。

〔註10〕如謝賜龍：《新竹地區還老愿儀式研究》（桃園：國立中央大學客家文化研究所
　　　　在職專班碩士論文，2009 年 7 月）。此本論文的參考書目即列有 1973 年高雄
　　　　大眾書局出版的《真本金瓶梅》。

〔註11〕民國 49 年（1960 年 6 月）台灣啟明書局刊行的《金瓶梅詞話》，前三十三回
　　　　是詞話本，但後半部卻使用《古本金瓶梅》等民國鉛印本。見〔日〕鳥居久靖：

　　大眾書局的《真本金瓶梅》和上海卿雲圖書公司的版本並不相同，它也附有一篇〈金瓶梅考〉，但不知作者為何人，文中批評上海卿雲公司的版本：「不僅刪，還要改，不僅改，還要增；以此，在這些刪改增加之處，每不能如天衣之無縫；而筆法互有歧異，一見就知不是出自一人之手筆」，並如此標榜自家的版本：

> 我們不恤重金，又覓得人家收藏的，另外的一個本子了。在這本子中：關於一切穢褻的描寫，可說得是刪除淨盡；其「淨化」的程度，或者還在所謂「孤本」、「古本」者之上。……這是從未刊印過的一個鈔本；瞧情形，他是以「崇禎本」為藍本，而經了什麼人修改過的。可惜上面既沒有什麼序，也沒有什麼跋，不能使人知道，修改成這個本子的主兒是哪一個？又是生在哪一個時代的？不過，再瞧書中，我們他們的「們」字，都作「每」字；大概他所依據的那一本，在一切「崇禎本」中，他還算是最早的。〔註12〕

從文中看來，明顯是書商作偽的陋習。不僅依據的版本無法交代清楚，還擅自標榜是崇禎本中最早的本子。文中還大力抨擊原著中的性描寫：「《金瓶梅》中的真價值為穢褻的描寫所掩蓋」（頁 2）、「這一種淫書倘然竟是風行一時，確是足以『壞人心術』的」（頁3）。出版商主張唯有刪除《金瓶梅》中的淫穢描寫，才能真正彰顯這部書的價值，並說早期的讀者、出版者、批評者（由文中脈絡看來，應指張竹坡），對於《金瓶梅》並沒有真正的認識，只注意小說中穢褻的描寫。這樣的認識雖然偏頗，但這篇〈金瓶梅考〉卻伴隨著不斷的再版流通於市面，左右許多讀者對《金瓶梅》的認識。〔註13〕尤有甚者，在於書名仍舊冠以《真本金瓶梅》，並將上海卿雲圖書公司偽造的卑劣手段如法炮製一次，宣稱自己才是所謂的「真本」。如此一來，這麼多自我標榜為「真本」的「假本」充斥市面，對小說原貌造成很大的傷害。

　　這些「假本」為何能在市面大行其道，追究背後原因，實也不難理解。在中國古典小說名著中，《金瓶梅》因雜有許多淫穢的描寫，歷來就是一本不太

　　　《金瓶梅詞話》版本考補說），收入黃霖、王國安編譯：《日本研究《金瓶梅》論文集》（濟南：齊魯書社，1989 年 10 月），頁 80～82。

〔註12〕〔明〕笑笑生著：《真本金瓶梅》（高雄：大眾書局，1972 年 2 月再版），頁 4～5。

〔註13〕大方出版社出版的《金瓶梅》亦附有相同的〈序言〉和〈考證〉，見〔明〕蘭陵笑笑生著：《金瓶梅》（台北：大方出版社，1976 年 5 月）。可以推測，當時坊間許多版本都是如此以訛傳訛。

能夠公開討論的書。對於許多未睹其書卻曾聞其名的人來說，《金瓶梅》究竟
有哪些版本，可能並不清楚。書商也十分了解眾人的心理：

> 以此之故，這《金瓶梅》就不能公開的，給人們自自在在的去欣賞。
> 便是有幾個因慕此書的盛名，想要一展讀其內容的，也祇能偷偷掩
> 掩的，躲向無人之處去閱看，萬不能給人家知道這回事；更不能公
> 然的說起著；倘使給揭露了在偷看《金瓶梅》的這樁祕密，那真要
> 給人家笑話煞了。（大眾書局《真本金瓶梅》，頁 2）

這確實是《金瓶梅》在流傳過程中所無法規避的難題，也早在張竹坡評點時就
已指出這個現象。〔註14〕因此推廣所謂的「淨本」，讓普羅大眾了解這部書的
價值，看來似乎也是出自一番美意。但是隨意刪改小說中的原文，還標榜這可
能是崇禎本早期的版本，就其心可議了。

　　鄭振鐸說：「刪改本如有，也不過為便利一般讀者計。原本的完全的面目
的保全，為專門研究者計，也是必要的」，〔註15〕這番話沒有反對刪改本的存
在。事實上對一般讀者而言，直接閱讀原本也並非那麼必要，特別是小說中過
多的詩詞或歇後語，也許容易形成閱讀上的障礙。這些刪改本確實讓文字較為
省淨，也容易閱讀。而另一個共通的問題在於刪改本逢淫穢描寫必刪，這當然
牽涉到淫穢描寫本身的爭議性。但刪改本卻並不滿足於刪除這些描寫而已，對
於小說中市井化、通俗化等狎昵之詞，也要通通改為文雅的詞彙。例如姚靈犀
就指出《古本金瓶梅》把原文的「怪不的你的臉洗的比人家屁股還白」改為：
「怪不的你的臉洗的比人家身上的肉還白」，經此一改，索然無味。〔註16〕又
如大眾書局的《真本金瓶梅》，也在回目上做了許多更動：

崇禎本《金瓶梅》	大眾書局《真本金瓶梅》
賂相府西門脫禍，見嬌娘經濟魂消。 （第十八回）	賂相府西門脫禍，見嬌娘經濟鍾情。 （第十八回）
陳敬濟弄一得雙，潘金蓮熱心冷面。 （第八十二回）	陳敬濟狗肺狼肝，潘金蓮熱心冷面。 （第八十二回）
王杏菴義恤貧兒，金道士變淫少弟。 （第九十三回）	王杏菴義恤貧兒，金道士戀眷少弟。 （第九十三回）

〔註14〕張竹坡在〈批評第一奇書金瓶梅讀法〉說：「當時人讀《金瓶梅》，無論其父母
　　　師傅，禁止之。即其自己，亦不敢對人讀」。
〔註15〕見鄭振鐸：〈談《金瓶梅》詞話〉，收入胡文彬、張慶善選編：《論金瓶梅》，頁 61。
〔註16〕姚靈犀著，蔡登山編：《瓶外巵言──《金瓶梅》研究》，頁 97。

「魂消」、「弄一得雙」及「變淫」都被刪改者視為狎昵之詞，但是這樣一改之後，便失去原文的真味。至於其他明顯語涉淫穢的回目，更是做了大幅度的修改，可見徹底淨化原文是這些刪節本的主要目的。想要企圖使一本文學名著面向廣大的讀者，而不止於在少數學者手中玩賞，這樣的用意固然良好，但是與其全數刪除這些淫穢描寫，不如適當保留，並讓讀者了解這些描寫的意義，才能夠呈現一部經典的價值。

現今在中國《金瓶梅》仍被視為一本無法公開的書，出版界也不乏呼籲要出版潔本《金瓶梅》的人。現存市面上的刪節本良莠不齊，一般讀者也許無從判別優劣。人民文學出版社出版的《金瓶梅詞話》〔註17〕就是一本比較忠實原著的刪節本，全書僅刪除淫穢描寫共四千三百字，其餘部分基本上不予更動，書中提到：「詞話本內容有少量淫穢描寫，雖與刻畫人物性格不無關係，考慮到其負面影響，仍作了必要的刪節」，至少肯定了這些性描寫不是隨意寫來。刪節本應該盡量保存原書面貌，並向讀者傳達原著價值，特別是校注者如何說明被刪的淫穢描寫，一直是一個很重要的問題。

二、詞話本的面世及版本論爭

自明末開始，崇禎本《金瓶梅》出現後，有逐漸取代詞話本《金瓶梅》的趨勢。清初丁耀亢創作《續金瓶梅》時，還留下關於詞話本的紀錄：「小說類有詩詞，前集名為《詞話》，多用舊曲」。〔註18〕康熙年間彭城張竹坡評點《金瓶梅》後，第一奇書成為最流行的版本，詞話本逐漸淹沒不聞。一直到 1932 年詞話本《金瓶梅》在山西太原的文友堂舊書店被發現，研究者始知有所謂的詞話本。

詞話本現世後，北平古佚小說刊行會由多位學者集資，影印了百部，每部預約價三十金，並不發售，因此流傳不廣，只集中於少數研究者手中，鄭振鐸即是當時擁有影印本的研究者之一。後來雖然經由「上海雜誌公司」和「中央書店」刊行而逐漸披露於世，但他們所據的版本是鄭振鐸分刊於「世界文庫」中的影本，不僅校點不精，也已遭刪節，若想窺見全貌還是要透過那百部影印

〔註17〕〔明〕蘭陵笑笑生著，陶慕寧校注：《金瓶梅詞話》（北京：人民文學出版社，2008 年 8 月）。

〔註18〕〔清〕丁耀亢著，陸合、星月校點：《金瓶梅續書三種》（濟南：齊魯書社，1988 年 8 月），〈續金瓶梅後集凡例〉，頁 5。

本。〔註19〕鄭振鐸在詞話本現世後的隔年（1933），於《文學》發表了〈談《金瓶梅詞話》〉，其中提到：

> 我們可以斷定的是，崇禎本確是經過一位不知名的杭州（？）文人的大筆削過的。（而這個筆削本，便是一個「定本」，成為今知的一切《金瓶梅》之祖。）《金瓶梅詞話》才是原本的本來面目。〔註20〕

這個觀點對往後數十年的《金瓶梅》研究影響很大，多數的學者認為詞話本是最早的版本，崇禎本則是根據詞話本刪改而成。詞話本的價值因而水漲船高，漸漸壓過崇禎本。鄭振鐸在〈談《金瓶梅詞話》〉中，最早比較詞話本和崇禎本，在回目方面，他說：「詞話本的回目，就保存渾樸的古風，每回二句，並不對偶，字數也不等」，而崇禎本「駢偶相稱，面目一新」；在語言方面「（詞話本）有許多山東土話，南方人不大懂得的，崇禎本也都已易以淺顯的國語」。〔註21〕可以看出他的比較尚沒有貶低任何一個版本之意。但是相隔兩年之後，施蟄存在〈《金瓶梅詞話》跋〉一文中，卻明顯地抬高了詞話本，並貶低崇禎本：

> 然則《金瓶梅詞話》好在何處？曰：好在文筆細膩，凡說話行事，一切微小關節，《詞話》比舊本均為詳細逼真。舊本未嘗不好，只是與《詞話》一比，便覺得處處都是粗枝大葉，抵不過《詞話》之雕鏤入骨也。所有人情禮俗，方言小唱，《詞話》所載，處處都活現一個明朝末年澆漓衰落的社會來。若再翻看舊本《金瓶梅》，便覺得有點像霧裡看花了。何也？鄙俚之處，改得文雅，拖沓之處，改得簡淨，反而把好處改掉了。〔註22〕

詞話本不厭其煩、過於詳細的描寫，在施蟄存看來反而是優點。而揚俗抑雅則可能是當時的「五四」論調，因此較能呈現民間文學特色的詞話本，反而比精簡的崇禎本得到更大的肯定。〔註23〕日本學者小野忍在 1959 年為譯本所作的〈《金瓶梅》解說〉中，也有類似的論調：「詞話本戲劇性強，而新刻本這點就

〔註19〕姚靈犀著，蔡登山編：《瓶外卮言──《金瓶梅》研究》，頁 94。

〔註20〕鄭振鐸：〈談《金瓶梅》詞話〉，收入胡文彬、張慶善選編：《論金瓶梅》，頁 63。

〔註21〕鄭振鐸：〈談《金瓶梅》詞話〉，收入胡文彬、張慶善選編：《論金瓶梅》，頁 63。

〔註22〕朱一玄編：《金瓶梅資料滙編》（天津：南開大學出版社，2002 年 6 月），頁 162。

〔註23〕田曉菲指出，詞話本的發現恰逢五四時代，當時認為一切文學無不源自民間，因此施蟄存的觀點帶有濃厚的「五四」論調。見田曉菲：《秋水堂論金瓶梅》（天津：天津人民出版社，2014 年 1 月），頁 11～12。

弱。固然可以說因此更近於寫實，但詞話本的戲劇性中有著不可隨意捨棄的東西。在這裡作為結論的是，雖然說詞話本比新刻本出色……」，〔註24〕小野忍沒有太多詳細的解釋，但從強調戲劇性這一點來看，可以推測應當是詞話本中大量的詩詞，以及一些誇張的細微描寫被崇禎本刪除。雖然小野忍不否認崇禎本的呈現更為「寫實」，但他還是把詞話本擺在崇禎本之上，這點和施蟄存一樣，都是以民間文學的本色作為評斷標準。而 60 年代也正是小野忍的《金瓶梅詞話》譯本在平凡社《中國古典文學大集》出齊全部的時候。這部譯本語言忠實，文筆優美，成了日本學界公認最有權威的譯本，其他的崇禎本譯本因此跟著相形失色。

　　同一時間點，美國韓南在 1960 於倫敦大學發表的博士論文中提出他的論點：「顯然後人刪節原作之目的在打經濟算盤：小說越短，出版所需費用越少。但《金瓶梅》除掉此一原因之外，很可能另有原因：乃是削除部分原作，以使其更易為當時之讀者所接受」，〔註25〕這樣的論點引起學界的注意，崇禎本是「商業刪節本」的說法也跟著甚囂塵上。往後許多《金瓶梅》研究者（包含相當多的美國學者）均認為詞話本的藝術優於崇禎本，有揚詞話本且抑崇禎本的傾向。〔註26〕檢視韓南在該文的其他陳述，以及上述引文的前後文脈絡看來，韓南確實明確地指出崇禎本就是所謂的「節本」，但是他也提到了，崇禎本《金瓶梅》與其他小說比較，刪改的並不算太嚴重，因此他有了另一個推論：「除掉商業刪節本這個原因，很有可能是削除部分原作，以使其更易為當時之讀者所接受」。韓南說詞話本中有許多和主文沒有密切關係的詩文被崇禎本刪除，而這些歌曲很可能是十六世紀流行，但十七世紀已不再流行的曲子。韓南的意思再明顯不過，他認為這兩個版本有先後關係，詞話本是比較早的本子，而崇

〔註24〕〔日〕小野忍：〈《金瓶梅》解說〉，參見黃霖、王國安編譯：《日本研究《金瓶梅》論文集》，頁 11～12。

〔註25〕韓南〈《金瓶梅》的版本及其他〉一文，收入〔美〕韓南著，王秋桂等譯：《韓南中國小說論集》（北京：北京大學出版社，2008 年 3 月），頁 175～176。

〔註26〕如浦安迪、田曉菲均指出這個現象。浦安迪在 1987 年出版的力作《明代小說四大奇書》中說：「人們幾乎一致認為詞話本是供我們研究和翻譯的最好版本，因而輕視崇禎本，認為它是業經書賈之手的節本」，見〔美〕浦安迪著，沈亨壽譯：《明代小說四大奇書》（北京：生活・讀書・新知三聯書店，2015 年 9 月），頁 55。另外田曉菲也提到：「自從哈佛大學東亞系教授韓南在 60 年代發表的力作《金瓶梅版本考》中推斷《金瓶梅》繡像本是出於商業目的而從詞話本簡化的版本以來，時至今日，很多美國學者仍然認為詞話本在藝術價值上較繡像本為優」，見田曉菲：《秋水堂論金瓶梅》，頁 4。

禎本刪改詞話本，刪除的那些詩詞可能在崇禎本出版當時已不再流行，可以說
是書商為了讓讀者容易閱讀而推出的「節本」。崇禎本附有評點和插圖，在晚
明的出版市場中，是推廣銷路的普遍作法，因此說它是商業版本也沒有錯。但
是，如果這個商業版本只是純粹為了節省成本，縮短小說內容，使出版所需費
用變少，這樣的刪節本並沒有太大的意義，也不會太成功。事實如同韓南所推
測的那樣，崇禎本推出的目的可能是為了更適合當時的讀者閱讀。韓南並沒有
一味地貶低崇禎本，在同一篇文章中，他留意到崇禎本改寫詞話本第一回時，
有了這樣的觀察：

> 另外一個動機，雖其本身無法說明這一番改寫，然而必然存於編者
> 心裡：拿一個勸人行善的大招牌來削減批評與攻擊。在改寫後的版
> 本開頭，這個主題是很費了功夫強調的，而原作的開頭就很明顯地
> 欠缺這種主題。〔註27〕

這個推論再度證明了韓南沒有把崇禎本視為簡單的商業刪節本，但是後世許
多學者似乎誤解韓南的意思，因而直接將崇禎本《金瓶梅》導向一部簡單的商
業刪節本。韓南在文中對於崇禎本的刪改目的沒有明確地下定論，也沒有太細
緻的考證來支持他的論點，但是在他的行文中，可以看出韓南已經發現崇禎本
改寫者在改寫的過程中，心中已經存有主觀的取捨，而非簡單汰除文字。但是，
韓南接下來又說：「改編者選材自第十回及十一回，正是手法明顯笨拙的幾處
之一」，似乎肯定改寫者的企圖心之餘，卻不滿意其改寫成果。韓南於 1963 年
發表的另一篇力作〈《金瓶梅》探源〉便是以詞話本為研究底本，他藉由考證
詞話本中大量摘錄前人作品中的詞曲出處，分析小說作者如何應用這些引文。
因為這些引文都是小說成書時流行的時曲、小令和戲曲，非常具有史料價值，
並且也只有詞話本能夠提供這樣的研究。韓南這篇論文引起學界很大的重視。
在此之後，藉由考證詞話本所保留的大量詞曲來研究作者及成書過程，也成為
一個備受關注的研究視角。〔註28〕

〔註27〕韓南〈《金瓶梅》的版本及其他〉一文，收入〔美〕韓南著，王秋桂等譯：《韓
　　　南中國小說論集》，頁 198～199。

〔註28〕茲舉數例以供參考。張家英：〈由《金瓶梅詞話》回前詩看其作者〉，《學習與
　　　探索》（1991 年第 3 期），頁 51～53。梅節：〈由套用竄改《懷春雅集》詩文看
　　　《金瓶梅詞話》的作者〉，收入梅節：《梅節閒筆硯——梅節金學文存》（北京：
　　　北京圖書館出版社，2008 年 2 月），頁 60～74。王年双：〈從詩歌在《金瓶梅
　　　詞話》中的運用看小說的發展〉，收入彰化師大國文系出版：《中國詩學會議論

　　另一個值得注意的研究者是台灣的金學家魏子雲（1918～2005）。魏子雲研究《金瓶梅》，在兩岸中是起步較早的，他曾經感嘆他的研究環境最為寂寞，因為當時的台灣只有他一個人研究《金瓶梅》。〔註29〕魏子雲從七〇年代開始，便陸續發表他的《金瓶梅》研究在各大學術刊物上，後來陸續集結成書，新的研究成果也不斷推陳出新，《金瓶梅》的研究專書逾十五本，說他是台灣的金學大家實當之無愧。魏子雲研究崇禎本對詞話本的刪改，發現崇禎本在第一回的更動別有蹊蹺，此即在政治諷喻方面的刪除。魏子雲由這個疑點出發，在詞話本中尋找諸多證據，並比對當時明朝的政治事件。他透過多方的追索和考證，提出《金瓶梅》初期是部具有政治隱喻的書。〔註30〕對於《金瓶梅》的傳抄、成書與梓行，勾勒出一條清晰脈絡來。魏子雲研究《金瓶梅》逾三十年，他在版本研究上皓首窮經，他著重的不是版本比較的優劣，而是藉由版本來研究成書過程。他由詞話本所開出的另一個研究視角，也能夠凸顯詞話本被研究者熱切關注的一面。

　　撇開詞話本所提供研究的史料不言，〔註31〕詞話本的行文有許多錯誤，崇禎本一一改訂，業已為研究者所指出。但是崇禎本汰除大量詩詞這點似乎不太被認可，例如阿部泰記的研究雖然指出詞話本的許多糟粕，也肯定崇禎本的改訂，卻還是說：「眾所周知的它（案：指崇禎本）還將萬曆本的詩詞多所取捨，結果因改變詩詞而失去了原來的趣味」。〔註32〕許多研究者似乎認為除去這些詩詞是無法保存「古風」的作法。當然，這段期間並非沒有其他異音。同時期的日本學者寺村政男在〈《金瓶梅》從詞話本到改訂本的轉變〉一文中，就指出這是小說演進的現象：「改訂本不僅只是改正詞話本的錯誤而

文集》（彰化：國立彰化師範大學國文系，1992年9月），頁1～49。傅想容：《《金瓶梅詞話》之詩詞研究》（台北：學生書局，2014年9月）。

〔註29〕魏子雲：《金瓶梅原貌探索》（台北：學生書局，2014年9月），頁164。

〔註30〕魏子雲：《金瓶梅的幽隱探照》（台北：台灣學生書局，1988年10月），頁81～116。而後，魏子雲的觀點似乎又有了轉變，轉而附和小說作者是屠隆的說法。屠隆逝於1605年，如此勢必排除小說成於萬曆末年的可能性。見〔美〕浦安迪著，沈亨壽譯：《明代小說四大奇書》，頁54。

〔註31〕詞話本提供許多明代社會風俗材料，被視為極有價值的社會歷史文本，阿英、馮沅君、趙景深都做過明代風俗研究。胡衍南：《金瓶梅到紅樓夢──明清長篇世情小說研究》（台北：里仁書局，2009年2月），頁139。

〔註32〕〔日〕阿部泰記〈論《金瓶梅詞話》敘述之混亂〉一文，發表於1979年日本《人文研究》第58輯。參見黃霖、王國安編譯：《日本研究《金瓶梅》論文集》，頁290。

進行的單純性的工作，而且還試圖從《水滸傳》中超脫出來，進一步盡量除去說唱故事的因素，使之更加獨立化」。〔註33〕依據胡文彬所著錄，我們可以發現由 1935 年開始至 1980 年代左右，兩岸三地以《金瓶梅詞話》為名所梓行的版本（包含刪節本）就有將近二十本，扭轉了清初以來詞話本淹沒不聞的局面。〔註34〕

　　這種抬高詞話本，貶低崇禎本的現象，到了 1990 年代左右開始有了明顯的轉變，陸續有金學家提出對崇禎本《金瓶梅》的肯定。例如黃霖說：「崇禎本的改定者並非是等閒之輩，今就其修改的回目、詩詞、楔子的情況看來，當有相當高的文學素養」；〔註35〕劉輝也提到：「濃厚的詞話說唱氣息大大的減弱了，沖淡了；無關緊要的人物也略去了；不必要的枝蔓亦砍掉了，使故事情節發展更為緊湊，行文愈加整潔，更加符合小說的美學要求」；〔註36〕浦安迪於 1993 年的力作中也稱讚崇禎本第一回的改寫，是「文人小說」形式美學的展現。〔註37〕

　　而田曉菲在 2003 年出版的《秋水堂論金瓶梅》，正是以崇禎本為底本，逐回細論，具有許多精闢的見解，被喻為「現代版的《金瓶梅》評點」。〔註38〕田曉菲評點的特色之一，在於強調崇禎本對詞話本的刪改，並藉由兩版本的比較突出崇禎本異於詞話本的美學和思維。田曉菲在〈前言〉開宗明義指出：「繡像本絕非簡單的『商業刪節本』，而是一部非常富有藝術自覺的、思考周密的構造物，是一部各種意義上的文人小說」。〔註39〕

　　田曉菲說：「繡像本是一個非常獨特的版本，它與詞話本最大的差異：一是美學的，二是意識型態的」（頁 303）。美學的部分在於藝術技巧上的呈現，由田曉菲在書中的分析看來，大抵可歸納出如下幾點：

〔註33〕 寺村政男的〈《金瓶梅》從詞話本到改訂本的轉變〉，原載於 1978 年早稻田大學《中國古典研究》第 23 號。黃霖、王國安編譯：《日本研究《金瓶梅》論文集》，頁 242。

〔註34〕 胡文彬：《金瓶梅書錄》（瀋陽：遼寧人民出版社，1986 年 10 月），頁 17～30。

〔註35〕 黃霖：〈關於金瓶梅崇禎本的若干問題〉，收入中國金瓶梅學會編：《金瓶梅研究（第一輯）》（南京：江蘇古籍出版社，1990 年 9 月），頁 80。

〔註36〕 劉輝：《金瓶梅論集》，頁 154～155。

〔註37〕 〔美〕浦安迪著，沈亨壽譯：《明代小說四大奇書》，頁 54。此譯本在 1993 年已由北京的中國和平出版社出版。

〔註38〕 刮號引文出自胡衍南：《金瓶梅到紅樓夢——明清長篇世情小說研究》，頁 139。

〔註39〕 田曉菲：《秋水堂論金瓶梅》，頁 4。

（一）繡像本往往讓人物以行動說話而較少評論判斷（頁7）。詞話本「看官聽說」的道德說教，繡像本往往沒有，只憑借微言大義的春秋筆法，讓讀者自去回味（頁25）。

（二）繡像本在描寫事物上較為生動鮮明。例如同樣描寫女人，繡像本往往寫得婉轉而旖旎，如第四回的潘金蓮及第七回的孟玉樓在面對西門慶時，描寫均較詞話本來得有媚態。崇禎本不用那些陳腔濫調的詩詞來形容佳人，所以是「寫出一個立體的佳人，不是古典詩詞裡平面的佳人」（頁27）。

（三）在回首詩詞的運用上，兩個版本在美學上也有深刻的差異。詞話本明朗直接，喜歡用以作出道德的勸誡和說教；繡像本則比較含蓄，給以抒情性的暗示、正面渲染或反諷性對照（頁78）。

（四）繡像本的情節前後相符得多，例如詞話本的第二十五回和第二十七回就有一處情節部分重複（頁81～88）。但有時候，繡像本也有邏輯不太連貫之處，例如第二十六回的「來旺被栽贓」一節（頁83～84）。

（五）詞話本比繡像本訛誤多，而且行文囉唆；繡像本篇幅較小，足以藏拙，但也沒有完全藏得乾淨（頁160）。繡像本不是處處都比詞話本簡潔，如第九十七回就有一個橋段比詞話本多了一百一十三字，而且也不只是為了簡潔而簡潔而已（頁295）。

（六）詞話本有許多插科打諢的誇張描寫，繡像本無，因此繡像本比詞話本更加寫實（頁281）。

田曉菲在藝術美學上的比較可由上述六個大方向加以涵括。她的評論也沒有一竿子打翻詞話本，例如她也肯定「詞話本也有繡像本所沒有的精彩對白」（頁135）。但總地來說，田曉菲認為崇禎本在各方面的表現明顯優於詞話本。而在小說意識型態的傳遞上，田曉菲指出崇禎本有如下優點：

（一）繡像本的作者不做道德教科書，也不把讀者當傻子。細讀詞話本、繡像本不同的地方，往往發現繡像本精細得多（頁33）。

（二）《金瓶梅》的作者——尤其是繡像本的作者——對人生態度更多的是同情，是慈悲，是理解，而不是簡單的、黑白分明的褒揚或指責（頁49）。

由上述論述看來，崇禎本已不像詞話本只停留在簡單的價值判斷，而是提升至更高層次的關照。田曉菲在論述小說最後一回時，也指出孝哥的出家這一情節的鋪陳，詞話本寫來是上天對西門慶的懲罰，繡像本則蘊含了作者對世界的嚴肅回答（頁304）。她還說：「《金瓶梅》，尤其是繡像本，不是一部簡單的

因果報應小說」（頁 103）。如果說詞話本還存有許多像宋元話本中老生常談的因果報應，崇禎本可以說是脫離了那個層次了。田曉菲對於崇禎本的評價其實遠高於詞話本，《秋水堂論金瓶梅》可以說是兩個版本優劣論爭以來，學界對崇禎本《金瓶梅》最完整且最崇高的評價。

　　崇禎本汰除詞話本的說唱元素並代以抒情性的詩詞，歷來一直有所爭議。早期的學者站在重視民間說唱文學的立場，抨擊崇禎本此一更動使《金瓶梅》失去原汁原味。但也有學者肯定崇禎本這一改動使《金瓶梅》脫離說唱故事，朝向獨立作品。田曉菲則直指崇禎本含蓄典雅的特徵，在美學上更為接近文人作品。但也有學者採取折衷的看法，如胡衍南便認為崇禎本大幅刪削說唱文本，和大舉增加回首詩詞抒情比重，使得指涉更加模糊，雖過度簡淨，但也創作了閱讀的曖昧和猜疑；詞話本所錄的詞曲戲文雖然冗長，但提供讀者更充分掌握小說，「兩者其實各有優劣，端看讀者對閱讀的期待為何」。〔註40〕

　　整體來說，就精緻化看來，詞話本確實不及崇禎本。但這兩部作品各有特色，也開展出兩種世情小說的寫作模式。〔註41〕詞話本和崇禎本各自有一批擁護的讀者，在閱讀上這兩本書帶給讀者的感受也不盡相同，簡單的優劣論已無法評價這兩本書的價值高低。在研究上應從文學發展的脈絡給予相同程度的重視，才可以呈現兩本書不同的表現風格和旨趣。

第二節　《金瓶梅》的世情閱讀

　　由清代開始，視《金瓶梅》為「淫書」的惡謚如影隨形，「潔本」的出現可能代表這種聲音的高峰。在坊間逐漸將《金瓶梅》目為淫書之時，學術界對《金瓶梅》的評價也在「豔情」與「世情」之間擺盪，最後也漸漸激盪出一個共識。

一、文學史研究者的閱讀

　　魯迅《中國小說史略》成書於 1924 年，1925 年由北京北新書局出版，是

〔註40〕胡衍南：《金瓶梅到紅樓夢——明清長篇世情小說研究》，頁 169。
〔註41〕詞話本《金瓶梅》、《續金瓶梅》、《醒世姻緣傳》是一條類似的小說書寫模式，可稱之為「金瓶梅模式」；繡像本《金瓶梅》、《林蘭香》、《紅樓夢》則是另一條類似的小說書寫模式，可稱之為「紅樓夢模式」。相關研究可參考胡衍南：《金瓶梅到紅樓夢——明清長篇世情小說研究》一書。

小說研究的代表著作，後世研究者屢為徵引，可以說在中國小說研究史上具有權威性的地位。魯迅在這本書中將《金瓶梅》置於「明之人情小說」一節，並有如下的論述：

> 大率為離合悲歡及發跡變態之事，間雜因果報應，而不甚言靈怪，又緣描摩世態，見其炎涼，故或亦謂之「世情書」也。諸「世情書」中，《金瓶梅》最有名。

又說：

> 然《金瓶梅》作者能文，故雖間雜猥詞，而其他佳處自在，至于末流，則著意所寫，專在性交，又越常情，如有狂疾，惟《肉蒲團》意想頗似李漁，較為出類而已。〔註42〕

除了《金瓶梅》和《續金瓶梅》，被魯迅列入「人情小說」中討論的另還有才子佳人小說。至於末流有哪些著作？魯迅隻字未提，但就其所指可知為產生於明末的大批「豔情小說」。由魯迅的論述看來，豔情小說「著意所寫，專在性交」，和《金瓶梅》「描摩世態，見其炎涼」的書寫不同，因此當魯迅稱《金瓶梅》為「世情書」時，便沒有將豔情小說劃入此類。反之，《金瓶梅》也與豔情小說不同，兩者之差異顯而易見。

這樣的觀點一出，影響學術界對《金瓶梅》的看法，因而逐漸產生正面且積極的評價。譚正璧（1901～1991）初版於 1935 年的《中國小說發達史》，對魯迅的《中國小說史略》已推崇備至：

> 周著雖亦藍本鹽谷溫所作，然取材專精，頗多創見，以著者為國內文壇之權威，故其書最為當代學者所重。〔註43〕

早期撰寫文學史、小說史的學者多依魯迅舊說，《中國小說史略》的影響力不容輕忽。1929 年鹽谷溫《中國文學概論講話》及 1932 年鄭振鐸的《插圖本中國文學史》對後世文學史家影響也很大。1937 年以前文學家對《金瓶梅》的接受，得歸功於此三部著作。〔註44〕

舉例來說，揉合鹽谷溫及鄭振鐸之說的羊達之《中國文學史提要》便如此論述：「書中寫家庭瑣事，婦女性格，以及人情世態，描繪極其細緻，敘述曲

〔註42〕引文分別出自魯迅：《魯迅小說史論文集——中國小說史略及其他》（台北：里仁書局，1992 年 9 月），第十九篇〈明之人情小說（上）〉，頁 161、165。
〔註43〕譚正璧：《中國小說發達史》（上海：光明書局，1935 年 8 月），〈自序〉，頁 1。
〔註44〕詳細資料可徐志平：〈從文學史看《金瓶梅》在民國初年的接受狀況〉（第十二屆國際《金瓶梅》學術研討會論文集（下冊）），頁 1～16。

折而富於波瀾。此書向以猥褻淫穢見稱，然以文藝眼光觀之，自有其不可埋沒之價值」。〔註45〕羊達之在〈編輯大意〉中提到：「本書為學者建樹基礎而便於記憶計，提綱挈領，撰為提要。可供中學國文輔佐教材及學生課外閱讀之用」（頁1），亦即羊達之的預設讀者不是只有研究者，還包括青年學子。觀其對《金瓶梅》的論述，並沒有什麼道學偏見，比起一些學者站在衛道立場來進行評論，〔註46〕羊達之的論述可說是相當正面。

而曾任教於上海女校、上海美專、震旦大學、齊魯大學、山東大學、華東師範大學等校的譚正璧，雖然肯定《金瓶梅》是最能表現時代的社會性傑作，卻也說：「平心而論，這部書對于意志未強的青年們自不宜閱讀」。在執教編時，他總是遇到中學生們提出疑惑：「《金瓶梅》的好處究竟在哪裡？」譚正璧說，除去了那些猥褻描寫，《金瓶梅》描寫的社會現實也無法讓未經人世艱險的年輕人了解。〔註47〕

魯迅雖然強調了《金瓶梅》中的性描寫為時代影響下的產物，但他沒有耗費太多篇幅去深入討論這些性描寫和文本、角色設定有何相關。多數學者雖然依從魯迅之說，但對於這些性描寫的處理仍感到棘手，華仲麐在所撰的《中國文學史論》中的論述，可代表這類學者的忌諱：「而且作者以生動之筆，刻畫入微，憑一個線索，寫整個社會，所以《金瓶梅》在寫實的藝術上，是有其至高的成就的。至於他的短處，則因其情慾的描寫，過為強烈，有害於男女青年，或一般文學修養不深的讀者，因此反而掩沒了他的文學價值，而被目為『天下第一淫書了』」。性描寫被視為掩蓋《金瓶梅》文學價值的糟粕，是魯迅之後的多數文學史專家共同的觀點，儘管他們都認同《金瓶梅》的藝術特色。

以下按照出版先後，選擇六〇年代後的文學史專著，簡單摘錄了他們對《金瓶梅》暴露黑暗面及性描寫的評價：

（一）游國恩等編：《中國文學史》

如同魯迅的所言，《金瓶梅》對晚明的社會及統治階級的荒淫無恥作了比

〔註45〕羊達之：《中國文學史提要》（台北：正中書局，1937年5月），頁124。許多早期的文學史，論述也大抵如此，茲舉數本：台灣開明書店：《中國文學史大綱》（台北：台灣開明書店，1957年12月），頁243～244。胡雲翼：《中國文學史》（台北：第一文化社，1968年7月），頁254～255。譚正璧：《中國文學史》（台北：華正書局，1974年10月），頁338～340。

〔註46〕華仲麐：《中國文學史論》（台北：台灣開明書店，1965年12月），頁405～406。

〔註47〕譚正璧：《中國小說發達史》，頁339。

較全面的暴露。但同時也可發現,「人民的理想和光輝卻無一點閃現」,作者對西門慶為代表的統治階級也缺乏明確的憎惡和批判,大量的淫穢描寫也使其喪失美學價值。〔註48〕

(二)金啟華等主編:《中國文學史》

作者津津樂道地刻畫淫色浪態,暴露作者審美趣味的庸俗的一面。過於著力暴露黑暗,缺乏光明和希望,「這些糟粕是作者缺乏正面的理想和高尚的道德情操的表現和結果」。〔註49〕

(三)張炯等人主編:《中華文學通史》

《金瓶梅》過度描寫社會的黑暗面,缺少美感和道德的力量,對於女性的歧視也十分露骨。此外,性描寫並不是不可刪除的部分,即使刪除了也不會影響主題思想和人物性格的描寫,「它們的存在乃是明代中期頹廢淫靡的社會風氣的反映,也是作者庸俗思想和低級趣味的表現」。〔註50〕

(四)裴斐:《中國古代文學史》

《金瓶梅》作為世情小說的先河,同時也具有嚴重的缺點。除了一味暴露黑暗,全書看不見希望和光明外,不堪入目的性描寫也容易失去它的教育意義和作用。〔註51〕

(五)袁行霈主編:《中國文學史》

《金瓶梅》的暴露是有深度的。《金瓶梅》不是在一般的道德勸懲層次上的戒貪、戒淫,而是在更深的層次上告誡人們:獸性畢竟不等於人性。性描寫和暴露社會黑暗,刻畫人物性格,開展故事情節有一定關係,但其中有不少情趣低級,有腐蝕讀者心靈的作用。〔註52〕

〔註48〕游國恩等編:《中國文學史(四)》(北京:人民文學出版社,1964年3月),頁133~134。

〔註49〕金啟華等主編:《中國文學史》(南昌:江西教育出版社,1989年3月),頁1108。

〔註50〕張炯等主編:《中華文學通史(第三卷)》(北京:華藝出版社,1997年9月),頁630~631。

〔註51〕裴斐:《中國古代文學史》(北京:中央民族大學出版社,1996年9月),頁703。

〔註52〕袁行霈主編:《中國文學史》(北京:高等教育出版社,1999年8月),頁171~174。

（六）郭英德、過常寶：《中國古代文學史》

《金瓶梅》中的性描寫，「既是對晚明時期色情縱欲的社會風氣的形象展示，也是對中國古代性文化、性心理的生動描繪」。〔註53〕

（七）傅璇琮主編：《中國古代文學通論》

站在魯迅的基礎上，肯定小說的世情書寫和藝術價值。吳晗等多位學者在《論金瓶梅》的觀點中，儘管指出有一部份的性描寫與人物性格的刻畫密不可分，但從總體上看，相當一部份卻是為性而寫性，暴露作者欣賞趣味的低下，影響作品的藝術感染力。〔註54〕

（八）張炯等主編：《中國文學通史》

《金瓶梅》在思想內容方面有著嚴重的缺點，雖然對社會做了無情且大膽的暴露，但作者並不是抱著批判的態度去向黑暗氛圍進行攻擊。作者把一切罪惡歸跟於人性的貪欲，使作品籠罩著一股虛無和消極的情緒。作者對女性的歧視十分露骨，並且小說中存在許多低級的性描寫，即使刪除也不會影響主題思想和人物性格的表達。〔註55〕

由上述列舉的資料看來，大部分的文學史大抵陳陳相因，對於《金瓶梅》的負面評價有很大的一致性。必須注意的是，這些文學史對《金瓶梅》的肯定多半源於魯迅的觀點，認可《金瓶梅》在中國小說史的發展上具有開創寫實書寫的意義，而且極具藝術價值。不過，魯迅對於《金瓶梅》的性描寫，僅以「時涉隱曲，猥黷者多。後或略其他文，專著此點，因予惡諡，謂之『淫書』；而在當時，實亦時尚」〔註56〕帶過，沒有多餘的評論。而大部分的文學史卻認為小說中的性描寫是晚明風尚及作者低級趣味的展現，刪除也不會影響主題思想和人物性格的表達，留著反而成為小說的嚴重缺陷。並且多指出全書一味暴露現實，過於黑暗，也無法見出作者具有批判的態度。

〔註53〕郭英德、過常寶：《中國古代文學史》（成都：四川人民出版社，2003年8月），頁472。

〔註54〕傅璇琮主編：《中國古代文學通論》（瀋陽：遼寧人民出版社，2005年5月），頁142～145。

〔註55〕張炯等主編：《中國文學通史》（南京：江蘇文藝出版社，2011年12月），頁232～233。

〔註56〕魯迅：《魯迅小說史論文集──中國小說史略及其他》，頁165。

　　不過，袁行霈的《中國文學史》和郭英德、過常寶的《中國古代文學史》對於性描寫則持有比較肯定的態度，前者將性描寫與人物形象結合，在九〇年代一片撻伐的風聲中是較具積極意義的；後者不是探討性描寫和小說人物設定的關係，而是指出這些性描寫足以作為研究晚明社會和中國古代性文化的研究史料，也不失為一個特殊的觀察視角。

　　這些文學史專家經常指出一個問題，即作者在暴露社會黑暗面的同時，卻往往津津樂道於性描寫，甚且對於書中的惡棍或淫婦，有時又似乎給予同情，因而削弱小說的批判力道。趙景雲、何賢鋒出版於 90 年代的《中國明代文學史》，則認為作者的宿命觀和因果報應觀，削弱了作品的批判精神。〔註57〕儘管《金瓶梅》被視為一部反應社會現實、披露明代社會的偉大著作，不過它的批判性似乎仍被許多讀者質疑。

　　趙景雲、何賢鋒對《金瓶梅》的性描寫，則提出「自然主義」的說法，認為作者只是「赤裸裸地表現動物性的本能，對兩性的動作作了誇大的瑣細的描寫」，〔註58〕與其他文學史家的觀點不同。不過這樣的觀點也旋即被否認，徐朔方和孫秋克在《明代文學史》中就指出自然主義的說法是過高的評價，「《金瓶梅》的性描寫與自然主義所要求的細節真實背道而馳，因為它怪誕離奇，聳人聽聞，以迎合讀者（包括詞話的原始對象聽眾在內）的低級趣味」。〔註59〕這兩位學者雖從事《金瓶梅》的研究，但仍然對小說中的性描寫持有一定的批判態度。與此相較，作為廣州中山大學中文系的教科書，戚世雋、董上德編的《明清文學史》比較正面地肯定這些性描寫：

> 《金瓶梅》裡的性行為描寫，和人物的個性是統一的。以西門慶而言，他對女性的佔有，從來都不是簡單地為了滿足其生理的欲求，而是在這過程中，還印證他對金錢、對權勢的佔有，以此來證明自己的力量和價值。

這樣的認識在九〇年代可以說是比較深入和獨特的。但儘管如此，書中還是申明著：「我們從歷史文化的角度正確分析小說的性描寫，但也不能因為肯定它

〔註57〕趙景雲、何賢鋒：《中國明代文學史》（北京：人民出版社，1994 年 4 月），頁 190。

〔註58〕趙景雲、何賢鋒：《中國明代文學史》，頁 190。

〔註59〕徐朔方、孫秋克：《明代文學史》（杭州：浙江大學出版社，2006 年 6 月），頁 154～155。

的豐富的歷史內涵而任其毫無節制地廣泛流傳」。〔註60〕由此看見，多數文學史對於《金瓶梅》中的性描寫大部分是持著負面的看法，少數肯定者也可能站在道德教化的立場投以保守的態度。

　　另外，六、七○年代左右的文學史專家雖然深受魯迅影響，肯定《金瓶梅》的寫實藝術，並且沒有把它與「著意所寫，專在性交」的末流小說等同一致。但是魯迅稱《金瓶梅》為「人情小說」和「世情書」，那個時代的學者卻經常把《金瓶梅》歸入「人情小說」或「豔情小說」，顯見對「人情小說」和「豔情小說」的定義並不是那麼明確。八、九○年代開始，大部分的文學史家均將《金瓶梅》稱之為「世情小說」，但是對於「世情小說」一詞也尚未給予明確界定。

二、小說研究者的閱讀

　　早期的小說史專書對於《金瓶梅》的評論，與上述的文學史家並無二致，在論述上也大抵陳陳相因。也就是說，在魯迅將《金瓶梅》劃為「人情小說」以及提出「世情書」這個概念之後，並沒有學者再針對這些詞語加以界定。向楷撰《世情小說史》的時候，開始碰觸這個問題。向楷指出，魯迅在《中國小說史略》中對世情小說的說明留下三個問題，第一在於「間雜因果報應，而不甚言靈怪」，使世情小說與講史、狹義、公案等小說無法明顯區隔；第二在於「發跡變態」並不是世情小說獨有的內容，這是靈怪、傳奇等都可表現的一種主題思想；第三，承上述兩點，魯迅的說明中能反映世情小說精神實質的，僅有「描摹世態，見其炎涼」二語，但是魯迅卻沒有把具有這項特質的《儒林外史》、《官場現形記》、《二十年目睹之怪現狀》列入。〔註61〕因此向楷對世情小說提出如下的定義：

> 「世情」者，世態人情也……世情小說應該是指那些以描寫普通男女的生活瑣事、飲食大欲、戀愛婚姻、家庭人倫關係、家庭或家族興衰歷史、社會各階層眾生相等為主，以反映社會現實（所謂「世相」）的小說。具體地說，世情小說應該是記人事者一類中「講史」、「公案」、「英雄傳奇」（俠義）、「公案俠義」之外的所有其他小說的

〔註60〕此處引文和上述方塊引文俱出自戚世雋、董上德編：《明清文學史》（廣州：中山大學出版社，1999年1月），頁134。

〔註61〕向楷：《世情小說史》（杭州：浙江古籍出版社，1998年12月），頁2。

　　　　總稱，它包括魯迅《中國小說史略》中列入「人情」、「諷刺」、「譴
　　　　責」、「狹邪」等篇目中的諸種小說在內。〔註62〕

由上述引文可以明白，向楷對世情小說的認定相較於魯迅來說是比較廣義的。
而所謂的豔情小說與才子佳人小說也被他納入討論的範圍，並標註為「兩股異
流」。他把世情小說比作一條河流的河床，「情愛」、「性愛」是奔流的河水：「在
明中期及其以前，它們平靜地有節制地流淌，雖也時有波瀾，但並未達到洶湧
澎湃的程度，直至《金瓶梅》出現，方始顯露出一種橫流漫溢的趨勢」。〔註63〕
然而既然已經橫流了，便破壞世情小說的原貌，也許沒辦法達到「描摹世態，
見其炎涼」的目的。這樣是否可以稱做世情小說？仍然帶有疑慮。特別是向楷
也指出許多豔情小說的特點是「陳陳相因」、「與商賈的牟利濫造有關」（頁
187），要從這麼多豔情小說中挑出具有思想意蘊者，他只指出四本：《痴婆子
傳》、《肉蒲團》、《弁而釵》、《宜春相質》。至於後兩本書，向楷說是撇開小說
中的變態描寫才能做出這種評價的。而對於《金瓶梅》中頗具爭議的性描寫，
向楷則反而沒有討論，也未給予任何評價。

　　比起來，張廷興《中國古代豔情小說史》對詞彙的定義則比較狹隘。張廷
興將豔情小說的特徵歸納為：「以描寫性愛為中心」、「以感官刺激為主旨」、「以
文學方式來表現」、「以商品效益為目的」、「具有嚴重的負面影響」。這樣的認
識很符合目前學界對豔情小說的看法。但是，張廷興卻把《金瓶梅》列在豔情
小說中，其說明如下：

　　　　我們把它歸為豔情小說，一是因它在性描寫方面的影響。書中淫穢
　　　　之處總共不過兩萬字，但它涉及的性愛內容和性愛描寫卻是典型。
　　　　再說，有兩萬多字的性愛描寫，也抵得上一部中篇的份量。更為重
　　　　要的，西門慶、潘金蓮、春梅等主要人物，都是追逐性愛的典型人
　　　　物，並且其命運與其性愛活動緊密結合在一起；其主題也是反映財
　　　　色思想、「獨罪財色」、勸誡財色的。〔註64〕

如果只是這樣劃分，也沒有辦法突出《金瓶梅》和那些專寫性愛的小說究竟有
何不同。雖然張廷興也肯定《金瓶梅》的價值和意義不容抹滅，但是這樣子的

〔註62〕　向楷：《世情小說史》，頁3。
〔註63〕　向楷：《世情小說史》，頁185。
〔註64〕　張廷興：《中國古代豔情小說史》（北京：中央編譯出版社，2008年1月），頁
　　　　39。

定位對於理解《金瓶梅》的性描寫意涵恐怕會有困難。而張廷興對《金瓶梅》性描寫的認識，也與末流那些「著意所寫，專在性交」的小說沒有太大差異。張廷興以歷史和現實社會的評價來定義《金瓶梅》的類別，〔註65〕就文學的進程來說恐怕有待商榷。阿英在六〇年代左右完稿的《小說閒談・金瓶辨》中，引用了平子說《金瓶梅》「是真正『社會小說』，不得以淫書目之」，阿英說：「吾固不能謂為非淫書，然其奧妙，絕非在寫淫之筆」，因而肯定平子在三十年前的觀點是進步的理解。〔註66〕那個時代的阿英雖然視《金瓶梅》為淫書，卻已經發現小說中有比性描寫更重要的地方。因而如何突破以性描寫的影響力來定位《金瓶梅》，應該是當代學者更需面對的問題。

　　可以說自從魯迅將《金瓶梅》視為世情小說，並留下具有解釋空間的定義後，有很長一段時間學界只是沿用魯迅的說法，並開始從社會現實的角度審度《金瓶梅》的價值。作為世情小說／豔情小說，《金瓶梅》和那些專寫性交的末流小說有何差異？大部分的學者指向《金瓶梅》反應社會現實較為深刻，且不是以寫淫為主要目的。如何定義世情小說和豔情小說，並且是否將《金瓶梅》與末流之作劃分為一類，很容易牽涉到讀者對小說性愛描寫的詮釋和看法。

　　而後，陳翠英對世情小說的定義提出更為細緻的論點，可概括言之為以下幾點：

　　（一）描寫世情、觀照世事，可謂此類作品最突出之特質。此一傳統之源流，亦可遠溯至宋元話本。話本之作，往往取材於現世時空中習見習聞之事；世情小說所寫亦多在耳目之內、閭閻之間，其濃厚的俗世色彩，較之前述諸類小說，毋寧更近切對生命、人性的關懷。

　　（二）世情小說更將寫實的筆觸伸遠，將背景大幅拉向家園以外的遼闊世界，對社會朝政表現了高度的關懷……世情小說關懷的世事滄桑、國祚興亡，與個人生命實深深相連。

〔註65〕所謂歷史的評價，乃指茅盾在《中國文學內的性慾描寫》所言：「《金瓶梅》乃用白話作，故描寫性慾之處，更加露骨聳聽。全書一百回，描寫性交者居十之六七——既多且及變化，實可稱為集性交描寫之大成」（頁39）。張廷興認為應該尊重歷史看法。而社會現實的評價，在於張廷興認為許多研究者雖然力圖為《金瓶梅》洗刷淫書的罪名，確實在研究上起到積極意義。但仍沒有使《金瓶梅》跳出豔情小說的歷史判斷和現實判斷的樊籠，《金瓶梅》在當前的中國照樣屬於禁書範圍，盜版者、賣者、買者都在地下活動（頁259）。見前註。

〔註66〕阿英：《阿英全集（第七卷）》（合肥：安徽教育出版社，2003年7月），頁146。

（三）作家不僅熱忱地將世事、世情以文字塗抹為一幅幅的寫實畫卷，並且同樣延續了文人關切世事、以及以文學為載道工具的傳統，在小說中寄寓了一己的批判，有意針砭世俗。〔註67〕

由前面論述可以看出，陳翠英認為世情小說反映的「世情」要由一家而至國祚，並且與個人的生命相連，能夠展現對生命和人性的關懷。並且這樣的反映是作者有意識地寄寓和批判。如果以這樣的標準來檢視《金瓶梅》末流的那些豔情小說，絕大多數無法達到此一標準，因為它們的內容只侷限於床笫之事。但是作者在《金瓶梅》以西門慶為中心的描寫中，不是只有寫出他和身邊女性的偷情故事，還包括了他在商業買賣和政治掛勾上的種種行為，芮效衛就說道：「《金瓶梅》的深層結構是由個人、家庭、國家的內部機體間一整套精心設計的類比所組成的」。〔註68〕而且我們還可以發現作者對這些描寫不是只有點綴而已，而是耗費了相當多的篇幅。僅就《金瓶梅詞話》的回目來看，明顯有政治內容的回目就高達十二回，〔註69〕這些回目均出現在西門慶逝世的七十九回之前，大率為官商勾結。七十九回後沒有這類回目，因此更能夠清楚明白這些政治書寫是伴隨著西門慶的興衰而寫的。

並且，小說中的引詩和作者評論也時露出這種「國祚衰微」的激憤之情，在內容中蘊含許多的政治觀察。作者在「家國同構」的政治預言中，把「情色」與「財富」作為一種互為隱喻的意象。〔註70〕在《金瓶梅》之前，明代諸多神魔小說也多少語涉淫穢，喜談床笫之事，但要像《金瓶梅》這樣大膽地將情色描寫貫穿全書並且作為「家國衰微」的隱喻意象，可說沒有。如此一來，《金瓶梅》和豔情小說的區別，就漸漸明確了。

〔註67〕陳翠英：《世情小說之價值觀探論──以婚姻為定位的考察》（台北：國立台灣大學出版委員會，1996 年 6 月），頁 6～7。

〔註68〕〔美〕芮效衛：〈湯顯祖創作《金瓶梅》考〉，收入徐朔方編選：《金瓶梅西方論文集》（上海：上海古籍出版社，1987 年 7 月），頁 101。

〔註69〕這十二回回目分別為：第十七回上半：「宇給事劾倒楊提督」、第十八回上半：「來保上東京幹事」、第三十回：「來保押送生辰擔，西門慶生子喜加官」、第三十六回：「翟謙寄書尋女子，西門慶結交蔡狀元」、第四十七回下半：「西門慶受贓枉法」、第四十八回上半：「西門慶迎請宋巡按」、第五十五回：「西門慶東京慶壽旦，苗員外揚州送歌童」、第六十五回：「宋御史結豪請六黃」、第六十六回上半：「翟管家寄書致賻」、第七十回下半：「群僚庭參朱太尉」、第七十一回：「李瓶兒何千戶家託夢，提刑官引奏朝儀」、第七十四回上半：「宋御史索求八仙鼎」。

〔註70〕參考李志宏：《「演義」──明代四大奇書敘事研究》（台北：大安出版社，2011年 8 月），頁 493～500。

　　至於在分類上，究竟該採用廣義的分類抑或狹義的分類，胡衍南的觀點可資參考：「小說分類的終極目的在於理出寫作源流和精神系譜，因此若將狹邪、色情、才子佳人小說和《金瓶梅》、《紅樓夢》視為一體，勢必無法凸顯出《金》、《紅》於文學史或人類文明的精彩」。因此《金瓶梅》、《續金瓶梅》、《醒世姻緣傳》、《林蘭香》、《紅樓夢》、《歧路燈》才是世情小說，而色情小說、才子佳人小說、狹邪小說則不應劃入世情小說的範圍。〔註71〕目前金學界均將《金瓶梅》認定為世情小說，並且有許多研究明白指出《金瓶梅》和豔情小說的不同。但是許多非治金學的學者，還是經常著眼於《金瓶梅》中的色情描寫，雖然他們也肯定《金瓶梅》中的性描寫和人物設定相關，但負面的評價則是與那些豔情小說相同，均認為是等而下之、低俗且破壞作品價值的贅疣，即使刪除也不影響，對於《金瓶梅》究竟為世情小說或豔情小說，也經常出現混亂的稱呼。

　　坊間以普羅大眾為讀者群而流傳的相關書籍，以及各級中學教科書，也大半都將《金瓶梅》稱為「豔情小說」，因此就如同研究者所言：「許多研究者雖然力圖為《金瓶梅》洗刷淫書的罪名，確實在研究上起到積極意義。但仍沒有使《金瓶梅》跳出豔情小說的歷史判斷和現實判斷的樊籠」。〔註72〕即便如此，還是不能因為一代又一代積累下來的誤解，就讓大眾對這部名著的印象停留在只有情色的部分。雖然大眾在理解上的改變不是一朝一夕可成，但是講求學術研究精神的各方學者，理應對於《金瓶梅》有更深入的了解之後，才能給出更公正的評論。否則妄下定論，比之民初不少學者對《金瓶梅》的進步評價，在文學研究的近程上則無疑是開倒車。

三、藝術家的創作及閱讀

　　如果將《金瓶梅》繪製成圖畫，以提供不愛閱讀文字的大眾欣賞與了解的話，廣義來說可以包含連環畫和漫畫。眾多商品化走向的漫畫以情色賣點為主，脫離原著精神甚遠，這裡暫且不討論。

　　連環畫的誕生，阿英認為最遲可追溯至魏，不過那些畫還不是連續的很完整。而連環畫發展到繪製小說內容，則始於元代。〔註73〕真正廣泛流行於中國民間，也在二十世紀初葉了。在抗日戰爭時，連環畫還出現許多反日、抗日的

〔註71〕胡衍南：《金瓶梅到紅樓夢——明清長篇世情小說研究》，頁365～366。
〔註72〕張廷興：《中國古代豔情小說史》，頁259。
〔註73〕阿英：《阿英全集（第八卷）》，頁581、頁586。

主題，日本投降後，也有描繪國民黨貪污腐敗的內容。可以看出連環畫的特色就是方便流傳、容易理解，因而在中國受到廣大群眾的歡迎，特別是對教育程度不高的民眾而言，連環畫可說是提供了明白淺顯的內容。並且連環畫也不是只有受到普通百姓的關注，三〇年代在上海曾興起連環畫的論爭，魯迅就是當時的主要人物之一，他呼籲勿將連環畫視為不登大雅之堂的下等事物。〔註74〕除了魯迅，文學家茅盾、阿英也都很重視連環畫的發展。

　　而談到《金瓶梅》的連環畫，最為研究者知悉的乃曹涵美的《金瓶梅畫集》。曹涵美（1902～1973）生於光緒二十八年，江蘇無錫人，自幼習畫，1915年來到上海。曹涵美在上海時開始在雜誌上發表漫畫，也參加上海的漫畫組織活動。他的插畫中和《金瓶梅》相關的計有《金瓶梅》、《李瓶兒》、《春梅》，分別在民國二十三年、民國二十四年、民國二十五年出版，最後這三部作品合為《金瓶梅全圖》。《金瓶梅全圖》共二集，七十二幅，是早期的作品，後來他又改易畫風，重新繪製，成為現在所能見到的五百幅（但只畫到小說第三十五回），由國民新聞圖書公司出版。據悉，曹涵美的《金瓶梅》連環畫在當時是相當受讀者歡迎的，《金瓶梅全圖》第二集收錄范衡〈為什麼刊載金瓶梅圖〉，文中便指出：「記得《縱橫》上刊載曹涵美先生的《金瓶梅圖》之後，就有許多讀者寫信來，有的要求每日刊出，不可間斷；有的詢問有無單行本，何處出售」。並且稱譽之聲不止來自讀者，「當時很多讀者和畫家，都喜歡把曹涵美的《金瓶梅》插圖，同仇十洲、費曉樓的仕女畫相提並論」，〔註75〕可見曹涵美的作品也受到同行的肯定。

　　但是後來想見到曹涵美的《金瓶梅全圖》並不容易，浦海涅就說：「受到種種因素的制約，原本《金瓶梅全圖》存世者甚少，有『貴比金價』之說，故而知者甚罕」。〔註76〕雖然2003年上海書店出版社出版了曹涵美的《金瓶梅畫集》，〔註77〕但是印刷術量有限，不易購買得到，現在也已經絕版，因此在傳播上並沒有很普及。

〔註74〕陳英德：〈海外看大陸藝術：一種「最厲害、最普遍的民眾教育工具」──連環畫〉，《藝術家》，第123期（1985年8月），頁197～198。

〔註75〕許志浩：〈漫畫家曹涵美及其《金瓶梅》插圖〉，《世紀》（2003年第3期），頁47。

〔註76〕浦海涅：〈文固奇書，畫也佳作──曹涵美《金瓶梅全圖》淺說〉，第十一屆國際《金瓶梅》學術研討會論文集，頁897。

〔註77〕曹涵美：《金瓶梅畫集》（上海：上海書店出版社，2003年1月）。

　　儘管如此，研究者還是關注到曹涵美《金瓶梅》連環畫曾具有的影響力，金學家王汝梅說道：「《全圖》在二十世紀三十年代至四十年代，在《金瓶梅》的研究與傳播方面，起到了積極的作用，在《金瓶梅》研究與傳播史上，可與鄭振鐸的〈談金瓶梅詞話〉（1933）、吳晗的〈金瓶梅的著作年代及其社會背景〉（1934）、姚靈犀的《瓶外巵言》（1940）相比美，成為《金瓶梅》現代研究熱潮中的一朵鮮葩」。〔註78〕其實學術界目前還沒有把太多目光朝向曹涵美的《金瓶梅全圖》，但是王汝梅確實點出曹涵美的畫作在那個時代的影響力，特別是他的讀者群包含了許多普羅大眾，就這點來看，《金瓶梅全圖》在《金瓶梅》的傳播史上確實佔有一席之地。

　　曹涵美之後，很長一段時間沒有畫家嘗試挑戰《金瓶梅》連環畫。2009年，聶秀公的《金瓶梅》連環畫三冊面世，畫風精細，俗而不淫。雖僅有三集，也能夠窺見自曹涵美後另一位畫家對《金瓶梅》的閱讀。

　　聶秀公（1939～）畢業於南京藝術學院，曾於上海人民美術出版社工作、後擔任梅山書畫院副院長、南京市美術家協會人物畫研究會副會長。聶秀公以山水畫和人物畫為名，曾臨摹過《春夜宴桃李園圖》、《水滸葉子》等名畫，創作喜歡取材歷史題材和中國古典名著。他的人物畫尤被稱許，「十分善於通過人物的面部表情和體態動勢來刻畫人物的性格和精神」。〔註79〕聶秀公創造百餘部連環畫，其中《金瓶梅》三冊可說是繼曹涵美後，另一部值得關注的創作。

　　聶秀公接受記者採訪時指出，《金瓶梅》是經典名著，國內傳統小說避諱這種關係，但很多世界名著並不迴避這種關係。聶秀公將《金瓶梅》與《紅樓夢》相提並論，他說《紅樓夢》描寫許多男女關係，藉由上層社會的縮影，反映一個朝代的盛衰興亡，而《金瓶梅》描寫的是民間中下階層的生活狀況，更加真實生動，因而非常認同魯迅將《金瓶梅》稱之為「世情小說」。〔註80〕

　　聶秀公的《金瓶梅》連環畫沒有按照原著的回目來繪製，而是以三個主題：「俏潘娘簾下勾情」、「憨武大捉姦受傷」、「西門慶偷娶潘金蓮」，涵括了《金

〔註78〕 王汝梅：《王汝梅解讀《金瓶梅》》（長春：時代文藝出版社，2015年1月），頁344。

〔註79〕 儲有明、潘曉嵐：〈觀古今於須臾——聶秀公歷史題材人物畫藝術探魅〉，《檢察風雲》（2010年8月），頁77。

〔註80〕 此處及以下所引之聶秀公的採訪內容，俱參考：中國新聞網：〈連環畫為《金瓶梅》正名，作者：應發揚拿來主義〉（2009年5月11日）http://cul.sohu.com/20090511/n263881230.shtml。

瓶梅》一至五回的內容,完成度較曹涵美低許多。但是聶秀公的彩色畫風細緻典雅,注入文人的精神。對於小說中敏感內容的表示,他認為含蓄一些比較好,「我覺得表現出兩人的體態就可以了,實在不行就籠一層紗,沒必要全裸」,畫風被公認為「俗而不淫」。相對於曹涵美的《金瓶梅》連環畫,聶秀公的作品畫風較為簡淨。

聶秀公作畫時,力求表現人物的性格要旨。他根據張竹坡評點本的內容改編,第一集首先節錄〈第一奇書非淫書論〉,可以當作聶秀公的作畫精神。畫作由描述西門慶的生平開始,陳述簡潔明瞭,僅用了三幅畫作的篇幅,即把西門慶的生平、為人處事、家庭背景大致交代清楚。第四幅畫開始,聶秀公寫道:

> 這一日,卓丟兒害病死了,西門慶心中有些不快。常在一起飲酒作樂的朋友應伯爵走來說:「大哥,快到街上看稀罕去。景陽岡上的那隻大蟲,被人赤手空拳打死了,正抬著遊街呢!」西門慶聽了,起身兩人往街上走去。〔註81〕

情節略作更動,是為了適應連環畫的鋪陳,以提供讀者在畫作中迅速掌握故事情結。將長篇小說繪製成連環畫,應該主軸連貫,快速讓主要人物出場,這方面聶秀公掌握得很適當。第五幅畫開始,武松、武大、潘金蓮、王婆等關鍵人物陸續出場,情節緊湊,毫不拖泥帶水。在聶秀公所畫的三集畫冊裡,主要勾勒小說中的四個重要人物:西門慶、潘金蓮、武大和王婆。聶秀公在接受採訪時,這樣評論潘金蓮:「她年輕貌美卻沒有地位,被當作商品一樣送人,見到有貌有才的西門慶動心,是人之常情,並非十惡不赦」。聶秀公對潘金蓮的認識,體現了近代對潘金蓮這一角色的重新詮釋。特別是在改編作品上,1925年歐陽予倩的《潘金蓮》賦予潘金蓮正面的形象意義,並將潘金蓮的悲劇性指向封建主義的腐朽制度後,許多戲劇家開始跳脫傳統的思維,不再一味將潘金蓮歸類為「淫婦」或「惡女」。後來魏明倫的荒誕川劇《潘金蓮》,走的也是這個路子。但是,這種大幅度的改編儘管在衝破傳統藩籬上具有一定的意義,卻往往過於跳脫且脫離原著太遠。相比之下,聶秀公的連環畫較為忠實原著,可說是他閱讀《金瓶梅》的體現。

第二集名為「憨武大捉姦受傷」,應該是相對第一集「俏潘娘簾下勾情」而發,除了凸顯武大的軟弱樸實的個性,也蘊有一絲同情弱者的意味。連環畫

〔註81〕聶秀公:《金瓶梅・俏潘娘簾下勾情》(北京:中國文化出版社,2009年1月),頁9。

省略「定挨光王婆受賄」的情節，以一句話精簡帶過：「那王婆本是三姑六婆淫盜之媒，只要有錢，什麼都幹，當下一口應承了」，〔註82〕也可看出聶秀公善於用精簡的陳述，寓褒貶於其中。聶秀公筆下的西門慶，永遠穿著大紅色衣袍，具暴發戶氣象。而王婆的老奸巨猾及凶狠毒辣，在聶秀公筆下得到更進一步的昇華，比對原文和改編之作，其差異如下：

> 西門慶道：「便是要我的眼睛，也剜來與你。却是甚麼東西？」王婆
> 道：「如今這搗子病得重，趁他狼狽，好下手。大官人家裡取些砒霜，
> 却交大娘子自去贖一帖心疼的藥來，却把砒霜下在裡面，把這矮子
> 結果了……半年一載，等待夫孝滿日，大官人娶到家去。這不是長
> 遠夫妻，諧老同歡！此計如何？」西門慶道：「乾娘此計甚妙。自古
> 道：欲求生快活，須下死功夫。罷罷罷！一不做，二不休。」（《金
> 瓶梅》崇禎本第五回）

聶秀公的連環畫改作：

> 那西門慶聽了王婆的計，嚇了一跳：「這個，乾娘，可使得？」王婆
> 臉一沉，道：「如何使不得？那矮子正病重，將砒霜下在煎的藥裡，
> 結果了，一把火燒乾淨，就算那武二回來能有什麼話說。然後，大
> 官人把娘子娶回家，長久夫妻不就做成了麼？」西門慶滿心歡喜說：
> 「乾娘好計。常言說的好：『欲求生快活，須下死功夫』。罷罷罷！
> 一不做，二不休。」（聶秀公：《金瓶梅·俏潘娘簾下勾情》，頁3、
> 頁5）

在聶秀公的筆下，西門慶在王婆獻技後還有所顧忌，王婆的老辣狠毒於字裡行
間和畫作中都展露無疑，聶秀公的作品可說非常具有批判性。而他對於王婆的
憎惡和對潘金蓮的同情，還可以從以下的情節改動中見出：

> 却上樓來，收拾得乾淨了，王婆自轉將歸去了。那婆娘卻號號地假
> 哭起「養家人」來。（《金瓶梅》崇禎本第五回）

> 王婆要回房去，潘金蓮央告道：「乾娘，你陪我些，空蕩蕩的屋子，
> 看著這死鬼，心裡發毛。」王婆惱道：「怎麼如此不懂事地矯情起來
> 了！你也該哭哭那武大了。」（聶秀公：《金瓶梅·俏潘娘簾下勾情》，
> 頁29）

這樣的改動更可顯示出潘金蓮徹頭徹尾都是在王婆的推動下完成這件殺夫
案，聶秀公對潘金蓮的同情在連環畫中明顯表露。而後連環畫中王婆對西門慶
道：「老婆子我為你們的好事，惹這一身事，大官人可別忘記了承諾」（頁31）。
這樣的對話也是小說中所無。聶秀公透過文字和畫筆，極力刻畫王婆的狠毒和
貪婪，相較之下潘金蓮尚還存有明顯的畏懼之心，潘金蓮在王婆的教唆下日漸
放肆，在聶秀公的筆下中表露地更為強烈。聯繫聶秀公對潘金蓮的評論，可看
出他對這位遭遇不幸婚姻的女子的誤入歧途感到同情和惋惜。連環畫中還有
一頁小說中沒有的情節，在武大骨頭燒化之後，如此描寫何九：「何九在清理
骨殖時，看到骨頭都已發黑，心中已是十分明白。他趁人不注意時，悄悄揀了
一塊骨頭，用紙包了，揣入懷中」（聶秀公：《金瓶梅·俏潘娘簾下勾情》，頁
29）。

前面繪製武大收賄時所描述的文字與《金瓶梅》原文差異不多，這段額外
添加的情節，應是聶秀公為後續插畫構思時所埋之伏筆，他對於小說後續的情
節發展應會再做出更動。因為聶秀公在受訪時，曾嚴厲批評西門慶「品行與流

「氓無異」，因此何九在這裡的舉動很可能會在未來構成對西門慶的威脅。透過聶秀公的改編之筆，可以知道他為作品注入相當大的批判力道。

這部作品的後續發展應該是值得期待的，究竟為何停筆，聶秀公沒有多作說明。但是這套連環畫畫風精美，文字敘述簡潔白話，對於《金瓶梅》也有很正面的詮釋。綜觀內容，完成度卻只等同於原著的第九回，是比較可惜的地方。聶秀公受訪時，指出時下新聞的一些負面人物其言行和西門慶並無二致，對這類人物的道德如此低下，聶秀公有明顯的憎惡之情。以這樣的關照理解並詮釋《金瓶梅》，作品也因之帶有濃厚的寫實風格，而非如坊間那些色情漫畫以情色作為賣點。畫風的展現和文字的陳述，都展現聶秀公對《金瓶梅》的閱讀非泛泛之輩。可惜這部連環畫完成度太低，流傳也不夠廣泛，在影響上仍有著很大的侷限。

第三節　小結

對於《金瓶梅》的評價，近現代以來更形極端。淫書的惡諡揮之不去的同時，許多以情色作為賣點的商品大行其道。例如李翰祥拍攝的成人片「金瓶梅系列」曾在香港轟動一時，風潮亦吹到鄰近國家，至今透過網路的無遠弗屆，傳播的速度和效率遠甚於紙本。雖然學界無法認可僅以「性」來詮釋《金瓶梅》的改編作品，但卻不能否認它們在傳播上確實來勢洶洶。

與此同時，學界對《金瓶梅》的評價可能和社會大眾形成壁壘分明的兩個世界。不僅將《金瓶梅》作為世情小說的代表，對它的評價更屢屢有超越其他古典小說名著的呼聲。劉本棟從內容取材來比較四大奇書，指出其他三書僅將宋元留傳下來的話本或傳說加以擴大，就此來看，四大奇書實無足為奇，所奇者在於藝術技巧，而若以此項標準來看，《金瓶梅》實列之於班首：「《金瓶梅》比《三國志演義》、《水滸傳》、《西遊記》更為偉大」。〔註83〕田曉菲也說：「當讀到最後一卷、掩卷而起的時候，竟覺得《金瓶梅》實在比《紅樓夢》更好」。〔註84〕

然而評論《金瓶梅》的人，無論如何都無法規避小說中的性描寫。究竟該如何評價那些露骨的情色描寫，一直以來都是個艱鉅的課題，隨著時地的不

〔註83〕〔明〕笑笑生著，劉本棟校訂：《金瓶梅》（台北：東大圖書公司，1979 年 12月），〈引言〉，頁 1。
〔註84〕田曉菲：《秋水堂論金瓶梅》，頁 1。

同，也因之出現不同的詮釋。近來對於這一部份，學界大半持肯定態度，指出這些性描寫在小說中積極的一面。而對於接受以影視文化的民眾來說，《金瓶梅》剔除了「性」，可能就不具有吸引力。此外，也有學者認為：「簡單視為『淫書』固然失於膚淺，盲目辯護與拔高也是缺乏說服力的……作者囿於時代風氣，不僅對性行為興趣濃厚，而且對筆下的西門慶不無豔羨之意。另外，多數情況下那種重複、簡單的動物性行為的描寫筆墨，即使只是從文字水平來說，也是作品的贅疣」，〔註85〕則又代表了在上述兩種極端評價中，另一種褒貶參半的聲音。

　近來對於《金瓶梅》的連環畫或漫畫，尚未有一部忠於原著且流傳廣泛的作品出現，因而無法在傳播上深入一般讀者。隨著時代的推移，多數讀者無法具備閱讀文本的能力，《金瓶梅》在以訛傳訛的情況下積累出越來越多的誤解。隨著時代的演變，未來有關《金瓶梅》的詮釋不會停止，也將出現更多的對話，這方面是一個值得繼續努力與開拓的議題。

〔註85〕 李劍國、陳洪主編：《中國小說通史・明代卷》（北京：高等教育出版社，2007
　　　年6月），頁1116。

第五章　日本江戶時代至二戰後的譯介

　　明末馮夢龍將《三國演義》、《水滸傳》、《西遊記》和《金瓶梅》合稱「四大奇書」，江戶中期後此一泛稱亦在日本逐漸被使用。[註1] 其中《三國演義》、《水滸傳》和《西遊記》的譯本在江戶時期均已出現，唯獨《金瓶梅》遲至明治十五年春風居士才開始對原文進行翻譯。江戶中期以降，最受歡迎的中國古典小說是為《水滸傳》，[註2] 由《水滸傳》中的西門慶、潘金蓮故事敷衍而成的《金瓶梅》，與《水滸傳》可以說是姊妹關係，然則何以在傳播上竟無法企及《三國演義》及《西遊記》？

　　考之史料，《金瓶梅》於日本的傳播早在十七世紀已開其端。《金瓶梅》東渡日本後，由江戶、明治至大正，評價因著文人解讀及時代風氣之異而遞變，箇中緣由耐人尋味。二戰後，日本學界對《金瓶梅》的解讀迥異於戰前，相繼出現不少譯本，而具代表性的全譯本的出現更標誌了《金瓶梅》在日的傳播高峰，可說是海外翻譯中最早且質量均佳的譯本。

第一節　江戶時代的譯解及改編

　　《金瓶梅》東渡日本，大約於正德年間開始出現譯解，因而初期的流傳僅

〔註 1〕〔日〕長澤規矩也：〈日本文學に影響を及ぼした支那小說〉，收入《長澤規矩也著作集（第五卷シナ戲曲小說の研究）》（東京：汲古書院，1985 年 2 月），頁 291。

〔註 2〕〔日〕長澤規矩也：〈江戶時代に於ける支那小說流行の一斑〉，收入《長澤規矩也著作集（第五卷シナ戲曲小說の研究）》，頁 145。

侷限在具備良好漢學素養的文人之中。江戶末期通俗的改編讀本出現，才將傳播範圍擴大至普羅大眾。因而本節以改編讀本的出現為斷代，分述兩段時期的流播面貌。

一、《金瓶梅》的東渡及譯解

　　《金瓶梅》東渡日本的具體時間難以查考，一派學者主張在江戶時代寬永年間即已傳入日本，理由為日光山輪王寺慈眼堂所藏《金瓶梅詞話》蓋有慈眼大師（1536～1643）「天海藏」藏書印，〔註3〕保守一點的學者認為，蓋有「天海藏」書印的藏書有一部份是在天海圓寂後所收藏，因此將時間下修至元祿、寶永年間（1688～1704，康熙二十七年至四十三年）。〔註4〕而明代小說本（即崇禎本）在正保元年（1644）年已藏入紅葉山文庫，〔註5〕至於流行清代的張竹坡評點本《第一奇書金瓶梅》（評點於康熙三十四年，即 1695），正德三年（1713）已傳入日本，隔年（正德四年）再輸入一部，至寬延四年（1752）更一舉輸入十一部。〔註6〕

　　寬政八年（1797）本城維芳翻譯《通俗平妖傳》，皆川淇園為之作序，序中提道：

> 余與弟章，幼時嘗聞家大人說《水滸傳》第一回「魔君出幽將生世之事」，而心願續聞其後事，而家大人無暇及之。……及十八、九歲，得一百回《水滸傳》讀之。友人清君錦亦酷好之，每會互舉其文奇者，以為談資。後又遂與君錦，競共讀他演奇小說，如《西遊》、《西洋》、《金瓶》、《封神》、《女僊》、《禪真》等諸書，無不遍讀。〔註7〕

一些文人對中國小說的愛好和憧憬，在這段文字裡已昭然若揭，並可知這些明清小說在十八世紀的日本廣為流傳。並且大阪書林還為初讀舶來小說的讀者

〔註3〕〔日〕川島優子：〈江戶時代における『金瓶梅』の受容（1）─辭書、隨筆、洒落本を中心として─〉，《龍谷紀要》第 32 卷（2010 年第 1 号），頁 5。

〔註4〕馬興國：《中國古典小說與日本文學》（瀋陽：遼寧教育出版社，1993 年 11 月），頁 235。

〔註5〕〔日〕長澤規矩也：〈我國に於ける金瓶梅の流行〉，收入《長澤規矩也著作集（第五卷シナ戲曲小說の研究）》，頁 362。

〔註6〕〔日〕大庭脩：《江戶時代における唐船持渡書の研究》（吹田：關西大學東西學術研究所，1967 年），頁 710、242、278。

〔註7〕〔明〕羅本著，〔日〕本城維芳譯：《平妖傳》（京都：田中庄兵衛，1802 年），皆川淇園〈書通俗平妖傳首〉。

編輯了一部中國俗語的辭書，名《小說字匯》，囊括中國各類文學作品一百五十九種，《水滸傳》、《金瓶梅》等通俗小說均在列。〔註8〕當時載有中國典籍的商船頻繁往來日本，可於保留至今的《書籍元帳》中看到各種漢籍的價碼，其中甚至有許多拍賣紀錄，形成一種極為商業化的流通現象。

　　有關《金瓶梅》在日本的書價，依據書籍帳簿所載，嘉永五年（1853）一部《金瓶梅》要價「六錢五分」，〔註9〕約同時期，同為大部頭的長篇小說《紅樓夢》於嘉永六年一部為「五錢」，嘉永七年《水滸傳》一部「拾四錢」，上述皆為一部二套的裝訂形式，唯《水滸傳》為小本書。〔註10〕安政二年（1856）的書籍帳簿也顯示，《繡像續金瓶梅》七部共「九十錢」，《繡像紅樓夢》二部共「三錢」，兩者均為袖珍本，裝訂皆為二套形式。〔註11〕書籍價格之差與印刷精粗有關，附有繡像的書籍價格一般也會比較高。而以輸入日本的長篇小說看來，《金瓶梅》的價格普遍高於《紅樓夢》，也可能與中國國內的出版情況有關，根據清末《一亭考古雜記》所載：

> 乾隆八旬盛典後，京板《紅樓夢》流行江浙，每部數十金。至翻印
> 日多，低者不及二兩。其書較《金瓶梅》愈奇愈熱，巧於不露，士
> 夫愛玩鼓掌。〔註12〕

《一亭考古雜記》刊刻於光緒年間，所記為光緒以前的情況，作者毛慶臻生平不詳，但由文中透露的訊息仍可以推估出明確的時間範圍，例如乾隆八旬盛典在乾隆五十五年（1790），而光緒初年約為1875左右。若所記屬實，《紅樓夢》果真出版如此興盛，其書價確實可能低於《金瓶梅》，而且《金瓶梅》在光緒、同治年間，還曾讓一位後來任職南陵及蕪湖知縣的文人有價高而購買不起的感嘆。〔註13〕江戶時代由中國赴日的貨船中，持渡書籍的商船限於南京船和寧波船，尤以南京船帶來的書籍數量最多，浙江一帶甚至可能有專事對日輸出的

〔註8〕一百五十九種小說列表，可參考嚴紹璗：《日本中國學史（第一卷）》（南昌：江西人民出版社，1991年5月），頁32～34。

〔註9〕「錢」為江戶時代的銀目單位，一單位的「錢」為十「分」，相當於日本舊金幣一兩的六十分之一。江戶時代關東大多使用黃金，關西則習慣使用白銀，原則上銀一錢等於十分，但在實際生活中則可能隨著時期不同而有波動。

〔註10〕〔日〕大庭脩：《江戶時代における唐船持渡書の研究》，頁566、572、575。

〔註11〕〔日〕大庭脩：《江戶時代における唐船持渡書の研究》，頁577、582。

〔註12〕〔清〕毛慶臻：《一亭考古雜記》，清鈔本，國立中央圖書館館藏。

〔註13〕清末的文龍於在茲堂本《皋鶴堂批評第一奇書金瓶梅》的評語中，提到《金瓶梅》索價五元，以其昂貴而置之不買。

書肆，〔註14〕因而江浙及安徽一帶的書價同時也可能反映在書籍的外銷上，這樣的推測應屬合理。

第一奇書本的頻繁輸入，反映書籍市場的需求。於是《金瓶梅》的譯解也開始出現。首先是正德（1711～1715）到寶曆（1751～1763）年間居住於大阪的醫生岡南閑喬，他著有《金瓶梅譯文》寫本四冊，〔註15〕所用底本為《第一奇書》本，率先針對小說中的難詞僻字作出解釋。由於文中引用了北山學派之說，因此有研究者懷疑他是北山系統的學者。〔註16〕岡南閑喬在譯解時，並沒有刻意迴避小說中和性描寫有關的詞彙，和其他詞語一樣給予相同程度的註釋，在形式上可謂完成一百回的語註，這些譯文以歇後語、俗語為主。可惜譯文中存在許多無語註，或有語註卻註明「不詳」、「不解」的詞彙，這種無法解決的語項比比皆是，特別是章節越往後，存在的疏漏也越多。這本譯文的完成度其實並不高，岡南閑喬憑一己之力顯然無法勝任這份譯解的工作，尤其是《金瓶梅》中大量的俗語、歇後語和隱語，對母語非漢語的外國人來說，顯然具有著一定的困難度。但是岡南閑喬的寫本在江戶時代的《金瓶梅》傳播史上仍然佔有重要的地位，同時期的江戶文人雖然也在辭書中追究《金瓶梅》的語詞意義，但均未成系統。例如儒學者澤田一齋（1701～1782）雖酷愛中國小說，其所著的《俗語解》寫本八冊收錄《水滸傳》、《金瓶梅》、《肉蒲團》等小說中的俗語，按日文字母排序，予以註解，〔註17〕但這並不是針對《金瓶梅》全書百回所作的譯註，只能說是在研究中國古典小說的俗語時，也將《金瓶梅》列入研究對象之一而已。比起來，岡南閑喬的《金瓶梅譯文》在江戶時代較具知名度，不僅北山學派的學者曾經傳抄過，創作《新編金瓶梅》的曲亭馬琴也曾購入，作為自己閱讀和創作的參考書目。〔註18〕可惜的是岡南閑喬力有未逮，缺註頗多且懸而未決，嚴格說來雖在形式上完成一百回的註釋，但就實質內容

〔註14〕參見〔日〕大庭修著，戚印平等人譯：《江戶時代中國典籍流播日本之研究》（杭州：杭州大學出版社，1998 年 3 月），頁 43、頁 77。

〔註15〕第一冊第 1～17 回，第二冊第 18～33 回，第三冊第 34～71 回，第四冊第 72～100 回。〔日〕澤田瑞穗編：《增修金瓶梅研究資料要覽》（東京：早稻田大學中國文學會，1981 年 10 月），頁 10。

〔註16〕〔日〕波多野太郎編：《中國文學語學資料集成（第一篇）》（東京：不二出版，1988 年 4 月），〈收載文獻提要〉，頁 1。

〔註17〕馬興國：《中國古典小說與日本文學》，頁 237。

〔註18〕〔日〕川島優子：〈江戶時代《金瓶梅》傳播考略〉，《文學新鑰》第 18 期（2013 年 12 月），頁 12～13。

來說完成度其實很低。因此江戶文人曲亭馬琴雖於文化年間以高價購入《金瓶梅譯文》，卻覺甚無用處，最後還是用「以物易物」的方式將此書再次售出。〔註19〕較為完整且有系統地對《金瓶梅》展開音義上的研究，則有待文政十年遠山荷塘及高階正巽等人的訓譯始能稱之。

遠山荷塘及高階正巽等人訓譯《金瓶梅》，所用底本為張竹坡《皋鶴堂批評第一奇書金瓶梅》。此為一手寫本，依全書百回進行句讀、訓點、和譯及註釋，對於部分張竹坡評語也施予訓讀。由書中多處署名看來，如第二十六回署有「荷塘一圭門人鉛汞軒陳人正巽譯」（高階正巽號鉛汞軒），可知高階正巽是遠山荷塘的門生。

遠山荷塘（1795～1831），字「一圭」，別號「一溪」、「一噱道人」，法名「松陀」，寬政七年生於陸奧石卷（宮城縣），十七歲落髮出家；文政四年（時年二十六），至長崎學習唐話，未幾年，土音、方音莫不通曉，後又跟隨姑蘇李鄴嗣學習音樂，從閩中徐天秀學習梵歌，皆得精妙。又有金琴江善彈月琴，遠山荷塘亦師從之，也盡得其法。他又與中國人江芸閣、朱柳橋、李少白、周安泉等人交往甚密，從而習得中國傳奇和詞曲之學。文政八年，遠山荷塘來到江戶（東京），由於當時江戶文人未有精於傳奇、詞曲者，於是人皆稱之，遂經常應邀為人講學《西廂記》、《琵琶記》、《水滸傳》等中國詞曲小說，其代表著作有《諺解校注古本西廂記》、《月琴考》、《胡言漢語》、《譯解笑林廣記》等。〔註20〕因此可以合理推測，書上訓譯的內容，應是由漢學底蘊深厚的遠山荷塘負責指導，參與者包含高階正巽及喜多村節信，而由高階正巽執筆記之。

由訓譯本看來，其因應訓譯所引用之中國典籍涵蓋經史子集，〔註21〕尤以通俗小說、戲曲為多。這個訓譯工作是以討論會的形式進行，三人的討論方式為參考許多中國典籍，再針對《金瓶梅》中的難字進行語譯，也著重助詞的用法和中文原音的稽考。三人見解如有異，則以「一說」、「或說」等方式記錄下

〔註19〕〔日〕柴田光彥等編：《馬琴書翰集成（卷二）》（東京：八木書店，2002 年 12月），天保三年十二月八日〈桂窓宛〉，頁 277。

〔註20〕關於遠山荷塘的生平，可參考樊可人：〈遠山荷塘年譜稿〉，《内海文化研究紀要》第 43 期（2015 年），頁 13～29。

〔註21〕書籍細目可參考〔日〕井上泰山：〈高階正巽訳『金瓶梅』覚書〉，《中國俗文學研究》第 11 號（1993 年 12 月），頁 81。據不完全統計，遠山荷塘等人引用的中文、日文典籍合計約一百六十多種。

來，必要時還會加以校合，這場討論會至少進行五年。〔註22〕值得注意的是，《西廂記》被引用的次數特別多，這可能與《西廂記》被遠山荷塘鍾愛有關。〔註23〕遠山荷塘著有《諺解校注古本西廂記》，這代表他將自己的專業研究引入《金瓶梅》的訓譯工作中，這樣的訓譯可以說是非常嚴謹有據的。另外，對於日文中無法與之對應的難字，荷塘等人也經常選擇以日本文學如《伊勢物語》、《源氏物語》中的相似詞語類比之，便於不同國情的日本人理解；甚至《金瓶梅》中與《水滸傳》重疊的內容，荷塘等人也參考時人高知平山《聖歎外書水滸傳》及曲亭馬琴《新編水滸畫傳》的釋義，並進而對釋義的誤說提出糾謬，〔註24〕可謂極具考據和批判精神。可惜的是第六十五回以後，註釋驟減，〔註25〕且註釋存在不少謬誤，不過對於小說中描寫情事的詞彙也一樣不予迴避。相比之下，遠山荷塘等人訓譯的《金瓶梅》較岡南閑喬的《金瓶梅譯文》來得完整，除了遠山荷塘具深厚的漢學根柢外，多人以討論會的方式加以考證和校合，對訓譯工作也有很大的幫助，且所引用的中國典籍甚多，可謂引經據典，考證詳實。

　　無論是岡南閑喬的《金瓶梅譯文》抑或高階正巽的寫本《金瓶梅》，都只是選擇《金瓶梅》中的難字、俗語進行語音或語義上的解釋，並非是全文翻譯，無法稱得上是譯本。而且嚴格說來，譯解均不夠完備，除了無法解決的詞彙，尚有不少註解模糊或錯誤之處。《金瓶梅》在當時顯然不是作為通俗小說受到時人的認識和理解，約同時期的曲亭馬琴（1767～1848）也指出，《金瓶梅》在當時雖然赫赫有名，但讀過的人卻很少。〔註26〕

〔註22〕〔日〕井上泰山：〈高階正巽訳『金瓶梅』覚書〉，頁72～81。井上泰山：〈江戶期における中國白話小說の解讀—高階正巽『金瓶梅』をめぐって〉，《関西大学東西学術研究所所報》第58号（1994年6月），頁7。

〔註23〕〔日〕德田武：《日本近世小說と中国小說》（東京：青裳堂書店，1987年5月），頁799。

〔註24〕德田武列出《金瓶梅》第一回原文：「就出落的好不標緻了」，「出落」一詞，遠山荷塘等人從《源氏物語》中尋找適切的古語予以解釋；第十回原文：「就當廳先把清河縣公文看了」，遠山荷塘等人譯為「當場」，並指出曲亭馬琴的「當班人員」之說為誤；第四十七回張竹坡總評第二行「又曰：探起頭來」，高知平山誤斷為：「又曰探，起頭來」。〔日〕德田武：《日本近世小說と中国小說》，頁801～802。

〔註25〕井上泰山推測，六十五回後的譯解極少，可能與遠山荷塘過世有關，而後讀書會被迫終止，由高階正巽獨立完成後半部份的訓釋。〔日〕井上泰山：〈高階正巽訳『金瓶梅』覚書〉，頁75。

〔註26〕曲亭馬琴在文正十三年三月二十六日寫給殿村篠齋的信中如此說：「世に高き故、よくこの書の事をいふものあれども、この書をミたるものすくなし」

比起來，《水滸傳》在當時的流通卻已經很普及。李樹果的研究便指出，從享保到寶曆年間（1716～1762），日本已經出現第一期的《水滸》熱，主要在知識界流傳；第二期的《水滸》熱為文政末年（1818～1830）至天保（1830～1843）年間，流行擴大到一般大眾。享保十三年開始出現《水滸傳》的訓點本，天明四年（1784）已出齊岡島冠山的百回翻譯本，各種俗語譯解、註釋之書亦接踵而來，而且從明和五年（1768）至天保末年，翻改自《水滸傳》的讀本竟高達二十多本。〔註27〕《水滸傳》挾著極高人氣，在江戶末期的影響力，日本學者中村幸彥認為沒有其他文學作品可與之匹敵。〔註28〕《金瓶梅》脫胎自《水滸傳》，兩書關係極為密切，江戶文人也充分認識這一點，如上述高階正巽等人訓譯《金瓶梅》時，均知道要參考《聖歎外書水滸傳》及《新編水滸畫傳》等書。同樣地，《水滸字彙外集》也在編譯引書中列入《金瓶梅》和《金瓶梅譯文》。〔註29〕然而如此依存關係甚深的兩部書，在傳播的結果上卻大相逕庭，受《金瓶梅》直接影響的近世小說讀本，唯有曲亭馬琴的翻案之作《新編金瓶梅》可足代表。其箇中原因也許是因為小說中有太多的方言和歇後語，是故一直以來沒有一本完整的譯解本，並且譯解本的流通也不廣泛，似乎侷限於學習漢學的上層階級。由譯解的狀況看來，即便是漢學底蘊豐厚的文人也難以勝任，更遑論沒有足夠漢學訓練的一般讀者。遲遲沒有一部完整的譯解本得以廣泛流通，翻譯的起步自然晚了。因此，《金瓶梅》在江戶時代的傳播不及其他三部奇書的主要原因當不在淫穢描寫，乃在於大部分的文人也無法通讀全書之故。

二、曲亭馬琴《新編金瓶梅》的改編旨趣

（一）理想與現實：曲亭馬琴的改編動機

曲亭馬琴（1767～1848），本名瀧澤興邦，生於江戶（東京），別號著作堂

（這本書因名聲響亮，經常被人論及，但見過的人很少）。〔日〕柴田光彥等
編：《馬琴書翰集成（卷一）》（東京：八木書店，2002 年 9 月），頁 290。

〔註27〕李樹果：《日本讀本小說與明清小說》（天津：天津人民出版社，1998 年 6 月），
頁 201～208。

〔註28〕中村幸彥〈水滸傳和近世文學〉：「或者說從那以後直到現代，即使是托爾斯
泰、歌德、莎士比亞等外國作品，也沒有像《水滸傳》那樣被滲透和愛好。」
〔日〕中村幸彥：《中村幸彥著述集（第七集）》（東京：中央公論社，1974 年
3 月），頁 247。

〔註29〕〔日〕川島優子：〈江戶時代における『金瓶梅』の受容（1）—辭書、隨筆、
洒落本を中心として—〉，頁 16。

主人、蓑笠漁隱、飯台陳人、玄同、信天翁等,是江戶末期著名的讀本作家。馬琴著述豐富,作品以黃表紙、合卷、讀本為主,另有俳諧、洒落本、滑稽本、隨筆及擬古文等,合計約兩百種。〔註30〕馬琴喜愛中國古典小說,他的讀本創作深受中國文言、白話小說影響,〔註31〕尤其鍾情《水滸傳》和《三國演義》。而馬琴的草雙紙〔註32〕《新編金瓶梅》於天保二年(1831)至弘化四年(1847)由甘泉堂陸續刊刻,全書共十集四十冊。

　　馬琴早在文化年間便以高價購入岡南閑喬的《金瓶梅譯文》,雖然後來這本書被他交易出去,並且批評這本書用處不大,但他在撰寫《新編水滸畫傳》(文化三年刊行)時,仍將《金瓶梅譯文》列入引書之中。〔註33〕馬琴深愛《水滸傳》,他另有長編合卷《傾城水滸傳》於文政八年刊行,頗受好評。細考馬琴為《新編金瓶梅》所做的執筆準備,神田正行提出以下觀察:

> 依前面所引之馬琴書簡,馬琴對《新編金瓶梅》的執筆表明躊躇之意,理由為西門慶一事從《水滸傳》取材而出,而《金瓶梅》是旨在「淫穢」的小說。(先に引用した書翰の中で、馬琴は『新編金瓶梅』の執筆に対する躊躇を表明しているが、その理由は、「西門慶一件」が『水滸伝』から摂取されたものであることと、『金瓶梅』が「淫奔」を旨とする小説であることであった。)……這兩點構成馬琴創作《新編金瓶梅》的發端。〔註34〕

神田正行推測《金瓶梅》由馬琴喜愛的《水滸傳》敷衍而出,因此幸運地得到他的關注,但是在馬琴眼中,《金瓶梅》卻同時是一本具有負面評價的書,故有了翻案之意。馬琴在書信中直斥《金瓶梅》沒有勸懲意味,是一本「宣淫導

〔註30〕〔日〕麻生磯次:《滝沢馬琴》(東京:吉川弘文館,1959年12月),頁126。

〔註31〕崔香蘭曾統計曲亭馬琴取材的中國古典小說,有近四十種白話小說及十五種文言小說。詳見崔香蘭:《馬琴読本と中国古代小説》(廣島:溪水社,2005年1月),頁15~19頁。

〔註32〕草雙紙為江戶時代帶有插圖的讀本,以包含婦孺在內的普羅大眾為讀者群。〔日〕叢の会編:《草双紙事典》(東京:東京堂出版,2006年10月),頁10。

〔註33〕天保三年十二月八日,寄桂窗宛書簡:「『金瓶梅訳文』といふもの……文化中、撰者の原本を、高料ニて買取候て見候処、撰者の解したる事のミ抄訳して、わからぬ事ハ書のせず、何のやくにもた、ぬもの故、他本と交易し候ひキ。」〔日〕柴田光彦等編:《馬琴書翰集成(卷二)》,頁277。

〔註34〕〔日〕神田正行:〈『新編金瓶梅』発端部分の構想と中国小説〉,收入読本研究會編:《読本研究新集(第四集)》(東京:翰林書房,2003年6月),頁101。

慾」的書，〔註35〕在馬琴之前，或與之同時代的文人，幾乎見不到有人如此評價《金瓶梅》。江戶時代的文人如岡南閑喬及高階正巽等人，均以極為嚴肅的態度考究《金瓶梅》中的難字俗語，即便是小說中的風月筆墨也不予放過。而且考之時代風氣，依據明和八年（1764）的《禁書目錄》可知，江戶時代前半期《金瓶梅》並不在禁書之列，當時為了控制思想，最嚴格禁止的是有關基督教教義的書。〔註36〕既然如此，何以馬琴深深忌諱《金瓶梅》中的淫穢描寫？

　　為了了解馬琴的思想，我們必須由他的生平談起。考之馬琴自幼所受之教育，可知他出身武士家庭，自幼深受儒家文化薰陶，也曾立志過要當一個儒者。馬琴自幼家境並不富裕，且個性執拗狷介，不喜交際應酬，對時代現況、幕府政治都有許多不滿，發而為文，作品經常呈現過度理想化傾向，其勸善懲惡的思想，經常以道義觀、因果觀等儒佛思想為根底，且對李漁「事取凡近而義發勸懲」的主張深表認同。〔註37〕江戶後期的寬政改革（1787～1793）或許更深化馬琴勸懲思想的建構，當時幕府明令銷毀敗壞風俗的讀物，受朱子學說影響，自上而下推行以通俗的語言解釋道德和教訓，並企望小說家和讀者能夠受此影響。除了馬琴之外，許多未標榜勸懲主義的作家，因此受到不同程度的處罰。〔註38〕此外，馬琴《八犬傳》完成於天保十二年（1841），隔年「幕府大行新政，以稗史小說淫猥濫俗，命禁之，而馬琴所著則不問也」，〔註39〕也可以證明政策對馬琴著述態度確實具有影響。

　　馬琴的小說論構成當時勸善懲惡論的基礎，他的代表著作《南總里見八犬傳》以日本足利末期的戰國時代為背景，取材《水滸傳》、《平妖傳》、《三國演義》、《西遊記》、《五雜俎》及《搜神記》等，故事穿插史實，又夾雜許多荒誕成分，耗時二十八年才完成（1814～1842）。他在《南總里見八犬傳》的序跋

〔註35〕　文正十三年三月二十六日，寄篠齋宛書簡：「この書、勸懲の意味なきにあらねど、宣淫導慾の書にて……」。〔日〕柴田光彥等編：《馬琴書翰集成（卷一）》，頁289。

〔註36〕　〔日〕今田洋三：《江戶の禁書》（東京：吉川弘文館，2007年8月），頁3～20。

〔註37〕　〔日〕麻生磯次：《滝沢馬琴》，頁157～160。勾豔軍：〈曲亭馬琴讀本序跋與李漁戲曲小說論〉，《日本學論壇》（2006年第2期），頁34。

〔註38〕　相關的法令、處罰的理由和受懲的作家，可參考〔日〕小林真利奈：〈蔦屋重三郎と寬政の出版統制〉，《寧楽史苑》第58号，頁1～18。

〔註39〕　〔日〕依田百川：《譚海》，收入王三慶等人主編：《日本漢文小說叢刊》（台北：台灣學生書局，2003年10月），頁99。

中提出他的文學觀，要言之包含四點：「警世」、「善美」、「情愛有害」、「戲作說」，尤重以善惡因果警醒婦孺去惡揚善，並站在文學的道德目的上，視情愛為有害之物，進而指責《源氏物語》「耽於淫戀而不安勸懲」。〔註40〕這些文學觀很顯然也構成他創作《新編金瓶梅》的基礎。

　　檢視馬琴對《金瓶梅》的看法，可說是相當負面。《金瓶梅》中描寫情色的場面，不過佔全書十分之一、二，但在馬琴看來，卻是除了由《水滸傳》借用過來的西門慶故事外，餘下皆是淫奔之事。〔註41〕張竹坡繼武金聖歎評點《水滸傳》，其《金瓶梅》評本在清代大受好評，也成為遠山荷塘譯解的底本，知名度頗高，但他在評點中一再申說的「第一奇書非淫書」、「勸懲說」、「苦孝說」等卻未對馬琴起到顯著影響。馬琴在〈新編金瓶梅第一集序〉中只關注張竹坡稱許《金瓶梅》文章佳妙，並認為中國將《金瓶梅》譽為「四大奇書」之一也是基於此。〔註42〕除了文章佳妙外，《金瓶梅》百回均描寫世情之醜，間雜猥褻，裡頭的人物幾乎無一好人，實在不符合馬琴文學觀中的「善美」理想。而《金瓶梅》蘊含的勸善懲惡之旨，其實遠從明代開始就被關注，欣欣子「懲戒善惡，滌慮洗心」、東吳弄珠客「蓋為世戒」等，〔註43〕都肯定《金瓶梅》非止於宣淫。雖然沒有資料顯示馬琴是否讀過〈東吳弄珠客序〉，不過流傳於日本的眾多第一奇書版本中，僅目睹堂刊本存有〈東吳弄珠客序〉，因而我們可以推測馬琴所持有的張竹坡評本有很大的機率未收錄〈東吳弄珠客序〉，且考察馬琴的書簡和序跋，也未見到他提到〈東吳弄珠客序〉，卻多次引用謝頤的序言，顯然受謝頤〈批評第一奇書金瓶梅序〉影響較深。

　　謝頤序中提到《金瓶梅》為王世貞所作，馬琴信乎不疑，引入他的〈新編金瓶梅第一集序〉。另外謝頤並未如欣欣子、東吳弄珠客般強調小說的勸懲功能，為了提高張竹坡的評點價值，謝頤如此說道：

〔註40〕葉渭渠：《日本文學思潮史》（台北：五南圖書出版公司，2003 年 3 月），頁 281～284。

〔註41〕見文正十三年正月二十八日，見文正十三年正月二十八日，寄筱齋宛書簡：「西門慶一件ハ『水滸伝』の趣二て、その余ハ淫奔の事のミ候へば……」。〔日〕柴田光彥等編：《馬琴書翰集成（卷一）》，頁 256。

〔註42〕〔日〕曲亭馬琴著，清水市次郎譯：《新編金瓶梅》（東京：清水市次郎，1884 年 8 月）。

〔註43〕〔明〕蘭陵笑笑生著，梅節校注：《金瓶梅詞話》（台北：里仁書局，2007 年 11 月），頁 2、頁 4。以下凡相同出處之引文俱出於此。

今經張子竹坡一批，不特照出作者金針之細，兼使其粉膩香濃，皆如狐窮秦鏡，怪窖溫犀，無不洞鑒原形……然後知《豔異》亦淫，以其異而不顯其豔，《金瓶》亦豔，以其不異則止覺其淫。故懸鑑燃犀，遂使雪月風花、瓶罄篋梳、陳莖落葉諸精靈等物，妝嬌逞態，以欺世于數百年間，一旦潛形無地，蜂蝶留名，杏梅爭色，竹坡其碧眼胡乎！〔註44〕

觀其文似對《金瓶梅》有貶意，實則不然。謝頤的觀點頗近於東吳弄珠客，將《金瓶梅》中窮極歡樂的寫作手法，視如霸王夜宴乃為引出烏江自縊的鋪陳手段，提出「若有人識得此意，方許他讀《金瓶梅》也」，則是為了進一步彰顯張竹坡的評點是打破此一閱讀之門檻。張竹坡其實是站在否定《金瓶梅》為「淫書」的立場來評點《金瓶梅》，藉由對小說文本的讀法分析，將《金瓶梅》推衍至中下階層的讀者。馬琴似乎沒有明白這一層關係，直接認為《金瓶梅》就是一本導慾宣淫的書，沒有任何勸懲意味，特別是在《水滸傳》中被武松結果性命的西門慶，到了《金瓶梅》卻是以淫而死，〔註45〕因此馬琴站在認定《金瓶梅》就是一本「淫書」的立場，大規模進行改寫和翻案。

但若說馬琴改編《金瓶梅》的動機，只因它與《水滸傳》淵源密切，可惜旨在「淫穢」，因而要賦予它勸懲功能，這樣的理由又太過崇高。事實上馬琴改編《金瓶梅》的另一原因恐怕是現實的因素——經濟問題。《新編金瓶梅》總計十集。第一集新鐫於天保二年（1831），馬琴時年六十五歲，而後每隔幾年陸續出版他集，至第十集時已達八十一歲（弘化四年）。〔註46〕這段期間，馬琴經歷過失明及喪子之痛，生活相當困苦。馬琴也不諱言他的文學創作是「戲作」，只為糊口飯吃。

考察馬琴中編、長編讀本所取材的中國小說，《三國演義》、《水滸傳》最常被他使用，另外神魔及志怪小說如《西遊記》、《平妖傳》、《搜神記》也是大宗，才子佳人小說如《好逑傳》、《二度梅全傳》、《平山冷燕》亦有之，世情類

〔註44〕劉輝、吳敢輯校：《會評會校金瓶梅》（香港：天地圖書有限公司，2010 年 5 月），頁 2097。

〔註45〕川島優子指出西門慶在兩書中的結局不同，是《金瓶梅》被馬琴質疑沒有勸善懲惡的原因。〔日〕川島優子：〈江戶時代における『金瓶梅』の受容（2）——曲亭馬琴の記述を中心として——〉，《龍谷紀要》第 32 卷（2011 年第 2 号），頁 41。

〔註46〕〔日〕桑山竜平：〈馬琴の金瓶梅のことなど〉，《中文研究》第 7 卷（1967 年 1 月），頁 19。

如《醒世恆言》、《警世通言》、《石點頭》等都是限於明確標榜警世意涵的作品。要說到雜有情色描寫，世俗評價兩極者則僅《金瓶梅》，遑論明清豔情小說。〈新編金瓶梅第一集序〉（天保二年刊）中說，《金瓶梅》在當時的名聲很大，但世俗之人多半只聞其書名，真正讀過的人甚少，蓋因文章方言、俗語多，且無通俗的譯文。〔註47〕馬琴可以說是很清楚地看到了《金瓶梅》挾著與《水滸傳》的關係，在江戶時期享有極高名氣。〈新編金瓶梅第一集序〉中說，《金瓶梅》在當時名聲很大，不過讀過的人卻很少，蓋因文章難解，且無通俗的譯文。而在一片《水滸》熱中，《金瓶梅》雖然引起時人關注，卻沒有多少人有能力閱讀，這個狀況對於馬琴改編《金瓶梅》帶來很大的優勢。同時期改編《水滸傳》的讀本已經太多，作為第一部《金瓶梅》改編讀本，不僅能夠滿足讀者的好奇心，也能為馬琴創造收益。由此看來，馬琴可謂具有另闢蹊徑的眼光。

（二）相承與變異：《新編金瓶梅》的改編旨趣

《新編金瓶梅》的故事背景設定在室町時代末期的山城國矢瀨里。矢瀨文具兵衛、大原武具藏是對兄弟，哥哥是矢瀨里村長，弟弟經營先祖留下來的土地。為了逃避戰亂，大原武具藏攜二幼子大原武太郎、大原武松前往鎌倉避難。後來武具藏夫婦客死異鄉，武太郎兄弟在一家餅店工作，餅店生意不幸下滑，餅店老闆認為兩兄弟是招來不幸的元兇，不得以兩兄弟只好決定返鄉。不幸的是武松因病無法動身，留在鎌倉，最後只剩武太郎獨自返回矢瀨里。

未料武太郎回到矢瀨後，伯父、伯母不僅扣住家產契約書不還，還誣賴他是盜賊，武太郎只好夥同姑夫筱部九郎五郎（又稱黑五郎）告官，文具兵衛夫婦因此被迫出走。後來九郎五郎竟瞞著妻子遲馬，暗地將大原家的家產賣掉，並把得手的錢財八百兩藏在築山後院，自己跑去九州島經商。

另一方面，因病留在鎌倉餅店的武松，卻被主管橫六誣賴和望月五文次的妻子有染，武松恨而襲擊橫六，逃出餅店。返回矢瀨的武松協助哥哥建立家業，待武太郎成家並開了一間餅店後，武松便離鄉尋找九郎五郎。

而被迫逃亡的文具兵衛後來和妻子離婚，妻子帶著女兒「多金」（後易名為「阿蓮」）離開，文具兵衛遂開始擔任沙土買賣的工作。因丈夫長期不在家，為窮所逼的遲馬把築山的沙土賣給文具兵衛，文具兵衛在泥土中挖出八百兩

〔註47〕序云：「彼書舶来せしより以来、書名漸々此間に高かり。こ、をもて、雅俗只その書名を知れども、得てよく讀ものあること稀なり。見に彼書中に八方言洒落、ほのめかしたることもあるに、且通俗の譯文なし。」

黃金，一夕間變成有錢人，並易名為西門屋文字八。而後從九州島經商回來的九郎五郎發現失去埋藏的黃金後大吃一驚，隨後遲馬在知道丈夫的惡行後，竟悲痛投河自殺，九郎五郎只好帶著兒子去乞討。後來文字八收養九郎五郎的兒子，是為西門屋啟十郎。

　　文字八和前妻所生的女兒阿蓮則長成貌美女子，嫁給藪代六十四郎為妾，六十四郎的正妻嫉妒阿蓮，把她下配給出入藪代家賣餅的武太郎（當時武太郎已喪妻，與前妻有一女「迎兒」），而武太郎並不知他與阿蓮為堂兄妹關係。阿蓮與武太郎成為夫婦後，仍繼續與六十四郎維持不當關係，醜聞曝光後，兩夫婦不得已搬離矢瀨，遷到尼崎。武太郎在尼崎意外與打虎榮歸的武松相遇，阿蓮隨後戀上武松，但勾引小叔不成。後來阿蓮因追趕一隻飼養的虎貓，不巧棒打啟十郎，而後在妙潮的牽線下便與啟十郎私通。武太郎知道後因此和黑五郎前往捉姦，卻被啟十郎一腳踢翻，最後遭阿蓮毒害而死，阿蓮便成為啟十郎的小妾。而武松為兄報仇不果，被流放淡路島，因緣際會買了一隻海龜放生，海龜為了報恩將武松攜至龍宮，武松便為南海龍王剷除了西海的惡龍王。返回人間的武松隨後又討伐了山賊，結了婚，最後成功為兄報仇，殺掉啟十郎和阿蓮，並帶著武太郎的女兒前往祭拜武太郎夫婦。結局則為武松夫婦與海龜一起到了龍宮，成為龍王龍女。

　　故事擷取若干《金瓶梅》中的人物雛形和情節。例如在人物的對應上，可看出《金瓶梅》中的主要人物武大郎、武松、潘金蓮和西門慶，到了《新編金瓶梅》易名為大原武太郎、大原武松、阿蓮及西門屋啟十郎，而妙潮此一角色類似《金瓶梅》中的王婆，虎貓的創作靈感則來自於《金瓶梅》中的雪獅子。在《新編金瓶梅》中，武太郎兄弟的性格也承襲《金瓶梅》，武松剛強勇壯，武太郎則軟弱易受欺侮。情節的承衍亦有蛛絲馬跡可循，安排大原武太郎兄弟在鎌倉的餅店工作，乃源於《金瓶梅》中武大以賣炊餅為生。而阿蓮嫁給藪代六十四郎為妾，受六十四郎的正妻嫉妒，被下配給武太郎，卻仍繼續與六十四郎維持不正常的男女關係，也明顯源於《金瓶梅》中的潘金蓮、張大戶和武大的三角關係。再由阿蓮（或潘金蓮）戀上打虎英雄的小叔，但勾引不成，因緣際會棒打啟十郎（或西門慶）而與之通姦等情節，均可看出兩書明顯的相承關係。

　　作為《新編金瓶梅》第一要角的武松，熊慧蘇已經注意到武松在中國的下場和日本大不同。《水滸傳》和《金瓶梅》的武松私下復仇後，皆淪為殺人罪

犯；反觀《新編金瓶梅》中的武松卻升格為英雄。在這個有趣的差異上，熊慧蘇認為是中日兩國法律制度的問題，簡言之，在明代因為有規定私下復仇者需受杖刑，因而《水滸傳》和《金瓶梅》的武松皆淪為階下囚，而江戶幕府則認可私下的「仇討」（亦即復仇）。〔註48〕然而筆者認為這樣的歸因可能過於簡單，並沒有深入到兩國文化上的差異。事實上，武松形象的改變，即便是在中國，從《水滸傳》到《金瓶梅》中也已經出現了明顯差異，以下先從這個差異談起。

在《水滸傳》中，武松為兄報仇，流放孟州道後受到施恩照顧，之後有快活林醉打蔣門神、血濺鴛鴦樓等壯舉，是個性鮮明、深受讀者歡迎的梁山英雄好漢。但在《金瓶梅》中武松淪落為配角，不再是作者全力塑造的英雄，雖貴為打虎英雄，卻莽撞地誤打李外傳，被捕後受到皂隸「雨點般打了二十下」，打的武松口口叫冤：「小人也有與相公效勞用力之處，相公豈不憐憫？相公休要苦刑小人。」〔註49〕反觀《水滸傳》中的武松面臨拷打時，是如此不畏地說：「我若是躲閃一棒的，不是好漢！從先打過的都不算，從新再打起！我若叫一聲，也不是好男子！」〔註50〕可見兩書塑造的武松形象已有十分明顯地差異。《金瓶梅》第十一回至第八十六回，武松這個角色離開舞台，再度出現已是第八十七回，手刃潘金蓮後，竟無情地對姪女拋下一句話：「孩兒，我顧不得你了！」拿走王婆相籠中的銀兩，匆匆上梁山為盜。《金瓶梅》淡化了武松的英雄色彩，武松鬥不過官方勾結的惡勢力，雖志在為兄報仇，但義不及親人，大難臨頭還是各自飛，走得如此倉促狼狽，與《水滸傳》裡天不怕地不怕的武松已大大相同，這是《金瓶梅》與《水滸傳》非常不同的一個地方。

但在馬琴筆下，《新編金瓶梅》中的武松卻一躍而成全書主角，被賦予一個極端正義又正面的形象，負責剷除世間的邪惡，不僅討伐山賊，還為兄報仇，也沒有拋棄自己的姪女，最後成了婚也進入仙界。反觀《金瓶梅》著重描寫西門慶和其妻妾的日常生活，小說中沒有人可以代表正義，更沒有一個人專門來剷除邪惡，就是手刃潘金蓮的武松也有凡人私情，馬琴的讀本顯然已經徹底背

〔註48〕 熊慧蘇：〈『新編金瓶梅』の武松物語──中國文學からの継承と変容〉，《二松：大學院紀要》第21期（2007年），頁85～86。

〔註49〕 《新刻繡像批評金瓶梅》第十回。

〔註50〕 〔明〕施耐庵、羅貫中著，李泉、張永鑫校注：《水滸全傳校注》（台北：里仁書局，2007年3月），第二十八回，頁484。以下凡《水滸傳》引文俱出此，僅於引文後註明章回，不另附頁碼。

反《金瓶梅》的精神，似乎較為靠近《水滸傳》一些。但是馬琴筆下的武松又和《水滸傳》不同，《水滸傳》中的武松嗜酒、尚氣，個性剛直且易輕信他人，雖英勇卻有濫殺無辜的行為，並且《水滸傳》中的男性多不近女色，武松亦是，因而不可能與凡人一樣成婚。由此看來，《水滸傳》和《金瓶梅》中傷害武松形象的各種描寫，均被馬琴汰除乾淨，武松在《新編金瓶梅》中不但不是背負殺人罪名的流亡犯，而且是重義氣，充滿正義感的武士，他的「仇討」（亦即復仇）是建立在武士磊落的性格下光明正大地進行，借用潘乃德的話來說，這是一種日本獨有的武士觀──維護「義理」及洗刷污名，〔註51〕能夠得到社會的讚美和許可。潘乃德還指出，這種對「義理」的追求，使其在文化中附隨而生的敵對和待機復仇的態度，並不是亞洲大陸（中國、泰國、印度）特有的德行，以中國人為例，這種行為絕對不會被視為理想的高潔品行，「在中國倫理中，無緣無故訴諸暴力固然是錯誤的行為，但也不因為用之於報復侮辱，就變成是正當的手段」。〔註52〕因而讀者看到的是《水滸傳》中的武松被逼上梁山，《金瓶梅》中的武松也是背負著殺人罪名而必須躲避刑罰追討的罪犯。

　　至於馬琴《新編金瓶梅》中具武士精神的武松，因光明正大的「仇討」而被讀者歌頌，這一部份則反而不是《金瓶梅》的作者所欲表達的理想。日本武士道的這種「仇討」精神為社會所讚美，以為這是道德的極致，可以和神同體，與佛同化，與宇宙長存，〔註53〕《新編金瓶梅》中的武松就是如此，他擁有高尚德行，且具不死之身，最後成為仙界中的人，與世界同存，以這樣的形象而在當時受到日本讀者的歡迎，這與《水滸傳》深植於中國人心中的那個嗜酒、尚氣的武松已有很大的不同。

　　《金瓶梅》安排武松欲殺西門慶不成，反被流放孟州道，以便建構出西門慶和潘金蓮的一段淫樂日子，西門慶最後縱欲而死，潘金蓮則被遇赦回來的武松所殺。馬琴顯然對《金瓶梅》這樣的安排感到不滿，認為作者安排西門慶和潘金蓮有一段縱欲生活，無疑是導欲宣淫，再加上當時草雙紙的讀者群主要是婦孺，因此馬琴的《新編金瓶梅》對於小說中男女情慾的描寫便盡力予以迴避。馬琴筆下的阿蓮，某些描寫其實比較接近《水滸傳》中的潘金蓮，而非《金瓶

〔註51〕〔美〕潘乃德著，黃道琳譯：《菊花與劍》（台北：桂冠圖書公司，1991年9月），頁134。

〔註52〕〔美〕潘乃德著，黃道琳譯：《菊花與劍》，頁135。

〔註53〕參見戴季陶：《日本論──在「反日」與「哈日」之間的經典論述》（香港：香港中和出版公司，2012年10月），頁54。

梅》中的潘金蓮，例如神田正行即指出，《金瓶梅》中的潘金蓮被描寫為常站在簾子下與門外的浮浪子弟眉來眼去，阿蓮則沒有這樣的行為。〔註54〕而《金瓶梅》中那些惡漢勾引婦女的手段，以及關於偷情男女心思的描寫，馬琴在創作時也剔除乾淨。

此外，馬琴的《新編金瓶梅》加入許多神魔成分，例如阿蓮的虎貓死後變成海底的虎河豚，最終被武松討滅，全書結局更是武松與海龜一起到龍宮，武松成了仙界的人。《金瓶梅》打破《水滸傳》的神話英雄傳說，是中國首部以反面人物為主角的長篇小說，反映真實的世界，突破扁平人物的侷限，筆下人物無法以全惡、全善截然劃分，就是潘金蓮也有周濟磨鏡叟的憐憫心。但馬琴為了達到勸善懲惡的目的，選擇背離《金瓶梅》，回到《水滸傳》那種較為理想的世界，比起《水滸傳》的描寫更是有過之而無不及。

在天保七年刊刻的第四集序文中，馬琴提到他也取材《隔簾花影》。馬琴於天保五年四月二十九日借入《隔簾花影》八冊，並於天保六年正月閱讀完畢。〔註55〕《隔簾花影》是《續金瓶梅》的刪削本，全書瀰漫著濃厚的因果報應，作者丁耀亢在凡例中說這本續書是：「茲刻以因果為正論，借《金瓶梅》為戲談。」〔註56〕四橋居士在〈隔簾花影序〉裡反覆申說因果報應的道理，並指出在《金瓶梅》中，西門慶的報應止於妻散財亡、家門冷落，似乎是「天道悠遠，所報不足以蔽其辜」，故要以《隔簾花影》彰顯「無人不報，無事不報」之理。〔註57〕馬琴也肯定《隔簾花影》的勸懲意味，並說比起《金瓶梅》，《隔簾花影》的淫穢描寫少，是較具佳趣的作品，〔註58〕給予的評語相較於評論《金瓶梅》，顯然來得正面，更能夠說明馬琴確實是以「勸懲」為評斷作品優劣之標準。

一個顯著的例子在於馬琴在第八集時化用《隔簾花影》中的金兵入侵，把阿蓮安排成賊寨的女主人，徹底將阿蓮寫成一個邪惡至極的毒婦，這樣的情節安排攸關全書勸善懲惡的建構，使身為三好家家臣的武松能更具合理性地討

〔註54〕〔日〕神田正行：〈毒婦阿蓮の造形——『新編金瓶梅』の勸善懲惡〉，《芸文研究》第91号（2006年12月），頁206。

〔註55〕〔日〕神田正行：〈『新編金瓶梅』と『隔簾花影』〉，《近世文藝》第82号（2005年7月），頁21。

〔註56〕〔清〕丁耀亢著，陸合、星月校點：《金瓶梅續書三種》（濟南：齊魯書社，1988年8月），頁5。

〔註57〕〔清〕丁耀亢著，陸合、星月校點：《金瓶梅續書三種》，頁1。

〔註58〕天保五年七月二十一日付書翰，寄篠齋宛書簡。〔日〕柴田光彥等編：《馬琴書翰集成（卷三）》（東京：八木書店，2003年7月），頁225。

罰阿蓮。〔註59〕武松結果阿蓮、啟十郎時，自言是為國討伐逆賊姦民，懲罰亂臣賊子，武松的形象昇華到不為一己恩怨，而是為國為民的英雄形象。

　　結合馬琴自幼所受的儒家教育、成長中的武士家庭，及江戶後期標榜勸懲主義的創作風氣看來，這樣的改編並不會令人感到太意外。武松躍身為主角，其正義和英勇成了馬琴勾勒的重點，代表世間剷除邪惡之人，因而惡人必有惡報，善人必得善果。另一方面，這樣的描寫也與草雙紙的讀者群為婦孺有很大關係。武松有個完美的婚姻，結局皆大歡喜，也是為了迎合當時草雙子的趣味。

　　在未有譯本行世之前，已先有改編本流傳，這是《金瓶梅》在日本傳播史上非常特殊的現象。馬琴的《新編金瓶梅》脫離原著精神甚遠，並且已融入江戶時代的人文精神，此書在當時廣受好評，對於許多久聞書名，卻無法一窺《金瓶梅》的人來說，《新編金瓶梅》便成了他們認識《金瓶梅》的直接管道。然而馬琴在《新編金瓶梅》的各集序言中，留下厭惡《金瓶梅》語涉淫穢的記錄，並總是強調自己的作品是站在勸善懲惡的基礎上對《金瓶梅》進行翻案，很大原因是馬琴為了提高自己作品的價值。但另一方面，這樣偏頗的評論同時也對《金瓶梅》造成傷害，因而有學者認為明治以後《金瓶梅》之所以淪落為一本上不了臺面的「桌下讀物」，可能得追溯到馬琴這種大張旗鼓的宣傳。〔註60〕

　　中國許多古典名著在日本經常被改寫成具有在地文化的作品，稱之為「翻案」，《水滸傳》、《三國演義》的翻案之作就不下數十本。這些翻案作品有些與原著有明顯相承關係，有些則只是盜用書名，內容卻風馬牛不相及。王曉平在論述日本的諸多冒牌《水滸傳》時，說道：「而這些假李逵，徒有原著其名，與原著毫不相干，對於擴大原著影響並沒有什麼積極作用，有時反而會促成對原著的誤解」。〔註61〕《金瓶梅》的翻案之作只有一本，而且是名副其實的「翻案」，徹底悖離原著的精神，但將之扣在時空不同的文化背景下來檢視，尚可理解。但馬琴於序言中留下對《金瓶梅》的攻訐，確實促成讀者對原著的誤解，這部份真的是難辭其咎了。

〔註59〕〔日〕神田正行：〈毒婦阿蓮の造形——『新編金瓶梅』の勸善懲惡〉，頁219。
〔註60〕〔日〕川島優子：〈江戶時代《金瓶梅》傳播考略〉，頁17。
〔註61〕王曉平：《日本中國學述聞》（北京：中華書局，2008年1月），頁195。

第二節　明治文人森鷗外的閱讀及其小說《雁》

　　森鷗外（1862～1922），本名森林太郎，出生於江戶末年，活躍於明治、大正年間，是日本知名的文學家、評論家及醫學家。森鷗外六歲開始在養老館誦讀〔註62〕《論語》，七歲誦讀《孟子》，八至十歲學習四書、五經、《左傳》、《國語》、《史記》、《漢書》等漢籍，具有深厚的漢學基礎，也熟諳漢詩漢文，同時由父親教導荷蘭文。〔註63〕森鷗外的青少年，適逢日本「明治維新」積極學習西洋文化、思想、科技的時期。而自小奠定漢學基礎他，也於留德前（1884）涉獵許多西洋文明及文學。

　　森鷗外於 1911 至 1913 年間於文藝雜誌《昴》上連載小說《雁》，並分別在小說的第一回、第十八回和第十九回出現《金瓶梅》，因而這部小說與《金瓶梅》的關係便格外引人注目。三好行雄於《雁》的篇末註釋中率先指出，岡田、阿玉和末造的關係，就如《金瓶梅》裡西門慶、潘金蓮和武大郎的關係。〔註64〕三好行雄的比附並非空穴來風，在《雁》的第十九章，小說內文即寫著：「我覺得岡田剛看完《金瓶梅》可能就遇上金蓮」。〔註65〕於是研究者抓住這一層關係，於文本中尋找各種細節的承衍，以便證明《雁》的寫作深受《金瓶梅》影響。例如阮毅即指出，《雁》是以《金瓶梅》第二回「俏潘娘簾下勾情，王婆茶坊說技」作為創作構想，都是不幸的女人對於現況婚姻感到不滿，因而開始擁有無意識的願望，然後思慕理想中的男人，最後在特殊的機緣下得以相識。他更尋找出許多細節相似的例子，包括潘金蓮失手打到西門慶的竹竿，在《雁》中化為被岡田降服的蛇（而這個靈感又取自「武松打虎」的故事）、兩書的女主人公均在家門口（或窗內）觀看經過的男子、岡田散步的習慣源自西門慶周旋於潘金蓮家門口，甚至於阿玉鄰居的職業（裁縫）及阿玉的侍女名字（梅），都被認為是源自《金瓶梅》中的「王婆裁衣」及「春梅」。〔註66〕而顧春芳也認為岡田經過阿玉的窗口，無意識地與「窗口女子」打照面，是運用

〔註62〕日文原文寫作「素読」，意指照著字面讀。

〔註63〕〔日〕鈴木滿：〈鷗外の受けた教育〉，收入〔日〕平川祐弘等編：《鷗外の人と周辺》（東京：新曜社，1997 年 5 月），頁 77～78、114～120。

〔註64〕〔日〕森鷗外：《雁》（東京：新潮社，1985 年 11 月），注解 57 條，頁 133。

〔註65〕有關《雁》的內文引用，俱出〔日〕森鷗外著，李永熾譯：《雁・山椒大夫》（台北：久大文化公司，1992 年 8 月）。

〔註66〕阮毅：〈森鷗外と『金瓶梅』〉，《日本語日本文学》第 24 期（2014 年 3 月），頁 35～39。

了西門慶愛慕潘金蓮，刻意多次朝武大門前張望這一描寫。〔註67〕其實兩書在情節塑造較為明顯的相似點，即如研究者所指出的那樣，在於女方有著不如己意的婚姻，而於自家門口邂逅理想中的男性。至於其他細節的描寫，例如岡田經過阿玉家的窗口，其實源於他本來就有的散步習慣，並非刻意藉此接近阿玉，如果我們硬要將《雁》中的許多描寫均解釋為源自《金瓶梅》，恐怕會落入主觀又牽強的比附。

　　不可否認兩書中有著一些相似的情節，但是《雁》中的三名主要人物之性格，與《金瓶梅》中的西門慶、潘金蓮和武大郎卻大相逕庭。岡田是位溫文儒雅，具良好品德，於明治十三年就讀於東京大學醫學系的高材生。而阿玉是名長相清秀，柔順乖巧，卻因家貧而有兩段不幸婚姻的女子。至於阿玉的第二任丈夫末造，放高利貸迅速致富這一點，倒和西門慶善於攢錢的經濟型頭腦有些類似。反觀《金瓶梅》，西門慶生性風流，經濟富裕；潘金蓮因成長環境的關係，作風大膽，性格潑辣；武大甚為貧窮，矮小醜陋，但個性老實。有關兩書人物形象的落差，也有學者曾提出疑問，並進一步修正了三好行雄的觀點，指出岡田比較像是《金瓶梅》中的武松，而非西門慶這種惡霸。而阿玉的影子，則可能滲入了岡田喜歡的《虞初新志·小青傳》中小青的才女形象，因為阿玉在小說中被塑造成一個很有教養的女性，至少比之潘金蓮，較像是岡田會喜歡的「佳人」。〔註68〕

　　行文至此，《雁》和《金瓶梅》的關係似乎愈加模糊。再深入討論之前，我們須先知道森鷗外的文學深度涵蓋了中國、日本及歐洲，他離世後遺留約三萬冊藏書，其中不乏許多中國傳奇、明清小說，日本文學及西方文學也為數不少，因而要探討森鷗外創作時所含攝之文學養份，其實是個相當複雜的問題。取材來源較為明確的歷史小說如《魚玄機》和《寒山拾得》，故事底本便是直接源自中國文學，此殆無疑義，但卻有不少作品無法簡單依靠人物塑造、情節設定與細節描寫，就斷然劃定它們是帶著哪類文學的影子。清田文武研究森鷗外和中國文學的關係時，便指出這個既複雜又麻煩的問題，他說森鷗外的閱讀經驗已經充分融合於自己的思想和邏輯中，作品與中國文學的關係已經血肉

〔註67〕見顧春芳：〈森鷗外是如何接受《金瓶梅》的——以《雁》為考察中心〉，收入中國金瓶梅研究會編：《金瓶梅研究（第十二輯）》（鄭州：中洲古籍出版社，2016年1月），頁77。

〔註68〕林淑丹：〈森鷗外『雁』と『金瓶梅』——物語の交錯——〉，《鷗外》第69号（2001年7月），頁120～122。

模糊了。〔註69〕而森鷗外作品中融合西洋文學與中國文學的程度,其難以分割的複雜性也極可能超出我們的想像。因而考察《雁》與《金瓶梅》的關係,除了表面細節的借鏡,或人物形象的相似,其背後所欲傳達的思想內涵,也許才更應加以挖掘。

在分析文本前,須先瞭解森鷗外對《金瓶梅》的認識。考察《鷗外全集》,除了《雁》之外,森鷗外另提到《金瓶梅》處有三,分別為《標新領異錄》中評《好色一代女》、《觀樓潮偶記》中論〈猥褻〉,以及他的文學作品《ヰタ・セクスアリス》(源自拉丁語,意為「性慾的生活」)。〔註70〕首先,《好色一代女》為井原西鶴的作品,刊於 1686 年,內容記述一老嫗回憶一生的放浪生活。該老嫗年輕時姿容不凡,沈迷於色慾之海,其一生的性生活為井原西鶴著墨之重點,這本書向被譽為「江戶時期的《源氏物語》」、「日本的《金瓶梅》」。在《標新領異錄》中,森鷗外在評論《好色一代女》時,將《金瓶梅》作為一個與之比較的對象。〔註71〕其次,森鷗外在《觀樓潮偶記》談到「猥褻」是一種缺乏情感,順從本能的展現,並且指出《金瓶梅》便是東洋小說中的代表。另外,在明治四十二年(1909)時,森鷗外於文藝雜誌《昂》上發表小說《性慾的生活》,以一些哲學的觀點來探討自身的性體驗,發表後旋即被當局冠以敗壞風俗而停止販售。〔註72〕小說中寫到,男女關係如同美夢一般,而曾經讀過馬琴《新編金瓶梅》的他,意外地在老師桌下看到一本唐本《金瓶梅》,他知道這兩本書的內容是不同的,因而不禁在老師未注意時陷入沈思。〔註73〕

由上述的呈現約略可以知道,森鷗外於作品中提到《金瓶梅》時,總是將《金瓶梅》與「性」、「猥褻」這種表述慾望的詞或作品連結在一起。與其說森鷗外沒有注意《金瓶梅》中有關人性糾葛、社會百態之描寫,不如說《金瓶梅》

〔註69〕〔日〕清田文武:〈鷗外と中国古典、東洋思想〉,《国文學:解釈と教材の研究》第 43 卷第 1 号(1998 年 1 月),頁 49。

〔註70〕上述作品分別收錄於〔日〕森林太郎:《鷗外全集》(東京:岩波書店,1971 年11 月～1975 年 6 月),卷 24、卷 5、卷 5。

〔註71〕森鷗外:《標新領異錄》,收入〔日〕森林太郎:《鷗外全集》(東京:岩波書店,1971 年 11 月～1975 年 6 月),卷 24,頁 512。

〔註72〕參見明治四十二年七月三十日的《讀賣新聞》。〔日〕新聞集成明治編年史編纂會:《新聞集成明治編年史》(東京:林泉社,1936 年 6 月～1940 年 6 月),頁 132。

〔註73〕森鷗外:《ヰタ・セクスアリス》,收入〔日〕森林太郎:《鷗外全集》,卷 5,頁 121、頁 140。

中的「性描寫」對森鷗外來說更具吸引力。比起明清讀者極欲凸顯《金瓶梅》中的勸懲意旨，以降低性描寫對這部作品帶來的傷害，以及江戶文人曲亭馬琴乾脆大刀闊斧改寫成一部為他認可的勸懲之作，森鷗外不僅不忌諱談論《金瓶梅》中的性愛，更不掩飾身為一個男性讀者對這些描寫的濃厚興趣。

《雁》中的主人公岡田，論者以為便是年輕時的森鷗外。〔註74〕小說由岡田的朋友娓娓敘來，採用第一人稱，這個「我」有類中國古典小說中的「看官聽說」，往往於敘述中插入許多干預式的評論或看法，或許便是作者森鷗外的內心獨白，他以冷眼旁觀的姿態觀看一切，卻往往於關鍵時刻點出岡田的心理反應。小說中的「我」（以下稱為「敘述者」）指出岡田讀完《金瓶梅》後外出散步，為阿玉殺了蛇，可能是遇上了潘金蓮。在此我們稍微陳述一下兩位女主角的身世，阿玉和金蓮的共同點在於沒有辦法自由地選擇自己的婚姻。阿玉首先被一個已婚的警察看上，在沒有辦法拒絕的情況下，警察被招進門當了女婿，後來警察的妻子前來大鬧一場，把警察帶走。阿玉回復單身後，又為了改善家境而答應嫁給高利貸商人末造為妾。金蓮的處境是因為家貧，自幼被母親送到張大戶家學習彈唱，被張大戶收用，則是她作為婢女的宿命。張大戶的正妻知情後，對金蓮百般苦打，在無可奈何的情況下張大戶只好將金蓮嫁與武大為妻。兩位女主角的共同點在於有段不如己意的姻緣，因而如多數研究者指出那樣，阿玉被比為金蓮，都是一夫多妻下的不幸遭遇。

但也誠如研究者所言，金蓮和阿玉的形象差異極大。小說中的「敘述者」曾提到岡田非常喜歡〈小青傳〉中所描寫的女人形象：

> 這篇傳記中所寫的女人，用新辭來描寫的話，就是那種讓死亡天使在門檻外等待，再慢慢濃粧豔抹，以美為性命的女人。這種女人不知為什麼好像很能贏得岡田的同情。對岡田來說，女人只是美麗可愛的東西，他覺得不管處於何種境遇，都要維護她的美麗與可愛。
>
> （第3章）

〈小青傳〉敘寫一個貌美才女的不幸遭遇。因母親貪戀錢財，將小青嫁與他人為妾，小青為正妻所妒，備受壓迫卻仍捍衛自己的尊嚴，在病中絕美而逝，可

〔註74〕　〔日〕前田愛：《近代讀者の成立》（東京：岩波書店，2001年2月），頁94。又或者說岡田是鷗外寄託自身青春的理想象徵，此一說法見〔日〕三好行雄：〈雁〉，收入《三好行雄著作集（第二卷）》（東京：筑摩書房，1993年4月），頁90。

謂典型的佳人形象。在岡田的眼裡，這種悲劇型的佳人特別吸引他同情，而他所謂的不管處於何種境遇，都要維護的美麗與可愛，則正是小青這種唯美聖潔的形象。聯繫至後文，岡田對待阿玉的那種似有意似無意的態度，早已透露些許端倪。岡田對於《金瓶梅》的印象是：「寫了十張二十張平穩的敘事，卻又約定般寫了驚險的事情」（第19章）。他在陳述殺蛇救美人的遭遇時，並沒有向「敘述者」提起這是他平時散步時總是望著走過的門前，這種隱瞞的心態透露出若干玄機。岡田談到阿玉時，感情的表露總是非常含蓄，但仍可在細微的言語和態度的表現中間窺見出來：

> 女主人好像出神地想著什麼，聽他這麼說，才望向岡田。接著猶豫想說些什麼。把視線移開。同時發現岡田的手沾了一些血，「啊呀，你的手髒了。」便叫下女拿洗手盆到門口。岡田談到此事時，並沒有仔細描述她的態度，卻說：「我覺得只小指沾一點血，難為她竟發現了。」（第19章）

相較之下，小說對於阿玉的感情表露則描寫得較為清楚，那是因為事隔三十五年後，「敘述者」聽聞阿玉講述了這些事，而其他的觀察則是「敘述者」當時與岡田交往所見。岡田雖自言為美人殺蛇已經是完成的故事，卻仍像平常一樣，從阿玉家經過，便望了一下窗口，似乎淺意識中仍帶著一股愛慕。決心出國的前一天，岡田見到阿玉時，也「慌忙取帽行禮，無意識地加快腳步」、「臉一直勻稱淡紅，卻也抹上了一絲紅潤」，岡田對於阿玉的特殊情感，雖從未親自表明，卻總是透過「敘述者」的觀察隱隱露出。

　　相較於岡田處置上的冷淡，「敘述者」則有了迥異的看法。「敘述者」知道阿玉是高利貸之妾，他對於佳人所遭遇的不幸婚姻有了深刻的同情，他把阿玉比為潘金蓮，作為一個旁觀者，他認為自己應該如此：「我不會像岡田那樣逃走。我會見面說話。自己潔淨的身子不會污穢，只相見說話而已。而且會愛她如妹，盡力幫助她，從污泥中把她救出來」（第22章）。除了對不幸女子的同情，更蘊含濃烈的道德感。「敘述者」雖和岡田的作法背道而馳，但兩人對於佳人的想像和投射，都與小青那種唯美聖潔的形象相同。

　　阿玉在小說中被塑造成一個很有教養的女性，和潘金蓮的形象迥異，但這只是一開始的展現。當阿玉逐漸覺醒時，她的想法開始有了很大的轉變，小說原文描寫道：

> 之後，阿玉對末造越好，內心越疏離他。而且不覺得末造照顧自己

　　　　有什麼可貴；也不覺得末造為自己所做的事有什麼恩惠，還覺得不
　　　　必因此而對末造有所抱撼。（第16章）

森鷗外在小說中，對於女人的心理有一番剖析。他以「想要之物」與「想買之
物」作為比喻，前者如鐘錶店或飾品店中的物品，女人雖想買卻不一定買得起，
因而會產生一種微弱而甜美的哀傷情緒，女人喜歡況味這種情緒，阿玉和岡田
邂逅初期的微妙感情即屬此；而當阿玉的內心覺醒後，岡田已經從想要之物變
為想買之物，想買之物令女人感到強烈的痛苦，無法鎮定也無餘裕等待，有時
會為衝動所驅，前往購買。小說另外還提到，女人做事一旦下定決心，便不再
像男人一樣左顧右盼，會像戴眼罩的馬往前直衝，「凡事深思熟慮的男人總懷
著疑懼，覺得前途橫亙著障礙物，女人卻不屑一顧。一有機會，就敢做出男人
不敢做的事，有時會意外成功」（第21章）。言下之意大概是女人總為情感所
驅，有時衝動行事而不顧後果。小說中的阿玉一開始被塑造成純潔的佳人形
象，「本性善良，未經世事，所以覺得接近住在公寓的書生岡田非常麻煩」（第
20章），但是當內心開始逐漸覺醒後，便開始出現一些從未有過的想法，例如
覺得不須愧對末造，即使末造對她好，也不覺得有什麼可貴。森鷗外說阿玉越
狡猾，就是越變得墮落，他以這樣的詞語形容之：「阿玉起初熱誠侍主，後因
境遇的急遽變化，煩悶省察之餘，逐漸達到可稱為狡猾的自覺之境，贏得世間
女子經歷眾多男人後才能獲得的冷靜之心」（第21章），這顯然是一種不太正
面的評價，似乎認為阿玉覺醒後，便由原本的佳人形象一瞬間墮落成世故之
人。研究者普遍認為，森鷗外在小說中把阿玉比為潘金蓮，是著眼於兩位薄幸
女子共同的遭遇，以此寫出一夫多妻下的悲劇婚姻。〔註75〕但僅此並無法解釋
森鷗外何以要將阿玉比為潘金蓮，因為中國自古以來有關薄幸女子遭遇悲劇
婚姻的故事比比皆是，前述〈小青傳〉即是。固然〈雁〉對〈金瓶梅〉似有若
干情節上的承襲，但除了形式上的借鏡，其背後所援引的精神或許更應加以關
注。

　　阿玉的佳人形象在她內心覺醒後逐步墮落，這樣的情況也與潘金蓮類似。
潘金蓮自幼生有姿色，且本性伶俐，舉凡品竹彈絲、女工針紙、知書識字均難
不倒她。雖然因為生長環境的影響，金蓮才十二、三歲就學會描眉畫眼，舉止

〔註75〕林淑丹、顧春芳的論述多少帶有這樣的含意在內。林淑丹：〈森鷗外『雁』と
　　　『金瓶梅』──物語の交錯──〉，頁118～129。顧春芳：〈森鷗外是如何接
　　　受《金瓶梅》的──以《雁》為考察中心〉，頁75～79。

也較為輕浮，但在和西門慶通姦之前，卻也沒有過份的罪行出現。武大為人老實懦弱，金蓮曾拿出她的釵梳與他湊出十多兩銀子，點了兩層四房居住。雖然一天到晚和丈夫合氣，但看到武大堅持未晚便關上家裡大門，金蓮也「約莫武大歸來時分，先自去收簾子，關上大門」。金蓮還聽了武大的吩咐，到王婆家裁衣，自帶了酒食錢，不肯白吃他人的，並說：「却是拙夫吩咐奴來」，可見本性並不壞。她和西門慶的姦情若無西門慶的主動和王婆從中作梗，也無法成其事，毒殺武大更是王婆指使，非她主動欲為。金蓮總總行為的脫序，就像森鷗外於小說中所言，像是戴眼罩的馬往前直衝，漸漸「贏得世間女子經歷眾多男人後才能獲得的冷靜之心」，毒殺親夫的罪行一筆勾消了不幸婚姻帶給讀者的同情感受。而後潘金蓮對於宋蕙蓮、李瓶兒的步步逼迫，及自覺爭取理想伴侶且在西門慶家所為之荒唐行為，更沒能再勾起多數讀者對她的同情，只留下千古罵名。

森鷗外以「青花魚米醬湯」作為「一根釘子」的象徵，這個微小的意外導致阿玉失去和岡田進一步發展的機會，這樣的安排使阿玉維持了岡田心中喜歡的女子形象，阿玉最終看來是回到了原點，她的悲劇性足以喚起讀者的同情。如果沒有「青花魚米醬湯」衍伸出的意外，阿玉和岡田的發展，則可能如竹盛天雄推想的那樣，是阿玉背叛了末造而與岡田通姦，〔註76〕則阿玉極可能如潘金蓮一樣，走向一個狡猾女子的形象。以此觀之，森鷗外把阿玉比為潘金蓮，除了因潘金蓮是不幸婚姻制度下被犧牲的女子外，對於她美麗聰慧的形象在內心覺醒後逐步墮落成千古罪人，森鷗外應該感到惋惜。至少在《雁》中，森鷗外對於薄幸女子的塑造走向與《金瓶梅》相反的道路，在同情身世與質疑行為之餘，還為阿玉保留了一定的悲劇性，成為後世讀者同情的佳人形象。

值得注意的是，小說中著力描寫末造對阿玉的好，但向來精明的末造看不透阿玉已背叛的心，卻還深自得意著，以為阿玉的美是自己所開發。與此同時，末造的正妻阿常在家辛苦養育孩子卻遭丈夫背叛，因而出現種種歇斯底里的心理反應和行為。阿玉自願選擇為妾，雖身世苦楚令人同情，但末造和阿常的處境一樣令人惻然。後世讀者同情潘金蓮的不幸遭遇之餘，也往往忽略了無辜受害的武大。兩書的共同點指向不幸婚姻制度下的受害者，絕非

〔註76〕〔日〕竹盛天雄：《鷗外その紋樣》（東京：小沢書店，1984 年 7 月），頁 618。

只是總為人所注意的薄幸佳人，單一地同情某一位受害者也不是兩書共同的書寫目的。

小說中的男主角岡田和「敘述者」，都代表著森鷗外的敘事視角，因而兩位角色面對阿玉時的迥異觀點頗耐人尋味。岡田對阿玉的傾慕固守於嚴格的道德理論框架下，他雖同情阿玉，但在知道她已為人妾的情況下，岡田將他的愛慕隱藏得很好，至少不輕易對外透露。由小說中的敘述看來，岡田也沒有打算與阿玉進一步發展，遠赴德國的決定，更是沒有把阿玉考慮在內。阿玉在岡田的心中，就像他所喜愛的小青一樣，不管處於何種境遇，他都要維護阿玉的美麗與可愛，也就是所謂的薄幸佳人的聖潔形象。「敘述者」卻認為站在岡田的角度，他會選擇盡力幫助阿玉，但是不能讓自己潔淨的身子被污穢，似乎在個人意志與道德規範上產生了極大的拉扯。小說結尾處，敘述者說岡田離開後，他無意間與阿玉相識，因此聽了這些故事，他還強調：「我並非阿玉的情人，自不待言，讀者最好不要妄加臆測」，反留予讀者無限的想像空間。《金瓶梅》裡的男性角色如西門慶、陳經濟之流，面對不幸婚姻制度下的受害者潘金蓮，都分別走向犯罪與道德上的歧途。阿玉在覺醒後，也總是為自己找尋各種理由，合理化自己的心靈出軌，原先美好的佳人形象在陷入情慾後，心態跟著變得複雜起來。由此可以看出，森鷗外在閱讀《金瓶梅》時，除了為薄幸佳人感到同情，也感於《金瓶梅》揭露世間情愛糾葛之複雜。特別是芸芸蒼生於道德框架的束縛下，面對自身的苦厄和困境所產生的抉擇與突破，往往顯露了深沈的無力感，這樣的體會也被森鷗外表露在《雁》的創作上。

第三節　明治、大正時期的節譯本

由馬琴的時代開始至明治時期，張竹坡第一奇書本、《新編金瓶梅》分別代表著中國「原著」及日本「改編讀本」，並行於世。明治十五年開始，第一本《金瓶梅》譯本出現，提供不諳中文的讀者有了馬琴本以外的選擇。

二戰前《金瓶梅》只有三本節譯本。分別為明治十五年（1882）松村操《原本譯解金瓶梅》、大正十二年（1923）井上紅梅《金瓶梅：支那的社會狀態》，及大正十四年夏金畏、山田正文共譯的《全譯金瓶梅》。這三種節譯本可說為二次大戰之後的全譯本預先做了暖身，儘管它們的價值在現今看來並不高，但將之扣於時代背景下來檢視，仍足以看出《金瓶梅》在當時的流播面貌。

一、松村操：《原本譯解金瓶梅》

松村操（？～1884），筆名「春風居士」，其《原本譯解金瓶梅》是日本第一部《金瓶梅》譯本，共六卷，分別於明治 15 年（1882，光緒八年）10 月（卷一、卷二）、12 月（卷三），明治 16 年 4 月（卷四）、明治 17 年 5 月（卷五）、明治 18 年 3 月（卷六），由東京望月城分卷出版，每卷定價十五錢，所譯之底本為《第一奇書》本。

明治初年的時候，日本迅速歐化，短短的幾十年間國情驟變，出現大量的西方文學翻譯作品。知識分子轉而重視西方文學，開始蔑視中國文學，不過這樣的現象只集中於少數的上層階級——即所謂的知識分子，庶民依然深受舊體制影響，繼續活在那種留有漢文化餘韻的精神生活中。明治 15 年至明治 44 年間，僅是《水滸傳》譯本就有十六餘種，〔註77〕反映的正是這種投庶民所好的中國古籍翻譯潮流。松村操的《原本譯解金瓶梅》應該是在這個時期受書商所託，以譯本的形式推出，企圖搭上這股潮流。

望月城書坊主於《原本譯解金瓶梅》的卷末告示中提到，中國四大奇書中，《三國演義》、《水滸傳》、《西遊記》的譯本在日本均已行世許久，唯獨《金瓶梅》至今未見譯本，對於小說家而言誠是一大遺憾。告示還指出，當時坊間多有為了營利而將他人新書重刻者，並且重刻時疏於校對、省略原文、背反作者原意等事屢屢有之，因而書坊主發出鄭重聲明，希望重刻者能事先予以知會，並呼籲不肖業者勿輕踐他人心血。由其聲明看來，望月城書坊以《金瓶梅》首部譯本為賣點，在大力抨擊其他不肖業者的同時，也隱然為自家書坊的書籍提出了品質保證，是則具有濃厚商業氣息的廣告文。其發行首部優良譯本的野心於字裡行間可明顯見出，可惜譯者於 1884 年驟逝，這本譯本只譯到原書第十二回便告終。〔註78〕

《原本譯解金瓶梅》第一卷譯文前附有〈題詞〉、〈例言〉、〈雜錄〉及〈第一回說明〉。松村操於〈題詞〉摘錄張竹坡評點之妙語，俱出〈批評第一奇書金瓶梅讀法〉，唯順序有更動。其摘錄重點大抵指向《金瓶梅》非淫書論、小說章法及結構特出之處、讀者誤讀說、小說主要人物評論等，有助於讀者初步

〔註77〕〔日〕川戶道昭、榊原貴教：《図説翻訳文学総合事典》（東京：大空社，2009年 11 月），第二卷，頁 365～366。

〔註78〕原著第八回「盼情郎佳人占鬼卦，燒夫靈和尚聽淫聲」全回省略未譯，理由不明。因而實際上只有譯出十一回。

掌握中國評點家對《金瓶梅》的認識。松村操復於〈雜錄〉放上張竹坡的〈西門慶家人名數〉、〈西門慶家人媳婦及丫鬟〉、〈西門慶淫過婦女〉、〈潘金蓮淫過人目及意中人等〉及〈西門慶房屋〉等，以供讀者參考。

〈例言〉臚列四個要點：（一）《金瓶梅》一書作者不明，一說為書坊捏造的李笠翁，一說為謝頤序所指稱的鳳洲門人，或為鳳州手錄；（二）《金瓶梅》舶來日本後未有翻譯本，僅曲亭馬琴就小說旨趣改編成另具新意之《新編金瓶梅》，但不能將之視為譯本；（三）《金瓶梅》中滑稽戲謔的語言，直譯成日文恐怕會讓日本人感到無趣，讀了反而昏昏欲睡，因而翻譯時只能取其大意，但不削去對話及詩詞，故與原書比較雖有差異，但也僅限於同回，決不會將甲回的事挪到乙回。（四）此書前幾回雖與《水滸傳》相似，但仍穿插了不同旨趣。《水滸》中西門慶、潘金蓮懲惡的故事，身為父母可能會認為沒有談論的樂趣，而讀者遇到類似的事也切勿感到驚訝。

由〈例言〉四項說明約可得知，松村操很明顯地意識到此書作為日本首部《金瓶梅》譯本，將可能面臨到兩國文字及文化對應上的問題。《金瓶梅》中大量的方言俗語、歇後語、打趣語，若採取直譯的方式，恐怕未能深切表達原意，雖然如此，他在翻譯上仍主張保持原書面貌，以不擅自妄動為原則。而他提到馬琴的《新編金瓶梅》不是譯本，也已清楚明白到譯本和改編讀本的差異，而忠於原著的譯本出現後，社會大眾的接受問題終將跟著浮現。馬琴的《新編金瓶梅》融入許多新的旨趣，汰除《金瓶梅》中所有的淫穢描寫，以勸善懲惡的思想融貫其中，非常適合婦孺閱讀，松村操在〈第一回說明〉中業已指出。譯本相較之下必須盡量忠於原著，雖然松村操在卷首已列出張竹坡評點所揭示之淫書之辨及誤讀問題，但他似乎對於譯本公開於大眾面前所可能引發之異音，還是感到些許顧忌，〈例言〉中的第四點即反映了他的此番心情。

松村操的擔憂並非無的放矢。明治初期去古未遠，承接江戶時期雅好漢學的餘緒，［註79］當時尚存不少漢學底蘊豐厚的文人，可以直接閱讀張竹坡評點本。張竹坡對《金瓶梅》的觀點，得到明治時期讀者的支持，對《金瓶梅》多半產生了淫書以外的正面評價。另一派無法閱讀漢文的讀者，轉而選擇馬琴的《新編金瓶梅》，而馬琴在〈序言〉裡批評《金瓶梅》為淫穢小說等片面言論，

〔註79〕三普叶指出，明治初期一般人多懷有漢學素養，再加上德川幕府時代遺留下來的漢學家，使得當時的漢學仍然頗為盛行。參見〔日〕三普叶：《明治の漢學》（東京：汲古書院，1998年5月），頁15。

則可能將讀者導向《金瓶梅》等於「淫書」的負面印象。因而少數具良好漢學基礎的文人及不諳漢學的廣大群眾，對《金瓶梅》的認識可能形成壁壘分明的兩個世界。

《金瓶梅》第一回以二首詩作為入話，並由此轉入「財色」二字的利害，再歸結入「色即是空」，此部份并松村操省略未譯，而直接由介紹西門慶的生平開始，因而失去了中國古典小說以入話概括全書宗旨的作用。對於小說中的韻文，松村操所謂的「不削去對話和詩詞」，其實也還是刪除大半，特別是人物對話極其簡略，有失原著的生動韻味，而所留存的詩詞即是直接保留漢文。至於原著中攸關男女偷情的描寫，例如第四回潘金蓮與西門慶眉來眼去、打情罵俏的一段敘述，譯者倒也不予避諱。譯本附有十一回插圖，展現方式和崇禎本繡像迥異。崇禎本每回兩幅插圖，分別反映回目內容，是為精細秀麗的徽派版畫，構圖含蓄，畫風典雅，帶著濃厚的文人書卷氣。自古以來，小說中的插圖往往帶有商業目的，崇禎本《金瓶梅》以文人為預設讀者，而松村操的譯本則顯然針對明治初期不具備漢學素養的普羅大眾而發。《原本譯解金瓶梅》中的插圖未必與回目相關，所畫之題材多具有腥羶傾向，以描繪暴力武打和人間污醜為主，線條粗獷，插圖將畫面填滿，且人物面孔均面向讀者，與崇禎本繡像大量的留白及全景式的瞰圖可謂大相逕庭。以下以兩本書的相同構圖為例，應可明顯看出這種差別：

《刻繡像批評金瓶梅金瓶梅》　　　　　《原本譯解金瓶梅》

　　此幅版畫展現的主題為「飲酖藥武大遭殃」。潘金蓮被王婆教唆，用砒霜毒死武大，但當她掀起被子，看到武大七孔流血的樣子，還是害怕了起來，只得由王婆來收拾善後。崇禎本繡像不忍把這個令人髮指心裂的一幕描繪得過於寫實，因而選擇飲藥前的場景作為構圖。譯本則繪出武大死狀，令人驚懼，且並未忠於小說內容。畫工選擇由西門慶揭開被單，潘金蓮從旁協助，似乎特意要將這兩人塑造成事件主謀，將他們污醜成極惡之人。而下幅「潘金蓮私僕受辱」裡，兩書風格也有著極大的差異：

《刻繡像批評金瓶梅金瓶梅》　　　　　　　《原本譯解金瓶》

　　小說寫道，婦人被勒令脫掉上下衣服跪於地上，西門慶拿著馬鞭，春梅在旁撒嬌道：「這個，爹你好沒的說！我和娘成日唇不離腮，娘肯與那奴才？」崇禎本繡像基本上忠於小說描寫，並且讓婦人背對讀者，沖淡令人難堪的感受。譯本的畫工顯然沒有很著重細節，馬鞭變成棍子，春梅以肢體動作做出阻擋的樣子，婦人僅著下衣。看完上述兩幅圖畫的呈現，再回過頭考察譯文，可發現譯文在細節描寫上均符合原著，未有缺漏或擅自更動之處。因而推測畫工並非很瞭解故事內容（譯文與插畫並非出於同一人之手），另外也可能是畫工特意為之，刻意塑造腥羶的場面，例如慘死的恐怖樣貌及半裸受辱的女子，以企圖吸引讀者目光，增加譯本賣點。

　　明治初年（12～17），日本文壇上其實產生一批通俗小說翻譯潮，不過當時備受讀者歡迎的翻譯作品為浪漫愛情故事，〔註80〕松村操的《全譯金瓶梅》發行於此一時期，就題材而言並非主流，且譯本因為時代的侷限，行文風格未能擺脫馬琴的影響。但是作為《金瓶梅》第一部日譯本，仍然受到當時的讀者關注。譯本最後一回還於回末寫著：「此回尚長，將待下回次卷揭曉」，未料卻因作者驟逝無疾而終，《全譯金瓶梅》因此成了僅翻譯十一回的半成品。

二、井上紅梅：《金瓶梅：支那的社會狀態》

　　井上紅梅（1881～1949），〔註81〕本名井上進，生於東京。大正二年（1913）赴上海生活，大正十年刊行《支那風俗》（全三卷），大正十二年（1923）出版《金瓶梅》節譯本，書名為《金瓶梅：支那的社會狀態》（全三卷）。昭和時期參與《魯迅全集》的翻譯，也積極介紹中國風俗和文學，是大正、昭和時期知名的中國文學研究者。〔註82〕

　　《金瓶梅：支那的社會狀態》分為上、中、下三冊，分別於大正十二年三月、七月、十月發行，封面為上海知名畫家王一亭先生所繪。〔註83〕以《第一奇書》為底本，〔註84〕上卷譯至原書第十四回，中卷譯至原書第三十回，下卷譯至原書第七十九回。在下冊書末所附之上海堂書訊中，有一則具濃厚廣告意味的介紹文，其云：「本書向被目為淫書之首，在譯者精湛的文筆下仍不失原

〔註80〕〔日〕新熊清：《翻訳文学のあゆみ》（京都：世界思想社，2008年10月），頁75～77。

〔註81〕井上紅梅的生歿年未詳，一說為1881～1949。見〔日〕日本近代文學館編：《日本近代文学大事典（第一卷）》（東京：講談社，1978年11月），頁152。

〔註82〕〔日〕日外アソシェッ株式会社編：《20世紀日本人名事典》（東京：日外アソシェツ，2004年7月），頁291～292。

〔註83〕王一亭（1867～1938），本名王震，字一亭，早年學習任伯年畫法，中年後拜吳昌碩為師，是上海藝壇領袖。他善畫花果、鳥獸、人物、佛像，筆墨重拙而隨意。曾以貿易商身份往來日本，與日本人關係密切，他的畫作也廣為日人收藏。資料參考自蕭芬琪：《王一亭》（石家莊：河北教育出版社，2002年12月）。

〔註84〕井上紅梅在第三回的〈譯餘閒談〉釋「俟光」（註：應為「挨光」之誤）中說：「中國學者認為《金瓶梅》不應給婦女閱讀，這無疑是貽笑大方的愚說」，顯係針對張竹坡在〈批評第一奇書金瓶梅讀法〉中的言論而發，張竹坡曾說：「《金瓶梅》切不可令婦女看見。世有銷金帳底，淺斟低唱之下，念一回於妻妾聽者，多多矣。不知男子中尚少之勸誡觀感之人，彼女子中能觀感者幾人哉！少有效法，奈何奈何！至於其文法筆法，又非女子中所能學，亦不必學。」劉輝、吳敢輯校：《會評會校金瓶梅》，頁2130。

味，實屬上乘之作，現作為藝術中的珍品發行上市」。每一冊定價為「銀二弗五十仙」，即「銀二圓五十錢」。

井上紅梅在序言中提到，想瞭解中國，必須同時閱讀論孟和《金瓶梅》，這兩本書互為表裡。他認為《金瓶梅》將中國人的根性刻畫得極為細緻，小說中的背景正是社會制度、族長集權失敗的反映。在強烈慾望的控制下，人人爭奪權利，其結果導致人欲極端陷於酒色財氣之中。而這種人欲的橫流，在孔子時就已經在起而導正，因而中國後世的君主皆喜用孔子學說作為治國理念，但在《金瓶梅》的世界中，暴露的卻是孔子學說的失敗。

井上紅梅在序言中還進一步說道：

> 終りに言ふ。金瓶梅は淫書に非ず、支那の世相を描寫して微に入り細に入つたものである。故に今日本書を繙けば遠き明代を回想するよりも、寧ろ現代支那の人情風俗を觀る思がある。
>
> （最後要說，《金瓶梅》並非淫書，而是一本把中國世相描寫得淋漓盡致的書。所以與其說翻閱《金瓶梅》會令人回想起明代，不如說是想到今日中國的人情風俗）。

事實上，井上紅梅不僅不認為《金瓶梅》是淫書，反而肯定作者發現了盤根於社會中的真正病源，並以勸善懲惡的形式為中國社會作了出色的剖析和描寫，因而折服於作者的偉大功力。〔註85〕如此高評價的言論，箇中含意值得推敲。

首先，由序言裡，我們大抵可以看出井上紅梅認為閱讀《金瓶梅》能夠得知中國社會的負面事情，這種思想代表二次大戰前日本許多知識份子對中國的看法。明治以前的日本，特別是德川幕府時期，普遍認為中國是聖人君子存在的偉大國度，對中國文化懷抱著高度的景仰，對中國的印象也總是伴隨著權威性。但明治維新之後，日本開始接受西方思想，迅速歐化，面對當時停滯不前的中國，一些知識份子開始產生「東方主義」的偏見。〔註86〕徹底背棄中國

〔註85〕〔日〕井上紅梅：《金瓶梅：支那の社會狀態》（上海：日本堂書店，1923年3月），上冊，頁1～4。

〔註86〕「東方主義」指以十九世紀為中心的歐洲浪漫派筆下充滿異國趣味的美術和文學，或是以東方為研究對象的學問。1978年Edward Wadie Said出版了《東方主義》一書，批判西方的「東方主義」是以殖民主義為出發點，對東方所持有的一種否定意味。而西原大輔研究大正時期日本對中國的幻想，認為「東方主義」是以殖民主義和帝國主義為前提，對被支配國及相關地區所使用之話

文化，以輕蔑的態度批判中國文化，則肇始於福澤諭吉（1835～1901）為代表的「脫亞論」。

福澤諭吉於 1885 年發表〈脫亞論〉，他於文中指出，中國、朝鮮作為日本的鄰國是一大不幸，這兩個國家固守舊習，論教育則云儒教主義、論教旨則仁義理智，而實際上在道德方面卻是不知廉恥，且傲然不知反省。日本與其期待鄰國振興，不如擺脫這兩個惡友，與西方文明國同進退。〔註87〕福澤諭吉後，許多喜愛中國文化、深懷漢學素養的「中國通」，往往變質為替日本擴張國權主義的推手，他們無法擺脫時代思潮的影響，對中國的理解滲入了政治干預，很容易走上為侵略者服務的道路，井上紅梅也帶有這樣的影子。究其因，則可能如錢婉約所言，是與那個時代的日本中國學研究者個人思想品格缺乏近代性相關，他們表現出與傳統中國文化的接近，依附於政府意識型態，不能自覺地與政府、經濟疏離，因而失去獨立、理性的批判精神。〔註88〕

井上紅梅曾於大正九年、十年在上海發行雜誌《支那風俗》，目的為研究中國的人情風俗和趣味嗜好，在日本廣為販售，不少知識份子透過閱讀他的雜誌瞭解中國社會。〔註89〕在中日甲午戰爭後，日本想將滿州、台灣等地作為殖民地，為了積極瞭解中國社會，傳統詩文被通俗小說取而代之，成為日本理解中國文化的主要材料之一。特別是能夠反映中國社會之民俗、習慣乃至各種陋習的民俗學、社會學、人類學等相關書籍，都可能作為日本統治殖民地依據的參考書，也可能被做出各種曲解和污名化。井上紅梅於大正年間著手翻譯《金瓶梅》，便是將《金瓶梅》視為揭露中國社會負面文化的工具，用以作為日本名為拯救中國，實為侵略中國的政治手段。他在原書名後加上附註：「支那的社會狀態」，明顯有將《金瓶梅》視為一部瞭解中國社會的研究書籍，而非一部文學作品的意味。

　　　語，也適用於日本。相關資料參考〔日〕西原大輔：《谷崎潤一郎とオリエンタリズム——大正日本の中国幻想》（東京：中央公論新社，2003 年 7 月），頁 13～22。

〔註87〕〔日〕杉田聡編：《福沢諭吉朝鮮・中国・台湾論集：「国権拡張」「脱亜」の果て》（東京：明石書店，2010 年 10 月），頁 16～20。

〔註88〕錢婉約：《內藤湖南研究》（北京：中華書局，2004 年 7 月），頁 15。

〔註89〕相關資料參考〔日〕勝山稔：〈大正時代上海における「支那風俗研究会」について——井上紅梅による白話小説翻訳作業の前史として——〉《国際文化研究科論叢》第 21 号（2013 年），頁 17～30。

　　《金瓶梅：支那的社會狀態》打破原書小說分章分回的形式，全書分為六十七回，沒有回目名稱，故由回數無法看出章節內容。上冊翻譯最為仔細，每回譯文後均附有〈譯餘閒談〉，井上紅梅於序文中說明這是因為日本人閱讀《金瓶梅》中的俗語時會有很大的困難，因而在每章翻譯結束後，他就時代風俗的相異處提出說明，其中雜有許多他對中國文化的觀察和理解。下冊第三十二回過後便沒有〈譯餘閒談〉，且內文翻譯越形簡略，最後的第六十七回實為小說原文的第七十九回「西門慶貪欲喪命，吳月娘喪偶生兒」，但僅收束在月娘產子，並未譯完全回。

　　井上紅梅同松村操一樣，皆省略第一回的入話，譯文直接由介紹西門慶的生平開始。並且他的翻譯沒有很忠實原文，往往過度加入自己的想像，以第一回為例，小說描寫西門慶在和十兄弟聚會前，向吳月娘提出整治酒席的要求，吳月娘少不了對他一番規勸，此處的小說原文如下：

> 吳月娘便道：「你也便別要說起這干人，那一箇是那有良心的行貨！無過每日來勾使的遊魂撞屍。我看你自搭了這起人，幾時曾着箇家哩！現今卓二姐自恁不好，我勸你把那酒也少要吃了。」……吳月娘接過來道：「結拜兄弟也好。只怕後日還是別箇靠的你多哩。若要你去靠人，提傀儡兒上戲場──還少一口氣兒哩。」（崇禎本《金瓶梅》第一回）

井上紅梅譯為：

> 吳月娘皺起眉頭：「你別說了！那干人只會吹牛，不能依靠。而且現今卓二姐生病，我勸你把那酒少吃了。」……吳月娘冷笑著：「結拜兄弟也好，那幫人以後靠你的多哩。」
>
> （「およしなさいよ、あの人達は何時も法螺ばかり吹いてゐて決して當てになる人達ぢやないからそれに卓二姐が病氣してゐるのに、少しはお酒をお控へなさいよ」。……吳月娘は冷かに笑つて、「兄弟の約もよう御座んすがね、あの人達はいづれなんとか貴方を花車にして」。）（上冊，頁5）

原文並未刻畫吳月娘過多的情緒表現，但井上紅梅翻譯時加上皺眉、冷笑等情緒反應，可能是譯者閱讀時的主觀感受。原文「那一箇是那有良心的行貨！無過每日來勾使的遊魂撞屍」，意為十兄弟都是沒良心的東西，每日勾引西門慶，使其如行屍走肉般，與「那干人只會吹牛，不能依靠」的語意並不同。「提傀

傀儡上戲場——還少一口氣」是一句歇後語，表示傀儡無論如何靈巧，總比真人少一口氣，比喻做人應當有骨氣，因而原文此處具二層語意，一方面吳月娘認為西門慶結拜這些酒肉朋友是無謂的，一方面也在提醒西門慶當有骨氣，勿依靠他人。中國古典小說中的歇後語一直是翻譯中最難處理的部分，韓文譯本也經常不譯或誤譯歇後語。井上紅梅在翻譯中最常選擇不譯這些歇後語，這可能肇因於他在理解上的困難，以及找不到適合的詞彙來表現。略譯歇後語不僅語意不完整，也無法傳達對話的生動，不過這恐怕也不是井上紅梅翻譯時想堅持的原則或達成的目的。

　　至於小說中的情色描寫，由於緊扣著人物性格和事件發展，這方面譯者也沒有全數刪除，但在翻譯上通常較為省淨，有時則將關鍵字詞以特殊符號帶過，亦有過於略譯而語焉不詳之處。例如第十三回一段描寫男女交歡的韻文，井上紅梅譯為：「○○疑在燈影中，將△△高舉」（燈の影に○○は まあ あらふことか△△を高くかかげ）（上冊，頁336）。○○在原文中為「夫人」（指李瓶兒），△△為金蓮（小腳之意）。而第七十九回描寫西門慶欲精盡人亡之時，小說原文為：「淫水隨拭隨出，比時三鼓，凡五換帕……那管中之精猛然一股冒將出來，猶水銀之瀉筒中相似。……初時還是精液，往後盡是血水出來，再無個收救。」﹝註90﹞井上紅梅譯為：「是夜金蓮縱欲無度，至五更換五帕。水銀、血」（其夜金蓮の貪欲は絕頂に達した。五更までに五枚のハンケチ。水銀。血）（下冊，頁328）。兩處若不對照原文，均不明譯文所指。並且第七十九回的「三鼓」實為「三更」，也並非譯者所以為的「五更」，這種誤譯的情形以下冊為多。整體說來，翻譯的品質雖沒很好，但翻譯態度卻相當認真。

　　井上紅梅另把對中國俗語、文物、風俗及制度等釋義的研究，及他對中日文化差異的理解，書寫出並收錄在各回後的〈譯餘閒談〉中。由於他是一位「中國通」，並有在上海長期居住的經歷，因而這些解釋多半經過考證，有到達一定水準的正確性。如第六回的「鞋杯」一詞，井上紅梅釋為：「中國婦女的鞋僅三吋長，是可於掌中翫賞的珍品。（現在纏足的惡習已趨緩，腳延伸到五、六寸長）因此自古以來的狂客在婦人鞋中放入酒杯，倒酒酌飲，以為消遣，其始祖恐為元末的楊鐵崖」，可見譯者對中國歷史及風俗有相當程度的認識。

﹝註90﹞兩處譯文分別見於﹝日﹞井上紅梅：《金瓶梅：支那の社會狀態》，上冊第十
　　　　三回，頁336及下冊第六十七回，頁328。

但對於小說內容及人物的理解，井上紅梅則經常導向負面的解釋，例如他指出王婆這種角色仍存於現在中國社會是一夫多妻權利的濫用，又小說中出現「孫歪頭」這種名字則是因為中國人喜歡用綽號稱呼別人。〔註91〕孫歪頭（孟玉樓姑奶奶的已故丈夫）只出現在小說中的一句話裡：「這婆子原嫁與北邊半邊街徐公公房子裡住的孫歪頭。歪頭死了，這婆子守寡了三四十年」，崇禎本評點者說：「孫歪頭三字寫得活現，恰像真有其人」，可見「孫歪頭」這名字雖只是曇花一現，卻令讀者印象深刻，格非也認為這是《金瓶梅》特殊的敘述技巧，將原本屬於形象描寫的「狀貌」拉到名字中，寫活了一個人。〔註92〕小說本就是虛構的，為了創作上的需要，必然會使用誇張的手法，如第七回寫到薛嫂說娶孟玉樓，張四舅為了圖謀玉樓之財，希望她嫁給詩禮之家的尚舉人，與早被西門慶以錢財打點好的楊姑娘有了一場爭執。這場像鬧劇般的爭執是為了凸顯孟玉樓善自為謀、不卑不亢的處事態度，以映襯其後再嫁李衙內，使讀者看到玉樓勇於為自己人生作主的智慧。但是井上紅梅卻從中剖析了他對中國婚姻的認識，他洋洋灑灑地寫了一段解釋，指出中國的結婚方式都是有一個第三者將女方當作斂財的道具，楊姑娘和張四舅的爭執便是為了從玉樓身上獲取利益，而被當成道具的女性對此卻甚覺無謂。〔註93〕與小說中玉樓主動爭取自己婚姻的描寫差距甚大。從這些例子可以看出，井上紅梅全然忽視小說技巧的展現，也無意瞭解小說內涵，而是徹底將《金瓶梅》理解為一部反映中國陋習的寫實書。

井上紅梅在評論中似乎特別同情小說中的女性，特別是對於被張竹坡視為「不是人」的潘金蓮，〔註94〕有了不同的看法，很值得注意。在第二回的〈譯餘閒談〉中，井上紅梅有一番高論，他說潘金蓮是在惡劣的社會制度下備受壓

〔註91〕〔日〕井上紅梅：《金瓶梅：支那の社会状態》，分別見於第二回釋「王婆」，頁82、第七回釋「孫歪頭」，頁196。

〔註92〕格非：《雪隱鷺鷥——《金瓶梅》的聲色與虛無》（香港：牛津大學出版社，2014年11月），頁239～240。

〔註93〕〔日〕井上紅梅：《金瓶梅：支那の社会状態》，第七回〈譯餘閒談〉釋「結婚方法」，上冊，頁195。譯文為：「支那人の結婚は本人よりも第三者が肝腎である。本回ではその第三者を旨く手に入れたことを記してゐる。女は自分を道具にされても平氣である。第三者に金儲けをされても一向平氣である。楊婆と張四の爭は、玉樓を道具にして利益を獲ようとする爭である。」

〔註94〕張竹坡對於潘金蓮的批評往往毫不留情，如在〈批評第一奇書金瓶梅讀法〉說：「金蓮不是人」。

迫的女子，她自幼被母親賣入王招宣府學習彈唱，王招宣死後，潘媽媽領她
出來，又賣入張大戶家。張大戶收用了金蓮後，金蓮被主家婆百般苦打，後
被嫁與武大，一直到了武松出現後，金蓮才體會到戀愛的感覺。而在求愛失
望之餘，風流俊俏的西門慶出現了，井上紅梅如此說道：「金蓮在第三回開始
所做的一切可怕惡行，都是社會的罪及母親的罪，她因為至親和主人而失去
身為一個人該有的意志」，他還強調正是因為權利的濫用，才導致中國有父母
販賣女兒、主人販賣下女等不合理的事，而現在的中國人擁有這種觀念也不
足為怪。〔註95〕這番論述的目的主要在批判中國社會，將矛頭指向社會階級
中「權利的濫用」，卻也點出了小說作者塑造潘金蓮這一角色的苦心所在。反
觀明清《金瓶梅》評點家面對潘金蓮對潘姥姥不敬的言行時，往往沒有探及背
後諸多複雜的社會因素。舉例來說，小說第七十八回描寫潘金蓮不給母親轎子
錢，向來被評點家大書特書：

> 琴童道：「姥姥打夾道裡進去的。一來的轎子，該他六分銀子。」金
> 蓮道：「我那得銀子？來人家來，（張評：四字哭殺天下父母）怎不
> 帶轎子錢兒？走！」一面走到後邊，見了他娘，只顧不與他轎子錢，
> 只說沒有。（張竹坡夾評：金蓮當家故也。）月娘道：「你與姥姥一
> 錢銀子，寫帳就是了。」金蓮道：「我是不惹他，他的銀子都有數兒，
> 只教我買東西，沒教我打發轎子錢。」坐了一回，大眼看小眼。外
> 邊抬轎的催著要去，玉樓見不是事，向袖中拿出一錢銀子來，打發
> 抬轎的去了。（張竹坡夾批：寫不孝者，總以玉樓反襯）（崇禎本眉
> 批：金蓮小氣，不獨在色上着腳，即財上亦十分鄭重。可見四者之
> 慾，一齊都到。）

只看評點家所言，潘金蓮根本就是個連一錢轎子錢都吝於給與母親的刻薄女
兒，但《金瓶梅》描寫事物，通常不會只有字面上所表達的意思，其背後所觸
及的深層問題，才是值得讀者玩味的地方。同回中潘金蓮如此數落母親：「今
後你看，有轎子錢便來他家來，沒轎子錢別要來，料他家也沒少你這個窮親戚，
休要做打嘴的獻世包！關王賣豆腐，人硬貨不硬。我又聽不上人家那等秘聲顙

〔註95〕〔日〕井上紅梅：《金瓶梅：支那の社會狀態》，頁79～80。引文見頁80：「金
　　　蓮が次回のような恐るべき惡事を遂行するに至つたのは、全く社會の罪、
　　　お袋の罪である。彼女は今まで親のため主人のため自分の意志は全く蹂
　　　躪されてゐた。」

氣。前日為你去了，和人家大嚷大鬧的，你知道也怎的？」金蓮爭強好勝的個性，在這番對白中表露無遺。身為西門慶家一個徒有美貌，卻無財富及雄厚家世的不得寵之妾，金蓮和母親間理不斷的親情問題，由龐春梅來道明：「姥姥，罷，你老人家只知其一，不知其二。俺娘是爭強不伏弱的性兒，比不的六娘，銀錢自有，他本等手裡沒有。」由小說中的描寫可以知道，潘金蓮自幼沒有任何自由意志，她的人生由母親及社會制度所決定，好不容易因著自己主動爭取，嫁進了大富人家，卻面臨與眾多妻妾爭奪丈夫寵愛的困境，她的美貌不輸孟玉樓和李瓶兒，但卻沒有帶任何財富過門，處境相當難堪。潘姥姥確實沒能夠體會女兒的苦境和心情，而明清兩位評點家分別以「愛財」和「不孝」批判潘金蓮，也忽略了最根本的社會制度問題。事實上金蓮對母親的感情，自第八十二回潘姥姥過世後，有了最真性情地流露：

> 婦人拿出五兩碎銀子來，遞與經濟說：「……明日出殯，你大娘不放我去，說你爹熱孝在身，只見出門。這五兩銀子交與你，明日央你蚤去門外，發送發送你潘姥姥，打發抬錢，看著下土入內。你來家。就同我去一般。」……婦人聽見他娘入土，落下淚來。

潘姥姥身前曾背著潘金蓮對眾丫環抱怨這個女兒：「姐姐，你每聽著我說，老身若死了，他到明日不聽人說，還不知怎麼收成結果哩！」（第七十八回）對比姥姥身前連一錢轎子錢都不肯拿出，金蓮卻拿了五兩銀子要替母親發送，作者將這對母女間的親情糾葛刻畫得極為細緻，決非「不孝」二字可以概括言之。此處井上紅梅雖以批判中國社會來作為二戰之前宣揚殖民思想的手段之一，但他的論述在某方面確實切中了要旨，他沒有直接把潘金蓮歸為淫婦或惡婦，而是將矛頭指向中國的社會制度，指出潘金蓮正是這種制度下的犧牲者，這樣的見解可以說是契合了原著表露的精神。但是這樣的契合卻又出自某種巧合，聯繫井上紅梅在其他評論中的話語，可以知道他的立基點其實是在為侵略者助言：

> 不論如何討厭而殺害了丈夫，特別自己並非發起人，只是被教唆的，金蓮胸中應有幾分苦悶，但卻完全不記得這些事也很不可思議。那個時代的作者有故意把壞人描寫得極為邪惡的傾向，但一般中國人中秉性如此的人也確實不少。如同在秦檜的銅像上大小便，這種憎惡方式實太過極端，就是因缺乏良心的反省。（第五回〈譯餘閒談〉釋「殺人」，頁153～154）

（如何に嫌つてゐるにしろ、連添ふた亭主を殺す場合。殊に自分
の發案でなく人から入知慧されたのだから、金蓮の胸中に幾分
煩悶がありそうなものだらうが、少しもそういふことを記して
ないのは不思議だ。一體この時代の作者は惡人を極惡に寫し出そ
うとする傾向はあるが、一般支那人中には斯ういふ性質を持つ
てゐる者も少くないようだ。秦檜の鐵像に糞や小便を引掛ける
やうに、憎めば極端に憎み出し少しも顧慮しない。從つて良心的
反省がない。）（第五回〈譯餘閒談〉釋「殺人」，頁 153～154）

此處井上紅梅對潘金蓮殺了武大後，卻能若無其事地與西門慶快活過日子提
出不解。他的認知是中國像西門慶、潘金蓮這樣的人固然有，但若故意把這些
人描寫得很邪惡，大力口誅筆伐，如此疾惡如仇就如同岳飛的擁護者在秦檜的
銅像上大小便一樣，所作所為都太過極端，這就是缺乏良心的展現。這樣的言
論似乎有怪罪小說作者之意，聯繫〈序言〉中井上紅梅稱讚作者善於發現社會
病源，兩處看似有矛盾。究其意，井上紅梅的意思當為在中國無論是作惡的人
或疾惡的人，其表現均是「不文明的」，都須要被教化，而這樣的理論在當時
並不足為怪。例如同一時間點上，已淪為殖民地的台灣，一些在台日本人也由
「民族性」或「民族心理」建立一套台灣人在文明程度上落後的理論，以提供
日本教化台灣。〔註96〕將井上紅梅的解釋置於翻譯目的的脈絡下檢視，其矛盾
之處便得以解決。他看似同情潘金蓮，其背後原因可能也是為了塑造一種中國
婦女生活在水深火熱的假象，以替日本侵略中國提出說服性理由，那便是拯救
陷於野蠻世界中的中國人，讓日本以「文明引路人」的身份，提供殖民地或這
些他們認知為落後國家的人民「享受文明日新之餘光」。〔註97〕

　　同樣生活於井上紅梅認知中的野蠻國度，另一位小說中的女主角李瓶兒，
便被譯者直接忽略了嫁到西門慶家後「好一個溫克性兒」的表現。井上紅梅抓

〔註96〕如柴田廉《台灣同化論》（1923）即是。李承機：〈殖民地台灣〈民眾〉的發現
　　　　——「民眾論」的歷史社會學考察〉，《東海歷史研究集刊》第1期（2013年
　　　　9月），頁94～96。
〔註97〕括號引文出自明治27年7月29日《時事新聞》。轉引自〔日〕信夫清三郎著，
　　　　于時化譯：《甲午日本外交內幕》（北京：中國國際廣播出版社，1994年6月），
　　　　頁362。譯文為：「如果中國人能從今後的大敗中吸取教訓，悟出文明勢力的
　　　　可貴，自改前非，一掃四百餘州的腐雲敗霧，享受文明日新之餘光，則多少有
　　　　些損失也微不足道，甚至到要向其文明的領路人——日本國三拜九叩謝恩」
　　　　（頁361～362）。

住李瓶兒對花子虛出以苛刻言語的一面大書特書，他告訴讀者由李瓶兒和花子虛的對話中，可以知道中國婦女善於對丈夫實行反擊，她們在外遇時總是使用巧言欺騙丈夫，追究原因這便是中國數千年歷史所養成的惡劣性情，並且強調：「這現象即便是在現今的中國也很盛行」。〔註98〕類似這種「中國社會現在也是如此」的言論多次在〈譯餘閒談〉中出現，〔註99〕帶有明顯地蔑視和誤解。他的釋義也有明顯的誤讀之處，例如在《金瓶梅》第十四回出現了「驢馬畜」一詞，為「生」字的歇後語，意為生日。〔註100〕小說該回描寫潘金蓮做生日，李瓶兒買了禮物來拜見，潘金蓮卻中途離席，跑回房裡勻臉，待其濃妝豔抹出現時，玉樓對她戲道：「五丫頭，你好人兒！今日是你箇驢馬畜，把客人丟在這裡，你躲到房裡去了，你可成人養的！」井上紅梅卻將此處譯為：「五丫頭，你真壞！把重要的客人丟在這裡，到底躲藏在哪裡？你是不是偷偷地養驢？」（頁363）而對於「養驢」一詞，他的釋義如下：

> 養驢就是偷情，若要說出真相，其問題在於此處瓶兒刻意討好金蓮，金蓮反而相當高興。玉樓於此時大聲嬉鬧，是因為花園的祕密被她知道了，故李瓶兒看重金蓮而疏遠玉樓，以致日後遭遇不幸。徒有金錢而無權勢的擁護，會使生命陷於危險。她通姦的動機不單是偷情，政治的腐敗導致她擔憂身命財產之危才是主因，這也是《金瓶梅》的價值所在。（第十四回〈譯餘閒談〉，頁376～377）

> 〔驢馬を飼う〕とは色男を作る事で、これも真面目に言へば問題になるが、此處では李瓶兒を當て付けたのだから、金蓮は却つて喜んでゐる。玉樓は此時は大にハシヤいだ。それは一つ花園にゐて秘密を知つてゐるのであるが、李瓶兒は金蓮を重く見て玉樓を袖にしてゐる怨がある。こんな中に這入れば李瓶兒はどうせ

〔註98〕〔日〕井上紅梅：《金瓶梅：支那の社会状態》，第十四回〈譯餘閒談〉釋「驢馬を飼う」：「支那婦女が夫に對して逆捻ぢを喰はせるのは實に旨いものである。これは現在まで盛んに行はれる。李瓶兒が花子虛に對する對話を見よ。四千年的歷史で養つた目先きの掛引といふものは大した力がある。」（上冊，頁376）。

〔註99〕〔日〕井上紅梅：《金瓶梅：支那の社会状態》，第十四回〈譯餘閒談〉釋「逆捻ぢ」（意為反擊），頁195。即云：「現在でも支那人の性質は大底かういふ風である。」（上冊，頁80）。

〔註100〕「驢馬畜」之釋義，參考孫遜主編：《金瓶梅鑑賞辭典》（上海：漢語大辭典出版社，2005年5月），頁316。

碌な事があるわけはない。權勢の擁護がなければ金があるほど
身が危いといふ引身がある。彼女の姦通の動機も單なる浮氣ば
かりでない。政治の腐敗のために生命財產を危ぶむ念が非常な
ものである。これが金瓶梅の價值のある處である。（第十四回〈譯
餘閒談〉，頁 376～377）

第一步把「驢馬畜」解釋為偷情，便已經錯了，雖無法得知此處的誤讀是出於
有意或無意，但大抵可以推測這樣的理解可能是源於第三回對「驢大行貨」一
詞的認知。《金瓶梅》第三回王婆對西門慶說，想要偷情的條件之一是要有「驢
大行貨」（意為「巨大的陽物」），西門慶的回答是：「我小時在三街兩巷遊串，
也曾養得好大龜」（龜即「陽物」），對這兩個指稱男性性器官的詞，井上紅梅
在理解上並沒有問題，兩處的翻譯都是正確的。因而對於「驢馬畜」這句歇後
語，他可能便直接按照字面翻譯為「養驢」，並逕自理解為偷情，故有接下來
荒腔走板的說明。回歸小說文本來看，瓶兒確實一開始較為親近金蓮，但並不
是為了討好她，而是出自瓶兒的「識人不清」。而井上紅梅說玉樓在此處大嚷
著：「你是不是偷偷地養驢」，是因為玉樓知道了花園的祕密（推測此處井上紅
梅應是指玉樓和金蓮一同在花園納鞋，碰巧看見瓶兒的丫頭從牆上探出頭
來），但小說未有任何蛛絲馬跡顯示玉樓知道西門慶和李瓶兒偷情，井上紅梅
卻認為玉樓已經知道，才會故意嬉鬧金蓮（但其實意在諷刺瓶兒偷情），這便
是造成日後瓶兒較為親近金蓮之因。顯然井上紅梅因為釋錯了「驢馬畜」，為
了一圓自己的解釋而過度詮解。至於後文把通姦之因歸於政治腐敗，仍是為了
突顯中國諸多不文明的社會現象所發出之見解。

　　對於中國社會制度及風俗的理解，特別是中日兩國不同的民情風俗上，
井上紅梅則明顯雜有以居高臨下的態度窺視中國的意味。他就應伯爵與謝希
大在小說中的描寫，針對「幫閒」提出如下疑問：「即使日本有這種職業的
人，也會如此嗎？」〔註 101〕這句激問意為日本應該是沒有這樣的人。另外
又從《金瓶梅》描寫通姦的劇情，而出現這樣的解釋：「東亞人把通姦罪看
得很重，是因家族制度的關係。特別是中國的買賣婚姻，德義以外總含有財
產侵害的意味，因此親子兄弟間的家族通姦不過問，卻對別人的通姦大為擾

〔註 101〕〔日〕井上紅梅：《金瓶梅：支那の社会状態》，第一回〈譯餘閒談〉釋「幫
閒」：「……日本のやうな職業的の者であつたか、どうだか疑問だ。」（上
冊，頁 44）。

亂」。〔註102〕《金瓶梅》裡的鄰居確實被描寫成對於「捉姦」很感興趣，如鄰居以看好戲的心態慫恿鄆哥去捉姦便是。而王六兒與小叔通姦，他的街坊鄰居趴在牆上偷看，還放小孩進去花園抓蛾，以便等晚上幫忙開門，好讓大家進去捉姦。相較之下，知情的韓道國反而睜一隻眼閉一隻眼，這可能是令譯者感到困惑的原因。

　　另外，井上紅梅由《金瓶梅》中描寫的奴婢買賣，就逕指為這是權利濫用下的不合理之事，也忽略了時代背景下複雜的成因。以小說中所描寫的明代社會來說，政府對於人口交易其實有難禁之苦衷，因為對於貧窮之家而言，沒有賣子女的話可能全家束手待斃。這種狀況下只能「微得人情之便」，兒女在富裕之家為奴，所食還較一般小民之家來得好。〔註103〕

　　由上述例子可看出，井上紅梅草率地透過《金瓶梅》建構了一套對中國社會的認識論。《金瓶梅》確實是一部反映明末社會的世情小說，但小說仍雜有許多虛構，尚須經過審慎考證，絕非如譯者所為，由小說描寫即可斷然明白當時的社會風俗。再者，《金瓶梅》描寫明末社會結構大變動，一個幾乎「人人皆商」的城市——臨清，及其周邊城市。即便如此，臨清也無法代表整著北方，遑論整個中國，而作為一個經濟型商人，西門慶及其家庭成員更無法代表所有的中國人。因而儘管井上紅梅對小說中的飲食、服飾、物價、官制等有許多精闢的考證，復於松村操翻譯了十一回《金瓶梅》後，井上紅梅一口氣譯至第七十九回，無論在質與量上均是一大躍進。卻因處於由「仰視」而至「俯視」中國的時代，無法擺脫某些思想的侷限。儘管《金瓶梅：支那的社會狀態》在《金瓶梅》傳播及接受史上曾佔有一席之地，但日本後世研究《金瓶梅》的學者均諱言之，在學術界上並沒有受到任何重視，隨著時代巨輪的前進，這個譯本也幾乎不被關注了。

〔註102〕〔日〕井上紅梅：《金瓶梅：支那の社会状態》，第五回〈譯餘閒談〉釋「め仇討」：「東洋人が姦通罪に重きを置くのは家族制度に原因してゐるので、殊に支那は賣買結婚であるから德義以外に財產侵害の意味が含んでゐる、だから親子兄弟の家族の間に起つた姦通事件は不問に附し、他人の間に起つた場合は大騷ぎとなる。」（上冊，頁152）。

〔註103〕有關明代奴婢所過之生活，可參考吳振漢：〈明代奴僕之生活概況——幾個重要問題的探討〉，《史原》第12期（1982年11月），頁27～64。此處所引之觀點出自該文頁31、42。

三、夏金畏、山田正文：《全譯金瓶梅》

　　由夏金畏、山田正文合譯的《全譯金瓶梅》，〔註104〕於大正十四年（1925）十一月由東京光林堂書店、文正書店共同發行。雖宣稱「全譯」，但實僅譯至第二十二回。書中雖註明夏金畏為「中華民國人」，但長澤規矩也認為可能是假託。〔註105〕

　　透過夏金畏記於書前的序，可明白當時的社會背景與翻譯動機之關係。夏金畏指出，日本對於中國人的思想和生活並不太理解，並且有過度誤解的情況。日本曾經長時間盲目地崇拜中國，明治後卻一轉而為極端蔑視的態度，把中國視為不可理解的對象，加以懷疑、疏遠，並缺少人情味般地看待。如此懷著誤解和對方比鄰而居，實在令人難以忍受。追根究底，夏金畏認為多數日本人閱讀過《論語》，但卻沒有接觸過《金瓶梅》。他進一步將《論語》比喻為中國的玄關，被裝飾的美輪美奐，一眼即可望及，而《金瓶梅》有如凌亂不堪的起居室，無法被窺見。由此看來，夏金畏把《金瓶梅》當作一本揭露中國內部弊病的書，而這種必須同時閱讀《論語》和《金瓶梅》，才能更加完整地理解中國的觀念，也與井上紅梅相似。

　　為了向日本人推薦這部小說，夏金畏說明《金瓶梅》暴露的不僅是明代社會，同時也是現今的中國，其深刻無比的描寫令人感到戰慄。而他自言強忍淚水，忍痛將這部描寫中國醜露面貌的小說暴露在日本人面前，正是希望無論是中國的美麗或醜陋，都能夠為日本人所充分認識。夏金畏將《金瓶梅》視為瞭解中國社會的工具書，與大正時期藉由翻譯通俗小說來理解中國的潮流並無二致。不同於夏金畏的〈序言〉，另一位譯者山田正文則直指小說的價值，他肯定《金瓶梅》擅長描寫「人情之機微」，其內容異於《西遊記》的奇幻，而以寫實見長。他同時認為日本人透過閱讀《金瓶梅》，可以更加瞭解中國，有助於拉近兩國關係，在大正時期蔑視中國的潮流中，其論述較為客觀肯切。這兩篇序言均指出《金瓶梅》反映中國社會之深刻，並呼籲讀者藉此深入理解中國，《金瓶梅》仍舊被當成一部理解中國的工具書來看待，翻譯的目的也與此脫離不了關係。

〔註104〕　〔日〕夏金畏、山田正文：《全譯金瓶梅》（東京：光林堂書店、文正堂書店，1925 年 11 月）。

〔註105〕　〔日〕長澤規矩也：〈我國に於ける金瓶梅の流行〉，收入〔日〕長澤規矩也：《長澤規矩也著作集（第五卷シナ戲曲小說の研究）》，頁 363。

　　譯本以〈序詞〉開始，題為「西門慶及其朋黨之列傳」，相當於《金瓶梅》第一章介紹西門慶生平的一段文字，雖為西門慶小傳，卻已引入十兄弟。〔註106〕〈序詞〉保留小說第一回的回首詩：「豪華去後行人絕，簫箏不響歌喉咽。雄劍無威光彩沉，寶琴零落金星滅。玉階寂寞墜秋露，月照當時歌舞處。當時歌舞人不回，化為今日西陵灰」。在此之前，松村操和井上紅梅的譯本均省略入話，失去中國古典小說以入話概括全書宗旨的作用。夏金畏、山田正文的《全譯金瓶梅》直接摘錄詩詞，稱不上翻譯，但首度保留了入話，在《金瓶梅》翻譯史上不啻是個突破。這個譯本的最大特色是有若干回保留了回首詩，雖不是每回都如此，但顯見作者開始關注到回首詩在整章小說中所起的作用，因而不輕易予以廢除。

　　《全譯金瓶梅》的第一章由西門慶熱結十兄弟開始。比較井上紅梅的譯本，《全譯金瓶梅》在對話的翻譯上較為完整，但正確度不高，以小說第一回內文為例：

　　　　吳月娘便道：「你也便別要說起這干人，那一箇是那有良心的行貨！無過每日來勾使的遊魂撞屍。我看你自搭了這起人，幾時曾着箇家哩！現今卓二姐自恁不好，我勸你把那酒也少要吃了。」……吳月娘接過來道：「結拜兄弟也好。只怕後日還是別箇靠的你多哩。若要你去靠人，提傀儡兒上戲場——還少一口氣兒哩。」（第一回）

《全譯金瓶梅》譯為：

　　　　（吳月娘道）「你也別說起那干人，哪一個是有良心的！每次來就只知胡言亂語和說笑。你自從交往了這些人，幾時顧著家？而且現在卓二姐不好，你那酒少喝一些吧！」……（吳月娘道）「唉呀！就算結拜了，也不會互相幫助，被依靠、吃虧的都是你一個人。當你有難想找他們幫忙的時候，就像人偶站在戲臺上，開不了口。」

　　　　（あんな人達のお話は御免ですよ。一人だつて良心のありさうな人はゐないし、来ればいつだつて出鱈目や冗談ばつかりぢやありませんか。あなただつてあんな人達ご交際しだしてからは

<hr>

〔註106〕譯文相當於原文：「話說大宋徽宗皇帝政和年間，山東省東平府清河縣中，有一箇風流子弟……只為這卓二姐身子瘦怯，時常三病四痛，他却又去飄風戲月，調弄人家婦女。」〔明〕蘭陵笑笑生著，無名氏評點，齊煙、汝梅校點：《新刻繡像批評金瓶梅》（台北：曉園出版社，1990年9月），頁4～6。

家の事もそつちのけぢやありませんか。それに今卓に姐があん
なに悪いのに酒を飲むなんて、少し慎んで下さいな……まア、
どうして、たとへ結拜式をあけたつて、助け合ふなんて事があ
りやしませんよ。頼まれて損をするのはあなた一人で、萬一の
事があつてあなたがあの連中に相談を持ちかけた處が、人形芝
居の人形が舞臺に立つたと一緒でとても助て吳れいなんてな口
の利けるあなたぢやありませんよ。）（頁8～9）

此處有誤譯的情形。歇後語「提傀儡兒上戲場──還少一口氣」，意為做人應
當有骨氣，並非如譯文所言，是「人偶站在戲台上，開不了口」。有些部分則
是因為語言上的差異，無法傳達適合的語意，例如「每日來勾使的遊魂撞屍」，
被譯為「每次來就只知胡言亂語和說笑」。但整體來說，在翻譯上較井上紅梅
的譯本來得仔細，井上紅梅經常直接省略歇後語的翻譯，並且在人物的對話上
也經常過於簡省，以致無法傳達對話的生動性，例如上方引文的末句，井上紅
梅僅譯為：「結拜兄弟也好，那幫人以後靠你的多哩」。《全譯金瓶梅》企圖忠
實地再現原文，雖然在歇後語的理解上難免有誤，仍無減譯者的苦心。

譯者為了讓讀者易於瞭解，在翻譯上力求口語化，以下例子可資說明：

伯爵連忙道：「哥說的是。婆兒燒香當不的老子念佛，各自要盡自的
心。只是俺眾人們，老鼠尾靶生瘡兒──有膿也不多。」（第一回）

《全譯金瓶梅》譯為：

（伯爵道）「這是當然的。婆兒燒香參拜當不了老爺念佛，該付出而
未付出實在無法感到舒心。只是我們有如老鼠尾巴的膿瘡，雖有卻
無法擠出太多。」

（それは尤もだ。婆さんが寺參りをしたのが爺さんの念佛の代
りにやならないからなア。出すべきものは出さなきア氣が濟ま
ないぢやないか。だが、どうせ俺達と来たら鼠の尾に瘡が出來
たやうなものだから潰したつて大した膿は出やしないからな
ア。）（頁13～14）

為了要讓讀者清楚明白，「該付出而未付出實在無法感到舒心」這樣的意思是
譯者自行添加補充的。「老鼠尾靶生瘡兒──有膿也不多」具有歇後語諧趣的
一面，確實具有「雖有，卻不多」之意，在這方面可以看出譯者嘗試表達出原
文的韻味。

　　整體來說,《全譯金瓶梅》略譯的部分多在場景的敘述,而非對話的省略,因而比起經常略譯對話的井上紅梅譯本,更能展現《金瓶梅》中市井口語的風貌。而最大的問題,當在譯者嚴重規避有關敏感字眼及情色場面的描寫,形成閱讀上的困惑,例如在第三回的地方:

　　　　第一要有出色的外表,第二要有善於遊串的○○○,第三要很有錢,
　　　　第四要青春有活力,第五要閒工夫。

　　　　(第一顏の綺麗なこと、第二並過○○○れてゐること——第三に
　　　　金、第四若い氣、第五に暇のあること——)(頁91)

小說原文為:「第一要潘安的貌;第二要驢大行貨;第三要鄧通般有錢;第四要青春少小,就要綿裡針一般軟欸忍耐;第五要閒工夫。」譯者避諱男女性器官的詞彙,因而以符號敷衍過去,在此處勉強可說留給讀者一些想像。但在譯本第四回(頁125)之處,卻有超過一半的篇幅以這種方式表現,形成嚴重的閱讀障礙。一般來說,對於小說中難以翻譯的部分,如松村操及井上紅梅等均選擇以略譯的方式跳過,不太會影響閱讀的流暢性。但夏金畏、山田正文選擇以符號表現,用意恐怕在於讓讀者瞭解,此部分應當是小說中令人諱言的淫詞穢語,並有尊重原著之意,否則大可一筆刪去,保留版面的省淨。另一方面,為了讓讀者易於理解,譯本對於小說中存有的中國專有名詞一般採用意譯的方式,如「潘安的貌」、「鄧通般有錢」,就直接以「漂亮的外表」、「富有」等意思取而代之。不同於井上紅梅保留這些人名,並以注釋的方式向讀者解釋這些詞彙所代表的意義,《全譯金瓶梅》在這方面沒有保留太多原著的文化意涵,但相對來說也較淺顯易懂。翻譯對象鎖定的應該就是廣大的普羅大眾,正如兩位譯者在〈序言〉中所言,目標正是讓大部分的日本民眾充分理解中國,以拉近兩國之隔閡。而這樣的意識,在當時也同時滲透到許多和中國題材相關的作品中,例如1926年鳥山喜一出版的中國小史《黃河之水》,也指出中國是自古便和日本深交的民族,日本人應該重新認識中國。〔註107〕透過描述中國的作品來認識中國,可說是一種時代思潮的展現。

　　遺憾的是,《全譯金瓶梅》被政府當局視為有傷風化而遭到查禁,連帶株連到井上紅梅的譯本。追溯明治後的日本政府禁書運動,明治元年1868年的

〔註107〕另有武田泰純的《風媒花》、海音寺潮五郎的《蒙古來了》等。詳細論述可參可王曉平:《日本中國學述聞》,頁63。

《諷歌新聞》遭禁是為第一例，起因為雜誌上有「譏諷時政」的短詩，隔年由行政官公告，出版物必須先向行政官提出申請，獲准出版後要繳納樣書。但真正列出違禁內容，則有待明治二十六年（1893）政府正式頒布的《出版法》，其中具體指出違禁內容包含了「妨礙社會治安」、「敗壞風俗」、「破壞政體」、「違反憲法」、「洩漏外交和軍事機密」（含有這些內容的出版物須得到政府部門許可）。〔註108〕《金瓶梅》明顯觸犯前兩點，這可說是《金瓶梅》在日傳播中首度遭受查禁的例子。

二戰前的三部節譯本中，松村操和井上紅梅的譯本在當時都具有一定的影響力。特別是井上紅梅的譯本，提供大正時期的日本人透過《金瓶梅》理解中國，曾經紅極一時。二戰結束後，井上紅梅的譯本價錢迅速下滑，乏人問津。而夏金畏的譯本由於遭受當局查禁，影響力遠遠不及另外兩部譯本。〔註109〕

第四節　二戰後的全譯本

《金瓶梅》在日本的翻譯，二次大戰是很重要的分水嶺。二戰以前《金瓶梅》只有節譯本，並且只有松村操、井上紅梅及夏金畏等人的三部譯本，除了井上紅梅譯至第七十九回外，其他兩部譯本的完成度其實很低。可惜受限於時代思潮，井上紅梅的譯本卻帶有明顯的政治目的。這三部譯本在完整度、精確度上雖還達不到一定的水準，卻已經為二戰後的全譯本預作了暖身。

二戰後較為著名的譯本是小野忍、千田九一合譯的《金瓶梅》、及尾坂德司的《全譯金瓶梅》，這兩部譯本皆屬早期的全譯本，約同時期出版（1960年代左右）。這兩部譯本比之戰前的節譯本，究竟有何突破之處？是為本節論述重點。

一、尾坂德司：《全譯金瓶梅》

法政大學教授尾坂德司根據第一奇書本所譯的《全譯金瓶梅》，共一百回，分四卷，於昭和二十三年（1948）九月至昭和二十四年（1949）三月出版完畢。

〔註108〕　相關論述可參考顧靜：《日本禁書百影》（上海：上海書店出版社，2003年7月），〈前言〉，頁1～2。

〔註109〕　此段所敘述的三部譯本在二戰前之影響力，乃於「第十二屆《金瓶梅》國際學術研討會」（2016年10月，廣州・暨南大學）時，得力於神奈川大學鈴木陽一教授的指點，特此表達感謝。

在第一卷卷末所附的〈解說〉〔註110〕裡，尾坂德司多次提到魯迅的《中國小說史略》，也多方引述魯迅對《金瓶梅》的評論，可看出他對《金瓶梅》的認識深受魯迅影響。尾坂德司在魯迅的研究基礎上，進一步肯定了《金瓶梅》的寫實藝術：

> 《金瓶梅》描寫官僚和富豪相互勾結，由是產生的社會罪惡及家庭內的妻妾嫉妒，並藉由色慾兩大脈絡描繪了人間種種樣貌。而當我們將全世界 99.9% 的人類視為醜陋之物時，便可知《金瓶梅》不僅是中國文學的傑作，同時亦名列世界古典文學之列。（卷一〈解說〉，頁 425）

> 『金瓶梅』に至つては、官僚と富豪の結托、そこに生じる社會惡、家庭内に於ける妻妾の嫉妬、色と慾の二筋道を追う種々樣々な人間を描いて餘す所がない。そして、全世界の九十九・九パーセントの人間もまたかくのごとく醜惡なものであると觀ずる時、單に中國文學の傑作たるに止まらず、世界の古典に收められるべきものだと認められるのである。（卷一〈解說〉，頁 425）

這段引文明確肯定《金瓶梅》的世情書寫。尾坂德司在〈解說〉裡還詳細指出《金瓶梅》與其他幾部中國古典名著有著顯著差異。他說《水滸傳》寫的是官逼民反、《西遊記》的內容是荒唐無稽、《三國演義》演的是權謀機詐，而《紅樓夢》以貴族社會為舞台，《儒林外史》則主在刻畫仕紳，反觀《金瓶梅》乃以市井小民為主角，揭露人性的貪欲和色念。這種不將《金瓶梅》視為淫書，反而肯定其描寫普天之下人性之惡的觀點，實乃承之於魯迅在《中國小說史略》中，將《金瓶梅》歸於「人情小說」，拈出其「描摹世態」之特質。〔註111〕另一個對魯迅觀點深入發揚之處，在於尾坂德司以正向的態度看待小說中的性描寫。魯迅認為《金瓶梅》和「著意描寫，專在性交」的豔情小說不同，尾坂德司不僅繼承這樣的觀點，並且進一步深論之，其論述大抵可歸納為以下二點：

（一）描寫戀愛的小說極多，而描寫婚後的小說卻鮮少。《金瓶梅》第四回寫潘金蓮和西門慶交歡、第二十七回有葡萄架下告饒的情節，後半部更寫至

〔註110〕〔日〕尾坂德司譯：《全譯金瓶梅》（東京：東西出版社，1948 年 9 月），卷一，頁 423～436。以下所引之尾坂德司譯本原文，俱出此版本，將不一一附註，僅於後括號註明卷數和頁碼。

〔註111〕有關魯迅對於《金瓶梅》的認識，可參考《中國小說史略》第十九篇〈明之人情小說（上）〉。

西門慶得了胡僧藥後的種種淫樂。妻妾間的嫉妒和這些性描寫是有極大關連的，捨去這些便無法描繪出真實的夫妻生活。

（二）《金瓶梅》如果只是一本淫書，那就只需寫到西門慶過世為止，第八十回以後便是多餘的。但是作者不僅止於描寫西門慶的一生，八十回以後其筆未歇，還繼續記錄發生的事件，寫盡人性的延續。由此便可知《金瓶梅》不是淫書。（卷一〈解說〉，頁 428～430）

在這種盡量不帶偏見的立場下，尾坂德司對於《金瓶梅》的思想價值給予極大肯定。他說小說第一回開場之處，作者已經點出世人無法超脫七情六欲之枷鎖，也無法破除酒色財氣的桎梏。尾坂德司認為這雖是出現在《金瓶梅》那個時代的言論，但拿到現今社會亦可符合，因而感慨地說道：「相隔數百年至今，《金瓶梅》仍能撼動人心」（『金瓶梅』が數百年を隔てた今日に至つても、尚われわれの心に生き、胸を搖するのであろう。）（卷一〈解說〉，頁 429）。可見尾坂德司認為《金瓶梅》描寫的是一種普天之下人性的陰暗面，正因以這樣的認識來理解《金瓶梅》，他在翻譯時才能直面書中驚心動魄的各種描寫。

而對於《金瓶梅》的藝術成就，尾坂德司更是推崇備至。他藉由森鷗外《性慾的生活》所記載的閱讀經驗，指出森鷗外正是因為閱讀了《金瓶梅》，才能夠用如此優美的漢語來進行創作。而有關《金瓶梅》的寫作手法，明代已有文人陸續拈出其描繪精細的特點，清代張竹坡的評論更屢為學界引用：

> 讀之似有一人親曾執筆，在清河縣前西門家裡，大大小小、前前後後、碟兒碗兒，一一記之。（〈批評第一奇書金瓶梅讀法〉）〔註112〕

《金瓶梅》對器皿、物品等過於精細地描寫，對於一些讀者而言，可能在閱讀上會形成一種繁冗的印象，由此給予負面評價的也不是沒有。〔註113〕對於外國讀者來說，作者在《金瓶梅》中不厭其煩地描寫生活中大大小小的事，這種寫作特點也可能讓他們對於中國古典小說產生困惑。在這一方面，尾坂德司偏向正面的解讀，他注意到小說中對於購買的商品、酒錢、贈禮等都標示了明確

〔註112〕〔清〕張竹坡評點，劉輝、吳敢輯校：《會評會校金瓶梅》，頁 2125。
〔註113〕如錢念孫便認為：「由於精心剪裁不夠，作品對生活中各種現象，細大不捐，都加以具體入微的描寫，因而有些地方過於瑣碎，使全書顯得臃腫繁複」。錢念孫：《中國文學史演義（元明清篇）》（台北：正中書局，2009 年 4 月），頁 774。郭英德、過常寶的《中國古代文學史》雖給予《金瓶梅》的藝術價值極高的評價，卻也不免說有時過於瑣細雜蕪，缺乏藝術韻味。郭英德、過常寶：《中國古代文學史》（成都：四川人民出版社，2003 年 8 月），頁 474。

的金額，看似冗長多餘，卻有利於展示小說中的人物身份，描寫這些人物如何被金錢驅動才是作者用意所在。另外有關飲食、衣服上的精細描寫，其實也在暗地中諷刺了這些不懂禮節的人。（卷一〈解說〉，頁432）

　　而《金瓶梅》的作者善於揭露現實，所謂「著此一家，罵盡諸色」。尾坂德司就認為小說中有關下流言行的描寫，不單只是口誅筆伐，也深深揭露出腐敗社會的病源。他更直指當時日本社會也存在官商勾結的亂象，許多描寫社會現實的小說粉墨登場，但這些作者沒有敏銳的觀察力，無法深入追索現實，有如蜻蜓點水般，沒有觸及深處，小說中的人物也經常如浮光掠影，形象不夠真實生動，因而無法滿足讀者。尾坂德司認為當前日本這些寫實小說均無法企及百年前的一部《金瓶梅》，他以這樣一句話概括《金瓶梅》之深度與廣度：「以金錢和色欲為中心，如漩渦般將周圍之世情、人情依依捲出，曲盡情偽」（金と色とを中心にして、その周圍に渦捲く世情や人情を描寫して、その情偽を盡したものに外ならない。）（卷一〈解說〉，頁434）。

　　然而，小說時有語涉淫穢之處，因而無可避免被冠以「淫書」的惡名。針對這一點，尾坂德司採用魯迅的說法，指出這是明末時風所致。在閱讀小說中的淫穢內容時內心固然容易感受到衝擊，卻可以明白這是作者為了鮮明地描寫中國黑暗面所下的苦心。年過五十，感受日本敗戰後的世界變遷，也嚐盡人世各種辛酸的尾坂德司，好像親眼見證了《金瓶梅》所描繪的人生百態，因而把翻譯《金瓶梅》當作自身義務。以這樣的理解和心情著手翻譯，遂成就這部譯本的價值。

　　作為日本史上第一部完整的《第一奇書》譯本，《全譯金瓶梅》基本上忠於原著，略譯部分極少。對於小說中的歇後語或方言俗語，大部分採用直譯的方式，例如第一回：「提傀儡兒上戲場——還少一口氣而哩」、「奴家平生性快，看不上那三打不回頭，四打和身轉的」，都直接譯出原文，沒有加入多餘的解釋，基本上保留了原文的風味，但是對於漢文程度不夠的讀者而言，缺少註釋和說明的譯文，可能妨害文意的理解。也有一些譯文採取較為直白的譯法，如第一回：「叔叔請起，折殺奴家」，譯成：「叔叔請起，勿過於鄭重（叔々、どうぞお立ちになつて、——あんまり御鄭重すぎますわ）」（尾坂德司譯本第一卷，頁38），意思雖沒錯，卻失去原文的味道。另外有些部分採用意譯，意思卻不是很到位，以下便是一例：

潘金蓮不住在席上只呷冰水，或吃生菓子。玉樓道：「五姐，你今日怎的只吃生冷？」金蓮笑道：<u>我老人家肚內沒閒事，怕甚麼冷糕？</u>（尾坂德司譯：大丈夫よ、お腹には何にも入つてないから）」（尾坂德司譯：沒關係！我肚內沒有什麼）羞的李瓶兒在傍，臉上紅一塊白一塊。西門慶瞅了他一眼，說道：「你這小淫婦，單管只胡說白道的。」金蓮道：<u>「哥兒，你多說了話。老媽媽睡著吃乾臘肉——是怎一絲兒一絲兒的。你管他怎的？</u>（尾坂德司譯：そんなことありませんわよ。お婆さんが肉を食べるように、一口一口氣をつけてるんだろうから）」（尾坂德司譯：沒有那回事！老媽媽為了吃肉，可是一口一口極為小心）（《金瓶梅》第二十七回，尾坂德司譯本第二卷，頁 134～135）

在第二十七回中，潘金蓮在翡翠軒竊聽李瓶兒和西門慶的談話，得知瓶兒懷有身孕後，醋勁大發。這裡有關潘金蓮的兩句話，既尖銳又辛辣，均充分展現了這位俏心美人的性格，崇禎本評點者便說：「字字道破，不管瓶兒羞死。俏心毒口，可愛、可畏！」張竹坡也說：「舌上有刀也」。〔註114〕但是檢視譯文，卻發現無法充分展現潘金蓮的聲口。首先，原文的「我老人家肚內沒閒事，怕甚麼冷糕？」是一句激問，譯文改為肯定、直述句：「沒關係！我肚內沒有什麼」，失去了語言該有的氣勢。而「哥兒，你多說了話。老媽媽睡著吃乾臘肉——是怎一絲兒一絲兒的。你管他怎的？」則有誤譯的情形。這裡是潘金蓮對西門慶「胡說白道」的數落反唇相譏，「老媽媽睡著吃乾臘肉——是怎一絲兒一絲兒的」，意為老媽媽牙齒不行了，臘肉乾又硬，躺著吃必須一絲兒一絲兒撕下來吃，「一絲兒一絲兒」諧音「一事兒一事兒」，意為瓶兒「一事接一事」。〔註115〕聯繫前文潘金蓮說自己「肚內沒閒事」，這樣的解釋較符合上下文意，反觀譯者譯為「一口一口極為小心」，顯然是望文生義，並沒有考慮到前後文意，因而曲解了這句歇後語所要表達的意涵。

　　《全譯金瓶梅》仍然有略譯的地方，例如在惡名昭彰的第二十七回，有關小說中極為淫穢的描寫，譯者還是略譯了一小部份，〔註116〕雖不影響上下文

〔註114〕〔清〕張竹坡評點，劉輝、吳敢輯校：《會評會校金瓶梅》，頁 569。
〔註115〕孫遜主編：《金瓶梅鑑賞辭典》（上海：漢語大辭典出版社，2005 年 5 月），頁 332。
〔註116〕第二十七回：「使牝戶大開……如數鰍行泥淖中相似」，此部分省略未譯。

的閱讀，卻不難揣摩略譯的原因，可能還是在於譯者「忌諱」的心態。在第四卷的〈後記〉[註117]中，尾坂德司還有一番對於小說中「色」、「欲」的見解。他說《金瓶梅》一般被視為淫書，但是通讀全書的人決不會認同這樣的看法。比起來，「色」、「欲」只是人生的一個面向，《金瓶梅》反映的不是只有「色」、「欲」。小說描寫「色」，是為了凸顯人生的醜惡面，如果因為只見到「色」，就將《金瓶梅》視為淫書，或是讀了卻無法感受到人間醜態之恐怖，皆是淺薄的讀者（第四卷〈後記〉，頁485）。

接下來尾坂德司說，小說作者將人類和社會的惡歸因於「色」和「欲」。全書結尾脫離「色」、「欲」，遁入佛教且獲得全壽的吳月娘，和相較之下較為幸運的孟玉樓，都不能解釋為具有正面評價的人物。由作者將西門慶身邊的惡小廝玳安作為接班人來看，可以知道《金瓶梅》的作者認為人無法完全脫離「色」和「欲」，從中可以發現作者悲觀的立場。上述這番論點，是尾坂德司由小說結局所得出的感悟，並記於〈後記〉中（第四卷〈後記〉，頁486）。小說結尾的詩：「閱閱遺書思惘然，誰知天道有循環。西門豪橫難存嗣，敬濟顛狂定被殲。樓月善良終有壽，瓶梅淫佚早歸泉。可怪金蓮遭惡報，遺臭千年作話傳」，很容易將讀者導向「善有善報，惡有惡報」的簡單結論，但尾坂德司並沒有落入這樣的思考窠臼，反而由作者安排玳安繼承西門家業，指出作書者背後的深意，展現譯者對小說極為深刻的體悟。

尾坂德司還注意到小說作者追求依歸佛教的同時，又深受儒教的影響。作者每每以「看官聽說」帶入許多儒教式的道德說教，又以主僕關係過於狎近導出家庭之亂，反映的是儒家尊卑有別的觀念。但是若要說作者肯定儒教的社會，則又不必然。當武松盛怒地對潘金蓮說：「我武二眼裡認的是嫂嫂，拳頭卻不認得是嫂嫂」，就借用了《孟子》武王伐紂，非弒君也，乃有道伐無道之說。這也暴露了儒教維持社會身份上最根本的缺陷。儒教雖然認為上位者要對下講慈愛，卻忽略了人不是神，人有追求「色」和「欲」之心，因而上對下以暴，下自然起而反抗。忽略人性的儒教簡單地看待君子的道德，因而成為一種虛假的存在（第四卷〈後記〉，頁487）。由尾坂德司上面的論述看來，他已經注意到《金瓶梅》裡的「晚明色彩」——亦即一個脫離傳統倫理觀念的失序社會。尾坂德司還說，《金瓶梅》的作者在寫作時沒有設定立場，只是如實地暴

〔註117〕此序寫於昭和二十四年十一月。〔日〕尾坂德司譯：《全譯金瓶梅》（東京：東西出版社，1949年3月），頁484～491。

露人性的醜陋，因而全書找不到任何建設性的光明面。雖然反映的是普遍的
「人性之惡」，但這樣過於極端的寫作手法，並無法有效解決促進人類平等的
問題（第四卷〈後記〉，頁 487）。

　　上述這些剖析，尾坂德司雖謙稱是他個人的讀後感，但論述深刻，已多方
觸及到小說所欲表達的核心問題。就一個譯者及導讀者的立場來說，尾坂德司
對於《金瓶梅》的評價相當客觀，他否定「淫書」說，主張站在小說作者著眼
的「色」和「欲」，去體會小說所欲傳達的思想內涵。而就一個讀者的立場來
說，這樣一本赤裸裸暴露社會黑暗，完全感受不到光明面的作品，讀了總會為
心靈帶來沈重的感觸和負擔，這方面尾坂德司雖然措辭委婉，但顯然對於《金
瓶梅》全然忽視人性及社會之美善，多少感到遺憾和惋惜。

　　作為首部「第一奇書本」的日譯本，《全譯金瓶梅》的價值不僅在於翻譯
的品質，也在於伴隨譯本流通的〈解說〉和〈後記〉。這兩篇文章可以看出譯
者的苦心，他極欲打破《金瓶梅》「淫書」的惡諡，以欣賞一部文學名著的眼
光來評價《金瓶梅》，可說相當難能可貴。

二、小野忍、千田九一：《金瓶梅》

　　小野忍與千田九一共譯的《金瓶梅》，乃首部以詞話本為底本的全譯本。
小野忍（1906～1980）是日本著名的中國文學研究家者，畢業於東京帝國大學
文學部中國文學科。二戰後曾任教於東京大學、九州大學、京都大學、和光大
學等校。他於東京大學就讀文學博士時，專研中國現代文學。除了編纂辭典外，
還翻譯許多中國古典及現代文學名著。千田九一（1912～1965）也是知名的中
國文學研究者，與小野忍同樣畢業於東京帝國大學文學部中國文學科，翻譯中
國古典及現代小說，與竹內好、武田泰淳等人有所交流往來。〔註 118〕

　　小野忍對於戰前的三部《金瓶梅》節譯本並不滿意，他說松村操的譯本是
「拙劣的馬琴調」、井上紅梅的譯本是越往後，「省略的地方越多，誤譯也相當
顯著」、夏金畏、山田正文的譯本則是「內容跟裝幀一樣俗惡」。〔註 119〕小野
忍雖志在翻譯一本質與量都很高的《金瓶梅》譯本，但翻譯出版的過程並不順
利，歷時了十二年（1948～1960）才出版齊全。最初由東方書局向兩人邀稿，

〔註 118〕〔日〕日本近代文學館編：《日本近代文學大事典（第二卷）》，頁 383。
〔註 119〕〔日〕小野忍撰、黃得時譯：〈《金瓶梅》之日譯與歐譯〉，《中外文學》第 4
　　　　　卷第 8 期（1976 年 1 月），頁 97。

計畫將百回分十冊出版，但出到第四冊時，東方書局破產了。於是轉由三笠書房出版，擬分五冊，然而出到第三冊時，三笠書房也倒閉了。幾經波折，最後在 1960 年 7 月於平凡社的《中國古典文學大集》出齊全部。〔註 120〕1967 年小野忍出版修訂本時，再附上〈解說〉，成了現在所能看到的全貌。其次，二戰後，語涉淫穢的英國名著《查泰萊夫人的情人》在日本被翻譯出版，1950 年被當成猥褻書籍起訴，官司歷時七年，出版社和譯者均受到相關當局的懲處，因而為當時的翻譯界蒙上一層陰影。〔註 121〕受限於時代風氣和法令，《金瓶梅》的翻譯不僅窒礙難行，即使翻譯了，也不敢將《金瓶梅》中的性愛場景譯出。小野忍、千田九一的譯本於 50 年代左右出版時，將淫穢描寫於原文中刪除，附錄於書後，以便讀者藉此翻閱原文中被刪除的情節。到了 60 年代的改定版，又進一步將附錄刪除，連原文也不敢附錄在後。小野忍的譯本是在逐步修訂中，才逐漸繪出原書全貌。

　　這部譯本語言忠實，文筆流暢。如第一回：「叔叔請起，折殺奴家」，譯成：「叔叔請起，這樣令我相當困擾」，比起尾坂德司譯成：「叔叔請起，勿過於鄭重」，小野忍的譯本顯然在揣摩語意上更為細緻。而在歇後語的理解上，基本上十分正確。例如尾坂德司錯譯的第二十七回歇後語：「老媽媽睡著吃乾臘肉——是恁一絲兒一絲兒的」，小野忍就譯為：「簡直像沒牙齒的老婆婆睡著吃乾臘肉，沒辦法咬，而是一絲兒一絲兒的吃」。

　　小野忍在 1969 年所寫的〈解說〉中，如此評價《金瓶梅》：

　　　　《金瓶梅》的特點在於真實地描寫了這個時代的社會和人生。這類
　　　　小說儘管在《金瓶梅》以前也有，其有代表性的是見於稱作「話本」
　　　　的短篇小說中，但具備這種特質的長篇小說，《金瓶梅》是最初的一
　　　　部。從這意義上來說，這部作品在中國文學史上具有劃代的意義。
　　　　在此後出現的《醒世姻緣傳》、《紅樓夢》等長篇小說裡，《金瓶梅》
　　　　的影響很濃。《儒林外史》在某種意義上可稱《金瓶梅》的後裔……
　　　　〔註 122〕

〔註 120〕　馬興國：《中國古典小說與日本文學》，頁 243。

〔註 121〕　相關資料詳見〔日〕中島健藏：〈查泰萊審判〉，收入譯海編輯部編：《審判查
　　　　　泰萊夫人的情人》（廣州：花城出版社，1988 年 8 月），頁 187〜324。

〔註 122〕　此篇〈解說〉原載 1967 年東京平凡社刊《中國古典文學大系》本《金瓶梅》
　　　　　上卷卷末。引自黃霖、王國安編譯：《日本研究《金瓶梅》論文集》（濟南：
　　　　　齊魯書社，1989 年 10 月），頁 9。

由此看來，小野忍將《金瓶梅》置於中國古典小說發展的長流中，肯定《金瓶梅》作為世情小說的開山祖，並在題材上具有承先啟後的價值。而對於《金瓶梅》中多處取材其他作品的寫作特色，他的評價也很高：「借用也好，脫胎換骨也好，手法都非常漂亮，頭尾都銜接得不露痕跡了」，他更敏銳地注意到詞話本雖從第一回到第六回借用《水滸傳》，卻有十個左右《水滸傳》中沒有的人名，作為其伏線，可見作者在寫作時是有自己的主意的（頁10）。

〈解說〉經過多次的修訂，在 1974 年的完稿中，內容可分為：

（一）「現存的兩種版本」：介紹詞話本和崇禎本。

（二）「從寫本到刻本」：介紹《金瓶梅》在明代時由寫本到刻本的歷史。

（三）「兩種版本的差異」：介紹詞話本和崇禎本在文本上的差異。

（四）「和《水滸傳》的關係」：介紹詞話本和《水滸傳》的關係。

（五）「構成和人物像」：介紹故事背景、梗概及人物。

（六）「《金瓶梅》評價的變遷」：介紹《金瓶梅》由明、清至現代之評價。

這篇〈解說〉基本上就是一篇嚴謹的學術論文，論述詳細且言之有據。譯本另附有〈欣欣子序〉、〈廿公跋〉，另有譯者自行整理的〈《金瓶梅》主要人物〉一覽表。更有價值的在於每回的〈譯注〉，其實是各回的註釋，對於難字難詞、用典出處有著十分詳細的解說或考證。這部譯本後來在日本被公認為上乘之作，知名的中國文學研究者澤田瑞穗就如此評價它：

> 第一，它不是為了滿足讀者的好奇心而隨意摘譯的譯本。第二，它不是以淺顯易讀的清代改寫本為底本，而是以較為困難的詞話本為底本，並且百回全譯。就上述兩點看來，可說成為我國《金瓶梅》研究一大躍進的墊腳石。〔註123〕

這部譯本出版後，便漸漸取代尾坂德司的譯本，成為日本《金瓶梅》譯本最具權威的代表作。另外以詞話本為底本的翻譯本，還有岡本隆三的《完譯金瓶梅》，1971 年由東京講談社出版，共四冊；村上知行翻譯的《金瓶梅》，1973～1974 由東京角川書店出版，但影響力均不及小野忍、千田九一共譯的《金瓶梅》。據不完全統計，在 1974 年左右，《金瓶梅》的日譯本已達十六、七種。〔註124〕可見二戰後至 1970 年代左右，《金瓶梅》的翻譯已遍地開花。而尾坂

〔註123〕〔日〕澤田瑞穗編：《宋明清小說叢考》（東京：研文出版，1982 年 2 月），頁 197～198。

〔註124〕馬興國：《中國古典小說與日本文學》，頁 242。

德司和小野忍、千田九一的譯本分別以第一奇書和詞話本作為翻譯底本，質與量比之二戰前的節譯本均是一大躍進。就時間點來說，一方面是突破，一方面也為後來的翻譯作了良好的鋪墊，可謂具有承先啟後的地位。

第五節　小結

　　儘管《金瓶梅》在江戶時代曾被改編為通俗讀本，披以「勸善懲惡」的道德外衣風行於世，也曾於二次大戰前出現節譯本。但隨著時代的巨輪轟然而至，這些所謂的讀本、節譯本卻禁不起時間的考驗，無法得以廣泛流傳。明治過後，《金瓶梅》普遍被視為淫書，與江戶文人以學術眼光來研究可說是大相逕庭。

　　針對上述問題，早期的日本學者將原因歸咎於《金瓶梅》是本「桌下的讀物」，上不了檯面的淫穢之書。〔註125〕近來，川島優子撰文翻案，認為《金瓶梅》在江戶時代未被註譯，並非如早期學者所認為的「《金瓶梅》是本淫穢之書」，主因其實是因為《金瓶梅》中豐富的俗語、俚語、歇後語對江戶文人來說過於困難，無法予以正確讀解，透過研究，她同時主張《金瓶梅》在江戶時期被當成一本「高級教科書讀本」，提供讀者學習中國文學和文化。〔註126〕

　　這樣的主張或許成立。考察馬琴的書信，可知馬琴對於《金瓶梅》的評價頗為負面，他認為《金瓶梅》除了承襲《水滸傳》外，餘下皆是淫奔之事，並大刀闊斧改編成迎合婦孺讀者群的英雄傳奇式小說。明治以後，這樣的認知無法太快改變，復於二戰前後，《金瓶梅》淪為宣揚中國負面文化的工具，更使這部奇書在日本的傳播史上寫下最黑暗的一頁。二戰後，語涉淫穢的英國名著《查泰萊夫人的情人》在日本翻譯後，出版社和譯者均受到懲處，因此令《金

〔註125〕〔日〕澤田瑞穗編：《宋明清小說叢考》，頁197。井上泰山也認為因為「淫書」的惡名，使江戶末期幾乎未留下有關《金瓶梅》的讀書記錄。〔日〕井上泰山：〈高階正巽訳『金瓶梅』覚書〉，頁80。

〔註126〕川島優子多篇論文皆以此觀點為核心進行論述，如〔日〕川島優子：〈江戶時代における白話小説の読まれ方—鹿児島大学付属図書館玉里文庫蔵『金瓶梅』を中心として—〉，《中国中世文学研究》第56卷（2009年9月），頁59〜79。川島優子：〈江戶時代における『金瓶梅』の受容（1）—辞書、随筆、洒落本を中心として—〉，頁1〜20。川島優子：〈江戶時代における『金瓶梅』の受容（2）—曲亭馬琴の記述を中心として—〉，頁1〜20。川島優子：〈江戶時代《金瓶梅》傳播考略〉，頁1〜20。

瓶梅》譯者頗為顧忌，而不敢將《金瓶梅》中的性愛場景譯出。當時的中國文學研究者桑山龍平曾如此說：「除了知道《金瓶梅》的書名，對其內容便一無所知。或者輾轉從他人處聽說這是一本語涉淫穢之書。」〔註127〕都說明了《金瓶梅》的淫書惡諡揮之不去。

　　《金瓶梅》在江戶時代曾是一本備受漢學專家重視，用以學習中國文化的教科書，到了二戰前淪為提供民眾了解中國陋習，為日本侵華提供合理化的宣傳品。這樣巨大的改變，標誌《金瓶梅》這部「奇書」在一海之隔的日本，有著極為特殊的傳播史。二戰後，許多翻譯學家開始正面評價《金瓶梅》的文學價值。儘管如此，當70年代後，日本對中國其他三部奇書的研究如火如荼展開之際，研究《金瓶梅》的專家卻僅有日下翠和荒木猛兩位，相比之下顯得沉寂，這當然與本書備受爭議的內容有著極大關係。總之，這部奇書的生命史並未消失，目前也仍以其他面貌持續流播著。

〔註127〕〔日〕桑山竜平：〈馬琴の金瓶梅のことなど〉，頁18。

第六章　結　論

　　本文考察不同的時空背景下《金瓶梅》的流播史及不同的閱讀聲音。在明代小說四大奇書中，《金瓶梅》因為雜有露骨的情色描寫，問世不久便蒙上「淫書」的陰影。同時作為一部出色的寫實小說，其反映現實的深刻及卓越的藝術技巧又贏得不少讀者肯定。經由分析和研究，可得到如下成果：

一、《金瓶梅》的商業化及傳播方式

　　《金瓶梅》在明清時代均有出版商業化傾向。欣欣子和謝頤的序都是另類的廣告，有抬高小說價值的作用。明代的時候，選用廉價的紙質降低成本是常見的手法。到了清代，則更出現刪除內容的現象，這種淨本其實是作偽之風的產物，是書商為求壓低成本而做出傷害小說版本的行為。書價在明清兩代及日本江戶時代均不便宜。《金瓶梅》的傳播並不僅是以文本的方式流傳，明清的傳統戲曲、續書以及江戶時代的改編讀本，都以另一種方式成就《金瓶梅》的流傳。

二、明代文人對《金瓶梅》的閱讀

　　《金瓶梅》在不同時空背景下流播，可以發現由明至清，讀者對《金瓶梅》的評價已有顯著不同。明末因淫風當道，有更多的小說「著意所寫，專在性交」，《金瓶梅》因流風所趨，摻雜些許淫穢描寫，卻不能掩飾這部小說刻畫眾生百態的深度。在《金瓶梅》問世之前，小說繼承史書的教化功能，肩負了「輔佐經史」、「通乎眾人」的社會責任。面對《金瓶梅》這部具有深度的作品，明代文人除了以娛樂的角度來閱讀外，也對小說流播於世所產生的一些爭議有所

察覺。所謂的「奇」或「淫」經常只是一線之隔，能夠視得《金瓶梅》窮極歡樂的寫作手法，方可明白作者非為導欲而宣淫。這種在小說的趣味性下蘊含深刻人文關懷的用意，詞話本的兩位作序者都注意到了。欣欣子和東吳弄珠客已經隱隱於序跋中揭露了不同層次的讀者閱讀上的需求，其中東吳弄珠客更明白指出四種層次的讀者反應，隱然呼應了多數明代文人所擔心的問題。亦即所謂的「淫書」之憂並非來自《金瓶梅》本身，而是在於《金瓶梅》乃一本文人的小說，非以「嗜欲」角度劃分為大眾所以為的通俗小說，這樣的觀點由崇禎本完成。

三、清代世人對《金瓶梅》的閱讀

但是對於《金瓶梅》的理解到了清代卻產生根本性的改變。由於官方禁毀政策的影響，文人徹底否定「淫詞小說」，更多人認為若須由《金瓶梅》這類小說蒙受教化作用，不如直接閱讀經史，小說的娛樂性幾乎被抹滅。清代張竹坡在這種時代風氣的影響下，為了以評點推廣《金瓶梅》的流播，以「中人以下」的評點模式試圖引領層次不高的讀者開展閱讀視角，並且取得了成功。唯須注意的是，張竹坡並未推翻明人以來認為《金瓶梅》誠屬文人小說的理解，張竹坡以身為創作家的自傲，關照到小說的藝術性。因而在以評點家的身份抬高小說教化功能的同時，也以創作家的身份兼顧到所謂「錦繡才子」的閱讀需求。可以說有清以後竹坡本成為《金瓶梅》的流傳定本，是取決於張竹坡成功的評點策略。

而在各種禁毀史料中，可以看到坊間流傳著各種將《金瓶梅》等同於妖書的記載。這種以訛傳訛的方式造成大眾對《金瓶梅》的誤解。更有各種繪聲繪影的傳說，指出評點、刊印、傳播《金瓶梅》的人均下場悽慘。由這些記載看來，世人對《金瓶梅》的閱讀可能偏向負面居多。

四、二十世紀學者對《金瓶梅》的閱讀

民初時，長期淹沒不聞的詞話本在山西現蹤，為金學界帶來震撼，也帶來一股新的研究熱潮。學界對《金瓶梅》的研究，在版本上有詞話本和崇禎本的優劣論爭，早期有揚詞話本抑崇禎本的傾向。評價隨著時代的前進慢慢有所轉變，現今學界多能肯定這兩種版本的不同價值。至於對《金瓶梅》是為言情小說或世情小說的評價，時至今日仍有爭議。但多數研究者已經指出《金瓶梅》

和明末豔情小說的不同，這種積極的評價正改變《金瓶梅》在文學史上的地位。連環畫是坊間的另一種閱讀，影響力可以擴及一般讀者，目前還沒有畫完《金瓶梅》一百回的連環畫出現，現存的連環畫已有很高的藝術價值，可惜均為半成品，影響力仍然有限。

五、日本對《金瓶梅》的傳播及接受

上述那些「淫書與否」的爭辯，卻未在鄰國日本的早期傳播中顯示出來。經由江戶文人遺留下來的史料可知，《金瓶梅》中豐富的俗語、俚語、歇後語提供江戶文人瞭解中國文化。受限於這些艱澀的詞語，《金瓶梅》在江戶時代的讀者群非常有限，即便是所謂漢學素養相當高的註譯者，也往往在註譯時出現許多錯誤或無法解決的困惑。

關於日人對《金瓶梅》產生所謂「淫書」的評價，當始於曲亭馬琴。曲亭馬琴自幼生長於武士家庭，受儒家文化薰陶，其中勸善懲惡的思想，以道義觀、因果觀等儒佛思想為根底，以及「事取凡近而義發勸懲」的主張均深深展露在他的作品中。他的草雙紙《新編金瓶梅》以婦孺為讀者群，不僅在序言中貶低《金瓶梅》是一本導慾宣淫的書，更大刀闊斧將《金瓶梅》改編成以武松為主角的英雄小說。這樣的改編除了出自馬琴的文學觀外，也深受日本武士精神的影響，並與江戶後期標榜勸懲主義的創作風氣息息相關。由此可窺見《金瓶梅》的詮釋在不同的時空背景及不同文化的國度中，將出現迴異的結果。一個顯著的例子在於和江戶末年相隔不久的明治、大正時期，在日本明治維新迅速歐化，產生帝國主義思想的時候，對《金瓶梅》的解讀也出現根本性的改變。明治初期森鷗外已經將《金瓶梅》視為猥褻小說，大正時期的《金瓶梅》節譯本更淪為日本統治殖民地依據的參考書，被做出各種曲解和污名化。二戰結束後，《金瓶梅》在日本又開始得到正面的評價，許多研究中國文學的日本學者紛紛以學術眼光翻譯《金瓶梅》，並且撰寫許多相關研究。這些譯本中附錄的序言對《金瓶梅》推崇甚高，伴隨譯本的流通，漸漸為《金瓶梅》在日本的傳播開創了嶄新的一頁。

考察《金瓶梅》的傳播和閱讀，因緊扣不同時代、文化背景等差異，不應以簡單褒貶予以定論。多數人指責張竹坡的評點流於道德宣教時，也應由傳播角度來肯定之；曲亭馬琴的《新編金瓶梅》雖以《金瓶梅》之名，行剽竊之實，卻是為了適應不同時代的國家、民族對文學作品的品味，並且就某方面來說，

唐本《金瓶梅》因文字深奧，無法傳播廣泛，反因透過馬琴的改編，才能使《金瓶梅》的名聲迅速打響於婦孺階層，其中所帶來的影響有優有劣。不同時代的傳播和解讀因而建構了這部奇書豐富的生命史，而《金瓶梅》的生命力也尚未結束，新時代的出現將呈現不同的流播方式，並帶給讀者更多異於傳統的解讀視角。

　　進一步來看，可以發現清代的傳統戲曲、清代的續書、二十世紀的地方戲曲、二十世紀的影視改編都是廣義上讀者對《金瓶梅》的另一種閱讀。這些讀者閱讀後如何再書寫，是值得往後深入研究的議題。另外，日本中國文學史家如何評價《金瓶梅》、各種全譯本、節譯本的整體翻譯情況也能夠另立主題，是筆者未來進一步開拓的方向。此次設定主題，沒有把鄰近的韓國、越南列入研究範圍，也使得這本論文有了缺憾，這也是往後要補足的部分。

參考書目

一、中文專書

（一）《金瓶梅》及其續書、改編之作

1. 〔明〕王元美著，浪漫主人標點：《古本金瓶梅》（上海：卿雲圖書公司，1926 年 5 月）

2. 〔明〕笑笑生著：《真本金瓶梅》（高雄：大眾書局，1972 年 2 月再版）

3. 〔明〕笑笑生著，劉本棟校訂：《金瓶梅》（台北：東大圖書公司，1979 年 12 月）

4. 〔明〕蘭陵笑笑生著：《金瓶梅》（台北：大方出版社，1976 年 5 月）

5. 〔明〕蘭陵笑笑生著，梅節校注：《金瓶梅詞話》（台北：里仁書局，2007 年 11 月）

6. 〔明〕蘭陵笑笑生著，陶慕寧校注：《金瓶梅詞話》（北京：人民文學出版社，2008 年 8 月）

7. 〔明〕蘭陵笑笑生著，無名氏評點，齊煙、汝梅校點：《新刻繡像批評金瓶梅》（台北：曉園出版社，1990 年 9 月）

8. 〔清〕丁耀亢著，陸合、星月校點：《金瓶梅續書三種》（濟南：齊魯書社，1988 年 8 月）

9. 〔清〕張竹坡評點，秦修容整理：《金瓶梅會評會校本》（北京：中華書局，1998 年）

10. 〔清〕張竹坡評點，劉輝、吳敢輯校：《會評會校金瓶梅》（香港：天地圖書有限公司，2010 年 5 月）

11.〔清〕張竹坡評點:《第一奇書》(台北:里仁書局,1981年1月,據康熙乙亥年在茲堂本影印)

(二)古籍

1.〔漢〕枚乘撰、〔清〕丁晏輯:《枚叔集》,收入《續修四庫全書·集部》(上海:上海古籍出版,2002年3月,據清宣統三年丁氏鉛印漢魏六朝名家集本影印)

2.〔梁〕劉勰著,王更生注譯:《文心雕龍讀本》(台北:文史哲出版社,1991年9月)

3.〔劉宋〕劉義慶編,余嘉錫箋疏:《世說新語箋疏》(台北:華正書局,1991年10月)

4.〔明〕王守仁撰,吳光等編著校:《王陽明全集》(上海:上海古籍出版社,1992年12月)

5.〔明〕何偉然選:《十六名家小品》(合肥:黃山書社,2009年,據明崇禎六年陸雲龍刻本影印)

6.〔明〕李日華:《味水軒日記》,收入《歷代日記叢鈔》(北京:學苑出版社,2006年4月,據民國十二年吳興劉氏嘉業堂刻本影印)

7.〔明〕李開先:《詞謔》,收入俞為民、孫蓉蓉編:《歷代曲話彙編》(合肥:黃山書社,2009年3月)

8.〔明〕沈德符:《萬曆野獲編》,收入《筆記小說大觀》(台北:新興書局,1985年3月)

9.〔明〕周弘祖:《古今書刻》,收入嚴靈峯:《書目類編》(台北:成文書局,1978年7月,據光緒三十二年長沙葉氏觀古堂刊本影印)

10.〔明〕抱甕老人輯:《今古奇觀》,收入《古本小說集成》(上海:上海古籍出版社,1993年,據上海圖書館藏本影印)

11.〔明〕施耐庵、羅貫中著,李泉、張永鑫校注:《水滸全傳校注》(台北:里仁書局,2007年3月)

12.〔明〕胡應麟:《少室山房筆叢》,收入《文津閣四庫全書·子部》(北京:商務印書館,2005年)

13.〔明〕袁中道:《遊居柿錄》,收入《筆記小說大觀》(台北:新興書局,1985年3月)

14.〔明〕袁宏道:《袁中郎全集》(台北:偉文圖書出版社,1976年9月)

15. 〔明〕張岱：《陶庵夢憶》（台北：漢京文化公司，1984 年 3 月）

16. 〔明〕張瀚：《松窗夢語》（合肥：黃山書社，2009 年，據清鈔本影印）

17. 〔明〕馮夢龍編刊、魏同賢校點：《古今小說》（上海：江蘇古籍出版社，1991 年 9 月）

18. 〔明〕馮夢龍編刊、魏同賢校點：《醒世恆言》（上海：江蘇古籍出版社，1991 年 9 月）

19. 〔明〕馮夢龍編刊、魏同賢校點：《警世通言》（上海：江蘇古籍出版社，1991 年 9 月）

20. 〔明〕碧山臥樵：《幽怪詩譚》（台北：天一出版社，1990 年）

21. 〔明〕謝肇淛：《小草齋文集》，收入《四庫全書存目叢書·集部》（台南：莊嚴文化公司，1979 年 6 月，據福建師範大學圖書館藏明刻本配鈔本影印）

22. 〔明〕羅本：《三國志通俗演義》（上海：上海古籍出版社，1994 年）

23. 〔清〕丁耀亢著，李增坡主編，張清吉點校：《丁耀亢全集》（鄭州：中州古籍出版社，1999 年 3 月）

24. 〔清〕仁和琴川居士編：《皇清奏議》（台北：文海出版社，1967 年 10 月）

25. 〔清〕文康：《兒女英雄傳》（台北：桂冠圖書公司，1988 年 7 月）

26. 〔清〕平步青：《霞外攟屑》，收入《筆記小說大觀》（台北：新興書局，1985 年 3 月）

27. 〔清〕申涵光：《荊園小語》，收入上海古籍出版社編：《清代詩文集彙編》（上海：上海古籍出版社，2011 年 2 月，據清康熙刻本影印）

28. 〔清〕余蓮村輯：《得一錄》（台北：文海出版社，2003 年 6 月）

29. 〔清〕吳敬梓：《儒林外史》，收入《續修四庫全書》（上海：上海古籍出版社，2002 年 3 月，據清嘉慶八年臥閑草堂刻本影印）

30. 〔清〕宗能徵等纂修：《南陵小志》（台北：成文出版社，1985 年 3 月，據清光緒二十五年刊本影印）

31. 〔清〕俞曲園：《茶香室叢鈔》，收入《筆記小說大觀》（台北：新興書局，1985 年 3 月）

32. 〔清〕昭槤《嘯亭續錄》，收入《筆記小說大觀》（台北：新興書局，1985 年 3 月）

33. 〔清〕素爾訥：《學政全書》（北京：北京燕山出版社，2006 年 8 月，據清乾隆三十九年武英殿本影印）

34. 〔清〕袁枚著，冒廣生批：《批本隨園詩話》（上海：中國圖書公司和記，1916 年 4 月）

35. 〔清〕崑岡等修、劉啟端等纂：《欽定大清會典事例》，收入《續修四庫全書・史部》（上海：上海古籍出版社，2002 年 3 月，據清光緒石印本影印）

36. 〔清〕張廷玉：《明史》，收入《文津閣四庫全書・史部》，（北京：商務印書館，2005 年）

37. 〔清〕鈍宧：《小三吾亭隨筆》，收入黃節等編：《景印國粹學報舊刊全集》（台北：台灣商務印書館，1980 年 9 月）

38. 〔清〕葉夢珠撰，來新夏點校：《閱世編》（台北：木鐸出版社，1982 年 4 月）

39. 〔清〕嘉慶諭旨：《仁宗睿皇帝聖訓》，收入《大清十朝聖訓》（台北：文海出版社，1965 年 4 月）

40. 〔清〕劉廷璣：《在園雜誌》，收入《續修四庫全書・子部》（上海：上海古籍出版社，2002 年 3 月，據清康熙五十四年刻本影印）

41. 〔清〕顧廣圻：《思適齋書跋四卷》（北京：學苑出版社，2009 年，據清道光己酉上海徐氏刻本影印）

42. 〔日〕依田百川：《譚海》，收入王三慶等人主編：《日本漢文小說叢刊》（台北：台灣學生書局，2003 年 10 月）

43. 陳曦鐘等輯校：《水滸傳會評本》（北京：北京大學出版社，1987 年 9 月）

（三）《金瓶梅》研究論著

1. 中國金瓶梅學會編：《金瓶梅研究（第一輯）》（南京：江蘇古籍出版社，1990 年 9 月）

2. 中國金瓶梅學會編：《金瓶梅研究（第二輯）》（南京：江蘇古籍出版社，1991 年 7 月）

3. 中國金瓶梅學會編：《金瓶梅研究（第四輯）》（南京：江蘇古籍出版社，1993 年 7 月）

4. 中國金瓶梅研究會編：《金瓶梅研究（第九輯）》（濟南：齊魯書社，2009 年 3 月）

5. 中國金瓶梅研究會編：《金瓶梅研究（第十二輯）》（鄭州：中洲古籍出版社，2016 年 1 月）

6. 孔繁華：《金瓶梅的女性世界》（鄭州：中州古籍出版社，1991 年 3 月）

7. 王平、程冠軍主編：《金瓶梅文化研究（第五輯）》（北京：群言出版社，2007 年 5 月）

8. 王年双：《金學》（高雄：復文圖書出版社，1995 年 2 月）

9. 王汝梅：《金瓶梅探索》（長春：吉林大學出版社，1990 年 9 月）

10. 王汝梅：《王汝梅解讀《金瓶梅》》（長春：時代文藝出版社，2015 年 1 月）

11. 田曉菲：《秋水堂論金瓶梅》（天津：天津人民出版社，2014 年 1 月）

12. 朱一玄編：《金瓶梅資料滙編》（天津：南開大學出版社，2002 年 6 月）

13. 朱星：《金瓶梅考證》（台北：木鐸出版社，1983 年 9 月）

14. 何香久：《《金瓶梅》傳播史話——一部奇書在全世界的奇遇》（北京：中國文聯出版公司，1997 年 12 月）

15. 吳敢：《張竹坡與《金瓶梅》研究》（北京：文物出版社，2009 年 2 月）

16. 吳敢：《金瓶梅研究史》（鄭州：中州古籍出版社，2015 年 6 月）

17. 李申：《金瓶梅方言俗語匯釋》（北京：北京師範學院出版社，1992 年 3 月）

18. 李梁淑：《金瓶梅詮評史研究》（台北：學生書局，2014 年 9 月）

19. 侯忠義、王汝梅編：《金瓶梅資料彙編》（北京：北京大學出版社，1985 年 12 月）

20. 姚靈犀著，蔡登山編：《瓶外巵言——《金瓶梅》研究》（台北：時報文化出版社，2013 年 9 月）

21. 胡文彬：《金瓶梅書錄》（瀋陽：遼寧人民出版社，1986 年 10 月）

22. 胡文彬、張慶善選編：《論金瓶梅》（北京：文化藝術出版社，1984 年 12 月）

23. 胡衍南：《飲食情色金瓶梅》（台北：里仁書局，2004 年 4 月）

24. 胡衍南：《金瓶梅到紅樓夢——明清長篇世情小說研究》（台北：里仁書局，2009 年 2 月）

25. 孫遜主編：《金瓶梅鑑賞辭典》（上海：漢語大辭典出版社，2005 年 5 月）

26. 徐朔方編選：《金瓶梅西方論文集》（上海：上海古籍出版社，1987 年 7 月）

27. 徐朔方：《論金瓶梅的成書及其他》（濟南：齊魯書社，1988 年 1 月）

28. 格非：《雪隱鷺鷥——《金瓶梅》的聲色與虛無》（香港：牛津大學出版社，2014 年 11 月）

29. 張國風：《《金瓶梅》描繪的世俗人間》（北京：書目文獻出版社，1992 年 12 月）

30. 梅節：《梅節閒筆硯——梅節金學文存》（北京：北京圖書館出版社，2008 年 2 月）

31. 盛源、北嬰選編：《名家解讀金瓶梅》（濟南：山東人民出版社，1998 年 1 月）

32. 許建平：《金學考論》（石家莊：河北教育出版社，1999 年 12 月）

33. 傅想容：《《金瓶梅詞話》之詩詞研究》（台北：學生書局，2014 年 9 月）

34. 曾鈺婷：《說圖——崇禎本《金瓶梅》繡像研究》（台北：學生書局，2014 年 9 月）

35. 黃霖：《金瓶梅資料彙編》（北京：中華書局，1987 年 3 月）

36. 黃霖：《金瓶梅考論》（瀋陽：遼寧人民出版社，1989 年 10 月）

37. 黃霖、王國安編譯：《日本研究《金瓶梅》論文集》（濟南：齊魯書社，1989 年 10 月）

38. 劉輝：《金瓶梅論集》（台北：貫雅文化，1992 年 3 月）

39. 鄭淑梅：《後設現象：《金瓶梅》續書書寫研究》（台北：學生書局，2014 年 9 月）

40. 魏子雲：《金瓶梅探原》（台北：巨流圖書公司，1979 年 4 月）

41. 魏子雲：《金瓶梅的問世與演變》（台北：時報文化出版社，1981 年 8 月）

42. 魏子雲：《金瓶梅的審探》（台北：台灣商務印書館，1982 年 6 月）

43. 魏子雲：《小說金瓶梅》（台北：台灣學生書局，1988 年 2 月）

44. 魏子雲：《金瓶梅的幽隱探照》（台北：台灣學生書局，1988 年 10 月）

45. 魏子雲：《金瓶梅散論》（台灣：台灣商務印書館，1990 年 7 月）

46. 魏子雲：《金瓶梅餘穗》（台北：里仁書局，2007 年 1 月）

（四）小說研究論著

1. 丁錫根：《中國歷代小說序跋集》（北京：人民文學出版社，1996 年 7 月）

2. 王平主編：《明清小說傳播研究》（濟南：山東大學出版社，2006 年 7 月）

3. 王先霈、周偉民：《明清小說理論批評史》（廣州：花城出版社，1988 年 10 月）

4. 王利器輯錄：《元明清三代禁毀小說戲曲史料》（台灣：河洛圖書出版社，1980 年 1 月）

5. 王明海、彭衛國：《古代小說書目漫話》（瀋陽：遼寧教育出版社，1992 年 10 月）

6. 王重民：《美國國會圖書館中國善本書目》（台北：文海出版社，1972 年 6 月）

7. 王清原、牟仁隆、韓錫鐸：《小說書坊錄》（北京：北京圖書館出版社，2002 年 4 月）

8. 石昌渝：《中國古代小說總目》（太原：山西教育出版社，2994 年 9 月）

9. 向楷：《世情小說史》（杭州：浙江古籍出版社，1998 年 12 月）

10. 朱一玄：《古典小說版本資料選編》（太原：山西人民出版社，1986 年 8 月）

11. 朱一玄等編：《西遊記資料彙編》（天津：南開大學出版社，2002 年 12 月）

12. 江蘇省社會科學院編：《中國通俗小說總目提要》（北京：中國文聯出版社，1990 年 2 月）

13. 李志宏：《「演義」──明代四大奇書敘事研究》（台北：大安出版社，2011 年 8 月）

14. 李忠昌：《古代小說續書漫話》（瀋陽：遼寧教育出版社，1992 年 10 月）

15. 李悔吾：《中國小說史漫稿》（南寧：廣西教育出版社，1992 年 7 月）

16. 李福清：《李福清論中國古典小說》（台北：洪葉文化公司，1997 年 6 月）

17. 李夢生：《中國禁毀小說百話》（上海：上海書店出版社，2006 年 4 月）

18. 李樹果：《日本讀本小說與明清小說》（天津：天津人民出版社，1998 年 6 月）

19. 林辰：《古代小說與詩詞》（瀋陽：遼寧教育出版社，1992 年 10 月）

20. 林岡：《明清小說評點》（北京：北京大學出版社，2012 年 9 月）

21. 段春旭：《中國古代長篇小說續書研究》（上海：上海三聯書店，2009 年 1 月）

22. 胡萬川：《平妖傳研究》（台北：華正書局，1984 年 1 月）

23. 茅盾等著，張國星編：《中國古代小說中的性描寫》（天津：百花文藝出版社，1993 年）

24. 孫楷第：《中國通俗小說書目（外二種）》（北京：中華書局，2012 年 2 月）

25. 徐君慧：《中國小說史》（南寧：廣西教育出版社，1991 年 2 月）

26. 馬幼垣：《中國小說史集稿》（台北：時報文化出版，1980 年 6 月）

27. 馬幼垣：《水滸二論》（台北：聯經出版社，2005 年 11 月）

28. 馬興國：《中國古典小說與日本文學》（瀋陽：遼寧教育出版社，1993 年 11 月）

29. 高玉海：《明清小說續書研究》（北京：中國社會科學出版社，2004 年 2 月）

30. 高玉海：《古代小說續書序跋釋論》（北京：中國社會科學出版社，2007 年 5 月）

31. 康來新：《晚清小說理論研究》（台北：大安書局，1986 年 6 月）

32. 張世君：《明清小說評點敘事概念研究》（北京：中國社會科學出版社，2007 年 8 月）

33. 張廷興：《中國古代豔情小說史》（北京：中央編譯出版社，2008 年 1 月）

34. 陳大康：《通俗小說的歷史軌跡》（長沙：湖南出版社，1993 年 1 月）

35. 陳平原：《看圖說書：小說繡像閱讀札記》（北京：生活·讀書·新知三聯書店，2003 年 12 月）

36. 陳益源：《元明中篇傳奇小說研究》（香港：學峰文化公司，1997 年 12 月）

37. 陳益源：《古典小說與情色文學》（台北：里仁書局，2001 年 9 月）

38. 陳翠英：《世情小說之價值觀探論——以婚姻為定位的考察》（台北：國立台灣大學出版委員會，1996 年 6 月）

39. 程國賦：《明代書坊與小說研究》（北京：中華書局，2008 年 10 月）

40. 辜美高、黃霖主編：《明代小說面面觀——明代小說國際學術研討會論文集》（上海：學林出版社，2002 年 9 月）

41. 葉朗：《中國小說美學》（台北：里仁書局，1987 年 6 月）

42. 葉德均：《戲曲小說叢考》（台北：文史哲出版社，1989 年 3 月）

43. 趙興勤：《理學思潮與世情小說》（北京：文物出版社，2010 年 6 月）

44. 歐陽健：《古代小說版本漫話》（瀋陽：遼寧教育出版社，1992 年 10 月）

45. 歐陽健：《古代小說禁書漫話》（瀋陽：遼寧教育出版社，1992 年 10 月）

46. 蔣瑞藻：《小說考證》，收入張高評主編：《民國時期文學研究叢書》（台北：文听閣圖書公司，2011 年 12 月）

47. 魯迅：《魯迅小說史論文集——中國小說史略及其他》（台北：里仁書局，1992 年 9 月）

48. 戴不凡：《小說見聞錄》（台北：木鐸出版社，1983 年 4 月）

49. 譚帆：《古代小說評點簡論》（太原：山西人民出版社，2005 年 6 月）

50. 譚正璧：《中國小說發達史》（上海：光明書局，1935 年 8 月）

（五）其他研究論著

1. 丁原基：《清代康雍乾三朝禁書原因之研究》（台北：華正書局，1983 年 2 月）

2. 上海新四軍歷史研究會印刷印鈔分會編：《歷代刻書概況》（北京：印刷工業出版社，1991 年 6 月）

3. 王伯敏：《中國版畫史》（台北：蘭亭書店，1986 年 9 月）

4. 王彬主編：《清代禁書總述》（北京：中國書店，1999 年 1 月）

5. 王曉平：《日本中國學述聞》（北京：中華書局，2008 年 1 月）

6. 台灣開明書店：《中國文學史大綱》（台北：台灣開明書店，1957 年 12 月）

7. 安平秋、章培恒主編：《中國禁書大觀》（上海：上海文華出版社，1990 年 3 月）

8. 羊達之：《中國文學史提要》（台北：正中書局，1937 年 5 月）

9. 吳承學、李光摩編：《晚明文學思潮研究》（武漢：湖北教育出版社，2002 年 10 月）

10. 吳哲夫：《清代禁燬書目研究》（台北：嘉新水泥公司文化基金會，1969 年 8 月）

11. 李祖德、劉精誠：《中國貨幣史》（台北：文津出版社，1995 年 12 月）

12. 〔韓〕李圭景編：《五洲衍文長箋散稿》（首爾：明文堂，1982 年 6 月）

13. 李增坡主編：《丁耀亢研究——海峽兩岸丁耀亢學術研討會論文集》（鄭州：中州古籍出版社，1998 年 10 月）

14. 沈俊平：《舉業津梁：明中葉以後坊刻制舉用書的生產與流通》（台北：台灣學生書局，2009 年 6 月）

15. 沈善洪編：《韓國研究中文文獻目錄》（杭州：杭州大學出版社，1994 年 12 月）

16. 林侑蒔主編：《中國戲曲研究資料（第一輯）》（台北：天一出版社，出版年月不詳）

17. 林景淵：《武士道與日本傳統精神》（台北：自立晚報社文化出版部，1990年7月）

18. 林慶元、楊齊福：《「大東亞共榮圈」源流》（北京：社會科學文獻出版社，2006年11月）

19. 邱江寧：《明清江南消費文化與文體演變研究》（上海：上海三聯書店，2009年9月）

20. 金啟華等主編：《中國文學史》（南昌：江西教育出版社，1989年3月）

21. 阿英：《阿英全集》（合肥：安徽教育出版社，2003年7月）

22. 胡雲翼：《中國文學史》（台北：第一文化社，1968年7月）

23. 胡曉真主編：《世變與維新》（台北：中央研究院中國文哲研究所籌備處，2001年6月）

24. 孫琴安：《中國性文學史》（台北：桂冠圖書公司，1995年5月）

25. 孫琴安：《中國評點文學史》（上海：上海社會科學院出版社，1999年6月）

26. 徐小蠻、王福康：《中國古代插圖史》（上海：上海古籍出版社，2007年12月）

27. 徐朔方、孫秋克：《明代文學史》（杭州：浙江大學出版社，2006年6月）

28. 浦安迪講演：《中國敘事學》（北京：北京大學出版社，1996年3月）

29. 袁行霈主編：《中國文學史》（北京：高等教育出版社，1999年8月）

30. 馬祖毅、任榮珍：《漢籍外譯史》（武漢：湖北教育出版社，1997年10月）

31. 馬積高等編：《中國古代文學史》（長沙：湖南文藝出版社，1992年5月）

32. 康正果：《重審風月鑑——性與中國古典文學》（台北：麥田出版社，1996年1月）

33. 張伯偉編：《朝鮮時代書目叢刊》（北京：中華書局，2004年10月）

34. 張秀民：《中國印刷史》（杭州：浙江古籍出版社，2006年10月）

35. 張長弓：《中國文學史新編》（台北：台灣開明書店，1954年5月）

36. 張炯等主編：《中華文學通史》（北京：華藝出版社，1997年9月）

37. 張炯等主編：《中國文學通史》（南京：江蘇文藝出版社，2011年12月）

38. 張國標編：《徽派版畫藝術》（合肥：安徽美術出版社，1996年）

39. 張紹勛：《中國印刷史話》（台北：台灣商務印書館，1994 年 8 月）

40. 張靜廬輯註：《中國近現代出版史料》（上海：上海書店出版社，2003 年 12 月）

41. 戚世雋、董上德編：《明清文學史》（廣州：中山大學出版社，1999 年 1 月）

42. 郭英德、過常寶：《中國古代文學史》（成都：四川人民出版社，2003 年 8 月）

43. 陳霞：《道教勸善書研究》（成都：巴蜀書社，1999 年 9 月）

44. 傅璇琮主編：《中國古代文學通論》（瀋陽：遼寧人民出版社，2005 年 5 月）

45. 游國恩等編：《中國文學史》（北京：人民文學出版社，1964 年 3 月）

46. 華仲麐：《中國文學史論》（台北：台灣開明書店，1965 年 12 月）

47. 黃卓越：《佛教與晚明文學思潮》（北京：東方出版社，1997 年 10 月）

48. 黃冕堂：《中國歷代物價問題考述》（濟南：齊魯書社，2008 年 1 月）

49. 黃瓊慧：《世變中的記憶與編寫——以丁耀亢為例的考察》（台北：大安出版社，2009 年 12 月）

50. 葉渭渠：《日本文化通史》（北京：北京大學出版社，2009 年 7 月）

51. 葉渭渠：《日本文學思潮史》（台北：五南圖書出版公司，2003 年 3 月）

52. 葉樹聲、余敏輝：《明清江南私人刻書史略》（合肥：安徽大學出版社，2000 年 5 月）

53. 熊秉真主編：《欲掩彌彰　中國歷史文化中的「私」與「情」——私情篇》（台北：漢學研究中心，2003 年 9 月）

54. 裴斐：《中國古代文學史》（北京：中央民族大學出版社，1996 年 9 月）

55. 趙一凡等主編：《西方文論關鍵詞》（北京：外語教學與研究出版社，2006 年 1 月）

56. 趙元信、何錫蓉：《中國歷代女性悲劇大觀》（台北：旺文社股份公司，1995 年 9 月）

57. 趙景雲、何賢鋒：《中國明代文學史》（北京：人民出版社，1994 年 4 月）

58. 雒啟坤、王德明主編：《中國歷代禁書》（北京：九洲圖書出版社，1998 年 2 月）

59. 劉崇稜：《日本文學概論》（台北：水牛圖書出版公司，1990 年 8 月）

60. 劉詠聰：《女性與歷史——中國傳統觀念新探》（台北：台灣商務印書館，1995 年 1 月）

61. 劉靖之主編：《翻譯論集》（台北：書林出版公司，1989 年 10 月）

62. 鄭爾康編：《鄭振鐸藝術考古文集》（北京：文物出版社，1988 年 9 月）

63. 鄧之誠：《骨董瑣記·續記·三記》（台北：大立出版社，1985 年 5 月）

64. 蕭芬琪：《王一亭》（石家莊：河北教育出版社，2002 年 12 月）

65. 錢念孫：《中國文學史演義（元明清篇）》（台北：正中書局，2009 年 4 月）

66. 錢婉約：《內藤湖南研究》（北京：中華書局，2004 年 7 月）

67. 戴季陶：《日本論——在「反日」與「哈日」之間的經典論述》（香港：香港中和出版公司，2012 年 10 月）

68. 羅仲輝：《印刷史話》（台北：國家出版社，2003 年 7 月）

69. 羅新璋：《翻譯論集》（北京：商務印書館，1984 年 5 月）

70. 譚文熙：《中國物價史》（武漢：湖北人民出版社，1994 年 8 月）

71. 譚正璧：《中國文學史》（台北：華正書局，1974 年 10 月）

72. 嚴紹璗、王曉平：《中國文學在日本》（廣州：花城出版社，1990 年 10 月）

73. 嚴紹璗：《日本中國學史（第一卷）》（南昌：江西人民出版社，1991 年 5 月）

74. 譯海編輯部編：《審判查泰萊夫人的情人》（廣州：花城出版社，1988 年 8 月）

75. 顧靜：《日本禁書百影》（上海：上海書店出版社，2003 年 7 月）

（六）畫集

1. 曹涵美：《金瓶梅畫集》（上海：上海書店出版社，2003 年 1 月）

2. 聶秀公：《金瓶梅·俏潘娘簾下勾情》（北京：中國文化出版社，2009 年 1 月）

3. 聶秀公：《金瓶梅·憨武大捉姦受傷》（北京：中國文化出版社，2009 年 3 月）

4. 聶秀公：《金瓶梅·西門慶偷娶潘金蓮》（北京：中國文化出版社，2009 年 6 月）

二、外文譯本

1. 〔日〕大庭修著，戚印平等人譯：《江戶時代中國典籍流播日本之研究》（杭州：杭州大學出版社，1998 年 3 月）

2. 〔日〕信夫清三郎著，于時化譯：《甲午日本外交內幕》（北京：中國國際廣播出版社，1994 年 6 月）

3. 〔日〕森鷗外著，李永熾譯：《雁‧山椒大夫》（台北：久大文化公司，1992 年 8 月）

4. 〔日〕鹽谷溫著，孫俍工譯：《中國文學概論》（台北：台灣開明書局，1970 年 12 月）

5. 〔法〕羅蘭‧巴特著，溫晉儀譯：《批評與真實》（台北：桂冠圖書公司，1998 年 2 月）

6. 〔荷〕高羅佩著，李零、郭曉惠等譯：《中國古代房內考》（上海：上海人民出版社，1990 年 11 月）

7. 〔荷〕高羅佩著，楊權譯：《秘戲圖考》（廣州：廣東人民出版社，1992 年 7 月）

8. 〔美〕Ian Watt 著、魯燕萍譯：《小說的興起》（台北：桂冠出版社，1994 年 7 月）

9. 〔美〕Elizabeth Freund 著，陳燕谷譯：《讀者反應理論批評》（台北：駱駝出版社，1994 年 6 月）

10. 〔美〕浦安迪著，沈亨壽譯：《明代小說四大奇書》（北京：生活‧讀書‧新知三聯書店，2015 年 9 月）

11. 〔美〕潘乃德著，黃道琳譯：《菊花與劍》（台北：桂冠圖書公司，1991 年 9 月）

12. 〔美〕韓南著，王秋桂等譯：《韓南中國小說論集》（北京：北京大學出版社，2008 年 3 月）

三、日文專書

（一）文本

1. 〔日〕小野忍、千田九一譯：《金瓶梅》（東京：岩波書店，1973 年 6 月～1974 年 12 月）

2.〔日〕森林太郎：《鷗外全集》（東京：岩波書店，1971 年 11 月～1975 年 6 月）

3.〔日〕森鷗外：《雁》（東京：新潮社，1985 年 11 月）

4.〔日〕柴田光彥等編：《馬琴書翰集成》（東京：八木書店，2002 年 9 月～2004 年 3 月）

5.〔日〕曲亭馬琴著，清水市次郎譯：《新編金瓶梅》（東京：清水市次郎，1884 年 8 月）

6.〔日〕夏金晨、山田正文譯：《全譯金瓶梅》（東京：光林堂書店、文正堂書店，1925 年 11 月）

7.〔日〕尾坂德司譯：《全譯金瓶梅》（東京：東西出版社，1948 年 9 月～1949 年 3 月）

8.〔日〕岡南閑喬：《金瓶梅譯文》，收入〔日〕波多野太郎編：《中國文學語學資料集成（第一篇）》（東京：不二出版，1988 年 4 月）

9.〔明〕羅本著，〔日〕本城維芳譯：《平妖傳》（京都：田中庄兵衛，1802 年）

10.〔明〕蘭陵笑笑生著，〔日〕井上紅梅譯：《金瓶梅：支那の社会状態》（上海：日本堂書店，1923 年 3 月）

11.〔明〕蘭陵笑笑生著，〔日〕春風居士譯：《原本譯解金瓶梅》（東京：望月城，1882 年 10 月）

（二）研究論著

1. 崔香蘭：《馬琴読本と中国古代小說》（廣島：溪水社，2005 年 1 月）

2.〔日〕安川寿之輔：《福沢諭吉のアジア認識：日本近代史像をとらえ返す》（東京：高文研，2000 年 12 月）

3.〔日〕久松僭一等編：《增補新版日本文學史》（東京：至文堂，1981 年）

4.〔日〕三普叶：《明治の漢學》（東京：汲古書院，1998 年 5 月）

5.〔日〕山田奨治等編：《江南文化と日本》（京都：国際日本文化研究中心，2012 年 3 月）

6.〔日〕市古尚三：《清代貨幣史考》（東京：鳳書房，2004 年 3 月）

7.〔日〕信夫清三郎：《增補日清戦争：その政治的・外交的観察》（東京：南窓社，1970 年 12 月）

8.〔日〕新熊清：《翻訳文學のあゆみ》（京都：世界思想社，2008 年 10 月）

9.〔日〕新聞集成明治編年史編纂會：《新聞集成明治編年史》（東京：林泉社，1936 年 6 月～1940 年 6 月）

10.〔日〕杉田聡編：《福沢諭吉朝鮮・中国・台湾論集:「国権拡張」「脱亜」の果て》（東京：明石書店，2010 年 10 月）

11.〔日〕西原大輔：《古崎潤一郎とオリエンタリズム——大正日本の中国幻想》（東京：中央公論新社，2003 年 7 月）

12.〔日〕前田愛：《近代読者の成立》（東京：岩波書店，2001 年 2 月）

13.〔日〕大庭脩：《江戸時代における唐船持渡書の研究》（吹田：關西大學東西學術研究所，1967 年）

14.〔日〕大木康：《明末江南の出版文化》（東京：研文出版，2004 年 5 月）

15.〔日〕瀧本和成：《森鷗外：現代小説の世界》（大阪：和泉書院，1995 年 10 月）

16.〔日〕竹盛天雄：《鴎外その紋様》（東京：小沢書店，1984 年 7 月）

17.〔日〕長澤規矩也：《長澤規矩也著作集（第五巻シナ戲曲小説の研究）》（東京：汲古書院，1985 年 2 月）

18.〔日〕読本研究會編：《読本研究新集（第四集）》（東京：翰林書房，2003 年 6 月）

19.〔日〕日外アソシエッ株式会社編：《20 世紀日本人名事典》（東京：日外アソシェツ，2004 年 7 月）

20.〔日〕平川祐弘等編：《鷗外の人と周辺》（東京：新曜社，1997 年 5 月）

21.〔日〕平川祐夫等編：《鷗外の作品》（東京：新曜社，1997 年 5 月）

22.〔日〕麻生磯次：《滝沢馬琴》（東京：吉川弘文館，1959 年 12 月）

23.〔日〕洒落本大成編輯委員會編：《洒落本大成（第一巻）》（東京：中央公論社，1978 年 9 月）

24.〔日〕今田洋三：《江戸の禁書》（東京：吉川弘文館，2007 年 8 月）

25.〔日〕德田武：《日本近世小說と中國小說》（東京：青裳堂書店，1987 年 5 月）

26.〔日〕中村幸彦：《中村幸彦著述集》（東京：中央公論社，1982 年 11 月～1984 年 3 月）

27.〔日〕叢の会編：《草双紙事典》（東京：東京堂出版，2006 年 10 月）

28. 〔日〕澤田瑞穗編：《增修金瓶梅研究資料要覽》（東京：早稻田大學中國文學會，1981 年 10 月）

29. 〔日〕澤田瑞穗編：《宋明清小說叢考》（東京：研文出版，1982 年 2 月）

30. 〔日〕三好行雄：《三好行雄著作集（第二卷）》（東京：筑摩書房，1993 年 4 月）

31. 〔日〕辻由美：《翻訳史のプロムナード》（東京：みすず書房，1993 年 5 月）

32. 〔日〕小野武雄編：《江戶物価事典》（東京：展望社，1991 年 7 月）

33. 〔日〕川戶道昭、榊原貴教：《図説翻訳文学総合事典》（東京：大空社，2009 年 11 月）

34. 〔日〕日本近代文學館編：《日本近代文学大事典》（東京：講談社，1978 年 11 月〜1979 年 3 月）

四、單篇論文

（一）中文期刊

1. 丁淑梅：〈丁日昌設局禁書禁戲論〉，《陝西師範大學學報》第 40 卷第 1 期（2011 年 1 月），頁 143〜149。

2. 〔日〕大木康：〈從出版文化的進路談明清敘事文學〉，《中國文哲研究通訊》第 17 卷第 3 期（2007 年 9 月），頁 175〜178。

3. 〔日〕川島優子：〈江戶時代《金瓶梅》傳播考略〉，《文學新鑰》第 18 期（2013 年 12 月），頁 1〜20。

4. 勾豔軍：〈曲亭馬琴讀本序跋與李漁戲曲小說論〉，《日本學論壇》（2006 年第 2 期），頁 32〜38。

5. 文革紅：〈張竹坡批評《第一奇書金瓶梅》「康熙乙亥本」刊刻地點考〉，《江西財經大學學報》第 40 期（2005 年第 4 期），頁 88〜90。

6. 文革紅：〈從商業化的角度看清初通俗小說的傳播渠道〉，《黑河學刊》第 11 期（2005 年 1 月），頁 101〜104。

7. 方謙光：〈百家講壇為何不講《金瓶梅》〉，《東海大學圖書館館訊》新 77 期（2008 年 2 月），頁 68〜73。

8. 王三慶：〈從市場經濟看明代小說的幾個問題〉，《古典文學》第 50 集（2000 年 9 月），頁 277〜303。

9. 王平:〈《金瓶梅》的早期傳播及其成書時間與作者問題〉,《東岳論叢》第 25 卷第 3 期（2004 年 5 月）,頁 78～83。

10. 王汝梅:〈《幽怪詩譚・小引》解讀〉,《河南大學學報》（2007 年第 6 期）, 頁 38～40。

11. 王汝梅:〈「李漁評改《金瓶梅》」考辨——兼談崇禎本系統的某些版本特徵〉,《吉林大學社會科學學報》（1992 年第 5 期）,頁 83～88。

12. 王汝梅:〈脂硯齋之前的《金瓶梅》批評〉,《吉林大學社會科學學報》（1985 年第 5 期）,頁 28～33。

13. 王汎森:〈「人間腹笥多藏草,隔代安知悔立言」——丁野鶴與《續金瓶梅》〉,《中國文化》第 12 期（1995 年）,頁 220～223。

14. 王猛、趙興勤:〈明代豔情小說序跋探微〉,《明清小說研究》（2012 年第 1 期）,頁 4～15。

15. 王穎:〈乾隆時期小說禁毀的特點〉,《鄭州航空工業管理學院學報》第 31 卷第 6 期（2012 年 12 月）,頁 33～36。

16. 王穎:〈晚清的民間宗教與小說禁毀政策〉,《中國社會科學院研究生院學報》第 203 期（2014 年 9 月）,頁 98～102。

17. 王璦玲:〈離亂與歸屬——清初文人劇作家之意識變遷與跨界想像〉,《文與哲》第 14 期（2009 年 6 月）,159～223。

18. 王麗娜:〈《金瓶梅》在國外〉,《古典文學知識》（2002 年第 5 期）,頁 90～95。

19. 王麗娜:〈《金瓶梅》國外研究論著輯錄〉,《河北大學學報》（1986 年第 3 期）,頁 80～89。

20. 丘東江:〈文字獄・禁書・《四庫禁燬書叢刊》〉,《圖書與資訊學刊》第 26 期（1998 年 8 月）,頁 28～35。

21. 〔日〕田中智行:〈張竹坡評點《金瓶梅》的態度:對金聖歎的繼承與演變〉,《文學新鑰》第 19 期（2014 年 6 月）,頁 33～60。

22. 石昌渝:〈清代小說禁毀述略〉,《上海師範大學學報》第 39 卷第 1 期（2010 年 1 月）,頁 65～75。

23. 安雙成:〈順康年間《續金瓶梅》作者丁耀亢受審案〉,《歷史檔案》第 2 期（2000 年）,頁 29～32。

24. 朱眉叔：〈論《續金瓶梅》及其刪改本《隔簾花影》和《金屋夢》〉，《明清小說論叢》第一輯，（瀋陽：春風文藝出版社，1984 年 5 月），頁 250～279。

25. 吳振漢：〈明代奴僕之生活概況——幾個重要問題的探討〉，《史原》第 12 期（1982 年 11 月），頁 27～64。

26. 吳敢：〈《金瓶梅》評點綜論〉，《明清小說研究》（2013 年第 3 期），頁 4～17。

27. 宋真榮：〈論韓國梨花女子大學所藏的《皋鶴堂第一奇書金瓶梅》〉，《徐州工程學院學報》第 25 卷第 5 期（2010 年 9 月），頁 45～52。

28. 宋莉華：〈明清時期說部書價述略〉，《復旦學報》（2002 年第 3 期），頁 131～140。

29. 李承機：〈殖民地台灣〈民眾〉的發現——「民眾論」的歷史社會學考察〉，《東海歷史研究集刊》第 1 期（2013 年 9 月），頁 81～118。

30. 李金泉：〈苹華堂刊《皋鶴堂批評第一奇書金瓶梅》版本考〉，《書目季刊》第 45 卷第 4 期（2012 年 3 月），頁 125～136。

31. 沈津：〈明代坊刻圖書之流通與價格〉，《國家圖書館館刊》（1996 年 6 月），頁 101～118。

32. 林淑丹：〈傳奇不傳奇？：論森鷗外的歷史文學〉，《中外文學》第 34 卷第 5 期（2005 年 10 月），頁 67～85。

33. 林景淵：〈軍醫作家森鷗外（3）軍醫作家森鷗外〉，《明道文藝》第 373 期（2007 年 4 月），頁 61～71。

34. 侯忠義：〈《金瓶梅》崇禎本評語中的「世情畫卷」——「評語」研究之二〉，《河南理工大學學報》第 14 卷第 3 期（2013 年 7 月），頁 341～345。

35. 侯美珍：〈明清士人對「評點」的批評〉，《中國文哲研究通訊》第 14 卷第 3 期（2004 年 9 月），頁 223～248。

36. 胡衍南：〈「世情小說」大不同——論《續金瓶梅》對原書的悖離〉，《淡江人文社會學刊》第 15 期（2003 年 6 月），頁 1～26。

37. 胡衍南：〈兩部《金瓶梅》——詞話本與繡像本對照研究〉，《中國學術年刊》第 29 期（2007 年 3 月），頁 115～144。

38. 胡萬川：〈傳統小說的版畫插圖〉，《中外文學》第 16 卷第 12 期（1988 年 5 月），頁 28～50。

39. 胡曉真：〈《續金瓶梅》——丁耀亢閱讀《金瓶梅》〉，《中外文學》第 23 卷第 10 期（1995 年 3 月），頁 84～101。

40. 原虹：〈小小乾坤——漫談連環畫〉，《雄獅美術》第 190 期（1986 年 12 月），頁 48～52。

41. 孫文杰：〈清代圖書流通傳播渠道論略〉，《圖書與情報》（2012 年第 6 期），頁 130～136。

42. 孫文杰：〈清刻本圖書的價格與分析〉，《出版科學》第 21 卷（2013 年第 4 期），頁 100～105。

43. 孫言誠：〈論《續金瓶梅》的思想內容及其認識價值〉，《吉林大學社會科學學報》第 6 期（1991 年），頁 51～55。

44. 徐朔方：〈《金瓶梅》的寫定者是李開先〉，《杭州大學學報》第 1 期（1980 年 3 月），頁 78～85。

45. 徐朔方：〈評《金瓶梅》的問世與演變〉，《吉林大學社會科學版學報》（1985 年第 5 期），頁 23～27。

46. 時寶吉：〈《續金瓶梅》所表現的愛國主義精華〉，《殷都學刊》第 2 期（1991 年），頁 42～46。

47. 〔日〕荒木猛著，任世雍譯：〈新刻繡像批評金瓶梅（內閣文庫藏本）出版書肆之研探〉，《中外文學》第 13 卷第 2 期（1974 年 7 月），頁 106～113。

48. 馬幼垣：〈研究《金瓶梅》的一條新資料〉，《中國古典小說研究專集》第 1 期（1979 年 8 月），頁 151～156。

49. 馬幼垣：〈論《金瓶梅》謝跋書〉，《中國古典小說研究專集》第 2 期（1980 年 6 月），頁 215～219。

50. 馬孟晶：〈《隋煬帝豔史》的圖飾評點與晚明出版文化〉，《漢學研究》第 28 卷第 2 期（2010 年 6 月），頁 7～56。

51. 高桂惠：〈情慾變色——試論丁耀亢《續金瓶梅》的德色問題〉，《中國古典文學研究》第 1 期（1999 年 6 月），頁 163～184。

52. 涂豐恩：〈明清書籍史的研究回顧〉，《新史學》（2009 年 3 月），頁 181～215。

53. 崔溶澈：〈中國禁毀小說在韓國〉，《東方叢刊》第 25 輯（1998 年第 3 輯），頁 44～60。

54. 張家英：〈由《金瓶梅詞話》回前詩看其作者〉,《學習與探索》（1991 年第 3 期）,頁 51～53。

55. 張國風：〈《金瓶梅》和《續金瓶梅》〉,《文史知識》（北京：中華書局,2008 年 3 月）,頁 63～70。

56. 張清發：〈從產銷看明代書坊對通俗小說的經營策略——以商品型態為主要觀察〉,《國立台北教育大學語文集刊》第 21 期（2012 年 1 月）,頁 79～114。

57. 張進德：〈明清人解讀《金瓶梅》〉,《明清小說研究》（2000 年第 4 期）,頁 172～186。

58. 張義宏：〈日本《金瓶梅》譯介述評〉,《文學與文化研究》（2012 年第 4 期）,頁 117～121。

59. 張義宏：〈日本《金瓶梅》譯介述評〉,《日本研究》（2012 年第 4 期）,頁 117～121。

60. 梅節：〈《金瓶梅詞話》的版本與文本〉,《明清小說研究》（2004 年第 1 期）,頁 50。

61. 許志浩：〈漫畫家曹涵美及其《金瓶梅》插圖〉,《世紀》（2003 年第 3 期）,頁 46～47。

62. 陳大康：〈論晚清小說的書價〉,《華東師範大學學報》第 37 卷第 4 期（2005 年 7 月）,頁 31～41。

63. 陳伯衡：〈《金瓶梅》論源〉,《中國文化大學中文學報》第 3 期（1995 年 7 月）,頁 207～234。

64. 陳英德：〈海外看大陸藝術：一種「最厲害、最普遍的民眾教育工具」——連環畫〉,《藝術家》第 123 期（1985 年 8 月）,頁 193～211。

65. 陳益源：〈丁日昌的刻書與禁書〉,《明清小說研究》（1997 年第 2 期）,頁 204～217。

66. 陳翠英：〈閱讀與批評：文龍評《金瓶梅》〉,《臺大中文學報》第 15 期（2001 年 12 月）,頁 283～320。

67. 傅想容：〈明人品讀《金瓶梅》的文人視角——以序跋及崇禎本評點為考察對象〉,《漢學研究集刊》第 22 期（2010 年 6 月）,頁 47～74。

68. 單德興：〈試論小說評點與美學反應理論〉,《中外文學》第 12 卷第 3 期（1991 年 8 月）,頁 73～101。

69. 程國賦、蔡亞平：〈論明清小說讀者與通俗小說傳播的關係——以識語、凡例作為考察中心〉，《南開學報》（2010 年第 1 期），頁 90～96。

70. 賀根民：〈《金瓶梅》批評非「淫書說」讞論〉，《廣西師範學院學報》第 32 卷第 1 期（2011 年 1 月），頁 44～47。

71. 黃霖、大冢秀高、鈴木陽一：〈中國與日本：《金瓶梅》研究三人談〉，《文藝研究》（2006 年第 6 期），頁 86～99。

72. 黃霖：〈《金瓶梅》「初刊」辨偽略記——從「大安本」說起〉，《河南理工大學學報》（社會科學版）第 14 卷第 2 期（2013 年 4 月），頁 218～221。

73. 黃霖：〈《金瓶梅》成書問題三考〉，《復旦學報》第 4 期（1985 年），頁 47～59。

74. 黃霖：〈《金瓶梅》詞話本與崇禎本刊印的幾個問題〉，《河南大學學報》（社會科學版）第 46 卷第 1 期（2006 年 1 月），頁 1～9。

75. 黃霖：〈《新刻繡像批評金瓶梅》評點初探〉，《成都大學學報》（1983 年第 1 期），頁 67～72。

76. 黃霖：〈再論《金瓶梅》崇禎本系統各本之間的關係〉，《上海師範大學學報》（社會科學版）第 30 卷第 5 期（2001 年 9 月），頁 39～46。

77. 楊玉成：〈閱讀世情：崇禎本《金瓶梅》評點〉，《國文學誌》第 5 期（2001 年 12 月），頁 115～157。

78. 葉朗：〈中國小說美學與明清小說評點〉，《學術年刊》（1982 年 11 期），頁 65～70。

79. 葉雅玲：〈《新刻繡像批評金瓶梅》評點研究〉，《嶺東學報》第 7 期（1996 年 2 月），頁 201～221。

80. 趙興勤、趙韡：〈王利器《元明清三代禁毀小說戲曲史料》輯補〉，《晉陽學刊》（2010 年第 1 期），頁 123～125。

81. 齊魯青：〈明代《金瓶梅》批評論〉，《內蒙古大學學報》（哲學社會科學版）（1994 年第 1 期），頁 94～102。

82. 劉孔伏、潘良熾：〈屠本畯所記《金瓶梅》事辨析〉，《許昌師專學報》第 12 卷第 1 期（1993 年），頁 85～88。

83. 劉洪強：〈《玉嬌李》與《續金瓶梅》關係考論〉，《南京理工大學學報》第 23 卷第 2 期（2010 年 4 月第 5 期），頁 59～65。

84. 劉洪強：〈《續金瓶梅》成書年代新考〉，《東岳論叢》第 29 卷第 3 期（2008
    年 5 月第 5 期），頁 105～109。

85. 劉家駒：〈清高宗纂輯四庫全書與禁燬（上）〉，《大陸雜誌》第 75 卷第 2
    期（1987 年 8 月），頁 5～21。

86. 劉家駒：〈清高宗纂輯四庫全書與禁燬（下）〉，《大陸雜誌》第 75 卷第 3
    期（1987 年 9 月），頁 6～18。

87. 劉淑娟：〈略論明代小說批評理論〉，《吳鳳學報》第 14 期（2006 年 10
    月），頁 251～272。

88. 劉達臨：〈春宮畫中國古代性文化園地的一朵奇葩〉，《歷史月刊》第 128
    期（1998 年 9 月），頁 43～49。

89. 劉輝：〈談文龍對《金瓶梅》的批評〉，《文獻》（1985 年第 4 期），頁 54
    ～66。

90. 歐陽健：〈《續金瓶梅》的成書年代〉，《齊魯學刊》第 182 期（2004 年第
    5 期），頁 119～123。

91. 潘建國：〈明清時期通俗小說的讀者與傳播方式〉，《復旦學報》（2001 年
    第 1 期），頁 118～130。

92. 蔡亞平、程國賦：〈論明清時期讀者與通俗小說評點的關係〉，《南京師大
    學報》（2013 年第 2 期），頁 131～138。

93. 蔡國梁：〈明人清人今人評《金瓶梅》〉，《社會科學戰線》（1983 年第 4 期），
    頁 306～313。

94. 蔡靖芳：〈張竹坡小說接受論的主體間性〉，《中國礦業大學學報》（2008
    年第 4 期），頁 124～127。

95. 鄭培凱：〈酒色財氣與金瓶梅詞話的開頭——兼評金瓶梅研究的「索隱
    派」〉，《中外文學》第 20 卷第 4 期（1983 年 9 月），頁 42～69。

96. 魯歌、馬征：〈中日所藏《金瓶梅詞話》應是同一刻本〉，《明清小說研究》
    （1988 年第 3 期），頁 114～118。

97. 冀振武：〈《金瓶梅》在日本〉，《社會科學輯刊》（1980 年第 3 期），頁 141
    ～142。

98. 儲有明、潘曉嵐：〈觀古今於須臾——聶秀公歷史題材人物畫藝術探魅〉，
    《檢察風雲》（2010 年 8 月），頁 76～77。

99. 韓南著、丁貞婉譯:〈《金瓶梅》的版本及其他〉,《國立編譯館館刊》第 4 卷第 2 期(1975 年 12 月),頁 193〜228。

100. 魏子雲:〈《金瓶梅》的新史料探索〉,《古典文學》第 6 集(1984 年 12 月),頁 375〜384。

101. 魏子雲:〈《金瓶梅》編年說〉,《中外文學》第 8 卷第 11 期(1980 年 4 月),頁 42〜55。

102. 魏子雲:〈屠本畯〈觴政〉跋的史實啟示〉,《復旦學報》(1992 年第 2 期),頁 95〜101。

103. 魏子雲:〈從《金瓶梅》序跋探全書原貌(上)〉,《書和人》第 494 期(1984 年 6 月),頁 1〜2。

104. 魏子雲:〈論明代的《金瓶梅》史料〉,《中外文學》第 6 卷第 6 期(1977 年 11 月),頁 18〜41。

105. 魏子雲:〈論謝肇淛〈金瓶梅跋〉〉,《中外文學》第 8 卷第 7 期(1979 年 12 月),頁 20〜27。

106. 魏子雲:《因果、宿命、改寫問題——《金瓶梅》原貌探索》,《中外文學》第 13 卷第 9 期(1985 年 2 月),頁 58〜76。

107. 羅德榮:〈《續金瓶梅》主旨索解〉,《明清小說研究》第 3 期(1997 年),頁 165〜174。

108. 羅德榮:〈別一種審美意趣的追求——《續金瓶梅》審美價值探究〉,《南開學報》(1997 年第 6 期),頁 36〜42。

109. 譚帆:〈小說評點的萌興——明萬曆年間小說評點述略〉,《文藝理論研究》(1996 年第 6 期),頁 87〜94。

110. 顧國瑞:〈屠本畯和《金瓶梅》〉,《北京大學學報》第 4 期(1985 年),頁 20〜26。

(二)外譯期刊

1.〔日〕小野忍撰、黃得時譯:〈《金瓶梅》之日譯與歐譯〉,《中外文學》第 4 卷第 8 期(1976 年 1 月),頁 94〜100。

2.〔日〕伊藤漱平著,謝碧霞譯:〈《嬌紅記》成書經緯:其變遷及流傳過程〉,《中外文學》第 13 卷第 20 期(1985 年 5 月),頁 90〜111。

3.〔法〕André Lévy 著,周昭明譯:〈《金瓶梅》初刻本年代商榷〉,《中外文學》第 8 卷第 11 期(1980 年 4 月),頁 122〜131。

（三）日文期刊

1. 阮毅：〈森鷗外と『金瓶梅』〉，《日本語日本文学》第 24 期（2014 年 3 月），頁 29～43。

2. 林淑丹：〈森鷗外『雁』と『金瓶梅』——物語の交錯——〉，《鷗外》第 69 号（2001 年 7 月），頁 118～129。

3. 熊慧蘇：〈『新編金瓶梅』の武松物語——中国文学の継承と変容〉，《二松：大學院紀要》第 21 期（2007 年），頁 61～88。

4. 樊可人：〈遠山荷塘年譜稿〉，《內海文化研究紀要》第 43 期（2015 年），頁 13～29。

5. 〔日〕小林真利奈：〈蔦屋重三郎と寛政の出版統制〉，《寧楽史苑》第 58 号，頁 1～18。

6. 〔日〕川島優子：〈江戶時代における『金瓶梅』の受容（1）—辞書、随筆、洒落本を中心として—〉，《龍谷紀要》第 32 卷（2010 年第 1 号），頁 1～20。

7. 〔日〕川島優子：〈江戶時代における『金瓶梅』の受容（2）—曲亭馬琴の記述を中心として—〉，《龍谷紀要》第 32 卷（2011 年第 2 号），頁 1～20。

8. 〔日〕川島優子：〈江戶時代における白話小説の読まれ方—鹿児島大学付属図書館玉里文庫蔵『金瓶梅』を中心として—〉，《中国中世文学研究》第 56 卷（2009 年 9 月），頁 59～79。

9. 〔日〕井上泰山：〈高階正巽訳『金瓶梅』覚書〉，《中国俗文学研究》第 11 号（1993 年 12 月），頁 72～81。

10. 〔日〕井上泰山：〈江戶期における中國白話小説の解読—高階正巽『金瓶梅』をめぐって〉，《関西大学東西学術研究所所報》第 58 号（1994 年 6 月），頁 7。

11. 〔日〕神田正行：〈毒婦阿蓮の造形——『新編金瓶梅』の勧善懲悪〉，《芸文研究》第 91 号（2006 年 12 月），頁 200～221。

12. 〔日〕神田正行：〈『新編金瓶梅』と『隔簾花影』〉，《近世文藝》第 82 号（2005 年 7 月），頁 17～31。

13. 〔日〕川島優子：〈江戶時代の《金瓶梅》〉，《日本庶民文芸と中国》第 105 号（2007 年 12 月），頁 19～29。

14. 〔日〕川島優子：〈『金瓶梅』研究史——成立問題を中心として〉,《中國學研究論集》第 6 号（2000 年 10 月）,頁 93～124。

15. 〔日〕神田正行：〈『新編金瓶梅』の翻案手法——吳服母子の受難と中國小說〉,《江戶文学》第 35 号（2006 年 11 月）,頁 99～112。

16. 〔日〕桑山竜平：〈馬琴の金瓶梅のことなど〉,《中文研究》第 7 卷（1967 年 1 月）,頁 18～24。

17. 〔日〕田中智行：〈『新編金瓶梅』の感情観——感情を動かすものへ認識とその表現——〉,《日本中國學會報》第 57 集（2005 年 10 月）,頁 90～102。

18. 〔日〕中村久四郎：〈近世支那の日本文化に及ぼしたる勢力影響（第三回）〉,《史學雜誌》第 25 編第 4 号（1914 年 12 月）,頁 448～481。

19. 〔日〕篠原義彥：〈森鷗外『雁』的世界〉,《高知大學學術研究報告人文科學編》第 36 期（1987 年 12 月）,頁 1～14。

20. 〔日〕勝山稔：〈大正時代上海における「支那風俗研究会」について——井上紅梅による白話小說翻訳作業の前史として——〉,《国際文化研究科論叢》第 21 号（2013 年）,頁 17～30。

21. 〔日〕清田文武：〈鷗外と中國古典、東洋思想〉,《国文學：解釈と教材の研究》第 43 卷第 1 号（1998 年 1 月）,頁 48～49。

五、專書論文

1. 〔日〕大木康：〈鈔本在明清兩代〉,收入東華大學中文系主編：《文學研究的新進路》（台北：洪葉文化公司,2004 年 7 月）,頁 467～480。

2. 毛文芳：〈於俗世中雅賞——晚明《唐詩畫譜》圖象營構之審美品味〉,收入國立中興大學中國文學系主編：《第一屆通俗文學與雅正文學全國學術研討會論文集》（台北：新文豐出版社,2001 年 2 月）,頁 315～364。

3. 王三慶：〈明代書肆在小說市場上的經營手法和行銷策略〉,收入〔日〕磯部彰編：《東アジア出版文化研究——にわたずみ》（東京：二玄社,2004 年 3 月）,頁 31～55。

4. 王汝梅：〈《金瓶梅》評點本的整理與出版三十年——筆者參加基礎性研究工作的回顧〉,收入蘇子敬主編：《中國小說戲曲國際學術研討會論文集》（台北：里仁書局,2013 年 2 月）,頁 103～111。

5. 王年双:〈從詩歌在《金瓶梅詞話》中的運用看小說的發展〉,收入彰化師大國文系出版:《中國詩學會議論文集》(彰化:國立彰化師範大學國文系,1992年9月),頁1～49。

6. 王璦玲:〈私情化公:清代劇作家之自我敘寫與及戲劇展演〉,熊秉真主編:《欲掩彌彰 中國歷史文化中的「私」與「情」——私情篇》(台北:漢學研究中心,2003年9月),頁81～157。

7. 陳慶浩:〈「海內焚書禁識丁」——丁耀亢生平及其著作〉,李豐楙主編:《文學、文化與世變——第三屆國際漢學會議論文集》(台北:中央研究院中國文哲研究所,2002年12月),頁351～394。

8. 陳遼:〈論明清小說中的性描寫〉,收入《海峽兩岸明清小說論文集》(南京:河海大學出版社,1991年8月),頁60～70。

9. 黃卉:〈明代通俗小說的書價與讀者群〉,收入《第十屆明史國際學術討論會論文集》(廈門:廈門大學出版社,2003年),頁459～466。

10. 黃卉:〈明代通俗小說的傳播方式〉,收入田澍等人主編:《第十一屆明史國際學術討論會論文集》(天津:天津古籍出版社,2007年7月),頁683～694。

六、學位論文

1. 林玉麟:《晚明春宮版畫圖像與社會意識之探討》(台中:東海大學美術研究所美術史與美術行政組碩士論文,2003年)

2. 林炫玥:《張竹坡評點《金瓶梅》之小說理論》(台北:國立政治大學中國文學研究所碩士論文,1994年)

3. 姜克濱:《《續金瓶梅》「反清」主旨再探》(北京:首都師範大學中國古代文學專業碩士論文,2008年)

4. 洪鈴惠:《張竹坡《皋鶴堂批評第一奇書金瓶梅》評點研究》(台北:國立台灣師範大學國文研究所碩士論文,2011年)

5. 高莎莎:《《金瓶梅》在明清時期的傳播與禁毀研究》(青島:中國海洋大學中國古代文學碩士論文,2009年)

6. 張明遠:《《金瓶梅》詮釋史論》(濟南:山東大學中國古代文學博士論文,2010年)

7. 張曼娟：《明清小說評點之研究》（台北：私立東吳大學中國文學研究所博士論文，1990 年）

8. 郭璉謙：《品讀、視聽與翫藏：水滸故事的商品化與現代化》（台南：國立成功大學中國文學系博士論文，2012 年）

9. 陳小林：《《續金瓶梅》研究》（長沙：湖南師範大學中國古代文學碩士論文，2005 年）

10. 楊淑惠：《張竹坡評論《金瓶梅》人物研究》（高雄：國立高雄師範大學國文研究所碩士論文，1995 年）

11. 葉恬儀：《張竹坡批評《金瓶梅》之女性人物研究》（台北：國立台灣師範大學國文研究所碩士論文，2008 年）

12. 劉玉林：《二十世紀《金瓶梅》傳播研究》（濟南：山東大學中國古代文學碩士論文，2006 年）

13. 戴岳弦：《明代春宮版畫之研究》（台北：國立藝術學院美術史研究所碩士論文，1996 年）

七、網路資料

1. 中國新聞網：〈連環畫為《金瓶梅》正名，作者：應發揚拿來主義〉（2009 年 5 月 11 日）http://cul.sohu.com/20090511/n263881230.shtml

2. 華夏經緯網：〈《金瓶梅》被家工成連環畫面世〉（2014 年 6 月 8 日）http://collection.sina.com.cn/cqyw/20140608/0915154006.shtml